August B

Vorschule des Sanskri ...teinischer Umschrift

SALZWASSER VERLAG

August Boltz

Vorschule des Sanskrit in lateinischer Umschrift

1. Auflage | ISBN: 978-3-75251-180-2

Erscheinungsort: Frankfurt am Main, Deutschland

Erscheinungsjahr: 2020

Salzwasser Verlag GmbH, Deutschland.

Nachdruck des Originals von 1868.

Vorschule des Sanskrit

in lateinischer Umschrift,

oder

Anleitung das Sanskrit mit möglichster Zeitersparnifs so zu erlernen, dafs man sich selbständig weiter fördern und die grofsen Sanskritgrammatiken leicht und mit Nutzen gebrauchen kann.

Ein Hülfs- und Uebungsbuch für Jedermann, besonders für Lehrer der modernen Sprachen

von

Dr. August Boltz,

früher Professor der russischen Sprache an der königlichen Kriegs-Akademie zu Berlin.

Oppenheim am Rhein.

Verlag von Ernst Kern.

1868.

Vorwort.

Der Gedanke das Studium der herrlichen Sanskritsprache weiteren Kreisen zu ermöglichen und so für Lehrer und Lerner der modernen Sprachen nach allen Seiten hin eine breitere Basis zu gewinnen, beschäftigte mich seit lange. Arbeitsbeladen wie ich stets war, gewann ich keine Zeit für die Ausführung dieses Planes, der vor allen Dingen die weitgreifendsten Forderungen an mich selber stellte. Und diesen konnte ich zur Zeit nicht genügen.

Wie' aber der Samen der digitalis purpurea hundert Jahre und darüber im Schatten des über ihm aufsteigenden Waldes harrend ruht, und nach dessen Fall beim ersten Sonnenblicke sich regt und wurzelt und Blüten treibt — so erstand auch bei mir beim ersten Sonnenblicke der Mufse jener Gedanke wieder, und diefsmal mit solcher Allgewalt, dafs ich ihn nicht zurückzudrängen vermochte.

Ich ging also an die Arbeit.

Was sie bewirkte bringe ich hier : einige einfache Blüten nicht allzu reich bemessener Mufsestunden (die Stacheln und' Dornen behalte ich für mich), bestimmt — nicht zu wetteifern an Duft und Glanz mit jenen Wunderpflanzen deutscher Gelehrsamkeit, die den Weltruhm unseres Volkes bilden, sondern in schlichtem Kleid und einfachem Farbenton zu Geist und Augen Derer zu sprechen, die, bei karger Zeit und brennender Lernbegier, das Möglichste erreichen möchten, und sie in möglichster Zeitkürzung zu gewinnen für das Verständnifs jener blütereichen Prachtgewächse, unter deren Schatten meine kargen Blütchen gediehen und *mit denen sie nie verglichen sein wollen.*

Ist nun diese Vorschule zwar nur ein Vorbereitungsbuch für weitere Studien, ein Mittel den gediegenen aber schwierigen und theuren Werken der Sanskritforscher leichter sich zu nähern, so nimmt sie gleichwohl den Charakter eines selbständigen, abgeschlossenen Ganzen, dem man die sorgfältigste, hingebendste Behandlung nicht absprechen wird, für sich in Anspruch.

Der *Abriſs der Grammatik* (1—64) enthält alles Wichtigste aus der Formenlehre in gedrängter Kürze, aber ausreichender Vollständigkeit. Schwierigere Parthien suchte ich in Uebersichten und Tabellen zu fassen.

Der *Haupttext* (S. 65—89), die Basis des ganzen Lehrstoffes, ist der älteren epischen Sprache entnommen und in möglichst faſs- und behaltbarer Form hingestellt, und — zu gröſserer Zeitersparniſs — mit einer wörtlichen Uebersetzung versehen. Einige weitere Slokas, sowie zwölf schon schwierigere Fabeln (S. 89—119) schlieſsen sich zu selbständiger Uebung an. Alles das wird am besten wörtlich auswendig gelernt und es lernt sich leicht.

Den ungetheiltesten Fleiſs verwandte ich auf die *Worterklärung* des Haupttextes (S. 120—204) nach den besten Quellen (mit Ausschluſs alles Unsicheren und Gewagten), so wie auf die Correktur.

Ein *Wortregister* (S. 205—223) controllirt jedes Wort mit gröſster Sorgfalt und ein *Sachregister* (S. 224—227) am Ende des Werkes dient zur Orientierung über den Inhalt. — Weitere Wortregister, als deutsch-sanskrit, sowie der zum Vergleich herangezogenen Sprachen, müssen künftiger Arbeit vorbehalten bleiben.

Die *lateinische Umschrift*, bei deren Feststellung ich alle gebräuchlicheren Umschriften sorgsam erwog, gab ich — gegen Bopp und Max Müller, die derselben noch immer das Wort in devanâgarî beifügen, — ganz und ausschlieſslich. Ich kann mir nicht denken, daſs Jemand heute noch Sanskrit lernen würde, ohne nicht wenigstens noch eine Chrestomathie zu gebrauchen. Aus demselben Grunde wählte ich auch nur solche Texte, die in der höchst correkten, reichhaltigen und billigen Chrestomathie von Boehtlingk (St. Petersburg, 1845) enthalten sind. Hand in Hand mit diesem Buche, wird der Lernende sich ebenso schnell einlesen, als hätte er es nie anders gelernt.

Daſs meine Aufgabe keine leichte gewesen, daſs ich sie mit eisernem Fleiſse und äuſserster Consequenz durchgeführt habe, wird mir gewiſs Jeder zugestehen, auch wenn er sonst in Vielem oder Allem anders sehen sollte, als ich. Auch ich wüſste heute, wo die Arbeit fertig vor mir liegt, manches anders zu machen. — Das ist nun einmal das Loos jedes Arbeitenden.

Was ich hier biete reicht unter allen Umständen so weit, dafs Jeder, der sich die Mühe giebt es gründlich durchzunehmen, nicht nur

1) einen ganz *ansehnlichen Wortschatz* der ältesten zumeist vorkommenden Wörter, und zwar zugleich in ihrem *Verwandtschafts-Verhältnifs* zu den übrigen indogermanischen Wörtern;
2) eine hinreichende Kenntnifs der *grammatischen Construction;* insbesondere auch
3) einen tiefen Einblick in den lebendigen *Gesammtbau* der Sprache, so wie
4) in das *Leben* und die *Weltanschauung* der alten Inder

mit Leichtigkeit daraus gewinnen und sich mit den übrigen schönen und reichen Lehrmitteln selbständig weiter fördern kann. Er gewinnt aber

5) noch eine sehr ausgiebige Grundlage für ein umfassendes, sachgemäfses Verständnifs aller sprachlichen Erscheinungen überhaupt, wie für den Ursprung, die Verbreitung und den Zusammenhang der indogermanischen Sprachen insbesondere.

Alles Gute an dieser Arbeit verdanke ich meinen Quellen. Alle Fehler und Mängel, selbst die Druckfehler, fallen *ausschliefslich nur mir allein* zu, da ich niemals Gelegenheit hatte mich mit irgend wem zu berathen, und der Drucker, Herr W. Keller in Giessen, in der That das Aufserordentlichste leistete, um den Satz schön zu liefern. So hoffe ich denn, man werde sie, zwar mit Strenge, aber auch mit jener Rücksicht beurtheilen wollen, die ein solcher erster, gewissenhafter Versuch doch beanspruchen darf. Jede Belehrung aber, um deren gütige Zusendung ich hiermit dringend bitte, werde ich mit aufrichtigem Dankgefühl entgegennehmen.

Möge denn diese anspruchslose, mühevolle Arbeit, die so viel. Lebenskraft, Zeit und Liebe beansprucht hat, ihren Zweck

Selbstlernern ein leichtes Einführungsmittel in das Studium dieser hochvollendeten Formsprache zu bieten,

nicht allzusehr verfehlt haben.

Frankfurt a. M. im Mai 1868.

Aug. Boltz.

Lautverschiebungs-Tabelle

nach meinem „Die Sprache und ihr Leben", wo sich auch die Belege (S. 140–144) finden.

	Indo-germanisch.	Altindisch (Sanskrit).	Altbaktrisch (Zend).	Altgriechisch.	Altitalisch.	Altirisch (Keltisch).	Altslavisch.	Litbauisch.	Gothisch.	Alt-nordisch.	Alt-hochdeutsch.
	Tenuisgruppe, zum Theil mit Uebergang in *aspirata* und *spirans* (s, z) und Wechsel der Organe (k wird p, etc.).								Aspiraten-gruppe.		Media-gruppe.
Tenues	k	k, kh, ch, ś, p	k, kh, ch, ś, p	k, g, p, t	k (c), kv (qu)	k, ch	k, g, ch, p, s (z)	k, p, sz	h, g, f,h, k, f	k, g,f,h, k, f	g, h
	t	t, th	t, th, t	t, tj = ss	t	t, th	t, s	t	th, d	th, t	d
	p	p, ph	p, f	p	p	p	p	p	f, b	f	b, v, f
Aspiratae (nur in der urprünglich Media)	gh	gh, h	g, gh, ź, z	ch, xj=ss	g, gu, v, h, f	g	g, z	g, ž	g	g	k
	dh	dh, h	d, dh	th, thj=ss	f, d, b	d	d	d	d, dh	d, dh	t
	bh	bh	b, w	f	f, b	b	b, m	b, m	b	b	p, b
Mediae	g	g, j *)	g, gh, j, z, zh	g, b, bj=ʒ	g, gv, v	g	g, z, ž	g, ž	k	k, g	ch, k
	d	d	d, dh	d, dj=ʒ	d, l	d	d	d	t	t, d	z, sz
	b	b	b	b	b	b ?	b	b	b ?	p, b	ph, f
Liquidae	n	n, ṅ, ñ	n, ṅ, ñ	n	n	n	n	n	n	n	n
	m	m	m	m, ausl. n	m	m	m	m	m (n)	m, n	m, n
	r	r (ṛi), l	r	r	r	r	r	r	r	r	r
	l		l	l	l	l	l	l	l	l	l
Halb-vokale	y	y	y	i, e, h	j (= y), i	—	j (= y)	j (= y)	j (= y)	j (= y)	j (= y)
	v	v	v	v, e, h f	v, u	v	v	v	v	v	w
Zischl.	s	s, sh, r	s, sh, h, r	s, h	s, r	s	s, ch, ź	s	s, z, r	s, r	s, r

Die Buchstaben r und l, d und l tauschen leicht und oft unter einander.

*) j, y wie im Englischen; ź weich; zwischen v und w ist in den meisten Sprachen kein Unterschied.

Abkürzungen.

ab. Ablativ.
ac. Accusativ.
act. Activ.
adj. Adjectiv.
adv. Adverb.
ahd. althochdeutsch.
a. I. Aorist I.
a. II. Aorist II.
altn. altnordisch.
âtm. âtmanepadam.
aug. augment(ativ).
Av. Avyayîbhâva.
B. Bopp, ausführliches Lehrgebäude d. S. Sp.
Be. Benfey.
Bhvr. Bahuvrîhi.
bisw. bisweilen.
Bu. Burnouf.
B. S. Bindesilbe.
B. V. Bindevokal.
Bo. Vg. Bopp, Vergleichende Grammatik.
c. causativ.
cf. vergleiche.
comp. Comparativ.
cond. Conditionalis.
conj. Conjunction, -tiv.
Cu. Curtius.
d. Dativ.
dem. demonstrativ.
des. desiderativ.
desgl. desgleichen.
Di. Diphthong.
Du. Dualis.
Dv. Dvandva.
d. i. das ist.
E. Endung.
Ee. Endungen.
eig. eigentlich.
etw. etwas.

engl. englisch.
E, N. Eigenname.
f. Femininum.
fig. figürlich.
fr. französisch.
f. I. Futurum I.
f. II. Futurum II.
g. Genitiv.
ger. Gerundium.
go. gothisch.
gr. griechisch.
i. Instrumentalis.
impf. Imperfect.
imp. Imperativ.
ind. Indicativ.
indec. Indeclinabel.
inf. Infinitiv.
Jem, Jemand.
Kl, Klasse.
Kmdh. Karmadhâraya.
Konj. Konjugation.
Kons. Konsonante.
l. Locativ.
lat. lateinisch.
lith. lithauisch.
L. M. Leo Meyer.
m. Masculinum.
med. Medium.
Mi. Miklosisch.
M. M. Max Müller.
m. Neutrum.
N. Nominativ.
neg. negativ.
Neg. Negation.
Nom. f. Nominalformen.
o. Optativ.
p. Perfect.
par. parasmaipadam.
pf. Particip fut. pass.
pfx. Präfix.

Pl. Pluralis.
pot. Potentialis.
p. pr. ps. Part. praes. pass.
p. p. Part. praet. pass.
p. pr. a. Part. praes. act.
p. pa. Part. praet. act.
pr. Praesens.
prp. Präposition.
ps. Passiv.
priv. privativ.
pron. Pronomen.
pos. possessiv.
pers. persönlich.
P. Person.
red. reduplicirt.
Red. Reduplikation.
s. Substantiv.
S. Singularis,
s. B. selbe Bedeutung.
Schl. Schleicher.
sup. Superlativ.
sfx. Suffix.
sync. syncopirt.
Sync. Syncope.
Th. Thema.
Ttp. Tatpurusha.
vd. vedisch.
v. Vocativ.
Voc. Vocal.
w. wörtlich.
W. (√) Wurzel.
Wohll. Wohllautsregeln.
z. B. zum Beispiel.
zd. Zend.
Zstz. Zusammensetzung.
Zstzn. —en.
? zweifelhaft.
+ plus.
— minus.

Bemerkte Druckfehler,

die man gefälligst *vor* dem Gebrauche des Buches berichtigen wolle.

Seite	6	Zeile	10	von	unten	lies	ṭanke	statt	ṭaṇke
"	7	"	2. 5	"	oben	"	do.	"	do.
"	7	"	11	"	"	"	ishṭai	"	ishtai
"	13	"	8	"	unten	"	matṛi	"	matri
"	26	"	18	"	"	"	Die Tempora	"	Sie
"	31	"	15	"	"	"	antu	"	anta
"	36	"	7	"	"	"	paśy-	"	pasy-
"	40	"	22	"	"	"	kḷip	"	klip
"	62	"	15	"	"	"	chintâparâ	"	chintapara
"	67	"	4	"	"	"	śrî	"	śria
"	70	"	13	"	oben	"	babhûvon°	"	babhûvod°
"	76	"	8	"	unten	"	prabhâṅ	"	prabhân
"	79	"	1	"	oben	"	sarvaṅ	"	sarvan
"	82	"	18	"	"	"	vṛiṇîte	"	vṛinîte
"	88	"	24	"	"	"	wie der Y.	"	den Y. wie
"	110	"	8	"	"	"	dattvâ	"	datvâ
"	112	"	6	"	unten	"	patra	"	pa tra
"	120	"	18	"	"	"	bṛih	"	bṛih
"	124	"	2	"	oben	"	samupetaṅ	"	°petan
			21	"	"	"	udâhṛita	"	uda°
			2	"	unten	"	jush	"	yush
"	128	"	2	"	"	"	balavṛitrahâ	"	°ha
"	132	"	12	"	oben	"	brahmaṇya	"	°nya
"	148	"	3	"	unten	"	kṛitâṅjalir	"	°âṅjalir

Kurzer Abriss der Sanskritgrammatik.

(Dieser Abrifs der Grammatik sollte ursprünglich in derselben eingehenden Weise das gegebene Material verarbeiten wie im Abschnitt „Lexicologie", wobei uns die Stamm'sche Bearbeitung des Ulfila als Muster vorschwebte. Aus Versehen gelangte er vor dem Text in Satz, und so mag er denn hier stehen bleiben. Die auf S. 4 ff. den Beispielen beigegebenen Zahlen weisen auf die Sloka, wo dieselben vorkommen.)

Das Schriftsystem.

1. a	श्र	mit Neigung nach o	26. m	म		
2. â	श्रा		27. n	न	dental	
3. ai	ऐ		28. ṇ	ण	lingual,	Zunge an den Gaumen.
4. au	श्रौ		29. ṅ	ञ	palatal	= weiches ng, fast nj.
5. b	ब		30. ñ	ङ	guttural = ng	
6. bh	भ	(h wird gehört)	31. o	श्रो		
7. ch	च	(wie tsch)	32. p	प		
8. chh	छ	(wie tsch-h)	33. ph	फ	= p-h, nie f	
9. d	द	dental	34. r	र		
10. dh	ध	dental = d-h	35. ṛi	ऋ		
11. ḍ	ड	lingual	36. ṛî	ॠ		
12. ḍh	ठ	lingual	Zunge an den Gaumen.	37. s	स	
13. e	ए		38. ś	श	fast wie franz. j	
14. g	ग		39. sh	ष	= sch	
15. gh	घ	= g-h	40. t	त	dental	
16. h	ह	stets hörbar.	41. th	थ	dental (t-h)	
17. i	इ		42. ṭ	ट	lingual	
18. î	ई		43. ṭh	ठ	lingual (ṭ-h)	
19. j	ज	wie im Englischen.	44. u	उ		
20. jh	झ	= j-h	45. û	ऊ		
21. k	क		46. v	व	= deutsches w	
22. kh	ख	= k-h	47. y	य	= deutsches j	
23. l	ल		48. Anusvâra • (ṃ, ṅ)			nasaler Nachklang.
24. lṛi	लृ	(ein Laut)	49. Visarga : (ḥ)			aspirirter Nachklang.
25. lṛî	लॢ		50. Virâma ◌੍			nimmt dem Kons. sein a.

1

Also 50 Schriftzeichen : 14 Vokale, 33 Konsonanten, 2 Nachlaute (anusvâra, visarga), 1 Pausazeichen (virâma).

Jedem Konsonanten, der nicht anders bezeichnet ist, inhärirt ein a; also ब ba etc., die übrigen Vokale treten in folgender Weise mit den Konsonanten in Verbindung : voran i ि : कि = ki; dahinter î ी, â ा, o ो, au ौ : की, का, को, कौ = kî, kâ, ko, kau; darunter u ॒, û ॒, ṛi ॒, ṛî ॒, (lṛi ॒, lṛî ॒, selten) : कु, कू, कृ, कॄ = ku, kû, kṛi, kṛî; darüber e े, ai ै : के, कै = ke, kai.

Vokallose Konsonanten verbinden sich zu einer Gruppe : क्लिन्न klinna, durchnässt; am Ende des Wortes erhalten sie das Pausazeichen ॒ : क्लिद् klid (Wurzel), durchnässen. So haben denn die Vokale (a ausgenommen) je *zwei* verschiedene Zeichen, je nachdem sie als *Initiale* oder als einem Konsonanten folgend erscheinen.

Das indische Alphabet, von welchem wir nach dem Vorgange der K. Russ. Akademie der Wissenschaften aus Utilitätsrücksichten abgewichen sind, wird in folgender Ordnung aufgeführt :

Vokale :

अ a, आ â, इ i, ई î, उ u, ऊ û, ऋ ṛi, ॠ ṛî, ऌ lṛi, ॡ lṛî, ए e, ऐ ai, ओ o, औ au.

Das nasale Anusvâra · (ṃ), der Endhauch Visarga : (ḥ).

Konsonanten :

Gutturale	क	k	ख	kh	ग	g	घ	gh	ङ	ñ	ह	h		
Palatale	च	ch	छ	chh	ज	j	झ	jh	अ	ṅ	य	y	श	ś
Cerebrale	ट	ṭ	ठ	ṭh	ड	ḍ	ढ	ḍh	ण	ṇ	र	r	ष	sh
Dentale	त	t	थ	th	द	d	ध	dh	न	n	ल	l	स	s
Labiale	प	p	फ	ph	ब	b	भ	bh	म	m	व	v		

Hierzu folgt noch eine Anzahl der gebräuchlichsten Konsonantenverbindungen :

क्त kt, क्र kr, क्ल kl, क्व kv, क्य ky, क्ष ksh, ख्य khy, ग्न gn, ग्र gr, ग्ल gl, घ्न ghn, घ्र ghr, ङ्क ñk, ङ्ख ñkh, ङ्ग ñg, ङ्घ ñgh,

ह chch, ह्ल chchh, ह्य chy, ह्ल chsh, ह jñ, ह्व jv, ह ñch,
ह्ल ñchh, ह ñj, ह ṭy, ह ḍg, ह ḍy, ह ṇṭ, ह ṇṭh, ह ṇḍ,
ह ṇṇ, ह ṇy, ह tt, ह tth, ह tn, ह tm, ह ty, ह tr, ह tv,
ह ts, ह thy, ह dg, ह ddh, ह dbh, ह dm, ह dy, ह dr, ह dv,
ह dhr, ह nt, ह ntr, ह nd, ह nn, ह ny, ह pt, ह py, ह pr,
ह pl, ह pm, ह pn, ह br, ह bhy, ह bhr, ह mbh, ह mm,
ह my, ह mr, ह yy, ह rk, ह rm, ह lp, ह ll, ह vy, ह vr,
ह śch, ह śy, ह śr, ह śv, ह shṭ, ह shṭh, ह shṇ, ह sk,
ह skh, ह st, ह sth, ह sn, ह sm, ह sy, ह sr, ह str,
ह sv, ह ss, ह hm, ह hy, ह hl, ह hn, ह hv, ह ktr, ह ktv,
ह kshṇ, ह chchhr, ह tsn, ह try, ह ttr, ह ttv, ह ddhy,
ह dbhy, ह shṭr, ह shṭy.

Die Konsonanten werden eingetheilt in *dumpfe* (tenues) und
in *tönende* (sonantes) wie folgt:

Dumpfe क ख, च छ, ट ठ, त थ, प फ; श, ष, स
k kh, ch chh, ṭ ṭh, t th, p ph, ś, sh, s
Tönende ग घ ङ, ज झ ञ, ड ढ ण, द ध न, ब भ म;
g gh ñ, j jh ń, ḍ ḍh ṇ, d dh n, b bh m;
Halbvokale sind: य र ल व; ह
y r l v h.

Die Vokale sind *ähnliche*, d. i. solche, die gar nicht oder nur
durch die Quantität verschieden sind: a und â; i, î; e, ai; u, û;
o, au, (v); ri, rî, (r); lri, lrî, (l); oder sie sind *unähnliche* (alle
übrigen). Sie sind *einfache* oder Diphthongen (e, ai, o, au).

Die *Steigerung* der Vokale (guṇa) geschieht durch vorgesetztes a (fehlt bei a, â und den Diphthongen); es werden dadurch:

a â, i î, u û, ri rî, e, ai, o, au
plus guṇa . . e e o o ar ar . . . .

Abermalige Steigerung des bereits gunirten Vokals durch
nochmals vorgesetztes a heifst *vriddhi* und bewirkt:

â ., ai ai, au au, âr âr, ai . au . ,

ein Vorgang, der auch im Griechischen und Deutschen stark vertreten (λιπ-, ελιπον, λειπω, λελοιπα; wissen, weifs, gewufst), im
Lateinischen dagegen nur seltener anzutreffen ist (aurum, aurora,
uro; foedus = foidus von fid- binden).

Hierher gehören noch die

Wohllautsregeln.

Vokale.

I.

Im Satze am Ende und Anfang *zweier Wörter* sich begegnend :

1) *einfache ähnliche* (a, â; — i, î; — u, û; — ṛi, ṛî; — d. h. solche, die sich höchstens durch die Quantität von einander unterscheiden) fliefsen in ihre Länge zusammen :

a + a = â : cha asi — châsi, in Sloka 84 des folgenden Textes.

i + i = î : {pravekshyasi iti — pravekshyasîti, 74. / damayantî iti — damayantîti, 53.

u + u = û : vasu uttaman — vasûttaman.

ṛi + ṛi = ṛî : kartṛi rishînâm — kartṛîshînâm.

2) *einfache unähnliche* (alle anderen als die oben angegebenen) bilden :

Schlufsvokal a + i = e : cha iha — cheha, 84.

â + a, devâ athavâ — devâ'thavâ, 80.

+ i, bhavetâ iti — bhaveteti, 118.

a + u = o : cha uttama — chottama (158).

+ ṛi = ar : tatra rishînâm — tatarshînâm.

+ e } ai } = ai : {tathâ, eva, âsîd — tathaivâsîd, 5. / cha eva — chaiva, 46.

+ o } au } = au : {tatra ojas — tatraujas. / mahâ ojas — mahaujas (154).

au : tatra aushadham — tatrausha-dham.

Schlufsvokal i stets y : {ni avedayat — nyavedayat, 32. / iti âgatan — ityâgatan.

Schlufsvokal u stets v : {mânusheshu api — mânusheshvapi,14. / vasu âdya — vasvâdya.

Schlufsvokal ṛi stets r : {kartṛi agnis — kartragnis. / kartṛi ârabhya — kartrârabhya.

lṛi kommt am Ende nicht vor; würde l werden.

3) Die *Diphthongen*, e, o, ai, au :

Schliefsendes e und o bleiben vor a; dieses fällt ab :

deve agnis — deve'gnis.

devo agnis — devo'gnis (adṛishṭakâmo 'bhût 17).

Vor anderen Vokalen werden sie zu a :

deve iti — deva iti.

devo iti — deva iti.

Ausnahme : vane âste wird vana âste, 18.

Schliefsendes ai wird â, selten ây : tasmai iti — tasmâ iti.

Schliefsendes au wird av, selten â : tau iti — taviti.

II.

In der *Mitte des Wortes, vor vokalisch anlautenden Flexionsendungen, Affixen oder Compositionsschlufsgliedern :*

1) Zunächst dieselben Gesetze wie sub I. 2 ; also Locativ von guṇa (a + i Flexionsendung des Loc.) — guṇe.

2) der *erste* Vokal wird *elidirt,* wenn a + a : tuda + anti (Endung der 3. Pers. plur. praes.), also — tudanti.

3) n oder y werden *eingeschoben,* wenn â + â, also aus śivâ + âs (Endung des Gen. sing. f.) — śivâyâs.

aus śivâ + âm (Endung des Gen. plur.) — śivânâm.

4) î und û gehen häufig in iy, uv über ; aus śrî + â (Endung des Instr. sing.) wird — śriyâ, 10, 75.

aus bhû + i wird — bhuvi, 15.

5) e, ai ; o, au werden ay, ây ; av, âv ; aus rai + â (Endung des Instr. sing.) wird — râyâ.

aus go + â ; nau + â wird — gavâ, nâvâ.

6) Der *Schlufsvokal* des ersten Theiles *gunirt* ; aus dem so entstandenen e und o wird vor a : ay, av : aus kavi, gunirt kave + as (Nom. plur.) wird — kavayas.

aus bhânu, gunirt bhâno + as, wird — bhânavas.

Konsonanten.

III.

A. Im Satze *am Ende und Anfang zweier Wörter* sich begegnend :

1) Am Ende sind überhaupt nur *möglich* : k, ṭ, t, p und die *Nasalen.*

2) *Zwei* Konsonanten dürfen *am Ende nicht* stehen, aufser wenn der erste derselben ein r ist.

Beginnt das *nächste Wort* mit einer *Tönenden* (incl. Nasale), so gehen die nach 3) und 4) entstandenen k, ṭ, t, p vor derselben in ihre unaspirirte *Tönende* über (media + media), resp. vor Nasalen beliebig in ihre eigene Nasale.

Es wird also budh (nach 4) zunächst bhut; vor devam (nach 5) zunächst bhud; vor na (nach 5) zunächst bhun.

3) Die *Palatalen* (ch, j,) sowie die *Sibilanten* ś, sh werden zu k oder ṭ; r und s werden zu Visarga : : ḥ, — also aus yuj wird yuk; ruch — ruk; diś — dik; dvish — dviṭ; snish — snik; dvâr — dvâḥ; manas — manaḥ. —

4) Die *Aspiraten* (kh, gh; chh, jh; ṭh, ḍh; th, dh; ph, bh) und die *Tönenden* (g, ḍ, d, b) *gehen in die unaspirirte tenuis über, und zwar tritt die Aspiration auf den Anfangskonsonanten* zurück : budh wird bhut.

5) t und d *assimiliren sich vor den Palatalen* ch, chh, j, jh als ch oder j : bhut + cha = bhuchcha; yad + cha = yach cha, 90. bhut + janma = bhujjanma; *vor den pal. Sibilanten* ś als ch (ś selbst wird ch) : vedavid + śuro = vedavichśuro oder -churo, 3; tad śrutvâ = tach-śrutvâ, 33; *vor den Cerebralen* ṭ, ṭh; ḍ, ḍh als ṭ oder ḍ; — vor l als l; vor Vokalen, Diphthongen und g, gh, d, dh, b, bh, y, v, h und den *Liquiden* als d : d vor n zu n : panna, 1. ist padna; — prasanno, 8. für prasadno.

6) Die *Nasalen* werden nach *kurzem* Vokale vor beginnendem Vokale verdoppelt, m ausgenommen : etasminneva kâle, 45.

m vor *Vokalen*, wie eben gesagt, verdoppelt sich nicht; vor *Halbvokalen* (y, r, l, v) und vor den *Sibilanten* (ś, s, sh) *mufs* es zu anusvâra (ṅ) werden : jayam + śûram wird : jayaṅ śûram. Vor allen übrigen *Konsonanten kann* es anusvâra werden oder sich in deren Nasal verwandeln : jayam + kavim wird jayaṅ kavim oder jayañ kavim.

n vor t, th wird, mit Einschiebung der betreffenden Sibilans, zu ṅs : agaman + tataḥ wird also : agamaṅs tataḥ, 22.

vor ch, chh, zu ṅś : viharan + cha — viharaṅś cha, 167.

vor ṭ, ṭh, zu ṅsh : jayan + ṭaṅke — jayaṅsh ṭaṅke.

mit folgendem ś wird es zu ñchh — jayañchhavas (śavas).

7) r und s werden zu *Visarga* (ḥ) vor den dumpfen k, kh; p, ph, und den Sibilanten ś, s, sh :

punar + kavis, punaḥ, śivena wird : punaḥ kavis, punaḥ punaḥ, punaḥ śivena.

kavis + kavis, punaḥ, śivena wird : kaviḥ kavis, kaviḥ punaḥ, kaviḥ śivena.

r und s werden *zum entsprechenden Sibilanten* vor ch, chh; ṭ, ṭh; t, th; also :

p u n a r + chandre, taṇke, tatra wird : punach chandre;
punash taṇke; punas tatra.

vi + nir + chitya wird viniśchitya, 134.

k a v i s + chandre, taṇke, tatra wird : kavich chandre;
kavish taṇke; kavis tatra.

agnis + cha wird agniścha, 67.

8) r *bleibt* vor *Tönenden*, incl. Vokale :

punar haṅsa, punar anya.

vor r aber fällt es aus und der vorhergehende Vokal wird
lang :

guṇair ishtair rûpavân wird guṇair ishtai rûp°-, Sl. 1.

9) s nach a (als as) wird mit diesem zu o vor *Tönenden* :

nalas nâma wird nalo nâma, 1.

desgleichen vor a, welches letztere dann ausfällt :

devas athavâ yaksho? wird devo 'thavâ yaksho? 80.

v o r *anderen* Vokalen als a *fällt das* s *ab* :

śivas iti wird śiva iti.

desgleichen *nach langem* â :

śivâs + atra, śivâs iti wird śivâ atra, śivâ iti.

n a c h anderen Vokalen als a wird s zu r :

guṇais, brahmarshis werden guṇair, 1. brahmarshir, 6.

vor r *aber fällt es aus* und der vorhergehende Vokal wird *lang* :

śivis rûpe wird also śivî rûpe.

nach k wird s zu sh :

vak + syâmi wird vakshyâmi.

Vergleiche noch B. 2.

B. In der *Mitte des Wortes*, vor *Flexionsendungen*, *Affixen und*
Compositionsschlufsgliedern :

1. A l l g e m e i n e s :

Beginnende *Vokale*, *Halbvokale und nasale* grammatische
Endungen und Affixe sind *ohne Einfluſs* auf die Schlufskonsonanten
einer Wurzel oder eines Nominalstammes. Ist derselbe *palatal*, so
kann er dieſs *bleiben* oder guttural werden :

marut + â : marutâ; ruch + â : ruchâ.

Vor *tönenden Konsonanten* aber können nur tönende; vor
dumpfen nur dumpfe stehen. Ist der Schlufskonsonant *palatal*, so
muſs er guttural werden :

marut, ruch + bhis, machen also marudbhis, rugbhis.

Die *finale Aspirata* wird zur media und die Aspiration tritt

auf den Anfangskonsonanten der Wurzel oder des Themas zurück;
vor t, th indefs bei aspirirten Tönenden auf dieses folgende t, th
selber, welches überdem zur media wird :

duh + bhis, badh + ta werden also ·dhugbhis, baddha.

2. Spezielles:

m vor m wird n; vor anderen Konsonanten fällt es häufig aus:

agam + ma, gam + ta werden : aganma, gata, 18.

ś und chh vor t, th werden zu sh, wobei t, th zu ṭ ṭh werden:

dṛiś + ta wird dṛishṭa, 107; pṛichh + ta wird pṛishṭa..

ś und chh vor s wird k :

also : dṛiś + su zu dṛikshu.   pṛichh + su zu pṛikshu.
(s wird hierbei, nach III. A. 9 zu sh).

ś und chh vor Tönenden werden zu ḍ oder g :

also : spṛiś, pṛichh + bhis werden zu : spṛigbhis, pṛigbhis.

s nach a vor Tönenden wird mit dem a zu o :

manas + bhis : manobhis, 79.

s nach *anderen* Vokalen aber allein zu r :

havis + bhis : havirbhis.

s vor Vokalen aber (in *letzterem* Falle) zu sh :

havis + â : havishâ. ·

s sonst hier und da noch zu t, und vor s zu ḥ :

vachas + su : vachaḥsu.   havis + su : haviḥshu.
von vas im Aorist : avâtsam, mit t für s.

sh wird mehrfach zu ṭ, resp. ḍ :

hṛish + su, + dhvam giebt hṛiṭsu, hṛiḍḍhvam.

Verwandlung im Affixe, bewirkt durch den Einflufs des Schlufs-
oder überhaupt eines Themakonsonanten :

1) Finales h verwandelt ein folgendes t, th, dh in ḍh und fällt
   dabei aus;

   ruh + ta = ruhḍha : rûḍha;

   (der vorhergehende Vokal wird verlängert oder gunirt); oder
   es verwandelt t, th nur in dh und wird selbst dabei zu g;.

   dah + ta = dahdha : dagdha;

   wie es vor s zu k wird, nach welchem s in sh übergeht :

   ruh + syâmi : rokshyâmi, ich werde wachsen.

2) *Cerebraler Finalis* (ṭ, ṭh, ḍ, ḍh) *einer* Wurzel (nebst dem aus
   ch, chh entstandenen sh) verwandelt den folgenden *Dentalen*
   in den Cerebralen :

   hṛish + ta : hṛishṭa.

3) *Beginnendes* **s** *der Affixe* wird zu sh, so oft ein anderer Vokal als a, â, oder wenn ein Halbvokal (y, r, l, v) oder ein Gutturaler (g, k) vorangeht :

kavi + su = kavishu

îr + se = îrshe, *du gehest*

spriś : f. II. sparkshyâmi für syâmi, ich werde berühren.

4) n *der Flexionssilbe oder des Affixes*, ebenso wie eingeschobenes n, gehen nach wurzelhaftem r, ṛi und sh vor einem darauf folgenden Vokal oder Halbvokal in ṇ über; also :

rudr-eṇa, kartṛi-ṇa; kṛi-ṇ-v-anti; snushâ-ṇam;

aufser wenn ein Palataler, Liquider, Dentaler oder l dazwischen steht, weil dem n weder ein Vokal noch ein Halbvokal folgt; also :

ramanti; sṛipanti; dvishanti.

Die Präpositionen pra, vor; pari, um (-herum); parâ, über; nir, ohne; und antar, zwischen, in, üben denselben Einflufs auf anlautendes n einer Wurzel (praṇayasva, führe mich heim, Sl. 89, von nî), oder auf das n einiger Affixe (prayâṇa, das Gehen, der Tod, von yâ).

(Ausführlicheres über die Wandlung des dentalen n in cerebrales ṇ in „Zeitschrift für die Kunde des Morgenlandes" Band IV., 354 — 366, von O. Boehtlingk).

An die Wohllautsregeln schliefsen sich ganz natürlich, als zum Theil auf ihnen beruhend,

die Reduplikationsgesetze an.

Bei allen Veranlassungen, wo Reduplikation stattfindet, gelten folgende Gesetze :

1) für *Aspirata* werden in der Redupl.-Silbe *muta* gesetzt : dadhâ von dhâ, setzen; bibhî- von bhî- fürchten.

2) für *Gutturale* die entsprechenden *Palatalen*, unter Berücksichtigung des vorhergehenden Gesetzes (muta für aspirata); also ch für k, kh; j für g, gh, h : chikit, von kit- kennen; jighṛi- von ghṛi- scheinen, benetzen; juhu von hu- opfern.

3) Von *zwei* und mehr Konsonanten wird *nur der erste* wiederholt; sonst wie vorstehend : jihrî von hrî- sich schämen.

4) Ist dieser erste Konsonant aber ein *Zischlaut* (ś, sh, s) dann

der zweite, wenn er muta ist; im Uebrigen wie bisher :
chaskand von skand- gehen.

5) Langer Wurzelvokal wird hierbei kurz : dadhâ, bibhî; für
ṛi, ṛî erhält die Wiederholungssilbe a : paspṛiś von spṛiś- berühren (p. pasparśa, ich habe berührt).

6) Die mit Vokal anfangenden W. setzen *die ganze* W. zweimal;
hierbei werden aber î, e, a, â, u, û, o, ṛi das zweite Mal in i
geschwächt, z. B. âjigham (= a + aj Red.-Silbe + igh-am)
Aorist von âghay aus agh- sündigen.

7) In derselben Weise wiederholt das Desiderativum die Wurzel
+ s mit oder ohne Bindevokal i : kit- kennen : chikits-; ist
der Wurzelvokal u, û, o, au, mit u : tud- stofsen : tututs-;
nur dyut- glänzen hat wegen seines y ein i : didyutish, didyotish.

8) Das Intensivum fordert guṇa für die Redupl.-Silbe, selbst für
lange Vokale : chi- sammeln chechi, Deponens (+ passivem
ya) chechîya (End- i wird im Passiv stets zu î; desgleichen
u zu û; beide auch vor r und v).

(Vergl. noch P e r f e c t unter „Verbum".)

Accente.

Nur in den Veden bezeichnet, was — gleich den meisten
Wohllautsregeln — darauf hinzudeuten scheint, dafs das eigentliche
Sanskrit mehr geschrieben denn gesprochen wurde. Zwei : udâtta,
„gehobener" und svarita, „tonbegabter"; ersterer = gr. Akut,
dem er oft entspricht; letzterer (sehr selten) ist eine Art Circum-
flex, entstehend durch die Verschmelzung einer betonten Silbe mit
einer unbetonten, und zwar nur in Silben, welche y, v hinter einem
vorhergehenden Konsonanten haben.

Der Udâtta ist also Hauptaccent. Er ruht ursprünglich auf
der W.-silbe, von welcher er nur in Folge von Modifikationen der
Bedeutung fortgeht. Hierbei kann er, auch beim längsten Worte,
bis auf die Anfangssilbe zurücktreten, wie in ábubodhishâmahi, wir
wünschen zu wissen (med.). Der Accent ist häufig Ursache von
guṇa oder vṛiddhi der betonten, so wie von Schwächung oder Rein-
erhaltung der unbetonten Silbe, und ist für die Flexion von hoher
Bedeutung. S. Ausführlicheres unter *Verbum*, wo auch eine Accenttabelle.

Wurzeln. Wortstämme.

Wurzel heifst der Stamm welcher allen Veränderungen, durch Ableitung oder Flexion, zu Grunde liegt. Die indischen Grammatiken sind sehr verdient um die Etymologie durch ihre Wurzelverzeichnisse. Viele dieser Wurzeln konnten sie nur aus deren Derivaten erschliefsen, wie Jacob Grimm diefs im Deutschen gethan. Ein leicht zugängliches Verzeichnifs derselben befindet sich in Burnouf's Dictionnaire classique Sanskrit-Français etc., Paris 1866, Seite 767—781.

Deklination.

Nominale und *pronominale*. Das *Thema* stets aus der ganzen Deklination abstrahirt. Nominativ daher bereits ein Kasus. Bei ordo, homo würde somit ordin, homin als Grundform im ind. Lexikon aufzusuchen sein.

Drei Genera : m. und n. meist gleiche Grundform; f. meist durch â oder î gebildet, das mit zur Grundform gerechnet wird.

Drei Numeri mit acht Kasus in der Folge : Nominativ, Accusativ, Instrumentalis, Dativ, Ablativ, Genitiv, Locativ, Vocativ.

Der *Dual* hat nur drei Kasusformen : eine für Nom., Acc., Voc.; eine für Instr., Dat., Abl., und eine für Gen., Locativ.

Nominale Deklination.

Sechs Deklinationen nach den Endbuchstaben des Thema's :
erste auf a, â; dritte auf u, û; fünfte auf Diphthongen;
zweite auf i, î; vierte auf ri; sechste auf Konsonanten.
Bei Dekl. 4, 5, 6 findet dabei eine Eintheilung des Kasus in starke und schwache statt.

Die *starken* Kasus Nom., Acc., Voc. S. und Du. und Nom., Voc. Pl. (beim neutr. dagegen nur Nom., Acc., Voc. Pl.) fordern eine *Verstärkung des Thema's.* — Dekl. 4 theilt sich hierbei in zwei Gruppen :

in die der *Verwandtschaftswörter* auf ṛi, welche in den starken Kasus das wahre Thema bewahrt haben, nämlich ar, : pitár-as, die Väter; mâtár-as, Mütter; und

die der *Nom. agentis*, welche âr erhalten haben : dâtri m. Geber; pl. dâtár-as, Geber.

Die 5. Dekl. bildet die starken Kasus auf ai und au : râyas, Reichthümer; gâvas, Kühe.

Die 6. Dekl. zeigt eine grofse **Mannigfaltigkeit** in der Verstärkung der starken Kasus. Die schwachen werden hier nochmals geschieden in die *mittleren*, d. i. konsonantisch beginnenden; also Instr., Dat.-Abl., Loc. Pl. und Instr., Dat., Abl. Du., in welchen *das Thema rein* bleibt und in die *schwächsten*, d. i. die vokalisch beginnenden : Instr., Dat., Abl.-Gen., Loc. S.; Gen. Pl. und Gen., Loc. Du., in welchen das Thema verkürzt wird.

Bildung der Kasus.

(Vergl. hierzu die folgende Deklinationstabelle.)

Singularis.

Nominativ. Zeichen *s* für vokalisch endigende m. und f. : śíva-s, kaví-s, bhânú-s, rắ-s, gáu-s, náu-s.

f. auf â und zwei- und mehrsilbige auf î, so wie die ganze 4. Dekl. nehmen kein s; bei letzterer wird r (von ar = ṛi) abgeworfen und a zu â : śívâ, nadî, pitắ, mâtắ.

Konsonantisch endigende und *alle* neutra der 2—6. Dekl. haben Nom. = Thema : marút, hṛit, vắk (natürlich unter Berücksichtigung der Lautgesetze); vắri, tắlu, dâtṛí, gebend(es). — Die n. der 1. Dekl. nehmen m : śíva-m.

Schliefsendes n fällt ab und wird beim m. durch Verlängerung des vorhergehenden Vokals ersetzt : rắjan : rắjâ, König; hastǐ von hastín, Elephant.

Accusativ. Zeichen *m*, daher śíva-m, kaví-m, gắti-m etc. Dekl. 4, 5, 6 und die vokalisch endenden einsilbigen Wörter nehmen Bindevokal a dazu : pitár-a-m, marút-a-m, bhí-y-a-m, bhú-v-a-m. Wörter auf o haben âm statt âvam : go : gâm st. gav-a-m, wie man erwarten sollte.

Alle neutra : Acc. = Nominativ : śívam, vắri, tắlu, dâtṛí.

Instrumentalis. Zeichen *â* : vâchắ, gắvâ, pitrắ, vadhvắ, nadyắ, śívayâ (neben śívâyâ, s. Boehtlingk Sanskr. Chrestom. Seite 3, Sl. 29, viśishṭâyâ). m. und n. auf i, u schieben ein euph. n (ṇ) ein : kaví-n-â, vâri-ṇ-â. Bei Dekl. 1 mischt sich dem finalen a, â ein i bei, wodurch es zu e wird, d. i. śiva m. n. wird śíve; śívâ f. ebenfalls śíve; diefs śíve + â nimmt im m. und n. ein euph. n und schwächt dadurch â zu a : śívena; im f. aber wird e zu ay : śívay + â.

Dativ : Zeichen 1) die Endung *e*, vor welcher die m. f. der 2. 3. Dekl. guṇa nehmen (kaví : kaváy-e; gắti : gắtay-e; bhânú

bhânáv-e; dhenû : dhenáv-e), die neutra dagegen, auch die der
4. Dekl., n (ṇ) einschieben : vắri-ṇ-e; tắlu-n-e; dâtṛí-ṇ-e.

2) die Endung *ai* bei den f. der 1. Dekl., die ein y einschieben :
śívâ-y-ai, und bei den zwei- und mehrsilbigen f. auf î und û : nadî :
nad-y-ái; vadhû : vadh-v-ái.

3) *e* oder *ai*, bei den einsilbigen f. auf î und û, und den zwei-
und mehrsilbigen auf i und u : bhî : bhi-y-é oder bhi-y-ái; bhû :
bhu-v-é oder ái; gắti : gát-ay-e oder gát-y-ai; dhenû : dhen-áv-e
oder dhen-v-ái.

4) *âya* bei m. und n. der 1. Dekl. : śív-âya (śíva + aya).
Ablativ und Genitiv. Nur bei den m. und n. der 1. Dekl.
in den Endungen verschieden : Ablativ mit Zeichen *t* vor welchem
a lang wird : śívât; Genitiv mit Zeichen sya : śíva-sya.

Sonst sind diese beiden Kasus in ihren Endungen identisch
und zwar :

1) *as*, vor welcher die n. der 2. 3. 4. Dekl. ein n (ṇ) einschieben :
vắri-ṇ-as, bhi-y-ás, tắlu-n-as, bhu-v-ás, dâtṛí-ṇ-as, nâ-v-ás, marút-as,
vâch-ás.

2) *ás*, bei den mehrsilbigen f. auf â, die aufserdem ein y einschieben : śívâ-y-âs; so wie bei denen auf î und û : nadî : nady-ắs;
vadhû : vadhv-ắs.

3) *s* bei Wörtern der 5. Dekl. auf o : gŏ : gŏs.

4) *es* statt yas und *os* statt vas bei den m. und f. auf i, u :
kavî : kavés; gắti : gátes; — bhânû : bhânós; dhenû : dhenós.

5) *ur* für die Themasilbe ṛi (wohl für ursprüngliches urs =
rus = ras) bei den m. und f. der 4. Dekl. pitṛí ; pitúr; mâtṛí :
mâtúr; dâtṛí : dâtúr.

Locativ. Zeichen *i, âm, au* :

1) *i* Hauptendung; marút-i; go : gáv-i; rái : rây-í; bei m. f.
der 1. Dekl. śíva + i : śíve; neutra (schieben in 2. 3. 4. ein n (ṇ)
ein, und einsilbige fem. von 2. 3. (mit guṇa) : vắri-ṇ-i, tắlu-n-i,
dâtṛí-ṇ-i; bhî : bhi-y-í, bhû : bhu-v-í. Die m. und f. der 4. Dekl.
guniren gleichfalls ihr ṛi : pitṛí : pit-ár-i; mâtṛí : mat-ár-i.

2) *âm*, bei f. auf â (schieben aufserdem y ein) śívâ-y-âm,
und den mehrsilbigen fem. auf î, û : nadî : nady-âm; vadhû :
vadhv-âm.

3) *au*, bei m. f. auf i, u, deren i, u davor ausfällt : kav-áu,
gát-au; bei f. kann auch *âm* gebraucht werden : gaty-âm. — Nur
pắti, Herr (Sl. 2) und sắkhi, Freund (Sl. 11) behalten ihr End- i
bei : pắty-au, sắkhy-au.

Vocativ 1) = *Thema*, doch mit Accent *stets* auf der ersten Silbe in S., Du. und Pl. śíva, vắri (neben vắre), tắlu (neben tắlo); pít-ar, mắt-ar, dắtar, dắtṛi (neben dắtar); márut, vâk;

2) = Nominativ, bei einsilbigen vokalisch endigenden Wörtern : bhîs, bhûs, gáus;

3) m. und f. auf i, u nehmen guṇa : káve, gáte; bhắno, dhéno, tắlo;

4) Die mehrsilbigen auf î, û verkürzen diese in i, u : nắdi, vádhu.

5) Das â der f. der 1. Dekl. wird e : śíve.

Pluralis.

Nominativ. Zeichen *as (âs)* und *i.*

1) *as (âs)* für m. f.; die auf i, u haben guṇa : śívâs (= śíva + as, śívâ + as), kaváy-as, nadỳ-as, bhânáv-as, vadhv-as; pitár-as, dâtắr-as; rắy-as, gắv-as, nắv-as, marút-as.

2) *i* für neutra. Die *vokalisch* endigenden schieben n (ṇ) ein und verlängern den Endvokal : śívâ-n-i, vắrî-ṇ-i, tắlû-n-i, dắtṛî-ṇ-i. Die *konsonantisch* endigenden schieben diefs n auch ein, jedoch vor ihren Endkonsonanten, falls dieser nicht ein Nasal ist : hṛid, Herz : hṛindi. Letztere (neutra auf n und s) verlängern den vorhergehenden Vokal : chakshûṅshi cha manâṅsi cha, 127.

Accusativ. 1) Zeichen *n* bei m. die auf kurzen Endvokal ausgehen, der dann verlängert wird : śívân, kavîn, bhânûn, pitṛîn, dâtṛîn.

2) *s* bei mehrsilbigen f. mit vokalischem Ausgang; kurzer Endvokal gleichfalls· verlängert : śívâs, gátîs, nadîs, dhenûs, vadhûs, mâtṛîs.

3) *as* bei einsilbigen m. und f. (go ausgenommen, macht gắs) und denen die auf Konsonanten ausgehen : bhî : bhíyas; bhû : bhúvas; rắi : râyás; nau : nắvas; marút-as; vâch-as.

4) neutra lauten wie im Nom. śívâni.

Instrumentalis. Zeichen *bhis* : śívâ f. śívâbhis etc. · Die m. n. der 1. Dekl. haben davon bh ausgestofsen und a verlängert, so dafs es mit i nicht zusammenfliefst, und mithin śívâis.

(Näheres Bopp. Krit. Gramm. 3. Aufl. S. 98, 99).

Dativ und Ablativ. Zeichen *bhyas*, vor welchem a in e übergeht : śívebhyas m. n. aber śívâbhyas f., kavíbhyas, etc.

Genitiv. Zeichen *âm* : bhî : bhiyẳm; · bhû : bhuvẳm; rai : râyẳm; go : gáv-âm; nau : nâvẳm; marút-âm, vâch-ẳm.

Mehrsilbige Wörter mit vokalischem Ausgange schieben n ein, vor welchem kurze Vokale verlängert werden : śívâ-n-âm, kavî-n-âm.

Locativ. Zeichen *su*, vor welchem finales a zu e wird : śíve-shu (shu für su nach allen andern Vokalen als a, â), kavíshu; rai : râsú, marútsu.

Vocativ = Nominativ, nur mit Accent stets auf der 1. Silbe.

Dualis.

Nom. Acc. Vocativ. Zeichen *au.* Diefs tritt an m. u. fem., śívau, pitárau, mâtárau, marútau. — m. und f. auf i, u unterdrücken diese Endung und verlängern zum Ersatz den kurzen Vokal des Stammes : kavî, bhânû.

Die f. auf â verwandeln diefs in e : śíve.

Neutra haben î : śíva + î = śíve. Andere vokalisch endigende schieben n (ņ) ein : vắri-ņ-î, tắlu-n-î, dâtrí-ņ-î.

Instr. Dat. Ablativ. Zeichen *bhyâm.* Kurzes a vor bhyâm wird lang : śívâbhyâm, m. n. f. Alle anderen Vokale bleiben unverändert.

Gen. und Locativ. Zeichen *os* : marút-os, kavy-ós, bhânv-ós, pitrós.

Neutra auf i, u schieben euphon. n ein : vắri-ņ-os, tắlu-n-os, dâtrí-n-os. Wörter auf finales a, â verwandeln diefs in e, das vor o zu ay wird : śívayos.

Zu näherer Veranschaulichung dient die beigeheftete **Deklinationstabelle A.**

Unregelmässigkeiten der Deklination.

I. Deklination m. n. keine Ausnahme. Von den f. haben die drei Wörter ákkâ, ámbâ, állâ, sämmtlich *Mutter* bedeutend, im V. Sing. a statt e.

jarâ, Alter, ist entweder regelm., oder es hat den Nebenstamm jarâs für alle Kasus, die vokalisch anfangende Suffixe haben.

II. Deklination. páti, Herr, Gemahl und sákhi Freund machen im Singular :

- pátis, pátim, pátyâ, pátye, pátyus, pátyau, páte; doch ist es in Zusammensetzungen regelmäfsig; sákhâ, śakhâyam, sákhyâ, sákhye, sákhyus, sákhyau; Pl. sákhâyas, sákhîn, sákhibhis, sákhibhyas, sákhînâm, sákhishu; Du. sákhâyau, sákhibhyâm, sákhyos.

akshi n. Auge (125), ebenso wie ásthi, Knochen, dádhi Molken, śákthi Schenkel, bilden die schwächsten Kasus aus Stämmen

auf an, mit Ausstofsung des a : Sing. i. akshṇắ, d. akshṇé, abl.-g.
akshṇás, l. akshṇí; Pl. g. akshṇám; Du. g.-l. akshṇós.

'   strî, f. Frau (71) hat im S. N. strî, a. strîm oder strîyam;
Pl. a. strîs oder strîyas.

VI. Deklination. Die meisten Abweichungen finden hier statt,
in Bezug auf die Eintheilung der Kasus in *starke* (s. S. 11) und
schwache, die nochmals eingetheilt werden in *mittlere* (Instr., Dat.,
Abl. des Pl. und Du.) und *schwächste* (Instr., Dat., Abl., Gen., Loc.
des S., Gen. des Pl. und G. L. des Dual).

Konson. Ausgänge auf *Gutturale* zeigen keine Ausnahmen.

Palatale. Wörter auf aṅch (gehen, anbeten, besonders in
Zstzn. gebräuchlich) bilden die *starken* Kasus aus aṅch, z. B. práṅch
(pra + aṅch) östlich, die *mittleren* und *schwächsten* aus ach. Mehrere Suffixe erweitern sich durch i, welches vor Voc. zu y werdend
yanch, îch bildet : samyaṅch mitgehend bildet : samyách, samîch,
fem. samîchî.

Dentale. Wörter auf at, mat, vat bilden die *starken* Kasus
aus primitiverem ant, mant, vant. Im N. S. fällt das t ab; bei
Wörtern auf mat, vat wird dann das a verlängert : tudán, mádhu-
mân, bálavân.

mahat, grofs (3) bildet die starken Kasus aus mahânt (eigentl.
ein p. pr. a. der W. mah, wachsen).

bhavat, Pronomen der Anrede = Herr, Sie (15) hat im
N. S. bhavân (verkürzt aus bhagavat mit Glanz begabter), 63.

pâd, Fufs (94), verkürzt am Ende von Zstzn. in den schwächsten Kasus sein â; daher von dvipâd, zwei Füfse (habender), Mensch,
Mann; g. Pl. dvipadân, 161.

Wörter auf an, man, van zeigen in den *starken* Kasus
(Voc. S. ausgenommen) langes â (ân, mân, vân, welche Formen
Bopp für ursprünglich hält, Krit. Gr. 130). In den *schwächsten*
wird a von man, van ausgestofsen (im Loc. S. beliebig), ausge-
nommen wenn ihnen ein Kons. vorangeht, wegen sonst eintretender
Konsonantenhäufung. In den *mittleren* Kasus fällt n ab.

Demnach bildet râjan seine Formen, wie in der Deklinationstabelle angegeben.

śván, m. Hund; maghávan m. Beiname Indra's (47) und
yúvan, jung (40) bilden die schwächsten Kasus aus śún, maghón,
yûn, von welchen auch die fem. śunî Hündin, maghónî Indra's Gemahlin, yûnî die junge.

dívan, m. Tag (36) hat in den schwächsten Kasus î; i. S. dîvnâ.

áhan, n. Tag, bildet die mittleren Kasus und N. v. ac. S.
aus ahas; mithin N. v. ac. S. áhas; Du. áhanî (áhnî), Pl. áhâni;
— Instr. S. áhnâ, Du. áhobhyâm, Pl. áhobhis; — Loc. S. áhni
(áhani), Du. áhnos, Pl. áhahsu (áhassu).
    Wurzel han, tödten, am Ende von Zstzn. tödtend(er), stöfst
in den schwächsten Kasus a aus und verwandelt das h vom ver-
bleibenden hn in gh.
    Wörter auf in, min, vin stofsen in den mittleren Kasus n
aus : bhogin, geniefsend, Kapitalist, König : bhogibhis.
    pathín m. Pfad, Weg (60) bildet den N. S. pánthâs; die
anderen *starken* Kasus aus panthân (ac. S. pánthânam, Pl. N. v.
pánthânas, Du. N. V. ac. pánthânau); die *mittleren* und v. S. aus
pathin (V. S. páthin, i. Pl. pathíbhis; d. ab. pathíbhyas; l. pathíshu
i. d. ab. Du. pathíbhyâm), die schwächsten aus path : S. i. pathấ,
d. pathé, ab. g. pathás, l. pathí; Pl. ac. pathás, g. pathấm; Du.
g. l. pathós.
    Labiale : áp, f. Wasser (67), nur im Pl. gebräuchlich : *starke*
Kasus aus ấp. Vor bh wird p zu d; mithin : ấpas, apás, adbhís,
adbhyás, apãm, apsú.
    div, f. Himmel (36, 125) N. v. S. aus Stamm dyo. Vor
konson. anfang. Endungen wird v zu u und deshalb i zu y. Der
Accent bleibt in den mittleren Kasus auf der Stammsilbe : S. N.
dyấus, a. dívam, i. divã (36) etc.; Du. N. A. V. dívau, i. d. ab.
dyúbhyâm, l. dívos; Pl. N. dívas, ac. divás (Accent auf End. weil
ac. schwächster K.) i. dyúbhis etc.
    Sibilanten : Suffix as verlängert bei m. und f., die gleichmäfsig
deklinirt werden, im N. S. das a : ushás, f. Morgenröthe; N. ushấs.
Vor bh wird as zu o : ushobhis.
    Wörter auf íyas, vas, ivas bilden die *starken* Kasus aus dem
vollen Thema íyâhs (yấhs), vấhs, ivấhs, dessen â im V. S. zu a
wird; mithin N. S. íyân (yấn), vấn, ivấn. In den *mittleren* Kasus
werden vas, ivas zu vat, ivat, in den schwächsten zu ushh.
    púhs, púmâhs, m. Mann, Mensch (71) bildet die *starken*
Kasus aus pumấhs (Voc. mit kurzem a : púman), die *mittleren* aus
pum (i. Pl. pumbhis, d. ab. pumbhyas, l. puhsu; Du. i. d. abl.
pumbhyấm); die *schwächsten* aus puhs; also
    starke : N. púmân, ac. púmâhsah; Pl. N. V. púmâhsas;
schwächste : S. i. puhsấ, d. puhse, ab. g. puhsas, l. puhsi. Pl. a.
puhsas, g. puhsấm; Du. g. l. puhsos.

Das Adjektiv.

Deklination.

Deklination = der des Substantives. Die adj. neutra auf i, u *können* aber auch im d. abl.-g. und l. S., sowie im g. l. Du. der Analogie des m. folgen und also machen : śúchi rein, (105) : dativ śúchine, ab.-g. śúchinas, l. śúchini; g. l. Du. śúchinos, oder śúchaye, śúches, śúchau, śúchyos.

Adjektivische Femininalbildung.

I. Deklination, gewöhnlich durch â : návâ, die neue, von náva, m. n.; doch auch durch î für a : kalyâṇî (neben -ṇâ) von -ṇa, vortreffliche, (85).

II. Deklination. Einfache Adj. auf i selten; häufig kommt vor śúchi, m. f. n. nur durch die Dekl. unterschieden (nach kaví m. gâti f. vâri n.).

Jedes Subst. auf i kann das letzte Glied eines adj. Compositums werden : surabhi, schönen Duft (habend) (6, 123) als m. f. n.

III. Deklination. Einfache Adj. auf u häufiger denn die auf i; sie unterscheiden, wie die auf i, ihr f. vom m. und n. entweder

1) durch die Dekl. (nach bhânú m. dhenú f. tâlu n.); oder

2) sie verlängern u in û oder vertauschen es gegen î, oft mit beiden Formen : laghu, m. n. laghu, laghvî, f. leicht; tanú, m. n. tanú, tanû, f. dünn (17, 76); vibhu, f. -bhu, bhvî, durchdringend, Herr (47).

IV. Deklination. Adj. auf ṛi kommen nur am Ende von Zstzn. vor und zwar als neutra von männl. Stämmen auf âr, ar : bahuduhitṛî, viele Töchter habend, als n. von -duhitâr. ;

V. Deklination. Adj. auf ai, o, au kommen nur als Comp. vor. Als m. f. werden sie wie die Subst. deklinirt; als n. gehen sie in die Kürze ihres letzten Elements zurück : bahurâi, m. f. viele Reichthümer habend; n. bahurí etc.

VI. Deklination. Die konsonantisch endigenden Adj. nehmen î : mahat, mahatî. *Ausnahme* macht nur das p. pr. a., welches neben atî auch antî als f. Thema zeigt : tudat, tudatî neben tudantî.

Nackte Wurzeln am Ende von Zstzn., oder kons. endigende Subst. (ausgen. die auf n) am Ende der Zstzn. unterscheiden das m. gar nicht vom f., weder durch die Dekl. noch durch Anhängung eines î : dharmavíd, m. f. n. pflichtkundig (7).

Komparation.

Der *Komparativ*, durch Anfügung von tara (τερος), f. tarâ; der *Superlativ*, durch Anfügung von tama (-timus), f. tamâ, an das Thema des Positivs. (Beide Endungen drücken auch das adv. *sehr* aus : mahâttara, mahâttama, sehr grofs.) Der *Accent* des Positivs wird beibehalten. Bei zweithemigen Adj. treten tara, tama, an das der *schwachen*, bei dreithemigen an das der *mittleren* Kasus : vidvâns, wissend, *mittlere* Kasus vidvât, *schwächste* vidûsh : vidvâttara, vidvâttama.

Auch einige Präpositionen bilden Steigerungen : ut, auf, úttara, höher, besser, úttama, höchste, beste. Vergl. ob, obere, oberste; intimus, extimus.

Andere Steigerungssuffixe sind :
îyâns (yâns) schwach îyas, yas, f. îyasî, yasî für den *Komparativ* (ιων); ishṭha, f. â (ιστος) für den *Superlativ*, vor welchen die Endvokale der Positivstämme unterdrückt werden, mit guṇa guṇafähiger Stammvokale.

Einige Adj. substituiren für Komp. und Superl. ein anderes Thema, wie :

	subst. Th.	*Komparativ*	*Superlativ*
antika, *nah*	neda	nedîyas	nedishṭha
alpa, *wenig*	kaṇa	kaṇîyas	kaṇishṭha
uru, *grofs*	vara	varîyas	varishṭha
kṛisha, *mager*	krasha	krashîyas	krashishṭha
praśasya, *gut*	śra, jya	śreyas, jyâyas	śreshṭha, jyeshṭha
priya, *lieb, werth*	pra	preyas	preshṭha
yuvan, *jung*	yava	yavîyas	yavishṭha
sthira, *fest*	stha	stheyas	stheshṭha u. a.

Wörter auf die Suffixe mat, vat, vin, tṛi können die Komparation auf îyas, ishṭha bilden, indem sie diese Suffixe abwerfen : matimat, *verständig* : matîyas, matishṭha.

Grundzahlen :	Ordnungszahlen :	Adverbien. :
1 éka, ékâ	prathamá, â	sakṛít, *einmal*
2 dvá, â, dvi	dvitîya, â	dvís, *zweimal*
3 tri	tritîya, â	trís, *dreimal*
4 chatvấr, chatúr	chaturthá, â	chatúr, *viermal*
	auch turîya, túrya	
5 páṅchan	paṅchamá, î	paṅchakṛitvás, *fünf-*
6 shash	shashṭhá, î	*mal*
	Das f. ist bei allen folgen-	*und nun so fort mit* kṛitvás.
	den auf î.	
7 sáptan	saptamá	
8 áshṭan	ashṭamá	
9 návan	navamá	
10 dáśan	daśamá	
11 ékâdaśan	ekâdaśá	
12 dvấdaśan	dvâdaśá	
13 trayódaśan	trayodaśá	
14 cháturdaśan	chaturdaśá	
15 páṅchadaśan	paṅchadaśá	
16 shódaśan	*u. s. w.*	
17 sáptadaśan		
18 ashṭấdaśan		
19 návadaśan		
ûnaviṅśati		
20 viṅśáti	viṅśatitamá *oder*	
	viṅśá	
21 ékaviṅśati	*u. s. w.*	
22 dvấviṅśati		
23 trayóviṅśati		
24 cháturviṅśati		
25 páṅchaviṅśati		
26 sháḍviṅśati		
27 sáptaviṅśati		
28 ashṭấviṅśati		
29 návaviṅśati		
ûnatriṅśat		
30 triṅśát (-ti)	triṅśattamá *oder* triṅśá	
31 ékatriṅśat	*u. s. w.*	

Zahlwörter.

Grundzahlen :		Ordnungszahlen :
32	dvắtriṅśat	
33	trayấstriṅśat	
34	chấtustriṅśat	
35	páṅchatriṅśat	
36	sháṭṭriṅśat	
37	sáptatriṅśat	
38	ashṭắtriṅśat	
39	návatriṅśat	chatvấriṅśattamá *oder* chatvấ-
	ûnachatvấriṅśát	riṅśá
40	chatvấriṅśát	*u. s. w.*

41	éka —		
42	dvâ —	*od.* dvíchatvấriṅśat	
43	trí —		
44	chátuś —		
45	páṅcha —		
46	sháṭ —		
47	sápta —		
48	ashṭắ —	*oder* áshṭa —	paṅchấśattamá *oder* paṅchấśá
49	náva —	*oder* ûnapaṅchấśat	*u. s. w.*
50	paṅchấśát		
51	éka —		
52	dvắ —	*od.* dví —	
53	trí —	*od.* trayáh —	
54	chátuḥ —		
55	páṅcha —		
56	sháṭ —		
57	sápta —		
58	áshṭa —	*od.* ashṭá —	shashṭitamá *od.* shashṭá
59	náva —	*od.* ûnashashṭi	*u. s. w.*
60	shashṭí		
61	ékashashṭi		
62	dvắ —	*od.* dví —	
63	trí —	*od.* trayáḥ —	
64	chátuḥ —		
65	páṅcha —		
66	sháṭ —		

Grundzahlen :

67	sápta —	91	ékanavati
68	áshṭa — *od.* ashṭá —	92	dvắ — *od.* dví —
69	náva — *od.* ûnasaptati	93	trí — *od.* trayó —
70	saptatí (saptatitamá)	94	chátur —
	70 *te u. s. w.*	95	páncha —
71	ékasaptati	96	shánnavati
72	dvắ — *od.* dví —	97	sáptanavati
73	trí — *od.* trayáḥ —	98	áshṭa — *od.* ashṭá —
74	chátuḥ —	99	náva.— *od.* ûnaśata
75	páncha —	100	śatá n. *od.* ékaśata
76	sháṭ —		(śátatamá) 100 *te*
77	sápta —	1000	sahásra *od.* ékasahasra
78	áshṭa — *od.* ashṭá —		(sahasratamá)
79	náva — *od.* ûnâśíti		1000 *te*
80	aśíti (aśítitamá) 80 *te*	10000	ayúta n.
	u. s. w.	100000	láksha m. n.
81	ékâśíti		lákshâ f.
82	dvỳaśíti	Million	níyuta m. n.
83	trỳaśíti		práyuta m. n.
84	cháturaśíti	10 M.	kóṭi f.
85	pánchâśíti	100 M.	arbudá m. n.
86	shádaśíti	1000 M.	mahârbudá m. n.
87	sáptâśíti	10000 M.	abjá n.
88	áshṭâśíti *od.* ashṭâśíti		padmá m. n.
89	návâśíti *od.* ûnanavatí	100000 M.	mahâpadmá
90	navatí (navatitamá)	Billion	kharvá *oder*
	90 *te u. s. w.*		kharbá m. n.

Bemerkungen.   Durch das Suffix dhâ werden noch Zahladverbien gebildet, welche *Theilung* oder *Art und Weise,* oder *Ort und Stelle* bezeichnen :

dvidhâ (dvedhâ), in zwei Theilen, auf zweierlei Art.

tridhâ (tredhâ), in drei Theilen, auf dreierlei Art; an drei Stellen.
shoḍhâ steht für shaḍ-dhâ.

Die Zahlwörter werden nach den Regeln der Nominalflexion deklinirt, insbesondere stets mit denselben Endungen.   Die Substituirung verschiedener Themata erzeugt jedoch mancherlei Unregelmäfsigkeiten :

éka, geht nach der Pronominaldeklination.

d v i (nur im Du.) heißt das Thema nur vor Zstzn.; in der Flexion steht dva,
f. dvâ, nach śiva.

t r i (nur im Pl.) bildet den g. aus Thema traya; vor Zstzn. ist es meist
trayas. Das f. hat Thema tisrí, tisár, doch lautet der N. u. Acc. tisrás, V. tísras für tisáras; g. tisṛíṇấm.

c h a t u r (nur im Pl.) bildet die starken Kasus aus chatvâr. Das f. hat
Thema chataṣṛí, das wie tisrí flektirt : N., Acc. chatásras, V. chátasras;
g. chatasṛinâm.

Die Zahlen 1—4 incl. unterscheiden, wie daraus hervorgeht, drei Geschlechter;
also :   2 :. m. dvấu, f. dvé, n. dvé.

                    3 : m. tráyas, f. tisrás, n. tríni.

                    4 : m. chatvấras, f. chatásras, n. chatvấri.

p á ñ c h a n bis **d á ś a n** (5—10) sind geschlechtslos und haben im N., V.,
Acc. die Endung eines n. S.; ebenso vor Comp. (n fällt also ab : páñcha, sápta).
Die übrigen Kasus haben selbstredend Pluralendungen, doch wird der g. aus
einem Thema auf a gebildet; mithin pañchábhis, pañchábhyas, pañchásu; aber
pañchânấm (und nicht panchnấm).

á s h ṭ a n (8) kann im N., V., Acc. neben áshṭa auch áshṭau heifsen, und die
übrigen Kasus aus ashṭâ bilden, wie es ja auch fast stets vor Compositis lautet.

s h a s h (6) bleibt im N. ohne Endung, wird also shaṭ. Der g. nimmt
ein ṇ vor die Endung ấm, vor welchem das ṭ zu ṇ wird : shaṇṇâm.

Vor **d á ś a n** (10) wird shash zu sho, dáśan selbst zu ḍáśan.

Alle mit dáśan schliefsenden Zahlwörter werden wie das einfache dáśan flektirt.

Die Zahlwörter auf *ti*, *t* (viñśati, triñśat u. s. w) stehen meist als f. Collektiva und werden daher im S. deklinirt. Der damit gezählte Gegenstand aber
steht im Pl. in demselben Kasus.

ś a t á (100), **s a h á s r a** (1000) sind ganz regelmäfsig.

û n á in **û n a v i ñ ś a t i** (19) heifst *vermindert, weniger*, wobei éka zu
suppliren ist.

p r a t h a m á wird oft ersetzt durch die gleichbedeutenden Wörter agrimá
(aus agra, *Spitze*), âdí, âdya (68) und âdimá.

p r a t h a m á, **d v i t î y a**, **t r i t î y a** folgen theilweise der Pronominaldeklination (s. daselbst). Die übrigen Ordnungszahlen gehen in allen drei Geschlechtern
nach der Nominaldeklination.

Pronominale Deklination.

(Deklinationstabelle Beilage B.)

Uebersicht :

Das Pronomen der ersten Person hat im Sing. *drei* Themata :

ah im N.; — *me* im Instr. Loc.; — *ma* in den übrigen Kasus. Im Pl. *zwei : ve* im N.; — *a* in den übrigen Kasus. — Im Du. *eins :* âva.

Die *Endungen* sind. S. N. -am, Acc. -âm (à), Instr. -â, Dat. hyam (geschwächt auch bhyam wie in mihi neben tibi); Abl. t; diefs so entstandene *mat* ist zugleich Thema vor Compositis; G. verdoppelt das Thema; Loc. -i. — Du. N. -am; das übrige wie in der Nominaldeklination. — Pl. N. am; in den übrigen Kasus tritt zwischen Thema und Endungen der Pronominalstamm -sma-.

Das Pronomen der zweiten Person hat im Sing. das Thema tu oder tve (Instr. Loc.); — im Du. yuva, im Pl. yu.

Endungen wie bei der ersten, nur hat sich hier im S. d. die ältere Form bhyam (wie in tibi neben mihi) erhalten und der g. hat die Endung a mit guṇa des Themavokals (tav-a). Im Pl. N. wird das u zu û zwischen welches vor der Endung ein y tritt (yû-y-âm). Die Einschiebung des Pronominalstammes -sma- findet wie bei der ersten P. statt (nach u natürlich shma).

Das Pronomen der dritten Person.

Allgemeines :

1) Im S. d. ab. l. schieben die m. und n. auf a, so wie der Stamm amu das Pronominale -sma- (nach amu resp. shma) vor der Endung ein. — Die Endungen sind

im dat. *e*, also Stamm ta $+$ sma $+$ e : tasmai;

im abl. *at*, „ „ ta $+$ sma $+$ at: tasmât;

im loc. *in*, „ „ ta $+$ sma $+$ in (vor welchem *in* das a von sma abfällt) : tasmin.

2) In denselben Kasus *und* im g. schieben die f. das pronominale sya (nach amu resp. shya) ein;

mithin dat. Endung ai : ta $+$ sya $+$ ai $=$ tasyai;

g. abl. „ âs : ta $+$ sya $+$ âs $=$ tasyâs;

loc. „ âm : ta $+$ sya $+$ âm $=$ tasyâm.

3) Die übrigen Kasus werden gebildet :

S. N. ac. n. bei *a* Stämmen auf t : ta-t; diefs ist zugleich Thema

vor Zstzn. (illu-d, istu-d). — Pl. N. m. auf i : ta-i : te. G. m.
auf sâm, vor welchem das a der m. und n. zu e wird (s demnach
wieder zu sh) : teshâm für ta-i-sâm; das f. hat **âsâm.
Alles Uebrige nach der betreffenden Nominaldeklination.

Spezielles :

Der Demonstrativstamm *ta* schwächt im S. N. des m. und f.
das t zu s : sas, gewöhnlich blofs *sa*, (5, 6, 7, 17, 26, 40, 70,
und oft) im m.; sâ im f. (21, 23, 24, und oft (ό, ή). — Ebenso
der Stamm eta : esha, eshâ.

Der Stamm a (Tabelle B. Beispiel Nr. 5) hat *drei* Themata :
a, ana und ima. — *ana* im S. i. und Du. g. l.; *ima* im N. ac.
der drei Zahlen, mit Ausnahme des N. S. wo m. ayam, f. iyam
und n. idam hat.

Der Stamm amu, amû f. hat im S. N. m. und f. asau, n. adas.
Die mittleren Kasus m. n. und beim m. auch der Pl. N. werden
aus amî gebildet. Im Du. g. l. und beim f. auch im S. i. wird
y eingeschoben, vor welchem — gleich wie vor shy im d. abl.
g. loc. Sing. — das û als f. sich verkürzt. Der g. Sing. m. n.
wird durch sya gebildet.

Das Fragepronomen ka- (m. kas, f. kâ) hat im N. ac. S. des n.
kim statt kat. Durch Anfügung der Partikeln chit, chaná erhält es die Bedeutung *irgend einer*, ein gewisser, ohne dafs jedoch die Dekl. des Interrogativum irgend wie geändert würde,
die Lautgesetze selbstredend immer berücksichtigend. So entsteht
   N. m. káśchit, káśchaná, f. kắchit, kắchaná, n. kínchit,
kínchaná (39, 87, 114; 81, 90) etc. Das veraltete n. kat +
chit wird káchchit, Fragepartikel = lat. an, num, als welche
auch das einfache kim (niemals aber kiṅchit) stehen kann.

Die Pronomina auf tará, tamá bilden sich nach der pronom.
Deklination, mit Ausnahme von anyatamá, das nach śiva geht.
(S. Tabelle B. Beispiel Nr. 3 und 7.)

Die Adjektive dríśa, dríś und dṛiksha *ähnlich* (wörtl. gesehen
werdend, aussehend) können mit allen Pronominalstämmen verbunden werden, wobei der Endvokal des Pronomens in seinen
entsprechenden langen übergeht. (S. tâdṛig, 13.)
   Ebenso kîdṛíśa, f. -śî, kîdṛíś, gen. comm., kîdṛíksha (selten, f.
-shâ) wie beschaffen ? — yâdṛíśa etc. relat. aus ya; mâdṛíśa etc.
mir ähnlich; asmâdṛíśa etc. uns ähnlich etc.

7) svayám, *selber*, ist indekl.; übrigens wird das pr. reflex. häufig
durch die verschiedenen Kasus des Wortes âtman (s. Lexicologie
Sloka 40) ausgedrückt.

Verbum.

Die Konjugation zerfällt in die 1) des einfachen Verbum
2) des Causale; 3) des Desiderativum; 4) des Intensivum
5) des Denominativum.

Von *allen* diesen giebt es

a) zwei **Activ**-Formen :

das transitivum (parasmaipadam, ῥῆμα αλλοπαϑές)
das intransitivum (âtmanepadam, ῥῆμα αὐτοπαϑές)
= reflexivum, medium (μέσον).

b) eine **Passiv**-Form, mit den Personalendungen des âtmane
padam, mit *ya*, als Charakterzeichen.

c) zehn **Tempora** und **Modi**.

Die **Tempora** werden aufgefaßt als

Specialtempora, d. i. solche, in welchen die als Bindesilber
verwendeten Pronominalstämme (Deutewurzeln), behufs um
ständlichster Hervorhebung des gegenwärtigen Geschehens all
temporalen und personalen Beziehungen zu tragen scheinen; und
Allgemeine Tempora, d. i. solche, in welchen die temporale
Seite jener umständlichen Beziehungen von der Reduplikation
von den Participien oder vom Verbum *as-* übernommen wurden
so daß nunmehr *dieselbe* Eine Deutewurzel für alle übrigen
sinnlichen Beziehungen ausreichte.

Sie lassen sich eintheilen

in *Zeiten der Dauer :* Praesens, Imperfectum, Futurum ;
in *die Zeit der absoluten Vollendung :* Perfect;
in *Zeiten der relativen Vollendung :* die Aoriste.

Formell zerfallen sie in Erstbildungen und Zubildungen :

I. Erstbildungen.

Das *Praesens*, hat ausgebildet : Indicativ, Optativ (bisher Potentialis), Imperativ, an welche sich noch das Imperfect anschließt,
das aber nur einen Indicativ ausgebildet hat. *Nur für diese
gilt die Eintheilung der Verben in zehn Klassen*, je nach der
verschiedenen Art der Verbindung ihrer W. mit den Endungen.
— Zu den Erstbildungen gehören ferner die Formen des
Aorist I. (bisher Vielförm. Augm. Praet., Bildungen 5, 6, 7), die

vielfach an das Imperfect erinnern; hat ausgebildet die Formen
1 und 2 bei uns, siehe weiter unten.

..s *Perfect*, hat ausgebildet : Indicativ, Optativ (bisher Precativ).

II. Zubildungen.

rist II. (bisher Vielförm. Augm. Praet., Bildungen 1 bis 4);||hat
ausgebildet die Formen 1 und 2 bei uns, siehe weiter unten.

tnrum, hat ausgebildet : Indicativ und Optativ (bisher Conditionalis). — Participialfuturum.

Die **Modi** sind :

..dicativ, hat ausgebildet : Praesens mit Imperfect, Futurum,
Perfect, Aorist.

..ptativ, hat ausgebildet : Praesens (bisher Potentialis), Futurum
(bisher Conditionalis), Perfect (bisher Precativ).

..nperativ, hat ausgebildet Praesens. — Infinitiv, Particip und
Gerundium gehören den Nominalformen an.

Die **zehn Klassen** der Verben verbinden (zur Bildung der,
..r ersten Tempora im parasm. und âtm.) ihre $\sqrt{\ }$ mit den E° in
..lgender Weise :

..lasse 1. schiebt *a* ein, mit guṇa der $\sqrt{\ }$, die den Accent behält :
budh, bódh-a-tha in 2. P. pl. pr. Bei Klaśse 2, 3,
5, 7, 8, 9 ist die Endung der 2. P. pl. pr. betont;
etwa 1000 Verben.

„ 2. fügt die E° unmittelbar an die $\sqrt{\ }$: dvish, dvish-thá;
etwa 70 Verben.

„ 3. desgl.; die $\sqrt{\ }$ wird noch reduplicirt : bhṛi, bi-bhṛi-thá;
20 Verben.

„ 4. schiebt *ya* ein : śuch, súch-ya-tha (die $\sqrt{\ }$ bleibt rein, ob-
wohl sie den Ton hat); 130 Verben.

„ 5. schiebt *nu* ein : chi, chi-nu-thá; 30 Verben.

„ 6. schiebt *á* ein, ohne guṇa : tud, tud-á-tha; 140 Verben.

„ 7. schiebt einen *Nasal* vor den Endkonsonanten ein : yuj,
yu-ñ-k-thá; 24 Verben.

„ 8. schiebt *u* ein : tan-u-thá; 8 Verben.

„ 9. schiebt (nâ) *nî* ein : yu, yu-nî-thá; 50 Verben.

„ 10. schiebt *áya* ein, mit guṇa der $\sqrt{\ }$: chur, chor-áya-tha.
Sehr zahlreich, da meist mit den Causativen und Deno-
minativen zusammenfallend.

..iese zehn Klassen theilen sich in drei **Konjugationen** :

Konjug. I. umfaſst die Wurzeln *ohne* Bindesilben (kürzeste
Form) : Kl. 2, 3.

Konjug. II. umfaſst die Wurzeln mit *konsonantischen* Bindesilben
  Kl. 7, 5, 9.

„ III. umfaſst die Wurzeln mit *vokalischen* Bindesilben
  Kl. 1, 6; 8; 4, 10; diese letzteren haben den A-
  cent *nie* auf der Personalendung (Ausn. Kl. 8. S. 27

Die Personal*endungen* sind dieselben für *alle* Verben, un
gehen zurück auf folgende Personal*kennzeichen* :

parasmaipadam :				âtmanepadam :		
	Sing.	**Dual.**	**Plur.**	**Sing.**	**Dual.**	**Plur.**
1. Person	m	v	m	(m, fällt aber stets aus)	v	m
2. Person	s dh, h, im Imp. th, im P.	th, t,	th, t,	s, th, sv, im Imp.	th	dhv
3. Person	t	t	t	t	t	t

Die **Personalendungen** sind :

I. für **Praesens** und **Futurum** (vom Part.-Fut. später)

parasmaipadam.

(transitivum; primitiver als âtm.)

	Sing.	*Dual.*	*Plur.*
1. Pers.	*mi,*	vas,	mas
2. Pers.	*si,*	thas,	tha
3. Pers.	*ti,*	tas,	anti
			(ati bei Kl. 3).

âtmanepadam.

(intransitivum, reflexivum, medium)
(in den Ausgängen wesentlich verstärkt u
vermehrt.)

	Sing.	*Dual.*	*Plur.*
1. Pers.	e, *)	vahe,	mahe
2. Pers.	se,	âthe,	dhve
3. Pers.	te,	âte,	ante
	(ate bei Konj. 1 u. 2) und Kl.		

*) Das m der Endung (mi, par.) ist hier total verloren gegangen.

II. **Potentialis, Imperfect,** Aorist I., Conditionalis, Precati
(Potentialis und Precativ von den übrigen nur in der 3. P. Pl. und in 1. P.
âtm. unterschieden.)

1. Pers.	*am,*	va,	ma	i (a Pot.)	vahi,	mahi
2. Pers.	*s,*	tam,	ta	thâs,	âthâm,	dhvam
3. Pers.	*t,*	tâm,	an	ta,	âtâm,	anta
		(us bei Kl. 3 u. einigen aus Kl. 2).			(ata bei Konj. 1 u. 2) ran im Pot.	

III. Imperativ.

parasmaipadam.				âtmanepadam.		
	Sing.	*Dual.*	*Plur.*	*Sing.*	*Dual.*	*Plur.*
1. P.	*âni,*	*âva,*	*âma*	*ai,*	*âvahai,*	*âmahai*
2. P.	dhi (hi),	tam,	ṭa	sva,	âthâm,	dhvam
	Konj. 3 ohne Endung.					
3. P.	*tu,*	tâm,	antu	tâm,	âtâm,	antâm
			(atu bei Kl. 3).			(atâm bei Konj. 1 u. 2).

IV. Perfectum.

1. P.	*a,*	va,	ma	e,	vahe,	mahe
2. P.	*tha,*	athus,	a	se,	âthe,	dhve
3. P.	*a,*	atus,	us	e,	âte,	(i)re

Alle *cursiven* Endungen für die Specialtempora und für das Perfectum sind leichte, und stets tonlos.

Vom **Accent** der Verben

ist überhaupt Folgendes zu merken:

Die *Personalendungen* sind s c h w e r e (reine) oder l e i c h t e.

S c h w e r e oder reine Endungen sind die, welche den Ton annehmen;

also: a) Du. und Pl. par. (ausgenommen 1. P. Du. und Pl. imp. im par. sowohl als im âtm.).

b) das ganze âtm. (ausgen. imp., s. vorstehend).

L e i c h t e sind diejenigen, welche den Ton nicht annehmen; also: a) der S. des par. (ausgen. 2. P. S. imp.).

b) die vorerwähnte 1. P. imp. im S., Du. und Pl.

D e r T o n (Accent) tritt nun in Kl. 1, 6, 4, 10 und 8 *nie* auf die Personalendungen, sondern bei ersteren auf die Wurzel, bei Kl. 8 auf die Bindesilbe u, welche hierdurch gunirt und o wird: tan-ó-mi; — in Kl. 2, 3; 5, 7, 9 tritt er *stets* auf die Personalendungen (die Bindesilbe nu der Kl. 5 gunirt hierbei, wie u in Kl. 8; also chi-nó-mi); *mit Ausnahme*

a) des S. im par. (ausgenommen 2. P. imp.).

b) der 1. P. Du. und Pl. imp. im par. sowohl, als im âtm.

c) des ganzen pot. par., wo der Ton auf die Moduscharaktersilbe yâ tritt.

Die — nach a und b — *vom Accent beschwerte Silbe wird* nunmehr *verstärkt,* und zwar

Kl. 2. 3. guniren den *betonten Wurzelvokal* : dvish : dveshmi; bhri : bíbharmi;

„ 3. rückt aber, trotz guṇa, den Ton auf die *Reduplikations-silbe* : bíbharmi, bíbharshi, bíbharti;

„ 5. 8. guniren, wie schon erwähnt, die *betonten Bindesilben* nu, u : chi-nó-mi, tan-ó-mi;

„ 7. erweitert die einzufügende Nasale in ein *betontes* nắ : yuj : yu-nắ-j-mi;

„ 9. nimmt die *betonte Silbe* nắ an (ắ ist stärker als î) : yu : yu-nắ-mi;

Bei den *schweren Personalendungen* treten selbstredend — da die Verstärkung wegfällt — die *ursprünglichen Formen* wieder ein; also : 1. P. Pl. dvishmás (2), bibhrimás (3), yuñjmás (7), chinumás (5), tanumás (8), yunîmás (9). Folgende Zusammenstellung dürfte diefs leicht veranschaulichen :

Der Ton auf √ (leichte Endungen, weil *nie* unter dem Accent).	Ton auf Bindevokal (leichte Endungen).	Ton auf Personal-Endungen (schwere Eᵉ).
Kl. 1. 6. 4. 10.	Kl. 8 mit guṇa des Bindevokals	Kl. 2. 3. 5. 7. 9.

Bei den (im S. par. und im imp.) ausnahmsweise beschwerten Silben tritt hier ein :

Guṇa der betonten √	Guṇa der betonten Bindesilbe	Ton auf Redupl.-Silbe :
Kl. 2. 3.	Kl. 5. 8. 7. 9.	Kl. 3.

Beim P e r f e c t gelten, da kein Konjugations-Unterschied nach Klassen mehr stattfindet, für *alle* Verben die Endungen des S. par. für *leichte,* weil sie unbetont sind, und somit wird vor ihnen die betonte Wurzel verstärkt, während dieselbe bei den übrigen Endungen (also Du. Pl. par. und S. Du. Pl. âtm., die den Ton annehmen), rein bleibt oder geschwächt wird.

A u g m e n t i r t e F o r m e n nehmen den Ton stets auf das *Augment,* doch finden im S. par. des Impf. bei den Verben der Kl. 2, 3, 5, 7, 8, 9 dieselben Veränderungen statt, als ob der Ton auf der Wurzel oder der Bindesilbe ruhte.

Nachstehende **Accenttabelle** wird nun das Ganze veranschaulichen :

Praesens.

parasmaipadam.   âtmanepadam.

	Sing.	Dual.	Plur.	Sing.	Dual.	Plur.
1. Pers.	´mi,	vás,	más	é,	váhe,	máhe
2. Pers.	´si,	thás,	thá	sé,	´ăthe,	dhvé
3. Pers.	´ti,	tás,	ánti.	té,	ăte,	ánte.

So noch Futurum und Participialfuturum.

Imperfect (Aorist II.).

1. Pers.	´am,	vá,	má	í (a), váhi,		máhi
2. Pers.	´s,	tám,	tá	thă̆s,	ăthâm,	dhvám
3. Pers.	´t,	tăm,	án, (ús).	tá,	ătâm,	ánta (rán).

So noch Aorist I. und Optativ (Conditionalis, Potentialis und Precativ).

Das Impf. setzt den Accent im S. par. auf das Augment; alle übrigen augm. Formen desgleichen, ausgenommen die Verben der Kl. 2, 3, 5, 7, 8, 9, bei welchen dieselben Veränderungen stattfinden, als ob der Ton auf der ✓ oder der B. S. ruhte.

Der Potentialis setzt ihn auf seine Charaktersilbe yâ.

Imperativ.

1. Pers.	´âni,	´âva,	´âma	´ai,	´âvahai,	´âmahai
2. Pers.	dhí, hí,	tám,	tá	svá,	ăthâm,	dhvám
3. Pers.	´tu,	tăm,	ánta.	tăm,	ătâm,	ántâm.

(átâm bei Kl. 2, 3, 5, 7, 8, 9.)

Perfect.

1. Pers.	´a,	vá,	má	é,	váhe,	máhe
2. Pers.	´tha,	áthus,	á	sé,	ăthe,	dhvé
3. Pers.	´a,	átus,	ús.	é,	ăte,	(í)re.

Hier gelten im S. par. bei allen Verben die unbetonten Endungen für leicht, wegen Wegfalles des Klassenunterschiedes; somit tritt Verstärkung der betonten ✓ ein.

A. Specialtempora (vergl. die folgende Tabelle C.).

Allgemeines :

Der B. V. a von Kl. 1, 6 wird vor allen mit m, v beginnenden (Du. und Pl.) Endungen *verlängert* = â; bódhâmi, ich weiſs; bódhâvas, wir beide wissen; vor den vokalisch anfangenden fällt er aus; bódh-anti, sie wissen; *ausgenommen* :

Kl. 2. dvish + yâ (= î + â) = dvishyâm, dvishyûs. Die √
bleibt rein, da der Ton auf der Silbe yâ ruht. Aus demselben Grunde tritt auch bei

Kl. 7. nicht na, sondern n ein : yunjyâm, nicht yunajyâm; bei
Kl. 9. nicht nâ, sondern nî : yunîyâm, nicht yunâyâm, wie
dies im praes. der Fall ist.

IV. Imperativ.

Ueber die *erste Person* nichts zu bemerken. S. jedoch *Accent*:
îvéshâni etc.

Zweite Person. Konjugation I und II nehmen die Endungen
dhi, hi unbedingt :

dhi, wenn ein Konsonant unmittelbar vorangeht, also bei
Kl. 2. 7 und den kons. schliefsenden Wurzeln von Kl. 3 :
dviddhí, yungdhí, tuturdhí.

hi nach Vokalen, Kl. 9 : yunîhí. Die konsonantisch ausgehenden Wurzeln dieser Klasse nehmen die Endung
âna (âna) : asânâ, i/s, von aś-. (Sie gelten als schwer,
schwächen daher [oder guniren wenigstens nicht] die W.,
resp. die Bindesilbe, da der Ton auf der Endsilbe ruht).

Bei Kl. 5 fällt die Endung hi weg, wenn dem Klassenzeichen
nu ein Vokal vorangeht : chi : chi-nú.

Dasselbe ist der Fall bei allen Verben der III. Konj., die
sämmtlich auf ihre Bindesilbe ausgehen : bódha, tudá, tanú, śúchya,
choráya.

Die folgenden Tabellen geben :

C. *Die vollständige Uebersicht aller Endungen* der Präsential-, Futu-
ral- und Präteritalformen, sowie der Nominalbildungen;

D. *Die vollständige Abwandlung der Präsentialformen* der zehn
Klassen in den *Special*-Tempora, nach ihren Konjugationen.

Als Muster dienen die Verben :

I. Konjugation : Kl. 2. dvish, hassen; Kl. 3. tur, eilen.
II. „ Kl. 7. yuj, verbinden; Kl. 5. chi,
sammeln; Kl. 9. yu, binden.
III. „ Kl. 1. budh, wissen; Kl. 6. tud, stofsen;
Kl. 8. tan, ausdehnen; Kl. 4. such,
rein sein; Kl. 10. chur, stehlen.

Anomalien der Wurzeln in den Specialtempora.

I. Konjugation.

Klasse 2. Die Wurzeln auf *u* nehmen in den *starken*, konsonantisch beginnenden Formen vriddhi an : kshu, niesen — ksháumi, ksháushi, ksháuti; einige derselben schieben î ein, vor welchem der W.-Vokal regelrecht gunirt wird : stu preisen : stávîm neben stáumi; — brû, sprechen, nimmt ebenfalls î : brávîmi (102 152). Im imp. 2. P. S. findet man neben brûhî auch bravihî; im impf. gewöhnlich ábruvam für ábravam.

Wurzeln auf *á* können in der 3. P. Pl. impf. us für an nehmen : pâ, erhalten, schützen (40): ápus oder ápân. Dasselbe is mit dvish, hassen der Fall : ádvishan, ádvishus.

i- gehen (41) wird im par. vor vokalisch beginnenden Endungen zu y; im âtm. aber, wo diese Wurzel nur in Verbindung mit ádhi vorkommt, zu iy, zusammen adhîy : ádhîye etc.

> *Praesens* : émi, éshi, éti; ivás, ithás, itás; imás, ithá, yánti
> *Imperf.* : ãyam, ãis, ãit; ãiva, ãitam, ãitâm; ãima, ãita
> ãiyan.
> *Optativ* : iyãm etc.
> *Imper.* : áyâni, ihî, étu; áyâvas, itám, itãm; áyâma, itá,
> yántu.

śî- (âtm.) liegen, schlafen (36) hat in allen P. guṇa und schiebt aufserdem in der 3. P. Pl. des pr., impf. und imp. ein r ein śáye, śéshe, śéte; — śérate, sie liegen; áśerata, sie lagen śératâm, sie sollen liegen.

han- (par.) schlagen, tödten (4) stöfst in der 3. P. Pl. des pr., impf. und imp. sein a aus; h wird alsdann zu gh : ghnánti, sie tödten; ághnan, sie tödteten; ghnántu, sie mögen tödten. In der 2. P. S. imp. fällt das n ab, h wird j : jahí für hahí. Das Uebrige ist regelmäfsig.

vid- (par.) wissen (Sl. 1) kann im pr. auch die Endungen des impf. annehmen; also : védmi neben véda, vétsi neben véttha, vétti und véda; vidvás und vidvá; vidánti neben vidús.

vach- (par.) sprechen (Sl. 1) entbehrt der 3. P. Pl. pr. und imp., ist aber sonst in diesen Zeiten regelm. : váchmi, vákshi, vákti. Vor den schweren betonten Endungen wird es zu us (ausgen. im impf., wo 1. P. Pl. ávaśma; der Accent liegt hier aber nicht auf der Endung, sondern auf dem Augment); ebenso vor dem betonten yâ des Optativs : uśyâm.

í ḍ - preisen und í ś - herrschen (38), beide âtm., stellen vor die Personalkennzeichen s, sv, dhv ein i : íḍishe, íśishe etc.

v a ś - (par.) wollen, wünschen (36), verwandelt in den *schwachen* Formen va in u, welches mit dem Augment zu au wird : váśmi, vákshi, váshṭi; uśvás, ushṭhás etc., im impf. ávaśam, áuśva etc.

a d - (par.) essen, nimmt in 2. 3. P. S. des impf. den Bindevokal a an und behält die Endungen s, t : ắdas, ắdat.

r u d - weinen (36), **s v a p -** schlafen, **a n -** und **ś v a s -** athmen, seufzen, **j a k s h -** essen, setzen ein i vor die konson. beginnenden Endungen; in der 2. 3. P. S. impf. aber a oder î :

Praesens : ródimi, ródishi, róditi; rudivás etc.

Imperf. : árodam, árodas (árodîs), árodat (árodît), árudiva, árudima etc.

Optativ : rudyắm etc.

Imper. : ródắni, rudihí, róditu; ródắva, rudităm, rudităm; ródắma, ruditá, rudántu.

a s - (par.), sein (Sl. 1) wirft vor den schweren, betonten Endungen und vor dem betonten yâ des Potentialis sein a ab, so dafs nur s als Wurzel bleibt, wie übrigens im Deutschen s-ein, s-eid, s-ind, etc. (mit Ausn. des impf., woselbst es mit dem Augment zu â wird : s-más, s-yắm, ắs-am. — Die 2. 3. P. des impf. nehmen den Bindevokal î : ắsîs, ắsît (Sl. 1). — Die 2. P. S. pr. lautet nicht as-si sondern a-si. Das wurzelhafte s fällt ferner aus in 2. P. S. imp. âtm. sva (für ssva = assva). Im imp. par. steht edhí für asdhí.

Im âtm. steht in 1. P. S. pr. h für s. — Einige Tempora kommen nur noch componirt vor; so syâmi, syăm, welche das Auxiliarfuturum und den Conditional der anderen Verben bilden helfen.

Bei der Wichtigkeit dieses Verbum geben wir es hier ganz (Tabelle E.)

K l a s s e 3.   Für die *Reduplikationsgesetze* s. Wohllautsregeln. S. 9.

W urzel **a r , r i ,** (par.) gehen (4), die einzige vokalisch anfangende dieser Klasse, schiebt zwischen das i der Redupl.-Silbe und ṛi des Stammes ein y (iyri) : íyrati, sie gehen.

d â - geben (8) und **d h â -** legen, setzen (6) par. âtm. substituiren vor den betonten schweren Endungen, so wie vor dem betonten yă des Potentialis die Formen dad, dadh (für dadâ,

dadhâ); das dh des letzteren wird mit einem folgenden t, th
zu tt, tth, während die Aspiration auf das d der Redupl.-Silbe
zurückfällt; da-dhâ-tás der 3. P. Du. pr. wird sonach dhattás
(aus da-dh-tás). Vor Endung hi der 2. P. S. imp. wird dâ zu
de, dhâ zu dhe : dehi gieb, dhehi lege. Vergl. edhi von as- sein.

jan- (par.) erzeugen (5) und bhas- (par.) scheinen, stofsen
vor den schweren betonten *vokalisch* anlautenden Endungen
das a aus; bei bhas wird deshalb das bh vor s zu p und die
Aspiration geht auf die Redupl.-Silbe zurück : 3. P. pr. âtm.
von jan : jájnâte statt já-jan-âte,
von bhas : bhápsâte statt ba-bhas-âte.

II. Konjugation.

Klasse 7. Nichts Wesentliches zu bemerken.

Klasse 5. Die *konson.* endigenden W. verändern das u der
Klassensilbe nu vor Vokalen in uv : śak : śak-nuv-ánti sie vermögen (18, 81).

Vor v und m der 1. P. Du. Pl. können *vokalisch* endigende W.
das u des Klassenzeichens nu abwerfen : chi : chinvás, chinmás
neben chinumás, chinuvás.

śru- (par.) hören (14) substituirt śri : śriṇomi, ich höre.

Klasse 9. Mehrere W. auf langen Endvokal verkürzen
diesen, wie pû : punâmi, ich reinige, Pl. punîmás u. a.

jñâ- kennen (Sl. 1) grah- (vedisch grabh-) nehmen, fangen
(19) und jyâ- vergehen, alt werden, substituiren jâ-, grih-
und ji : jânâmi, Pl. jânîmás; grihnâmi, grihnîmás etc.

Mehrere nasalirte W. stofsen ihren Nasal aus : bandh-
binden : badhnâmi, manth- erschüttern : mathnâmi.

III. Konjugation.

Klasse 1. Die W. sthâ- stehen (Sl. 2), ghrâ- riechen;
pâ- trinken; dhmâ- blasen und mnâ- gedenken substituiren
als Themata : tishṭh-, jighr-, piv-, dham-, man-; W. darś (dṛiś-)
sehen (13) substituirt paśy-.

gam- gehen (6) substituirt gachh-; W. yam- hemmen : yachh-.

guh- bedecken, verbergen (126) verlängert in den Spec. Tempp.
sowohl, wie in *allen* starken Formen ihr u, statt guṇa zu
nehmen.

kram- gehen (5) verlängert a in den Spec. Tempp. : krâmati;
ebenso

cham- essen, in der Verbindung mit der Präp. â : âchâmâmi,
ich spüle mir den Mund (meist nur im pr. und impf.).

Klasse 6. Sie unterscheidet sich von der 1. durch Abwesenheit des guṇa. ,

W. auf i, u, û nehmen das Thema -iya, -uva -: śri- gehen :
śriyáti; nu- loben : nuváti.

W. auf ar, ṛi umstellen ihr r mit Schwächung des a zu i
(also ri), woraus mit dem Klassenzeichen ri-y-a : mṛi (aus mar)
sterben (56) : mriyáte, er stirbt (âtm.).

Einige W. schieben einen Nasal ein (je nach dem Endkons.
der W.) : lup- brechen; zerstören : lumpâmi, lumpé.

prachh- fragen (47) substituirt prichchh-ǎmi; ish- gehen (70) :
  ichchhǎmi (83); ebenso bhrajj- sieden (machen) : bhṛijjǎmi;
  vyach- umfangen : vich-ǎmi, und einige andere.

Klasse 8. Mit Ausnahme von kṛi (kar) machen (6) gehen
sämmtliche Wurzeln (es sind ihrer noch neun) auf einen Nasal (n, ṇ)
aus. Vor v und m der 1. P. Du. Pl. kann bei diesen das Charakterzeichen u (verwandt mit nu der 5. Klasse) unterdrückt werden :
tan- dehnen (17) : tanvás, tanmás neben tanuvás, tanumás.
kṛi-, (par. âtm.) guṇirt vor den unbetonten leichten Endungen
auch die W. : karómi, karóshi, karóti; vor den schweren substituirt
es kur : kurvánti, kurvántu (140) = kur-u-anti. In der 1. P. Du.
Pl. des pr. und impf., so wie im ganzen pot. par. giebt es den Endvokal u auf : kur-vás, kur-más, kur-yǎm.

Klasse 4. Am deutlichsten durch gothische Formen, wie
vahs-ja, ich wachse = sanskr. váksh-yâ-mi, Pl. vahs-ja-m, wir
wachsen = sanskr. váksh-yâ-mas; vahs-ja-nd, wachsend =
sanskr. váksh-ya-nti, vertreten.

Keine W. auf kurze Endvokale.

Finales ṛî wird îr : jṛî-, verfallen, altern : jîryati, er altert.

Finales o fällt ab : do-, abschneiden : dyáti.

W. auf -am und -iv verlängern das a und i : kram- (auch nach
-Kl. 1 s. daselbst) gehen, krǎmyâmi; div-, spielen : dîvyâmi;
  ebenso mad- berauscht sein : mǎdyâmi.

Ein verletzter Nasal wird ausgestofsen : ranj- färben (94) :
rájyâmi, rajye (geht auch nach Kl. 1) : ranjâmi, ranje).

mid- fett werden, nimmt guṇa : médyâmi; vyadh- durchdringen, substituirt vidhy : vídhyâmi; jan- (âtm.) geboren
  werden, substituirt jâ : jâye.

Klasse 10. Enthält viele Denominative. Charakter übereinstimmend mit dem der Kausalform.

Schliefsende Endvokale haben vriddhi (statt guṇa) : dhṛi-halten, stürzen, tragen (7) : dharáyati; — a zwischen zwei Konsonanten wird â : gras- verschlingen (97) : grâsáyâmi.

Allgemeine Tempora.

Bei diesen finden keine Klassenunterschiede mehr Statt. Wurzeln auf e, ai, o befolgen dieselben Regeln, wie die auf â, sind also gleichförmig mit ihnen.

I. Futuralformen :

Futurum I oder Participial-Futurum; Form : Particip Fut. auf târ (tṛi = lat. tor, turus) + pr. von W. as — sein und Futurum II oder Auxiliar-Futurum; Form : W. + B. V. i (der auch ausbleiben kann) + syâmi, dem Fut. von as- sein, das nicht mehr in isolirtem Gebrauche steht. Der Unterschied also grofs genug : F. I ksheptâsmi = werfen-werdender-bin-ich weist mehr auf die *Person* und die *Handlung;* während kshepsyâmi = *werfen-sein-werde-ich*, mehr auf den *Zustand* deutet.

Futurum I oder Participialfuturum.

Entsteht also durch die Verbindung eines Part. zukünftiger Bedeutung auf târ (tṛi = lat. tor, turus). In der 3. P. der drei Zahlen stehen die männl. N. dieses Particips gewöhnlich *ohne* Beifügung des Hülfzeitwortes; par. und âtm. sind daher in dieser Person gleich. Von kship- werfen, Kl. 6 kommt ksheptâr, tṛi, dessen drei N. m. ksheptâ, ksheptârau, ksheptâras die 3. P. des f. I vertreten. — In der 1. 2. P. der drei Zahlen der beiden Aktivformen steht der N. S. m. (ksheptâ) in Verbindung mit dem pr. von as : also

par. 1. P. ksheptâsmi (= -tâ + asmi), ksheptâsvas, ksheptâsmas; âtm. 1. P. ksheptâhe, ksheptâsvahe, ksheptâsmahe; u. s. w.

Die männliche Form des part. steht für alle Geschlechter, da dieser N. durchaus den Charakter einer Verbal-Person angenommen hat; isolirt kommt sie fast nur an N. agentis vor : dâtṛi, Geber = daturus.

Der *Wurzelvokal* hat guṇa, der *Accent* ruht auf dem Suffix. — Der *Bindevokal* ist i.

Den Bindevokal nehmen :

Die W. der Kl. 10 und alle mehrsilbigen : chur : chorayitā.

Von W. auf i, î, nur śvi, wachsen : śvayitā (= śve + itā); śî,
schlafen : śayitā; ḍî- fliegen : ḍayitā.

Von W. auf u *nothwendig :* kshu, niesen; kshnu, schärfen; yu,
verbinden; snu, abtröpfeln und ûrṇu, verhüllen;

arbiträr : ru, klingen; tu, wachsen, gedeihen; su, gebären;
nu, loben; stu, preisen : stavitā (stotā).

Von W. auf û fast alle, einige ohne guṇa : kû tönen : kuvitā;
bhavitā von bhû;

arbiträr : dhû, schütteln : dhavitā, dhotā; sû erzeugen :
savitā oder sotā.

Die W. auf ar (ṛi) sämmtlich i oder î : tar, tṛî überschreiten,
taritā oder tarîtā.

Von konsonantisch endigenden Wörtern alle W. auf kh, g, gh,
j, jh, ṭ, ṭh, ḍ, ḍh, ṇ, t, th, ph, b, y, r, l, v.

Nehmen keinen Bindevokal (die hinter den W. stehende Zahl
bezeichnet die Klasse) :

Die W. auf â (e, ai, o) : yâ gehen yâtâ.

Die W. auf i, î, die obigen ausgenommen, mi (5) ausstreuen und
mî (9) zerstören, substituiren ihrem i ein â : mâtâ für beide.

Die W. auf u, ausgenommen die obigen.

Die W. auf ar (ṛi) : kṛi machen kartâ;

arbiträr i oder î bei var (vṛi) verschliefsen : varitâ, varîtâ.

Von konsonantisch endigenden Wurzeln folgende :

Palatale.

Auf *k* : śak (5) vermögen : śaktâ.

Auf *ch* : pach (1) kochen : paktâ; much (6) befreien; rich (7)
trennen; vâch (2) sprechen; sich (6) besprengen.

Auf *chh* : nur prachh (6) fragen : prashṭâ.

Auf *j* : tyaj (1) verlassen, tyaktâ; nij (3) reinigen, nektâ; bhaj (1)
dienen; bhañj (7) brechen; bhuj (7) essen: bhoktâ; bhrajj (6)
backen; majj (6) untertauchen; yaj (1) opfern; yuj (7) verbinden; rañj (4) färben; ruj (6) brechen; vij (3) trennen;
sañj (1) begleiten; sṛij (sarj) (6) loslassen srashṭâ; svañj (1) umarmen; — mṛij (mârj) (2) säubern, arbiträr mârshṭâ, mârjitâ.

Dentale.

Auf *d* : ad (2) essen : attâ; kshud (7) zerknirschen; khid (7)
betrüben; chhid (7) spalten; tud (6) quälen; nud (6) senden;

pad (4) gehen; bhid (7) spalten; vid (6) finden; śad (1) zu
Grunde gehen; sad (1) vergehen; svid (4) schwitzen; skand
(1) gehen, had (1) harnen.

Auf *dh* : krudh (4) zürnen : kroddhā; kshudh (4) hungrig werden; bandh (9) binden; budh (1, 4) kennen; yudh (4) kämpfen; rudh (7) hemmen; râdh (4) vollenden; vadh (1) tödten;
vyadh (4) schlagen, Wild jagen; śudh (4) reinigen; sidh (4)
vollenden; sâdh (4) vollenden. — radh (4) beleidigen hat
radhitā und raddhā.

Auf *n* : man (4) kennen, denken : mantā; als einsehen (8) :
manitā; han (2) tödten : hantā.

Labiale.

Auf *p* : âp (5) erlangen; kship (6) werfen; tap (1) brennen;
tip (1) tröpfeln; lip (6) beschmieren; lup (6) abschneiden;
vap (1) weben, nähen; śap (1) fluchen; svap (2) schlafen;
sarp, srip (1) gehen, kriechen. — tarp, trip (1) erfreuen,
hat tarptā und traptā, tarpitā; ebenso hat darp, drip Stolz
zeigen : darptā, draptā, darpitā. — kalp, klip (1 âtm.) fähig
sein, hat kalptā, und nur die 2. P. S. nimmt i : kalpitāse.

Auf *bh* : yabh (1) jauchzen : yabdhā; rabh (1) sich ergötzen;
labh (1) erlangen. — lubh (4), täuschen, bildet lobdhā oder
lobhitā.

Auf *m* : gam (1) gehen : gantā; nam (1) sich beugen; yam (1)
hemmen; ram (1) spielen; — kram (4) gehen, nimmt nur
im par. i : kramitāsmi; aber krantāhe.

Zischlaute.

Auf *ś* : kruś (1) schreien : kroshṭā; daṅś (1) beifsen; diś (6)
zeigen; darś, driś (1) sehen; maś, miś (6) tönen; marś, mriś
(6) Rath geben; riś, ruś (6) beleidigen; liś (4) abnehmen, sich
verringern; viś (6) eingehen; sparś, spriś (6) berühren; —
naś (4) untergehen bildet naśitā neben naṅshṭā.

Auf *sh* : karsh, krish (1) ziehen : karshṭā; tush (4) erfreuen;
tvish (1) scheinen; dush (4) verderben, schlecht werden;
dvish (2) hassen; pish (7) zermalmen; push (4) nähren;
vish (3) durchdringen; śish (7) unterscheiden; śush (4)
trocknen; ślish (4) umarmen. — Arbiträr mit oder ohne i :
tvaksh, (taksh) (5) behauen, klein machen; (nir)kush (9)
ziehen; rush (4) sich erzürnen; rish (4) beleidigen, tödten;
ish (6) wünschen.

Auf *s* : ghas (1) essen : ghastă; vas (1) wohnen; letzteres bildet auch vasită.

Auf *h* : dah (1) brennen : dagdhă; dih (2) beschmieren; duh (2) melken; nah (4) binden (hat unreg. naddhă); mih (1) pissen: medhă; — ruh (1) wachsen : roḍhă; lih (2) lecken : leḍhă; luh (1) wünschen : loḍhâ; vah (1) fahren : voḍhă. — Arbiträr mit oder ohne i : gâh (1) aufrütteln; druh (4) hassen; - drâh (1) wachsen; muh (4) betäubt werden; sah (1) können : soḍhă oder sahită; snih (4) lieben : snegdhă, snehită; snuh (4) auströpfeln : snogdhă, snohitâ.

Die vollständige Abwandlung s. auf Tabelle F.

Futurum II oder Auxiliarfuturum.

Entsteht durch die Verbindung der W. mit dem (in isolirtem Gebrauch nicht vorkommendem) Futurum der W. as : syâmi (s. Tabelle E), entweder *unmittelbar* oder durch Vermittelung des B.V. *i*. Die Hauptwurzel gunirt; das s von syâmi ist der Verschmelzung in sh unterworfen (s. Wohll. S. 7); der Accent bleibt auf dem Hülfsverbum : d â geben : dâsyâmi, dâsyási, dâsyáti; g a i singen : gâsyâmi etc.; b h û sein : bhav-i-shyâmi (152), -ati (80, 109); dhṛihalten : dhar-i-shyanti (151); kṛi machen : kar-i-shyâmi (20, 105).

Für Gebrauch und Weglassung des Bindevokals gilt im Ganzen das unter f. I Erörterte.

Die vollständige Abwandlung s. auf Tabelle F.

Conditionalis.

Form : a + W. + sy + E^e des impf.; also = Optativ + sya; verhält sich also formell zum f. wie impf. zu praes. : d â geben : adâsyam, g a i singen : agâsyam, b h û sein : abhavishyam etc. adhigâ (praef. adhi + gâ gehen) schwächt sein â zu î : ádhyagîshyam. Das Augment a fliefst mit einem folgenden Voc. oder dessen guṇa zusammen : îsh- reinigen : aishishyam.

Die vollständige Abwandlung s. auf Tabelle F.

Imperativ des Futurum.

Bopp führt in der III. Aufl. seiner krit. Gramm. S. 312 einige Belege für die 2. P. Pl. âtm. an; z. B. bhû sein : bhavishyádhvam, seid; v i d wissen : vetsyádhvam, wisset. In der Abwandlung ist er = praesens.

Leṭ.

Ein Modus des Veda-Dialektes im Sinne des Optatives praes. und praet., sowie des imp., der sich unserer Betrachtung entzieht. Näheres bei Bopp, krit. Gramm. III. Aufl. S. 313—315.

II. Praeteritalformen.

Perfect (bisher reduplicirtes Praeteritum).

Die Reduplicationsgesetze wurden bereits S. 9 mitgetheilt. Sie kommen hier in vollstem Maafse zur Geltung:

Besonderes :

Bindevokal : W. mit Anfangs-Kons. nehmen meistens i als B.V., welches vor dem th der 2. P. S. par. bei vok. end. W. ausfallen kann : chi sammeln : chi-che-tha oder chi-chi-y-a-tha.

Die W. auf ausgehendes â nehmen ihn nicht, sondern schwächen ihr â zu i : dâ geben : da-di-tha neben da-dâ-tha; — vor vokalisch anlautenden Endungen fällt â aus : dhâ trinken : dadhatus, die beiden tranken.

Die 2. P. Pl. âtm. hat für dhve oft dhve.

Die 3. P. Pl. âtm. hat am häufigsten den Bindevocal i : kṛi machen : chakrire (6, 143).

Reduplikationssilbe. Die W. auf a, i, u + einf. Kons. wiederholen ihren Anfangsvokal (a + aṭ gehen), welche in ihre Länge zusammenfliefsen âṭ-; ebenso îsh- aus i + ish wünschen etc.

Ausgen. im S. par., wo guṇa des W.V. stattfindet und das i und u der Red.-Silbe sich in iy, uv verlängert : ish wird esh + Red.-Silbe iy : iyesha, ich (er) wünschte; ukh- gehen wird okh + Red.-Silbe uv = uvekha, ich (er) ging.

W. auf a + zwei Kons. und die auf ṛi + einf. Kons. haben Red.-Silbe â + euph. n : aksh- erlangen : ânaksha.

W. auf *lange* Vok. und die auf i, u, ṛi + zwei Kons. umschreiben das Perfect nach der S. 43 angegebenen Weise.

Wurzelvokal. W. mit dem Vok. i, u, ṛi + einf. Kons. guṇiren im S. par. : viś, eingehen, viveśa.

W. mit *langem* Vok. bleiben unverändert : jîv, leben : jîjîva; desgleichen die mit i, u, ṛi (ar) + zwei Kons. darś (dṛiś) : dadarśa (13, 19).

W. mit ausgehenden Vokalen haben im par.

1. P. S. arbiträr vṛiddhi oder guṇa, also chi : chichâya (chi-chai-a) oder chichaya (chi-che-a).

2. P. S.; guṇa chichetha oder chichayitha (chi-che-i-tha).

3. P. S. vṛiddhi : chicháya.

Die übrigen Personen behandeln den auslaut. W.V. nach den Wohllautsregeln.

W. auf Kons. + a + Kons. verlängern ihr â in

1. P. S. par. arbiträr : jagama, ich ging (oder jagâma); in

3. P. S. stets : jagâma, er ging (6, 74. 161); ebenso jagraha, jagrâha (19. 146).

W. auf auslaut. â (e, ai, o) nehmen in 1. 3. P. S. par. die Endung au statt a und werfen ihren Vok. vor allen vok. anlaut. Endungen ab; 2. P. Pl. mit oder ohne B.V. i : dâ, geben : *par. S.* dadau, dadîtha (dadâtha), dadau; *Du.* dadiva, dadathus, dadatus; *Pl.* dadima, dada, dadus; *âtm. S.* dade, dadishe, dade; *Du.* dadivahe, dadâthe, dadâte; *Pl.* dadimahe, dadidhve, dadire.

Bei einigen Verben ersetzt guṇa die Reduplikation : pad fallen (Kl. 9) pede, âtm.

Von einigen *Unregelmäſsigkeiten* ist besonders zu merken: bhû, sein, mit Red.-Silbe ba (für bu) und ûv (für uv) vor vok. anlaut. Endungen : babhûva (15. 33. 34).

gam, gehen; han, schlagen, tödten; khan, graben; jan, erzeugen; ghas, essen, stoſsen vor den schweren Endungen ihren W.V. aus; han verändert hierbei, in *allen* Personen, sein h in gh. : jagâma, er ging (6. 74. 161) Pl. jagmus, sie gingen; jagmatur, sie gingen (fleheten) an, (153).

vad und vach, sprechen; vas, wohnen; vap, weben; vah, fahren; vaś, wollen, haben als Red.-Silbe u für va und verändern, mit Ausn. des S. par., auch am Stamme ihr va in u, womit das u der Red.-Silbe in û übergeht : uvâcha, er sprach (1. 33 u. oft); ûchus, sie sprachen (1. 71).

Die periphrastische Bildung des Perfect

geschieht, indem die Wurzel das Suffix âm erhält (Acc. eines abstr. oxytonirten Subst., das nur im Acc. erhalten ist) und nun mit dem Perfect eines der drei Hülfsverben kṛi machen, as sein und bhû sein, verbunden wird : îś herrschen : îśânchakâra (oder -chakara) = ich that Herrschung; oder îśâmâsa, îśâmbabhûva, ich war (in Bezug auf) Herrschung.

Findet statt :

1) bei W., die mit Vok. anfangen, die entweder von Natur oder durch Position *lang* sind : ûsh krank sein : ûshânchakâra etc.,

mit Ausn. derer auf (positionslanges) a, nebst âp erlangen :
ânchh ausstrecken, ânânchha.

2) bei *mehrsilbigen* W. : dîdhî- scheinen (âtm.), dîdhyânchakre,
-âsa, -babhûva. — Der einfachen Bildung *können* auch folgen :
daridrâ arm sein par., u. jâgar, jâgri, wachen; ûrṇu bedecken
par. âtm. hat bloſs die einf. Form : ûrṇunâva (-náva) etc.

3) bei W. der 10. Kl. und allen abgeleiteten Verben, wie Kausalia, Desiderativa, Intensiva etc. tush erfreuen : toshayâmâsa (7).

4) bei den W. ay gehen, day lieben (51), geben; arbiträr bei
vid wissen, kâś, kâs scheinen, ush brennen; bhar, bhṛi tragen,
bhî fürchten, hrî sich schämen und hu opfern; die letzteren
vier (Kl. 3) mit Beibehaltung der Redupl. der Spezialtemp.;
bhî, hrî mit guṇa.

Aorist (= Vielförmiges Augment Praeteritum).

Charakter :

Augment *a*. Keine Klassenunterschiede (im Gegensatze zum
Imperfect), ausgenommen Kl. 10.

Form :

a + $\sqrt{}$ + Bindesilbe (die auch ausfällt) + E⁰ des Imperfect.
— Dies *a* wird mit einem folgenden i, u, ṛi oder î, û, ṝ zu ai, au,
âr. Nach mâ, mâsma, *nicht,* welche dem Prät. eine imperative Bedeutung geben, fällt das Augment weg.

Sieben Bildungen. Dieselbe W. kann sich mehrerer derselben
bedienen, die sich füglich auf folgendes Schema zurückführen
lassen :

Erste Bildung (primäre, mit und ohne Bindevok.) : Aorist I.

1ᵗᵉ Form : a + $\sqrt{}$ + a + E⁰ (bisher 6ᵗᵉ) : lip : a-lip-am.

a + Red. $\sqrt{}$ + a + E⁰ (bisher 7ᵗᵉ) : laksh : a-la-laksh-am.

2ᵗᵉ Form : a + $\sqrt{}$ + E⁰ (bisher 5ᵗᵉ) : dâ : a-dâm.

Zweite Bildung (secundäre mit Bindesilbe sa, sasa) : Aorist II.

1ᵗᵉ Form : a + $\sqrt{}$ + (a)s + E⁰ (bisher 1ᵗᵉ) nî : anaisham.

a + $\sqrt{}$ + (a)s + B.V. a + E⁰ (bisher 2ᵗᵉ) kṛi : akârsham.

a + $\sqrt{}$ + B.V. î (2. 3. P. S.) ⎱
B.V. i (übrige P. ⎰ + (a)s + E⁰ (bisher 3ᵗᵉ) :

su : asâvisham.

$$2^{\text{te}} \text{ Form}: a + \sqrt{} + \frac{\text{Red. v. sa}}{\text{si sa}} + \frac{\text{B.V.}}{a,\ \hat{\imath}} + E^{s}(\text{bish. } 4^{\text{te}}): a\text{-y\^{a}-sisham};$$

oder noch kürzer als

Erste Form : Mit (als i) erhaltenem Anlaut des Hülfsverbum :
a-s&v-i-sham.

Zweite Form : Mit nicht erhaltenem Anlaut des Hülfsverbum,
und zwar :

a) mit erhaltenem B.V. des Hülfsverbum : a-kâr-sham,

b¹) mit theilweis abgefallenem B.V. desselben : a-nai-sham (be-
merkenswerth ist 2. 3. P. S. mit î),

b²) ebenso, bei Red. des Stammes des Hülfsverbum : a-yâ-sisham.

Das *Schema der (bisherigen) sieben Bildungen* ist
wie folgt :

Bildungen : parasmaipadam. âtmanepadam.

I. — Form : a + W. + s + E^s des impf. von as- sein.	Der W.Vok. erhält vriddhi.	Der W.Vok. bleibt *rein* bei W. auf Kons. und ar (ṛi). Der W.Vok. nimmt guṇa, bei W. auf i, î, u, û.
Hiernach gehen : W. auf â in 2 Klassen : 1) unverändert; der par. nach Bild. 4. 2) â wird i und s fällt aus vor t, th, dh, bei denen, die nur im âtm. nach Bild. 1, im par. aber nach Bild. 5 gehen.	S. sam, sîs, sît Du. sva, stam, stâm Pl. sma, sta, sus	ai, sthâs, sta svahi, sâthâm, sâtâm smahi, ddhvam, sata (dhvam, ḍhvam)
Ferner W. auf e, ai, o = â; W. auf ṛî.	dî, zu Grunde gehen (âtm.) nimmt â für î. bhî, fürchten, kann in 2. P. S. par. nach mâ die Silbe shi ausstofsen : mâ bhais oder mâ bhaishîs, fürchte nicht. ádhigâ, lesen (âtm.) schwächt â zu î. — bhrajj, braten; majj, untertauchen, bilden aus bhraj, maj. nah, nähen, binden, bildet aus nadh; vah fahren, aus voh.	

Bildungen : parasmaipadam.· âtmanepadam.

II. — Form : a + W. + s + B.V. a + E^e.		
Nichts zu bemerken.		

Hiernach : W. auf ś, sh, h mit i, u, ṛi als W.Vok.; vor s gehen ś, sh, h in k über, weshalb dies s stets als sh erscheint.			
S.	sam, sas, sat	si, sathâs, sata
Du.	sâva, satam, satâm	sâvahi, sâthâm, sâtâm
Pl.	sâma, sata, san	sâmahi, sadhvam, santa

Entspricht genau dem impf. von Kl. 1 und 6. Mehrere dieser W. gehen im âtm. arbiträr auch nach Bild. 1.

III. — Form : a + W. + B.V. i + s + E^e.	Auslautende Vok. haben vriddhi.— Ausl. Kons. guṇa für den Vokal.	Der W.Vok. hat das guṇa.
Hiernach : W. auf Kons. und Vok., vorzugsweise auf i, û, ṛi. Außer dem B.V. i, der das folgende s stets in sh wandelt, im Wesentlichen = Bild. 1.	S. isham, îs, ît Du. ishva, ishṭam, ishṭâm Pl. ishma, ishṭa, ishus	ishi, ishṭhâs, ishṭa ishvahi, ishâthâm, ishâtâm ishmahi, iddhvam, ishata (idhvam, iḍhvam)

IV. — Form : a + W. Red.-Silbe sisa + a, î + E^e.	Im Ganzen = III. + Red.-Silbe si.	Ungebräuchlich.
Hiernach : die meisten W. auf â (e, o, ai); mi, hinwerfen; mî, zu Grunde gehen (nehmen â für î) und einige W. auf m.	S. sisham, sîs, sît Du. sishva, sishṭam, sishṭâm Pl. sishma, sishṭa, sishus	

V. — Form : a + W. + E^e.	= impf. ohne die Klassenzeichen.	Ungebräuchlich.
Nur wenige W. auf â (e, o) und bhû, das in 3. P. Pl. abhûvan hat und vor vok. anlaut. E^e sein u in û wandelt : abhûvam.	S. am, s, t Du. va, tam, tâm Pl. ma, ta, us	Der âtm. dieser Wurzeln geht nach Bild. 1, ausgen. bhû.

Bildungen: parasmaipadam.   âtmanepadam.

VI. — Form : a + W. + a + Eᵉ. . . .	Im Ganzen = Vte. + B.V. a, wie in Kl. 1. 6.	Selten; da die meisten W. im âtm. nach I und III gehen.
Hiernach : vorzügl. W. auf Kons. und wenige auf Vok. (â, e, i, ri, rî).	S. am, as, at Du. âva, atam, atâm Pl. âma, ata, an	e, athâs, ata âvahi, ethâm, etâm âmahi, adhvam, anta

skand, steigen und dhvams, fallen, stofsen ihren W.-Nasal aus; jar, jrî, altern, substituirt jâ : âgîram; ebenso die W. vach, sprechen : vooh; radh, beleidigen : randh; fâs, herrschen : fish; as, werfen : asth; naf, su Grunde gehen : nef.

VII. — Form : a + Red. W. + a + Eᵉ; sonst = VI (= gr. Aoristen) :
               âdudruvam, ich lief, von dru.

Hiernach : die W. fri, fvi, dru, fru, snu, in welchen die Red.-Silbe durch Position lang wird; pat, welches seinen W.Vok. a ausstöfst : âpaptam; ferner alle W. der 10. Kl. und die in ihrer Form damit identischen Kausalia; ay fällt fort; die W. nimmt guṇa oder vṛiddhi : chur, stehlen : âchûchuram. Dies lange û bei W. auf u wird aber u vor doppelter Konsonanz : chyu, fallen : âchuchyavam.

W. auf anlaut. V. wiederholen den schliefs. Kons. mit i; der Anfangsvok. zerfliefst mit dem Augment : ad, gehen : âdidam (a, ad, id, am). Von zwei Kons. wird der letzte wiederholt; der erste schliefst sich an den mit dem Augment verschmolzenen W.-Vok. : aṅg, bezeichnen : âñjigam (a, añj, ig, am). W. auf Anf.-Kons. + langem einf. Stammvokal verkürzen letzteren arbiträr an der Stamm- oder Red.-Silbe.

W. auf Stammvokal â ersetzen dies â durch î in der Red.-Silbe, wenn sie den Stamm kürzen : pâl, schützen : apîpalam. Einige auf a nehmen in der Red.-Silbe gleichfalls î : gaṇ, zählen : ajîgaṇam.

W. auf Stammvok. ṛi, ṛî nehmen in der Red.-Silbe a (bisw. î, wo dann ṛî zu ṛi wird).

W. auf einen Stamm-Diphthongen verkürzen diesen in i oder u : ander Red.-Silbe wenn die Stammsilbe unverändert bleibt, und umgekehrt.

W. auf zwei Anf.-Kons. + langem Stammvokal, verkürzen letzteren sowohl am Stamme wie an der Red.-Silbe : brûs, beleidigen : ububrusam.

Precativ (= Optativ praet.).

Form : W. + Charakterzeichen yâ + s des Verbum as + Pers. E⁰ des Pot. (*Optativ* praes.).

Im Wesentlichen also = Optativ der Kl. 2. 3; 7. 5. 9; 8, von dem er sich nur durch die *Abwesenheit der Klassenzeichen* unterscheidet; die 2. 3 P. S. par. sind also von : tan (8) : *pot.* tanuyâs, tanuyât; *prec.* tanyâs, tanyât.

In den übrigen Personen tritt *s* zwischen yâ und die E⁰ des Optativs; also : 1. P. S. tanyâsam, etc. Du. tanyâsva, tanyâstam, tanyâstâm; Pl. tanyâsma, -yâsta, -yâsûs. *Optat.* tanuyâm, etc. Du. tanuyâva, tanuyâtam, tanuyâtâm; Pl. tanuyâma, -yâta, -yûs.

Das âtm. nimmt s für *alle* Personen, (bisweilen mit B.V. i, wonach s zu sh wird) mit darauf folgendem Charakterzeichen î (für yâ des par.), zwischen welches und vok. anlautende E⁰ ein y gesetzt wird (1. P. S.); in der 2. 3. P. S. Du. tritt vor t, th nochmals ein Zischlaut.

Die Endungen s. auf S. 28 und Tabelle C.

Vollständiges Beispiel :

	p a r.			â t m.	
S.	tudyâsam,	tudyâs,	tudyât	tutsîya,	tutsîshthâs,	tutsîshta
Du.	tudyâsva,	tudyâstam,	tudyâstâm	tutsîvahi,	tutsîyâsthâm,	tutsîyâstâm
Pl.	tudyâsma,	tudyâsta,	tudyâsus	tutsîmahi,	tutsîdhvam,	tutsîran

Besonderes.

Veränderungen des W.-Vokals :

par. Schliefsendes â nach 1 Kons. wird meistens e : dâ, geben : deyâsam; nach 2 Kons. meist arbiträr e oder â : sthâ, stehen : stheyâsam oder sthâyâsam.

— i, u werden î, û : chi sammeln : chîyâsam; nu preisen : nûyâsam.

— ar (ṛi) wird ṛi nach 1, ar nach 2 Kons. : kṛi, machen : kriyâsam; smṛi, sich erinnern : smaryâsam.

(Die W. ṛi gehen, wird ar : aryâsam.)

— ṛî wird îr, nach Labialen ûr : jṛî, altern : jîryâsam; pṛî, füllen : pûryâsam.

Die W. von Kl. 10 und die Kausalformen unterdrücken ihr ay. Primitive W. mit 1 schliefs. Kons. bleiben rein; mit 2 Kons., deren erster ein Nasal ist, verlieren diesen.

Die W. ve weben, vye bedecken, hve rufen, grah nehmen, prachh fragen, bhrajj backen; majj untertauchen, vach sprechen, vap weben, vah fahren, vas wohnen, vaś wollen, svap, schlafen, substituïren die unter Perfect angeführten Themata. yaj, opfern, anbeten, subst. ij- daher ijyâsam.

itm. W. auf i, î, u, û guṇiren; die auf ṛi (rî) nur, wenn sie auch den B.V. i (bei rî auch î) nehmen, die anderen nehmen dafür îr, nach Labialen ûr. W. auf e, ai, o = denen auf â. W. auf Schlufskons. unverändert, nur die, welche den B.V. i nehmen guṇiren.

Bindevokal. Die unter f. I aufgestellten Regeln gelten auch hier.

Verba derivatíva.

Hierzu gehören die Passiva, Causalia, Desiderativa, Intensiva und Denóminativa, deren vier erstere aus den primitiven W. (mit Unterdrückung der Klassenzeichen), die letzteren hingegen aus Nominalstämmen gebildet werden. Wir beschränken uns hier auf das Nothwendigste.

Das Passiv.

Form: W. + yá + E⁰ des âtmanepadam für die ersten 4 Tempora und Modi; daher, den Accent abgerechnet, vollkommen = Kl. 4, die auch in der Bedeutung vieler Verba (mriye, m ó r i o r; jâye n a s c o r) Aehnlichkeit hat.

W + E⁰ des âtm. für die Futural- und Praeteritalformen, daher absolut identisch mit Kl. 4. Vergl. Tabelle F.

Die meisten der unter „Spezialtempora" erwähnten Verben behalten auch hier ihre Eigenthümlichkeiten. Die 3. P. S. aor. hat hier ihre Endung verloren und geht auf i aus, vor welchem vok. ausl. W. durch vṛiddhi, konsonantische durch guṇa (z. B. akshaipi) gesteigert werden.

pad (Kl. 4. âtm.) gehen und budh (Kl. 4.âtm.) aufwachen, gebrauchen die pass. Formen ápâdi, ábodhi in *aktiver* Bedeutung; nehen letzterem besteht jedoch auch der regelm. med. Aor. ábuddha (Bild. 1.).

bhû sein, kann für Redl.-Silbe bû auch ba nehmen : babhûvé, babhûvé.

Die vollständige Abwändlung des Passivs ist aus folgendem Schema ersichtlich : Tabelle G.

Das Causale.

Form : Gunirte W. + ay + E^e des par. u. âtm. der 10. Klasse, mit welcher es in den *Spezialtempora* völlig übereinstimmt.

Für die Allgem. Tempora ist zu merken :

Futuralformen : Die beiden Futura u. der Conditionalis nehmen B.V. i.

Präteritalformen : Perfect, periphrastisch; Aorist nach Bildung 7, bei einigen Verben auch nach Bildung 8; Precativ stöfst im par. den Charakter ay ab, und nimmt im âtm. den B.V. i. Vergleiche Tabelle H.

Spezielles.

Wurzeln auf auslautende *Vokale* nehmen :

1) Die auf â (e, ai, o) ein *p :* dâ : dâpáyâmi. Statt p nehmen *y :* pâ (Kl. 1), vye, hve, ve, chhe, śo, so; statt p nimmt *l :* pâ (Kl. 2); daridrâ wirft sein â ab; snâ und glai, wenn ohne Präfixe, nehmen a für â : snapay, glapay.

2) Einige auf i, î nehmen p, mit Veränderung des i in â : i gehen : âpay (in der Verbindung mit adhi-, lesen); ebenso : ji, siegen; smi, lächeln; mi, zerstreuen; dî, zu Grunde gehen; krî, kaufen; mî, gehen; vî, foetum concipere; — chi, sammeln, hat arbiträr : châpay, chapay, châyay, chayay — bhî, fürchten, im par. bhâyay, bhîshay; im âtm. bhâpay, bhîshay — ruh, wachsen : rohay und ropay; knuy, stinken und kshmay, schütteln : knopay, kshmâpay — dîdhî, vevî, werfen End-î ab : dîdhay, vevay.

Einige W. mit langem Endvok. können ein n ansetzen.

W. auf auslautende *Konsonanten* bilden :

dush : doshay oder dûshay; sphur : sphoray, sphâray; sphây : sphâvay; han : ghâtay; śad : śâtay. — Die W. radh, labh, rabh schieben einen Nasal ein : lambhay.

sthâpay (v. sthâ) schwächt im Aor. den Vokal der Wurzel- und der Red.-Silbe : atishṭhipam.

hvâyay (v. hve) und śvâyay (v. śvi) bilden den Aor. aus hâvay, śâvay.

dyut nimmt in der Red.-Silbe i : ádidyutam.

Im Passiv werfen die Causalia und die Verben der Kl. 10 vor dem Passiv-Charakter ya ihr eigenes ya aus : mar, mṛi, sterben : mâray : mâryate, er wird (sterben gemacht) getödtet.

────────────

Die Desiderativform.

Form : Red.-W. + s mit oder ohne B.V. i. — Dies s ist den Wohllautsregeln unterworfen. Die Red.-Regeln sind daselbst nachzusehen.

Kons. anlaut. W. (oder deren Stellvertreter) nehmen in der Red.-Silbe u, wenn der W.-Vokal ein u, û, o, au ist; sie nehmen i bei jedem anderen : tud : tututs-; paṭ : pipaṭish-. Nur dyut nimmt i : didyotish, didyutish.

âp nimmt unregelm. îps- (st. âpipish-); ardh, ṛidh nimmt îrts- neben ardidhish-, îrshy nimmt îrshyiyish- neben îrshyishish-; ad, essen, substituirt ghas, welches jighats- bildet.

Aus nur einem Vokal bestehende √ (i, Kl. 1, î und u) haben doppelte Redpl. îshish-, ûshish (aus îsh-, ûsh). i gehen (Kl. 2) hat kein Desid.

S p e z i e l l e s. *Wurzelvokal :*

G u ṇ a, wenn B.V. i gebraucht wird : chit : chi-chet-i-sh; bei vielen jedoch arbiträr; einige nehmen nie guṇa : ḍip : ḍidipish-.

Die auf ar, ṛi behalten ar so oft der B.V. i, dagegen ṛi so oft er nicht gebraucht wird : sarp, sṛip : sisarpish; dṛiś : di- dṛiksh- (68).

K e i n e n g u ṇ a, wenn s unmittelbar an die W. tritt : dih : didhiksh-; ausl. i, u werden lang; ar (ṛi, ṛî) nehmen ir : karsh-, kṛish (kṛi) : chikîrsh (6, 77).

Bindevokal nehmen :

W. auf â, (e, ai, o) *nie;* W. auf i, î, u, û *selten;* die ihn nehmen, haben in der Red.-Silbe i für u : pû : pipavish (weil aus guṇa- form pav, a zu i geschwächt ist); W. auf ar (ṛi, ṛî) arbiträr.

W. auf ausl. Kons. *grösstentheils;* einige arbiträr mit oder ohne B.V. Die W. der 10. Kl. behalten ihr ay, haben guṇa des W.-V. und nehmen B.V. i : chur : chuchorâyish-.

Innere Veränderungen :

W. tan, san verlängern ihr a bei unmittelb. Anschluss des s : titâns; im gleichen Falle verändern einige W. auf iv ihr v zu û (daher in der Red.-Silbe u) div : dudyûsh- neben di- devish-; W. auf urv substituiren ûrv; gurv : jugûrvish-.

Unregelmässige Bildungen sind :

h a n : jighâns-; s v a p : sushups-; p r a c h h : pipṛichchhish-; g r a h : jighṛiksh-; b h r a j j : bibhrajjish- neben bibharjish-, bibhraksh-, bibharksh-. — Die folgenden 4 setzen arbiträr

B.V. oder bilden unregelm. : śak · śiśakish-, śiksh-; pat :
pipatish-, pits-; rabh : ripa-, labh : lips; rādh (Kl. 4) verletzen, hat rits. — Ferner folgende ; dâ, de : dits-; dhâ;
dhe : dhits-; mâ, mi, mî : mits-; chi : chikîsh-; hi :
jighîsh-; dî : didâs neben reg. didîsh-.

Einige Desiderativformen sind *ohne desid.* Bedeutung : jugupa,
tadeln, v. gup, hüten; mîmâns, erwägen, v. man, denken u. a.
Auch aus *Kausalformen* können Desid. gebildet werden : dâpay-
(v. dâ) : didapayish-, geben zu lassen wünschen. Die Red.-
Silbe wie oben, mit Ausnahme derer, welche einen anlaut.
Labial, Halbvok. oder ein j haben, die i nehmen : bhâvay (v.
bhû) : bibhâvayish-.

Konjugation. Im par. oder âtm., oder in *beiden,* je nach dem
Wesen der primitiven W. Die vier ersten Temp. und Modi
setzen a an s, gehen also nach Konj. 3. — Der Aor. nach
Bild. 3; Perfect periphrastisch; beide Fut., Cond. und Prec.
des âtm. nehmen B.V. i nach beifolgender Tabelle I.

Intensivform.

$$Form : \frac{Red.}{m.\ guṇa} + \frac{W.}{m.\ guṇa} + E^e \text{ nach beifolgendem}$$

Schema K.

Das *Activum* ist also = I. Konj. Kl. 3 mit arbiträrem B.V. i
vor *starken* Formen bei *kons.* anlautenden W., wobei auch kons.
auslautende keinen guṇa der W.-Silbe haben. W. auf ausl. Vokale
behalten guṇa.

Die *passive* Form (+ ya + E^e des âtm.) dient als Deponens,
also mit activer Bedeutung und ist sehr gebräuchlich. Eingehende
Details bei Bopp, Krit. Gr., 3. Aufl., § 498—515.

Denominativa.

Aus den Grundformen der *Nomina* werden sekundäre (Lidhu-)
Wurzeln gebildet durch Anhängung der Suffixe yâ, aya, sya, asya
und kâmya; aus diesen werden dann Verba und weitere Nomina
abgeleitet. Als Lidhu-W. werden indefs auch viele Nominalgrund-
formen angesehen, so dafs dieselben, *ohne* Anhängung jener Suffixe
+ E^e konjugirt werden,

y a, bildet 1^a) *Verba des Verlangens* nach dem, was die Grundform bezeichnet, intrans. : p a t n î, Gattin : patnîy-, sich eine Gattin wünschen (acc. Verhältnifs);

^b) Verba der *Gleichachtung* mit dem, was etc. (transitiv) : p a t n î, Gattin : patnîyati parichârikâm, er achtet der Gattin gleich die Dienerin (datives Verhältnifs);

^c) *reflexiv* wird es, wenn das *Subjekt* der Gegenstand des Gleichachtens ist : p r â s â d a, Palast : prâsâdîya- sich in einem Palaste glauben (lokales Verhältnifs; vergl. einnisten, verbergen etc.).

Ausl. a, â werden i; ausl. i, u werden î, û; ar, ri wird rî, o wird av, au wird âv; schliefsendes n fällt ab, der vorhergeh. Vok. wird lang, wie oben nur im par. gebräuohlich. In den allgem. Temp. fällt das a von ya ab; kons. ausl. (ausgen. n) werfen arbiträr auch y ab; Aor. nach Bild. 3; Perf. periphrastisch; die beiden Futura u. Cond. nehmen B.V. i.

2) Verba der *Anähnlichung, Hervorbringung* oder des *Werdens* zu dem, was der Stamm bezeichnet : k r i s h - n a : krishnâya-, wie Krischna handeln, ihm nachahmen (vergl. verthieren, christianisiren u. a.). c h i r a, lang : chirâya-, zögern; k a r u n â, Mitleid : karunâya-, Mitleid erregen, bemitleiden; râjan, König : râjâya-, wie ein König handeln (vergl. engl. lord, to lord).

a wird â; â bleibt; n fällt ab, vorhergeh. Vok. wird lang; s fällt arbiträr ab, kurzer vorh. V. wird lang; von ausl. at fällt t arbiträr ab, a wird â; meist nur im âtm. gebräuchlich.

a y (aya) bildet Verba des *Empfindens, Gebrauchens, Machens* dessen, was der Stamm bezeichnet : k s h u d h-, Hunger : kshodhay-, hungern.

Einsilbige Nom.-Stämme auf ausl. i, î, u, û nehmen vriddhi; a und â wird p beigefügt; ersteres wird lang : b h û, Erde : bhâvay-, ins Leben rufen, hervorbringen; kons. auslautend haben sie guna.

Mehrs. werfen den Endvok. ab : p r î t i, Freude : prîtay-; auf einen oder zwei Kons. auslautende werfen diese nebst vorhergeh. Vokale ab : v a r m a n, Harnisch : varmay-.

Durch -mant, -vant (-mat, -vat), -min bereits ge-
bildete Wörter, gehen in der Bild. des Denom. auf
die primitiven Stämme zurück : śrîmant (-mat, -ra),
glücklich (von śrî Glück) : śrâyay-.

Gebräuchlich in beiden Activformen = Verben der
10. Klasse.

sya, asya, kâmya (letzteres selber ein Denom. v. kâma, Wunsch
+ ya) bilden Verben *des Verlangens;* sya, asya *des
heftigen :* putrá, Sohn : putrakâmya, Söhne (Kinder)
wünschen; mádhu, Honig : madhvasya, Honig begehren.

Nur im par. gebräuchlich. — Konj. wie die mit ya.

Denominativa ohne Suffix, bilden *Verba der Handlungsweise*
zwischen dem Subjekt u. dem, was der Stamm besagt
(vergl. bemuttern, bevatern); bisweilen Hervorbringung und Erlangung. Selten.

pitár, pitṛi, Vater : pitárati, mit Konjugationsvokal
der 6. Klasse. Weiteres bei Bopp. Krit. Gr. § 526.

Wortbildung.

Sie geschieht durch 1) Bildung der *Wortstämme* aus den Wurzeln, 2) Bildung der Wörter aus Wortstämmen, durch Suffixe und Präfixe *(Verbal- und Nominalbildung).*

Die *Wurzeln* sind nicht blofse Sprachelemente von abstrakt-theoretischem Werthe, sondern wirkliche Sprachelemente der Urzeit. Sie liegen auch noch explicite in den Wörtern und haben sich, bei dem Triebe unseres Sprachstammes flexivisch zu werden, weiter dahin ausgebildet. Sie kommen daher in der Sprache als solche nicht vor, sondern werden aus ihren Abkömmlingen, denen sie als Stamm zu Grunde liegen, erschlossen.

Nur wenige W. haben auch nominale Bedeutung; so : yudh-, Kampf, mud, Freude, bhî, Furcht, kshudh, Hunger; andere mit verändertem Vokal- + Kasuszeichen; lat. carnifex (-fic-is), tubicen (-cin-is), praeses (-sid-is) und wenige andere.

Der Bedeutung nach sind sie zweierlei :
1) solche, aus denen Verba und Nomina, 2) solche, aus denen Pronomina und pronominale Wörter hervorgingen; also

Verbal-Wurzeln	und Pronominal-Wurzeln :
d. i. prädikative	— demonstrative (Max Müller),
objektive	— subjektive (W. v. Humboldt),
qualitative	— demonstrative (Steinthal),
nennende	— deutende (G. Curtius),
also Begriffswurzeln	— Beziehungswurzeln ;
= *Inhalt* der Vorstellung an sich : *konkret.*	= Bestimmung ders. ; *formales* Element : *abstrakt.*

So entstanden auch aus den pron. Wurzeln die Praep., Conjunctionen und Suffixe, weil sie meist aus Kons. + Vokal bestehen, zart, anschliefsend und zu Präfixen und Suffixen geeignet sind.

Der *Form* nach sind die Wurzeln :
primäre (Vokal; Vok. + Kons., Kons. + Vok.) : i, ad, dâ;
sekundäre (Kons. + Vok. + Kons.) : tud (eigentl. schon Red.);
tertiäre (2 Kons. + Vok.; Vok. + 2 Kons.; 2 Kons. + Vok.
+ 1 oder 2 Kons.) : plu, ard, spaś, skand.

Vergl. hierzu Steinthal's lichtvolle Darstellung in „Klassifikation der Sprachen 276", Max Müller's Vorlesungen, deutsche Ausg. I. 221 — 228, und in meinem „Die Sprache und ihr Leben" den 6. Brief : der Laut in seinem Ausbau.

Der Prozefs der Wortbildung ist also :
1) *Demonstrative* W. verbinden sich unter einander, zur Bildung von Pronominal - Adjektiven, Pron.-Adverbien und Partikeln überhaupt :
ka (qui, τι) Fragewurzel + s (Nominalzeichen für pers. Wesen) giebt kas, quis, τις. Dies s ist ursprüngliche W. sa, der da; mithin aus Frage + Demonstration : kas etc. wer?
2) Aus *qualitativen* W.; dieser Prozefs ist verwickelter :
a) W. + Pers.-Endung : as : asti = est(î), ἐστί; tieferen Blick gewährt der Aorist : ἔ-δω-ν (= á-dâ-mi), damals-geb(en)-ich.
b) *Verbalbildung* in 10 Klassen : W. + Klassenzeichen + E°; oft mit durchgreifender Reduplikation (S. Steinthal 286).
c) *Nominalbildung*.
a) Zunächst durch Verlängerung des Vokals, als symbolische Bezeichnung der festen, beharrenden Substanz (â auch im Semitischen) : mi, hinwerfen — mî, tödten; W. duh-, melken : doha, Milch; vach (vak, lat. voc), rufen : vâcha, Stimme. (Im Griech. Steigerung des verbalen ε in ο : φλέγω, φλόξ = phlogs, fla(g)-ma, flamma.)
b) W. + a (mit guna des W.V.); letzteres = der; verleiht den W. den substantiellen Sinn, weil sich hier nicht auf eine Thätigkeit, sondern auf die beharrende Substanz verweisen läfst; = das, von Sachen; et, von Personen : √ has-, lachen : hâsa(s), das Lachen; √ div-, glänzen : dêva(s), der Gott (θεος); devâ, Glanzsubstanz.

Das *Wortthema* ist also verschieden von der ν, die vom Geiste, der sie verwendet, nunmehr ein entschiedenes Gepräge erhalten hat. Daſs es uns heutzutage nicht immer leicht ist dem Geiste der Urzeit in allen diesen Verwendungen der W. nach allen Richtungen ab und auf zu folgen, begreift sich leicht.

Selbst der Accent ist nicht ohne prim. Bedeutung, denn die nomina actionis haben ihn vorzugsweise auf dem Stamm, die *Handlung* hervorhebend : τρόχος der Lauf, während die Nom. agentis die *Persönlichkeit* betonen, und ihn mehr auf die Endung legen : τροχός, der Läufer.

Neben *a* auch *i* und *u* : W. dar, δερ-ω spalten : dâru, Holz u. a.

Wurzeln dienen auch als z w e i t e Kompositionssilbe und stehen zum ersten Gliede = part. praes. act. zu voranstehendem Accusative (= tibicen; cen = cin(is) für can in tubicen von tuba-cano). So jalapî, Wasser trinkend; dharmavid, pflichtkundig. Zumeist sind solche Bildungen appellativisch : kravyâd (kravya + ad, fleischessend), Raubthier; ein dämonischer Unhold; mandabhâj (wenigtheilend), unglücklich; parivrâj (herum-wandelnd), Bettler von Gelübde; u. a.

3) Durch *Suffigirung von Suffixen*. Diese werden eingetheilt in
    K ṛ i t - S u f f i x e und bilden bei gleicher Bedeutung Nomina
                        primitiva aus den W. selbst; wir stellen
    U ṇ â d i - S u f f i x e   sie daher zusammen auf.

    und in

    T a d d h i t a - S u f f i x e , welche alle übrigen abgeleiteten Wörter bilden.

4) Durch *Präfigirung von Präfixen*, die meistens präpositioneller Natur sind, so wie endlich durch *Zusammensetzung*.

Die K ṛ i t - und U ṇ â d i - S u f f i x e sind sehr zahlreich und bilden Adjektive und Substantive. Viele derselben sind unter Lexicologie eingehend behandelt worden.

Zunächst bilden sie die Participien und zwar durch folgende Endungen :

Activum.		Passivum.	

Präsentialformen :

par.	âtm.	par.	âtm.
-ánt (-at), f. -tî	-mâna (áná) f. -nâ	yat, f. yantî	-yámâna (mâna) f. â, auch ya + nt(t)
(bisweilen mit dem pass. Charakter ya)			

Futuralformen :

-(sy)ánt (syat), f. syántî (bisweilen mit passivischem ya)	-(syá)mâna, f. -nâ	-távya, anîya, ya f. -â (= lat. ndus)	-(syá)mâna, â (= âtm. act.) (selten)

Praeteritalformen :

Perfect.			
-vâns, f. ushî bisweilen periphr. durch âsivâns, babhûvâns, chakrivâns, ferner : -távant, -návant (-at).	-âná	tá, ná, f. â, ersteres mit oder ohne B.V. i; letzteres stets direkt an die W.	-âná (= âtm. act.) (selten)

Die folgende Tabelle der Participialformen wird diefs näher veranschaulichen : Tabelle L.

Der Infinitiv wird durch -tum (ac. des fem. tu) gebildet, mit Guna des W.W. und oft mit B.V. i : dâtum, geben v. dâ; sthâtum, stehen v. sthâ; yóktum, verbinden v. yuj.

Das Gerundium durch -tvâ, -ya und -am.

tvâ (instr. vom fem. tu) oft mit B.V. i, wo dann meist Guna; = mit in praes. Sinne : uktvâ (mit Sprechen) sprechend; = nach in praet. Sinne (nach dem Sprechen) gesprochen habend. Meist nur bei einfachen W. gebraucht.

ya, im gleichen Sinne bei W., welche mit Praep. und Adv. verbunden sind; einige W. nehmen noch ein t (die auf -am, -an können dabei das m, n abstofsen) : âgámya oder âgátya.

am (ac. des Suffixes a) = mit, nach, durch; gewöhnl. doppelt : sthâyan sthâyan = sthitvâ sthitvâ, stehend, gestanden habend (selten).

Die Bedeutung eines p. praes. act. haben die meisten Ableitungen durch die Suffixe a, aka f. -â, anda, anta f. -tî, in f. inî, und u : âsugá adj. schnellgehend ím. Wind, Pfeil, Sonne; nâyaka, Führer (von nî); bhárandá, Herr (erhaltender); gadayantá, sm. Wolke (donnernde v. gad, Kl. 10); manohárín, Herzraubend; didrikshu, zu sehen wünschend; — die eines p. fut. act. auf târ (tri, Nom. tâ) : dâtâ, dator, daturus; f. dâtrî, datrix, datura; die eines p. fut. pass. auf elima : pachelima, coquendus; als sm. Feuer, Sonne.

Bloſs Adjektive bilden die Suffixe ala, âka, âru, âlu, in (f. inî s. vorst.), enya, ora (selten), trima, naj, sna : chapalá, wankend; jálpâka, f. akî, geschwätzig; vandâru m. f. n., höflich; śayâlú, schläfrig v. śî; etc.

Nomina agentis bilden die Suffixe a (s. vorst.), aka (s. vorst.), ân, aná, i, ika, itnu, û, târ (tri, trî s. vorst.) ti, rá, vara, vân (van) snu : râjân f. râjnî, König, -in (herrschende); várdhana, Vermehrer; yáji, Opferer; múshika m. stehlende, Maus; stanayitnú, Wolke v. stan, donnern; nritî, Tänzer; vahati, Weher, Wind; vandrá, Verehrer v. vand; íśvara, Herrscher von íś; ruhvân, Baum (wachsender); malâsnú, welkend.

Adjektive und Substantive bilden : a*), aka*), ana*), ânaka, i*), itnu*), in*), ira f. irâ, ila, u*), ûka, era, ka f. kâ, tra f. trâ, nu, ma, mara (selten), ru, va, vara*), vân*), vi, snu*), bhayânaka (bhî), furchtbar; śayânaka (śî), Boa Constrictor; muchira (much), freigebig; chhidira (chhid), Schwert; pathilá (path), Wanderer; bhavilá (bhû), seiend; vâvadûka (vad), geschwätzig; dandaśúka (danś), Schlange; muhíra (muh, von Sinnen sein), thöricht, Thor; auf tra f. trâ (meist Mittel und Werkzeug bezeichnend) : śrótra-m. n. v. śru, Ohr; chitra, bunt; gridhnú (engl. greedy), gierig v. gridh; sûnú, Sohn (geborener); dhûmá (fumo), Rauch v. dhû, bewegen; tigmá, scharf, v. tij; perú, Sonne v. pî, trinken; bhîrú v. bhî, furchtsam; áśva, Pferd; áśvâ, Stute (schnelle, v. aś, erreichen); śîrvi, schädlich (sar, srî), jâgrivi (wachsame) König, v. jâgri-.

Abstrakta und Konkreta bilden die Suffixe : a, meist m., (nur ein n.); ana zahlreich, meist n. f. anâ; as nur n.; i m. konkr., f. abstr.; is, meist n.; us, n., (nur ein Abstr. : jánus, Geburt); û, m. u. f.; ti konkr. m. und zahlreiche abstr. f.; tha m. und n.; y m.

*) s. vorstehend.

Bloſs Abstrakta bilden : athu m., à f., âtu m. n., ina (selten), yâ f. : vépathu (vep), Zittern; kshipâ, das Werfen; jîvâtu, Leben; vrajyâ, Wanderung.

: *Bloſs Konkreta* bilden noch, aufser obigen : atra f. -â (nur *ein* f.); ani (aṇi) m. f.; asa m. n.; isha f. -î (selten); îsha m. n.; it f. (selten); utra n.; ura n.; ula m.; ûtha n.; tu m. n.; tva n.; na m. n., f. nâ; ni m.; mân (man) m. n.; mi m. f.; so wie viele andere, minder gebräuchliche.

Die Taddhita-Suffixe sind ebenfalls sehr zahlreich; doch sind nur verhältniſsmäſsig wenige gebräuchlich. Die wichtigsten sind : a, f. î; in, f. inî; ishṭha, îyâns (schwach îyas), tama, tara, tâ, tva, mant (schwach mat), ya, f. yâ; vant (vat) und śas.

Sie bilden : *Patronymica* und *Gentilia* (a, ya : mâgadha, vom Lande Magadha stammend; dhâumya m. Sohn, Abkömmling des Dhuma); *Collectiva* (n. auf a : kâpotâ, ein Schwarm Tauben von kapotâ; kâiśya, das ganze Kopfhaar von keśa, Haar); f. auf inî: padminî, Lotos-Menge, L.-Teich, v. padma, Lotos. *Abstrakta* n. a, ya, tva : yauvaná, Jugend v. yúvan, jung; mâdhurya, Süſsigkeit v. mâdhurá, süſs; prithutvá, Breite v. prithú; f. tâ,: bahútâ, Vielheit v. bahú; ferner

Adjektive : a f. î : râjatá, silbern v. rajatá, Silber; ya f. yâ : dívya, himmlisch v. dív, Himmel; *possessiva :* in, (min, vin) : dhánin, reich v. dhana, Reichthum; mant (vant) : dhanayant, reich; den *Komparativ* bildet tara, â : uttara, höhere; den *Superlativ* tama, â : uttama, höchste, beste.

Adverbien : śas : ekaśas, einzeln v. eka; tamâm, tarâm (selten) bilden gesteigerte Adverbien: uchchaistarâm, höher; uchchaistamâm, am höchsten; beide auch : sehr hoch.

Nähere Details, auch über die seltener vorkommenden, bei Bopp, Krit. Gramm. §. 579—584.

Die Präfixe

modificiren die Bedeutung der W. auf mannigfache Weise, wie im Deutschen. Viele W. kommen ohne Präfixe gar nicht oder nur selten vor (vergl. ent-schuldigen u. a.). Mehrere dieser Präfixe sind in Lexicologie ausführlich behandelt worden.

Sie sind :

abhí, an, hin, zu : abhígam, hinzugehen; ádhi, über, hin-
·über, auf : ádhigam, hingehen; antár, unter, zwischen :
antárgam, untergehen; ánu, nach : ánugam, folgen; ápa,
weg : ápakram, weggehen; ápi, über (auch Conjunction) :
pínaddha, angezogen, gekleidet v. nah, binden (mit Weg-
fall des a);
ati, vor Vokalen aty-; untrennb. Präfix (a + ti) bezeichnet :
Uebermaaſs, Vermehrung, hohes Maaſs des Bezeichneten
= trans, super, ultra; mit Adj. = *sehr, übermäſsig :*
atikrámámi (kram-) darüberhinausgehen; atikránta, vor-
gerückt (Zeit); atithi (sthá), Gast = der über (vor) Einem
steht.

atipathin, m. schöner Weg.	atibhravími (bhrú), stark spr.
atimanushyabuddhi, über-	atibala, *sehr* stark.
menschliche Kennt., Verst.	atimanusha, *übermenschlich.*
atimátra, Uebermaaſs.	atiyaśas, *hoch* berühmt.
atisára, Durchfall.	

áva, von, herab : ávaskand, herabsteigen, -springen v. skand;
á, hin, zu, her : ágam, herkommen; ní, nieder, unter :
nípat, niederfallen; nís, aus, heraus : nírgam, herausgehen;
párá (selten), zurück, weg, fort : párápat, wegfliegen;
pári, um-herum : párigam, herumgehen; prá, vor, voran,
fort : prádru, fortlaufen; práti, hin, gegen, zurück :
prátikram, zurückweichen; púras, vor, voran : púrodhá,
voranstellen; sám, mit, zusammen : sángam, zusammen-
kommen; tirás (nur vor wenigen W.), hinüber, durch :
tirobhú, verschwinden; úpa, bei, hin, zu : úpagam, hinzugehen; út, auf : útpat, auffliegen, -springen, -stehen; ví,
ab : visŗip, auseinandergehen, -stieben; oft verstärkend =
sehr : vibhúsh, schmücken v. bhúsh, dass.

Die auf i ausgehenden nehmen oft í, besonders vor k; bei
anderen (ápa, áva, úpa, prá, á, pári, práti, ví, sám) tritt vor k, p,
ch, t der W. ein euph. Zischlaut ein; vergl. játarúpa-parish-
kritán (19).

Die **Zusammensetzung** ganzer Wörter

ist, wie im Deutschen, von auſserordentlich häufigem Gebrauche.
Wurzeln thun diefs seltener und nur wenige, wie man, dhá, as,
bhú und kar (kŗi) : bahú, viel : bahuman, hochachten; śrad-

dhâ, glauben, verehren (= credo); prâdus, offenbar : prâduras, offenbar werden; alam, Schmuck (sc.) alaṅkar, schmücken; u. a.

Die Nominal-Composita werden in folgende sechs, mit technischen Namen bezeichnete Klassen eingetheilt :

Dvandva, *copulative* Compp., aus zwei oder mehr Subst. bestehend, die einander coordinirt sind, und durch „*und*" verbunden werden. Das Kasusverhältnifs nur am letzten Gliede ausgedrückt : im Dual, wenn das Compp. aus 2, im Plural, wenn es aus 3 Gliedern besteht oder wenn eins oder mehrere der verbundenen Glieder plurale Bedeutung haben :

indra-varuṇau, *Indra und Varuna*;

devamanushyeshu, *unter Göttern und Menschen*.

Bei Gegensätzen und Gliedern des Körpers, abstrakten Begriffen, leblosen Gegenständen und niederen Thieren wird das letzte Glied zum singularen neutr. auf a, bei sing., dualer und pl. Bedeutung des Compp. :

pâyûpasthaṅ, hastapâdam, *anus et penis, manus et pedes*.

Bahuvrîhi, *possessive*; bezeichnen das Besitzen oder den Besitzer dessen, was der Grundbegriff andeutet, bestehen im 1. Gliede aus Adj., Subst., oder Praep., im 2. nur aus Subst. oder subst. gebrauchten Adjektiven und ergänzen stets „*habend*" : subhrunâsâkshikesânta, schöne Brauen, Nase, Augen und Haare habend; sunâsâkshibhruvâni (125).

Schliefsende Subst. dekliniren; Adj. werden stets als Subst. aufgefafst; daher chintapara, das Nachdenken als Höchstes (para hier als sn.) habend (34).

Karmadhâraya, *determinative;* sie sind, im Gegensatz zu den folgenden, attributiv; ihr *letztes* Glied (subst., adj.) wird *vom ersten* (alles, aufser Verbum) näher bestimmt :

divyakusuma, *eine himmlische Blume* (nicht Bl. des H.).

Tatpurusha oder *Abhängigkeits*-Compp., bezeichnen stets ein *Kasus*verhältnifs, zumeist des Genitives :

mahîpati, *Erde-Heer* (H. der E.);

hastyaśvarathagoshena, *mit Elephanten-Pferde-Wagen-Getöse* (mit dem Getöse von E. Pf. W.).

Dvigu oder *collektive* Compp.; ein vorgesetztes Zahlwort bestimmt das schliefsende Subst., das gewöhnlich zum n. (meist auf a), zuweilen zum f. auf î wird :

paṅchendriyá (paṅchan, indriya), *die 5 Sinne*.

Avyayîbhâva oder *adverbiale* Compp. bildet aus Indecl.
+ Subst. (das stets neutrale Endung annimmt) Adverbien :
yathâkâmám, *nach Belieben* (161).
Eingehendes bei Bopp, Krit. Gr. §. 585—614.

Indeclinabilia.

Adverbia werden gebildet, theils durch *Taddhita*-Suffixe,
wie oben erwähnt, S. 57; theils durch den *Accusativ*-Charakter m
aus Adj. auf a : nítyam, immer v. nítya, ewig; theils durch die
Endung des *Instr. pl.* einiger Adj. auf a : nîchãis, niedrig von nîchâ;
endlich durch Zusammensetzung (s. vorst. Avyayîbhâva).

Viele Adverbia sind, wie im Slavischen, oblique Kasus des s.
eines Adj. :

Acc. náktam, bei Nacht; kím, warum? tát, deshalb; yát,
weshalb; tâvat, so lang; yâvat, während.

Inst. sâhasâ, schnell; dívâ, bei Tag; téna, deshalb, um —
willen.

Abl. paśchât, nachher; bâlât, mit Gewalt.

Gen. chirásya, endlich, nach Langem.

Loc. prâhṇe, am Vormittag.

Andere schliefsen sich an kein bestimmtes Bildungsprincip an,
wie z. B. a (Präfix neg.) nicht; atîva (ati + iva), sehr; adyá,
heute, jetzt; álam, genug; íti, so; iva, wie (stets tonlos nachgesetzt); ihá, hier; evá, so; evám, so; kvá, wo; kvachit,
irgendwo; dus (dur), schlecht; na, nicht; nâma, namens,
nämlich; prabhṛiti, von — an; prâdus (-dur), offenbar;
mâchiram, sogleich; śvas, morgen u. a.

Als erstes Glied der Compp. werfen die auf Acc.-Formen ihr
m ab : satataga, immergehend aus -tam + ga.

Conjunctionen nur wenige; einige zugleich Adverbia und
Expletive. Die wichtigsten sind : átha, aber (als Einleitungspartikel); und, auch (expletiv); ápi, auch, sogar, selbst; éva, auch,
aber; kachchit (verschieden von kaśchit, s. d.) = an, num; cha,
und, auch, denn, aber (tonlos nachgesetzt); cha-cha, sowohl, als
auch; yádi, wenn —; tadâ, so; tu, aber, und, auch (nachgesetzt);
mâ, dafs nicht (ne); yát, weil, dafs (quod); yátra, weil, dafs
(quod); yáthâ, dafs (ut); yasmât, weil; vâ, oder (tonlos = lat.

ve angehängt); vâ-vâ, entweder — oder; vai, expletiv; sma, expletiv, giebt dem Praes. präter. Bedeutung; ha, expletiv; hi, denn (nachgesetzt); auch expletiv und Fragepartikel.

Praepositionen. Von den als Präfixe fungirenden werden áti, ádhi, ánu, ápa, abhí, â, úpa, tirás, pári, práti (mit Acc.) auch allein gebraucht. Sonst noch

mit *Acc.* : ṛité (auch mit abl.), aufser; antarâ, zwischen; antareṇa, ohne; pareṇa, über.

mit *Abl.* : ṛite (s. vorst.); vahís, aus.

mit *Inst.* : amâ, sahá, samám, sâkám, sârdhám, satrá, mit; vinâ, ohne; letzteres auch mit Acc.

mit *Gen.* : upári, über; puratas, purastât, vor; adhastât, unter.

Subst. und auf Subst. ausgehende adverbiale Composita regieren, präp. gebraucht, sämmtlich den Genitiv. So : artha, Sache (artham, -ena, -âya, arthe, im Sinne v. *wegen*); kṛite (l. v. -tá), agre (l. v. -rá) u. a.

Interjectionen; der *Klage* : aho, ahovata; des *Staunens* : âh; des *Aergers* : um; der *Verachtung, des Abscheus* : dhik (pfui!); der *Anrede* : bho! vata! Ausruf beim Opfer : hanta, wohlan!

atha nalopâkhyânaṅ.

hier (ist)   das Nalolied.

---

vṛihadaśva uvâcha :

Vṛihadaśva   erzählte :

1. âsîd râjâ, ṅalo nâma, vîrasenasuto balî,

(es) war ein-König, Nal mit-Namen, Virasena's Sohn starker (tapfrer),

upapanno guṇair   ishṭai,   rûpavân,   aśvakovidaḥ;

begabt mit-Tugenden erwünschten, schön-gestaltet,   rossekundig;

2. atishṭhad manujendrâṇâṅ   mûrdhni,   devapatir yathâ,

(der) stand-vor den-Menschenfürsten   voran, (einem) Götterfürsten gleich,

uparyupari sarveshâm,   âditya iva   tejasâ.

über-über   allen,   die Sonne wie an-Glanz.

3. brahmaṇyo, vedavich,   śûro,   nishadheshu mahîpatiḥ;

fromm,   vedenkundig, ein-Held, im Nischaderlande Erd-Herr (König);

akshapriyaḥ,   satyavâdî,   mahân   akshauhiṇîpatiḥ;

würfelliebend, wahrheitredend, (ein) grofser   Heeres-Herr;

4. îpsito   varanârîṇâm,   udâraḥ,   saṅyatendriyaḥ;

der-erwünschte auserlesenster-Frauen,   hervorragend, sehr-bezähmten-Sinnes;

rakshitâ,   dhanvinâṅ śreshṭhaḥ; sâkshâd iva manuḥ svayaṅ.

Beschützer, der-Bogenschützen bester; (kurz) gleich wie Manus   selber.

5. tathaivâsîd vidarbheshu bhîmo, bhîmaparâkramaḥ,

Ebenso auch war im Vidarbhaland Bhîmo, fürchterliche-Kraft (habend) = gewaltig,

śûraḥ,   sarvaguṇair   yuktaḥ,   prajâkâmaḥ,   sa

ein-Held, mit-allen-Tugenden-vereint, Nachkommen-wünschender, welcher

châprajaḥ,

und ohne-Nachkommen (seiend),

9

6.   sa   prajârthe   paraṅ   yatnam akarot su-
welcher der-Nachkommen-wegen hervorragende Anstrengung machte gar
                               samâhitaḥ. —
                         sehr-eifrig (angemessen)

tam abhyagachchhad brahmarshir, damano nâma, Bhârata
Diesen besuchte (ging an) ein Seher,   Daman Namens, o Bhârate

7. taṅ sa bhîmaḥ   prajâkâmas toshayâmâsa, dharmavid,
diesen jener Bhima der-Nachkommenwünschende erfreute, der Opferkundige

mahishyâ saha, râjendra,   satkâreṇa,
mit-der-Gattin sammt, o Fürstenkönig, durch-gastliche-Aufnahme, (den)
                         suvarchasaṅ;
                         sehr-strahlenden

8. tasmai prasanno damanaḥ sa-bhâryâya varaṅ dadau :
   ihm der-gewogene Daman nebst der-Gattin eine-Gabe verlieh :

kanyâratnaṅ, kumârâṅś cha trîn,   udârân,   mahâ
eine-Mädchenperle, der-Knaben und ihrer-drei, hervorragende, grofsen
                              yaśâḥ :
                          Ruhm (habende)

9. damayantîṅ, damaṅ, dântaṅ, damanaṅ cha
    die Damayantî, den Daman, den Dântan, den Damanan und (den)
                          suvarchasaṅ
                        sehr-glänzenden

upapannân guṇaiḥ sarvair, bhîmân, bhîmaparâkramân.
(alle) begabte mit-Tugenden allen zu-fürchtende,   gewaltige.

10. damayantî tu rûpeṇa, tejasâ,   yaśasâ,   śriyâ,
   Damayantî aber durch-Gestalt, durch-Glanz, durch-Ruhm, durch-Schönheit

saubhâgyena cha, lokeshu   yaśaḥ   prâpa,
durch-Reichthum und, in-den-Welten (überall) Ruhm sie-hat-erlangt,
                         sumadhyamâ.
                       die-schön-wüchsige.

11. atha tâṅ, vayasi prâpte, dâsînâṅ   sam-
   Aber sie (Acc.), bei-Alter erreichtem, der-Mädchen (Dienerinnen) sehr-
                         alaṅkritaṅ
                        geschmückten

śataṅ, śataṅ sakhînâṅ cha, paryupâsach, śachîm iva.
hundert, hundert der-Freundinnen und, umsafsen (tâṅ), die śacî *) gleichwie.

*) śacî, Gemahlin des Indra.

12. tatra sma *) râjate bhaimî sarvâbharaṇabhûshitâ,

Dort also glänzt die-Bhaimî, (mit) allem-Schmuck-geschmückte,

sakhîmadhye, 'navadyâṅgî, vidyut saudâminî yathâ,

in-der-Freundinnen-Mitte, die-schön--gliedrige, ein-Blitz, langer-Blitz gleichwie,

13. atîva rûpaṣampannâ, śrîr ivâyatalochanâ.

höchst schönheit-begabte, die śrîa **) gleichwie, die langaugige.

na deveshu na yaksheshu tâdṛig rûpavatî kvachit;

nicht unter-Göttern, nicht unter-Yakshas ***) also gestaltete (ist) wo-irgend;

14. mânusheshvapi chânyeshu dṛishṭapûrbâthavâ śrutâ.

unter-Menschen auch und-unter-anderen gesehene-früher noch-auch gehörte.

chittapramâthinî bâlâ, devânâm api sundarî.

ein-herzerschütterndes Mädchen, den-Göttern sogar schön.

15. nalaś cha, naraśârdûlo, lokeshvapratimo bhuvi;

Nal und, der-Manntiger, unter-den-Leuten unvergleichlich (war) auf
der-Erde;

kandarpa iva rûpeṇa mûrtimân abhavat svayaṅ.

Ein-Kandarpa †) gleichwie an-Gestalt körperlicher war-er selber.

16. tasyâḥ samîpe tu nalaṅ praśaśaṅsua kutûhalât,

derselben (f.) in-Gegenwart aber den-Nal rühmten-(sie, man) mit-Eifer,

naishadhasya samîpe tu damayantîṅ punaḥ punaḥ.

des Naischadhers in-Gegenwart aber die-Damayantî wieder-(und) wieder.

17. tayor adṛishṭakâmo 'bhûch, śṛiṇvatoḥ satataṅ guṇân,

dieser-beiden ungesehene-Liebe entstand, der Hörenden beständig die-Tugenden,

anyo'nyaṅ prati, kaunteya, sa vyavardhata hrichśaya.

andrer-andren gegen, o Kaunteye ††), jene wuchs Liebe.

18. aśaknuvan nalaḥ kâmaṅ tadâ dhârayituṅ hṛidâ,

nicht-vermögend Nal die Liebe nunmehr zu-halten im-Herzen,

antaḥpuraṣamîpasthe vana †††) âste, raho gataḥ.

(beim) Frauenpalast, im-nahestehenden Walde saß-er, heimlich hingegangen.

19. sa dadarśa tato haṅsân, jâtarûpaparishkṛitân;

er erblickte von-hier-aus Gänse, gold-körper-umschmückte (hellschimmernde);

*) sma giebt einem Praesens die Bedeutung eines Perfecti. — **) śrîa, Gemahlin
Vishnu's, Göttin der Schönheit und Liebe. — ***) Yakshas, eine Art Halb-
götter. — †) Kandarpa, Gott der Liebe. — ††) Kaunteya, anderer Name
des Bhârata. — †††) Vergl. S. 5 oben.

vane   vicharatân   teshâm   ekań jagrâha pakshinań
im-Walde der Spatzierengehenden dieser (g. pl.) einen fing-er Vogel.

20.   tato 'ntarîkshago vâchań vyâjahâra   nalań   tadâ :
nunmehr der-Luftgänger die-Rede meldete (c. Acc.) dem Nal alsdann :

„hantavyo 'smi   na   te,   râjan,   karishyâmi tava
zu-tödtender bin-ich nicht von-Dir, o König; ich werde erweisen Dir
priyań;
eine Liebe

21.   „damayantîsakâśe   tvâń kathayishyâmi, naishadha!
Damanyantî-in-Gegenwart Dich werde-ich-erwähnen, o Naischadher,

„yathâ tvad   anyań purushań na sâ mańsyati
so-dafs als-Dich-(einen)-andern Mann nicht sie denken-wird (c. A.)
karhichit!
wann-irgend

22.   evamuktas,   tato hańsam utsasarja mahîpatih;
also-angeredet, nunmehr die-Gans liefs-los der-Erdherr (König);

te   tu hańsâh samutpatya   vidarbhân agamańs tatah.
diese aber Gänse aufgeflogen-seiend zu-den-Vidarbhern gingen hierauf.

23.   vidarbhanagarîń   gatvâ,   damayantyâs tadântike
in-die-Stadt-Vidarbha gekommen-seiend, der Damayantî alsdann vor

nipetus   te garutmantah; sâ dadarśa cha tân gaṇân; —
flogen-herab diese Beschwingten; sie erblickte und jene Schaaren; —

24.   sâ, tân adbhutarûpân   vai   drishtvâ,
sie, diese wunderbare-Gestalten (habenden) nun-also gesehen-habend, (die von
sakhîgaṇâvritâ,
Freundinnenschaar-umringte

hrishtâ grahîtuń khagamâńs tvaramâṇo 'pachakrame.
erfreut zu-fangen die-Luftgänger- eilend fing-an.

25.   atha hańsâ ·   visasripuh   sarvatah   pramadâvane
aber die-Gänse watschelten-auseinander nach-allen-Seiten im-Frauengarten

ekaikaśastadâ kanyâs   tân hańsân samupâdravan.
einzeln nunmehr die-Mädchen jene Gänse liefen-an (ihnen nach).

26.   damayantî tu yań hańsań samupâdhâvad antike;
Dam. (N.) aber jene Gans (Acc.) lief-herbei   vor;

sa mânushîń girań kritvâ damayantîm athâbravît:
diese, menschliche Stimme gemacht-habend, die Dam. (A.) alsdann anredete
angenommen

27. „damayantî! nalo nâma, nishadheshu mahîpatiḥ;
Damayantî! Nal nämlich, im Nischadherland (ist) Erdherr (König);

„aśvinoḥ sadṛiśo rûpe; na samâs
den-beiden-Aśvinen *) (ist er) ähnlich an-Gestalt; nicht ähnliche (c. Gen.)

tasya mânushâḥ!
desselben (sind) Menschen!

28. „tasya vai yadi bhâryâ tvaṅ bhavethâ, varavarṇinî,
desselben wahrlich wenn Gattin du könntest-sein, o Anmuthreiche,

„saphalaṅ te bhavejjanma, rûpaṅ chedaṅ, su-
fruchtbringend deine wäre (hohe) Geburt, Gestalt und diese, o Schön-

madhyame! —
taillige!

29. „vayaṅ hi devagandharbamânushoragarâkshasân
wir aber Götter-Gandharven **)-Menschen-Schlangen-Rakschasen ***)

„dṛishṭavanto, na`châsmâbhir dṛishṭapûrbas tathâvidhaḥ.
(haben-)gesehen, nicht und von-uns (ist) gesehen-früher derartiges.

30. „tvaṅ châpi ratnaṅ nârîṇâṅ, nareshu cha nalo
du und (wenn) auch die-Perle der-Frauen, unter-den-Männern und Nal

varaḥ :
die-Zierde :

„viśishṭâyâ viśishṭena saṅgamo guṇavân bhavet!"
mit-derAuserlesenen mit-demAuserlesenen (eine) Verbindung ausgezeichnet wäre!"

31. evamuktâ tu haṅsena, damayantî, viśâṅpate,
also-angeredet aber von-der-Gans, die Dam., o Visenherr,

abravît tatra taṅ haṅsaṅ : „tvam apyevaṅ nale vada!"
redete-an daselbst diese Gans : „Du auch-also bei Nalo sprich!"

32. tathetyuktvâṇdajaḥ kanyâṅ vidarbhasya,
„Also" (sei es) so-angeredet-der-Eigeborene das Mädchen des Vidarbha(königs),
habend
viśâṅpate,
o-Herr-der-Visen,

punar âgamya nishadhân, nale sarvaṅ
(und) wieder hingekommen-seiend nach-Nischadha, bei dem N. Alles

nyavedayat.
hinterbrachte.

iti nalopâkhyâne prathamo sargaḥ.
so im Naloliede das erste Kapitel.

*) = Dioskuren. — **) himmlische Musiker. — ***) Dämonen.

vṛihadaśva uvâcha :

Vṛihadaśva erzählte weiter :

33. damayantî tu tachśrutvâ vacho haṅsasya, bhârata,

Dam. aber diese gehört-habend Rede der Gans, o Bhârate,

tataḥ prabhṛiti na svasthâ, nalaṅ prati babhûva sâ.

da von-an nicht bei-sich, den Nal gegen (bei) war 'sie.

34. tataś chintâparâ, dînâ, vivarṇavadanâ,

nunmehr in Gedanken-versunken, unglücklich, sehr-bleichen-Mund (habend),

kṛiśâ,

mager,

babhûva damayantî tu, nihśvâsaparamâ tadâ;

war die Dam. aber, ganz-dem-Seufzen-ergeben alsdann;

35. ûrdhvadṛishṭir, dhyânaparâ, babhûvodmatta-

nach-Oben-gerichteten-Blick (habend), nachdenklich, war (sie), wahnsinnigen

darśanâ;

Blick (habend);

pâṇḍuvarṇâ kshaṇenâtha, hṛichśayâvishṭachetanâ;

bleiche-Farbe (habend) von-dem-Augenblick-an, von - Liebe - gequälten - Sinn

(habend);

36. na śayyâsanabhogeshu ratiṅ vindati karhichit;

nicht am-Lager, am Sitz, an-den Speisen Genuſs findet (sie) wann-irgend;

na naktaṅ na divâ śete, hâ heti rudatî punaḥ. —

nicht bei-Nacht nicht bei-Tag schläft (sie), ach! ach! also weinend; wieder. —

37. tâm asvasthâṅ tadâkârâṅ sakhyas tâ

diese (Acc.) ihrer-nicht-mächtige (durch) diese Mienen Freundinnen jene

jajnur iṅgitaih.

erkannten an den Geberden.

tato vidarbhapataye damayantyâh sakhîjanaḥ

nunmehr dem Vidarbhaherren der Damayantî - Freundinnen-Schaar

38. nyavedayat tâm asvasthâṅ damayantîṅ, nareśvare.

meldete diese (als) ihrer-nicht-mächtig die D. (Acc.), dem Männer-

herren (Könige).

tachśrutvâ nṛipatir bhîmo damayantîsakhîgaṇât

dies-gehört-habend der Heldenherr (König) Bhîmo von-der-D.-Freundinnenschaar

39. chintayâmâsa tatkâryaṅ sumahat svâṅ sutâṅ prati :

überlegte diese Angelegenheit-wichtige seine Tochter für (in Betreff) :

„kimarthaṅ duhitâ me 'dya   nâtisvastheva   lakshyate?"
„Warum   Tochter meine jetzt nicht-sehr-ïhrer-mächtig wie,   erscheint?"

40.   sa   samîkshya   mahîpâlaḥ   svâṅ sutâṅ   prâpta-
er geseħen-habend der Erdschützer (König)   seine Tochter   erreichtes-
                                                          yauvanâṅ,
                                                       Alter (habend),

apaśyad   âtmanâ   kâryaṅ damayantyâḥ svayaṅvaraṅ. —
sah-ein (dafs) von-ihm-selber zu-machen (sei) der D.   eigne (Gatten)-wahl. —

41.   sa saṅnimantrayâmâsa mahîpâlân,   viśâṅpatiḥ!
er   zusammen-lud   die Könige,   der Visenherr (der König)!

„anvîyaâm   ayaṅ, vîrâḥ, svayaṅvara!"   iti,   prabho!"
„man-begehe (feiere) diese, o Helden, Gattenwahl!" also (sprach er), o Herr!"

42.   śrutvâ   tu   pârthivâḥ sarve damayantyâḥ svayaṅvaraṅ,
gehört-habend aber die-Könige   alle   der D.   Gattenwahl,

abhijagmus tato   bhîmaṅ,   râjâno,   bhîmaśâsanât,
sie reisten-an nunmehr den-Bhîmo, die-Könige, des-Bh.-auf-Befehl,

43.   hastyaśvarathaghoshena   pûrayanto vasundharâṅ,
(mit) Elephanten-Rosse-Wagen-Tumult   erfüllend   die-Erde,

vichitramâlyâbharaṇair, balair   driśyaiḥ svalaṅkṛitaiḥ.
(mit) bunter-Kränze-Zierden, mit-Heeren stattlichen, schön-geschmückten.

44.   teshâṅ bhîmo   mahâbâhuḥ   pârthivânâṅ mahâtmanâṅ
diesen der Bh. der-grofs-armige (mächtige) Königen   grofssinnigen
(Gen. reg. v. akarot)

yathârham   akarot pûjâṅ; te 'vasaṅs tatra pûjitâḥ.
wie (ihrer)-würdig machte, erwies Ehre; diese wohnten daselbst geehrte.

45.   etasminn   eva   kâle   tu   surâṇâm   ṛishisattamau
in-derselben nun-auch in-Zeit aber der Götter- der-besten-Weisen(-zwei)

aṭamânau,   mahâtmânâv   indralokam   ito
herumwandernde (-beide), grofssinnige (-beide) in-die-Indrawelt von-hier (der
                                                          gatau,
                                                  Erde) ausgegangene (beide),

46.   nâradaḥ, parvataś chaiva,   mahâprâjnau,   mahâvratau;
Nâradas, Parvatas und-auch, die hochweisen (-zwei), die hochfrommen
                                                          (-zwei);

devarâjasya bhavanaṅ viviśâte supûjitau.
des Götterköniges Burg betraten (-sie) hochgeehrt (beide).

47.   tâv'   archayitvâ   maghavâ   tataḥ   kuśalam
diese-zwei verehrt (begrüfst) habend der M. (Indra) alsdann   das-Heil

avyayan

unvergängliche

paprachchhânâmayan   châpi,   tayoḥ   sarvagatan
erfragte er, das Wohlbefinden und-auch dieser-zwei, überall-verbreitete,

vibhuḥ.

der Herr.

nârada uvâcha :

Nârada   redete :

48.   âvayoḥ kuśalan, deva, sarvatra gatam,   îśvara ;
unser beiden Heil (ist), o Gott,   überall verbreitet, o Herrscher ;

loke   cha, maghavan, kṛitsne,   nṛipâḥ   kuśalino,
auf-der-Welt und, o Maghavan, auf-der-ganzen, die Könige (sind) glücklich,

vibho !

o Herr !

vṛihadaśva uvâcha :

Vṛihadaśva erzählte-weiter :

49.   nâradasya vachaḥ śrutvâ paprachchha   balavṛitrahâ :
des Nârada   Rede gehört-habend fragte   (der) Bala-Vṛitra-Tödt_er :

(Indra)

„dharmajnâḥ pṛithivîpâlâs, tyaktajîvitayodhinaḥ
die opferkundigen Erdbeschützer, (die) hingegebenen-Lebens-kämpfenden =

die des Lebens für nichts achtenden

50.   „śastreṇa nidhanan kâle   ye gachchhantyaparâgmukhâḥ :
mit-der-Waffe in-den-Tod zur-Zeit welche gehen   nicht-abgewandte-

Gesichter (habend)

„ayan loko 'kshayas   teshân, yathaiva mama
diese Welt unvergängliche (ist) derselben, gerade so wie mein (ist)

kâmadhug ;

Kâmadhug (Elysium) ;

51.   „kva nu te kshatriyâḥ,   śûrâ ?   na hi paśyâmi
war aber jene Kschatriyas die-Helden? nicht denn ich-sehe

tân ahan

sie   ich

„ágachchhato, mahîpâlân, dayitân atithîn mama!"
hergekommen, die Erdschützer (Könige), (die) geliebten Gäste meine!"

52. evamuktastu śakrena, nâradah pratyabhâshata:
also angeredet aber von dem Sakra (Indra), Nârada entgegnete:

„âśaṃsu me, maghavan, yena na driśyante mahîkshitah —
vernimm von mir, o Maghavan, warum nicht gesehen-werden die Erdbeherrscher (Könige) —

53. „vidarbharâjno duhitâ, damayantî, 'ti viśrutâ,
des-Vidarbhakönigs Tochter, Damayantî, (die) so berühmte,
„rûpena samatikrântâ prithivyân sarvayoshitah,
an-Gestalt übertreffende auf-der-Erde alle Frauen,

54. „tasyâh svayanvarah, śakra, bhavitâ nachirâdiva.
derselben Gattenwahl o Sakra, wird-sein binnen-Kurzem.

„tatra gachchhanti râjâno râjaputrâścha sarvaśah,
dahin gehen die-Könige Königssöhne und allesammt,

55. „tân ratnabhûtân lokasya prârthayanto, mahîkshitah
jene Perleseiende der-Welt begehrende, die-Könige
„kânkshanti-sma viśeshena, balavritranishûdana!" —
sie-wünschen-also insonderheit, o Bala-Vritra-Tödter!"

56. etasmin kathyamâne tu, lokapâlâścha sâgnikâh
(während) dieser Erzählung aber, die Welthüter und die-mit-Agni (vereinten)
âjagmur devarâjasya samîpam, amarottamâh; —
kamen-herbei (in) des Götterkönigs Gegenwart, die-Besten-der-Unsterblichen

57. tatas te śuśruvuh sarve nâradasya vacho mahat. —
nunmehr-sie vernahmen alle des-Nârada Rede die-grosse
śrutvaiva châbruvan hrishtâ: „gachchhâmo
(dieselbe) vernommen-habend-aber und-(sie)-sprachen erfreut: „Gehen
vayam apyuta!"
wir doch-auch!"

58. tatah sarve, mahârâja, saganâh, sahavâhanâh
alsdann alle o Grosskönig, mit-d.-Schaaren mit den-Wagen
vidarbhân abhijagmus te, yatah sarve mahîkshitah. —
zu-den Vidarbhern reisten diese, woselbst alle Könige. —

59. nalo 'pi, râjâ, kaunteya, śrutvâ râjñân samâ-
Nal aber, der-König, o Kaunteya, vernommen-habend der Könige Zusam-
gaman,
menkunft,

abhyagachchhad adînâtmâ, damayantîm anuvrataḥ. —

ging-hin mit-frohem-Sinne der Dam. ergeben (zugewandt). —

60. atha devâḥ pathi nalaṁ dadṛiśur bhûtale sthitân,

aber die-Götter auf-dem Wege den N. erblickten auf-d. Erdboden stehend,

sâkshâdiva sthitân mûrtyâ manmathaṁ rûpasaṁpadâ.

geradeso-wie stehend an-Körper den Manmatha an Schönheitsgestalt.

61. tân drishṭvâ lokapâlâs te, bhrâjamânaṁ yathâ

diesen gesehen-habend die-Welthüter diese, den-glänzenden gleichwie

ravim,

die-Sonne (Acc.),

tasthur vigatasaṅkalpâ,

standen-da sehr-weggegangenen-Verstand (habend) == rathlos, betroffen,

vismitâ rûpasaṁpadâ.

überrascht von-der-Schönheitsgestalt.

62. tato 'ntarikshe vishṭabhya vimânâni, divaukasah,

hierauf in-der-Luft eingehalten-habend die-Wagen (Acc.), die-Himmelsbe-

wohner (Nom.),

abruvan naishadhaṁ, râjann, avatîrya nabhastalât :

redeten-an den Naischadher, o König, herabgestiegen-seiend aus-dem-Wol-

kenraume :

63. „bho, bho! naishadha, râjendra! nala! satyavrato

heda, heda, Naischadher, Königsfürst! Nal wahrheit-ergeben (der)

bhavân.

Du (bist) == Herr.

„asmâkaṁ kuru sâhâyyaṁ; dûto bhava, narottama!"

uns leiste Genossenschaft (Hülfe); Bote sei, Männerbester!

iti nalopâkhyâne dvitîyo 'dyâyah.

also (ist) im Naloliede das-zweite Kapitel.

---

vrihadaśva uvâcha :

Vrihadaśva erzählte weiter :

64. tebhyaḥ pratijnâya nalaḥ : „karishya", iti,

diesen versprochen-habend der-N. : „ich-werde (es) thun", also,

bhârata!

o Bhârate!

athaitân paripaprachchha kritânjalir upasthitaḥ :
aladann-sie (Acc.) befragte-er mit-gefalteten-Händen dabeistehend :

65. „ke vai bhavantaḥ, kaśchâsau yasyâhaṅ dûta
wer denn-eigentlich (seid) Ihr, wer-und-derjenige dessen-ich Bote
îpsitaḥ?
erwünschter?

„kiṅ cha tadvo mayâ kâryaṅ? kathayadhvaṅ yathâtathaṅ.
was und das-Euch von-mir zu-Verrichtende? saget-an wie-es-angemessen.

66. evam ukte naishadhena, maghavân abhyabhâshata :
also-angeredete vom Naischadher der Maghavâ entgegnete :

„amarân vai nibodhâsmân, damayantyartham âgatân.
(als) Unsterbliche wahrlich erkenne-uns der-Damayantî-wegen hergekommen.

67. „aham indro, 'yam agniścha, tathaivâyam apâṅpatiḥ,
ich der-Indra dieser der-Agni und, desgleichen-auch-dieser der-Gewäs-
ser-Fürst,

„śarîrântakaro nriṇâṅ, yamo 'yam api, pârthiva!
der-Körper-Ende-macher der-Menschen, Yama dieser auch, o König!

68. „tvaṅ vai samâgatân asmân damayantyai nivedaya :
Du nun-also (als) angekommen uns (Acc.) der-Damayantî melde :

„„lokapâlâ, mahendrâdyâḥ samâyânti
die Welthüter (Nom.), der grofse Indra (und) andere herkommen zusammen
didrikshavaḥ;
zu-schauen-begierige

69. „„prâptum ichchhanti devâs tvâṅ, śakro, 'gnir, varuṇo,
zu-erlangen wünschen die-Götter Dich, der Śakra, d. Agni, d. Varuna,
yamaḥ.
der Yama.

„„teshâm anyatamaṅ devaṅ patitve varayasva, ha!""
derselben irgend-einen Gott zur-Ehe erwähle, ha!""

70. evamuktaḥ sa śakreṇa, nalaḥ prâṅjalir abravît :
also-angeredet er von-Śakra, der-Nal gefaltete-Hände-habend sprach :

„„ekârthasamupetaṅ mâṅ na preshayitum arhatha, —
(um) dieselbe-Sache-ausgegangenen mich nicht schicken wollet, —
mich, der ich denselben Zweck verfolge

71. „kathaṅ tu jâtasaṅkalpaḥ striyam utsahate pumân
wie wahrlich gediegenen-Sinn (habender) Frau vermag ein-Mann

„parârtham îdṛiśaṅ vaktuṅ ? tat kshamantu, ma-
anderer-wegen solches zu-reden, deshalb mögen-sie-entschuldigen die
heçvarâḥ ! "
hohen-Herren. "

deyâ ûchuḥ :
die-Götter sprachen :

72. „karishya", iti saṅśrutya pûrbam asmâsu, naishadha,
„ich-werde (es)-thun", so versprochen-habend zuvor an-uns, o Naischadher !
„na karishyasi kasmât tvaṅ? vraja, naishadha, mâchiraṅ !"
nicht wirst (es) thun warum Du? gehe, o Naischadher unverzüglich !

vṛihadaśva uvâcha :

73. evamuktaḥ sa devais tair, naishadhaḥ punarabravît :
also-angeredet er von-Göttern diesen, der-Naischadher wiederum-sprach :
„surakshitâni veśmâni; praveshṭuṅ katham utsahe ?"
wohl-bewacht (sind) die-Häuser; hineingehen wie vermag-ich ?

74. — „pravekshyasîti taṅ śakraḥ punarevâbhyabhâshata.
„du-wirst-hineinkommen" ! also ihn der S'akra wieder-nun-auch-anredete.
jagâma sa, tathetyuktvâ, damayantyâ
ging-fort dieser, „also (sei es)"-so-gesprochen-habend, der Dam. (Gen.)
niveśanaṅ ;
in-das-Haus ;

75. dadarśa tatra vaidarbhîṅ, sakhîgaṇasamâvṛitâṅ,
er-erblickte daselbst die Vaidarbhî, (von) Freundinnenschaar-ganz-umgebene,
dedîpyamânâṅ vapushâ śriyâ cha, varavarṇinîṅ,
die-sehr-strahlende an-Gestalt Schönheit und, die-anmuthreiche,

76. atîva sukumârâṅgîṅ, tanumadhyâṅ, sulochanâṅ,
höchst sehr-zart-gliedrige, schlank-wüchsige, schön-äugige,
âkshipantîṅ iva prabhân śaśinaḥ svena tejasâ. —
verdunkelnd gleichsam den-Glanz des-Mondes durch-ihren-Glanz

77. tasya, dṛishṭvaiva, vavṛidhe kâmas, tâṅ châru-
desselben, geschaut-habend-auch-nur, wuchs-an die-Liebe, sie die-hold-
hâsinîṅ.
lächelnde =
nachdem er sie, die holdlächelnde, auch nur erblickt hatte, erwuchs ihm
die Liebe (im Herzen).

satyaṅ   chikîrshamânas   tu dhârayâmâsa hrichśayaṅ.
die-Wahrheit   su-vollziehen-begierig-aber er-hielt-zurück   die-Liebe.
== seinen Auftrag

8.   tatas   tâ,   naishadhaṅ   drishtvâ,   saṅbhrântâḥ, para-
nunmehr diese, den Naishadher gesehen-habend, die-aufgeregten, schönst-
                        mâñganâḥ,
                        gliedrigen Frauen

    âsanebhyaḥ samutpetus, tejasâ   tasya dharshitâḥ;
von-den-Sitzen sprangen-auf, vom-Glanze desselben geblendete;

9. praśaśaṅsuścha suprîtâ nalaṅ tâ,   vismayânvitâḥ,
priesen   und hoch-erfreute den-N. diese, von-Bewunderung-ergriffene,

na chainam abhyabhâshanta, manobhis   tvabhyapûjayan :
nicht und-ihn   anredeten-sie, in-den-Gemüthern aber-verehrten-sie (ihn) :

30.   „aho   rûpam,   aho   kântir,   aho dhairyaṅ ma-
ach die Schönheitsgestalt, ach der Schönheitsglanz, ach den-Muth des
                         hâtmanaḥ !
                  Grofssinnigen !

   „ko   'yaṅ? devo? 'thavâ yaksho? gandharbo   vâ
wer (ist) der? ein-Gott? oder-aber ein Yakscha? ein Gandharbe wohl-gar
                        bhavishyati?"
                  wird-er-sein?"

31. na   tâs taṅ śaknuvanti-sma vyâhartum api kiṅchâna,
nicht diese den vermögen -also anzureden auch im-geringsten,
(Freundinnen) vermochten   (== sie waren sprachlos vor Staunen)

tejasâ   dharshitâs tasya, lajjâvatyo,   varâñganâḥ. —
durch-d.-Glanz geblendet dessen, die züchtigen, schön-gliedrigen Frauen

32. athainaṅ,   smayamânaṅ   tu,   smitapûrbâ
dann-ihn, den-verwundert-lächelnden aber, die-gelächelt-zuerst (habende)
                        'bhibhâshinî,
                        anredende

damayantî nalaṅ, vîram, abhyabhâshata   vismitâ :
Damayanti den-Nal, den Helden,   redete-an   überrascht (betroffen) :

33.   „kas tvaṅ,   sarvânavadyâñga,   mama hrichśayavardhana?
wer Du, o ganz-ungemein (schön) gliedriger, meiner Liebe -Erfüller?

   „prâpte   'syamaravad,   vîra, jnâtum ichchhâmi
gekommen bist-Du Unsterblichen-gleich, o Held, zu kennen wünsche-ich
                        te,   'nagha !
                    Dich, o Sündloser !

84. „katham âgamanaṅ cheha? kathaṅ châsi na lakshitaḥ
wie hereingekommen und-hier? wie und-bist-Du nicht gesehen
(worden)

„surakshitaṅ hi me veśma, râjâ chaivo 'graśâsanaḥ.“
wohl-gehütet denn mein Haus, der-König auch (ist) [grausamen-Befeh
(habend).

85. evamuktastu vaidarbhyâ, nalas tâṅ pratyuvâcha ha
also-angeredet-aber von-der-Vaidarbherin, N. diese entgegen-anredete also

„nalaṅ mâṅ viddhi, kalyâni, devadûtam ihâgataṅ.
(als) den Nal mich erkenne, o Vortreffliche, als-Götterboten hierhergekommnen

86. devâs tvâṅ prâptum ichchhanti : śakro, 'gnir, varuṇo, yamaḥ
die-Götter Dich zu-erlangen wünschen : S'akra, Agni, Varuna, Yama;
teshâm anyatamaṅ devaṅ patiṅ varaya, śobhane!
derselben irgend-einen Gott (als) Gatten erwähle; o Holde!

87. teshâm eva prabhâvena pravishṭo 'ham alakshitaḥ;
derselben auch durch-Allmacht eingetreten ich ungesehen;

„praviśantaṅ na mâṅ kaśchid apaśyad nâpyavârayat.
den-Eintretenden nicht mich wer-irgend erspähte, noch verhinderte.

88. „etadartham ahaṅ, bhadre, preshitaḥ surasattamaiḥ;
defs-wegen ich, o Glückselige, entsandt von-den-besten-der Götter

„etachśrutvâ, śubhe, buddhiṅ prakuruśva yathechchhasi!“
dies-gehört-habend, o Schöne, den-Beschlufs fasse, wie-Du-wünschest

iti nalopâkhyâne tritîyaḥ sargaḥ.
also im-Naloliede das dritte Kapitel.

---

vṛihadaśva uvâcha :

89. sâ, namaskṛitya devebyaḥ, prahasya nalam
sie, Verehrung-gemacht-habend den-Göttern, gelächelt-habend den Na
âbravît
redete an

„praṇayasva yathâśraddhaṅ, râjan; kiṅ kâravâṇi te?
führe (mich)-heim wie (Dein) Glaube (ist), o König; was soll-ich-thun Dir
heirathe-mich wie (es) Deine Sendung

90. „ahaṅ chaiva hi yachchânyad mamâsti vasu kiṅchana
ich sicherlich denn, welche-und-andere mein-ist Sache welche-(nur) irgend

„tat sarvan tava; viśrabdhań kuru praṇayam . iśvara!
das alles (ist) Dein; (die)-erhoffte mache Heimführung (Hochzeit), o hoher
Herr!

1. „hańsânâń vachanań yat tu tad mâń dahati, pârthiva!
der-Gänse Rede jene aber, die mich brennt, o König!

...„tvatkṛite hi mayâ, vîra, râjânaḥ sańṇipâtitâḥ;
Deinet-wegen denn von-mir, o Held, die Könige (sind) versammelt;

2. „yadi tvań bhajamânâń mâń pratyâkhyâsyasi, mânada,
wenn Du die-Verehrende mich verstoßen-solltest, o Ehrengeber,

„visham, agnin, jalań, rajjum âsthâsye tava kâraṇât.“
Gift, Feuer, Wasser, Strick ich-werde-ergreifen um-Deinet-willen.

3. evamuktastu vaidarbhyâ nalas tâń pratyuvâcha ha :
also-angeredet-aber von-der-Vaidarbherin N. sie wieder-anredete also :

„tishṭhatsu lokapâleshu kathań mânusham ichchhasi?
vor-den (hier) stehenden Welthütern wie einen-Menschen begehrest-Du?

4. „yeshâm ahań lokakṛitâm, iśvarâṇâń mahâtmanâń,
deren ich der-Weltschöpfer (G. pl.), der-hohen-Herren großsinnigen,

„na pâdarajasâ tulyo; — manas te teshu vartatâń!
nicht mit d. Fußstaube zu-vergleichen; Sinn dein zu-diesen sei-gewendet!

5. „vipriyań hy' âcharan martyo devânâń mṛityum archhati!
Unangenehmes denn thuender Sterblicher (den)-Göttern den-Tod findet!

„trâhi mâm, anavadyâṅgî, varayasva surottamân;
rette mich ungemein (schön) gliedrige, erwähle die-besten-der-Götter;

6. „virajâńsi cha vâsâńsi, divyâśchitrâḥ srajas tathâ
ohne-Staub (seiende) und Gewänder, himmlische-bunte Kränze auf-diese-Weise
hellschimmernde

„bhûshaṇâni cha mukhyâni, devân prâpya, tu
Zierathen und vorzüglichste, die-Götter erlangt-habend, aber
bhuñkshva vai.
genieße also.

7. „ya imâń pṛithivîń kṛitsnâń sańkshipya grasate
er-der diese Erde ganze zusammengetzt-habend verschlingt
punaḥ,
wiederum,

„hutâśam, îśâń devânâń, kâ tań na varayet patiń?
den Hutâśa, den Herrscher-der-Götter, welche ihn nicht erwählte zum-
Gatten?

98.　„yasya — daṇḍabhayât — sarve bhûtagrâmâḥ samâgatâḥ
dessen — in-Sceptersfurcht — alle　Wesenschaaren versammelte
„dharmam evânurudhyanti, kâ taṅ na varayet patiṅ?
Gerechtigkeit　auch-verehren,

99.　„dharmâtmânaṅ, mahâtmânaṅ, daitya-dânava-mardanaṅ,
den-gerechtigkeits-sinnigen, grofssinnigen, (den) Daitya-u.-Dânava-Zermalme
„mahendraṅ　sarvadevânâṅ, kâ taṅ na varayet patiṅ? —
den-Grofs-Indra (König)　aller-Götter,

100.　„kriyatâm　aviśaṅkena, manasâ yadi manyase,
es-möge-geschehen　ohne-Bedenken, im-Geiste wenn du-meinest, (dafs D
wählest
„varuṇaṅ lokapâlânâṅ; suhṛidvâkyam idaṅ sṛiṇu!"
den-Varuna der Welthüter;　Freundesrede diese höre!"
(aus der Reihe)

101.　naishadhenaivam uktâ sâ damayantî vacho 'bravît,
vom-Naischadher also angeredete sie　die D.　die-Rede redete,
samâplutâbhyâṅ netrâbhyâṅ　śokajenâtha　vâriṇâ
mit (beiden) überfüllten Augen (beiden) in-Kummer-erzeugtem-darauf mit-
Wasser

102.　„devebhyo 'haṅ　namaskṛitya　sarvebhyaḥ, pṛithivîpate
den-Göttern　ich Anbetung-gebracht-babend　allen　o Erdenherr,
„vṛiṇe tvâm eva bhartâraṅ; satyam etad bravîmi te!" —
ich-erwähle Dich dennoch als-Gemahl; Wahrheit diese sage-ich Dir!

103.　tâm uvâcha tato râjâ, vepamânâṅ,　kṛitâṅjaliṅ:
diese redete-an hierauf der-König, die zitternde, gefaltete-Hände-habende
„dautyenâgatya,　kalyâṇi, kathaṅ svârtham
im-Botenamt-gekommen-seiend, Vortreffliche, wie　die-eigene Sach
ihotsahe?
hier-bringe-ich-vor

104.　„kathaṅ hyahaṅ　pratiśrutya,　devatânâṅ viśeshatah,
wie　denn ich versprochen-habend, den Gottheiten insonderheit
„parârthe　yatnam ârabhya, kathaṅ svârtham ihotsahe
(und) in-fremder-Sache das-Werk begonnen-habend,

105.　„esha dharmo; — yadi svârtho mamâpi bhavitâ, tataḥ
dies (ist) die-Pflicht; — wenn eigene-Sache meine-auch sein-wird, alsdann

„evaṅ svârthaṅ **karishyâmi.** tathâ, bhadre,
gerade-so die-eigene-Sache werde-ich-ausführen. Also, o Glückselige,
vidhîyatân!
möge-es-angesehen-werden!

106. tato vâshpâkulâṅ vâchaṅ damayantî, śuchismitâ,
alsdann die thränenbewegte Rede die-Dam. die-hell-lächelnde

pratyâharantî śanakair, nalaṅ râjânam abravît :
von-sich-gebend langsam, den N. den-König redete-an :

107. „upâyo 'yaṅ mayâ dṛishṭo nirapâyo, nareśvara,
Mittel dieses von-mir ersehen nicht-ablenkendes, o König,

„yena dosho na bhavitâ tava, râjan, kathaṅchana :
durch-das Schuld nicht wird-sein Dir, o König, wie-irgend :

108. „tvaṅ chaiva hi, naraśreshṭha, devâśchendrapurogamâh,
Du nämlich aber, Männerbester, die-Götter-und-Indra-vorangegangen
(habend)

„âyântu sahitâh sarve, mama yatra svayaṅvarah,
sie-mögen-herbei-kommen vereint alle, meine woselbst Gattenwahl.

109. „tato 'haṅ lokapâlânâṅ sannidhau tvân, nareśvara,
alsdann ich der-Welthüter in-Gegenwart Dich, o König,

„varayishye, naravyâghra, naivaṅ dosho bhavishyatî!"
werde-ich-erwählen, o Männtiger (Fürst), nicht-also eine-Sünde wird-sein!

110. evamuktastu vaidarbhyâ, nalo râjâ, viśâṅpate,
also-angeredet-aber von der V., Nal der-König, o Visenherr,

âjagâma punastatra yatra devâh samâgatâh. —
hin-ging wieder dorthin woselbst die-Götter zusammengekommen.

111: tam apaśyan tathâyântaṅ, lokapâlâ, maheśvarâh;
Ihn erblickten den-also-kommenden, die Welthüter, die-hohen-Herren;

dṛishṭvâ chainaṅ tato 'prichchhan vṛittântaṅ sarvam
gesehen-habend und ihn alsdann sie-befragten-um die-Angelegenheit ganze
eva taṅ :
also diese :

112. „kachchid dṛishṭâ tvayâ, râjan, damayantî śuchismitâ?
also (ist) gesehen von Dir, o König, die D. die helllächelnde?

„kim abravîchcha nah sarvân? vada, bhûmipate, 'nagha!"
was sagte (sie) und uns allen? sprich, o Erdenfürst, sündloser!

11

nala uvâcha :

113. „bhavadbhir aham âdishṭo damayantyâ niveśanaṅ,
von-Euch ich geschickt der D. in-das-Haus,

„praviṣhṭaḥ sumahâkakshaṅ daṇḍibhiḥ sthavirair vṛitaṅ;
eingetreten (in) sehr-grofse Pforte von-Pförtnern alten umringt;

114. „praviśantaṅ cha mâṅ tatra na kaśchid dṛishṭavân naraḥ,
den-Eintretenden und mich daselbst nicht wer-irgend hat-erblickt Mann

„ṛite tâṅ pârthivasutâṅ, bhavatâmeva tejasâ.
ausgenommen diese Königs-Tochter, durch-Eure jedoch Macht.

115. „sakhyaśchâsyâ mayâ dṛishṭâs; tâbhiś châpyupa-
Freundinnen-und-derselben von-mir gesehen; von-diesen und-auch-er-
lakshitaḥ;
blickt (ich);

„vismitâśchâbhavan sarvâ, dṛishṭvâ mâṅ, vibudheśvarâḥ!
erschrocken-und-waren (sie) alle, gesehen-habend mich, o Götterherren!

116. „varṇyamâneshu cha mayâ bhavatsu, ruchirânanâ,
nach-der-Beschreibung und durch-mich von-Euch, die-holdmündige,

„mâm eva, gatasaṅkalpâ, vṛiṇîte sâ, surottamâḥ!
mich jedoch, die-Unverständige, erwählte sie, o Götter-Besten!

117. „abravîchchaiva mâṅ bâlâ: „„âyântu sahitâḥ
(es) anredete-und-nämlich mich das-Mädchen : „sie-mögen-kommen vereint
surâḥ
die-Götter

„„tvayâ saha, naravyâghra, mama yatra svayaṅvaraḥ; —
Dir mit, o Manntiger meine woselbst, Gattenwahl;

118. „„teshâm ahaṅ saṅidhau tvâṅ varayishyâmi, naishadha!
derselben ich in-Gegenwart Dich werde-erwählen, o N.!

„„evaṅ tava, mahâbâho, dosho na bhavite!““
solcher-Art Dir, o Grofsarmiger (Mächtiger) Sünde nicht wird-sein!

'ti ha!
also also (sprach sie).

119. „etâvadeva, vibudhâ, yathâvṛittam udâhṛitaṅ
solches-also, o Götter, wie-es-geschehen berichtet (ist es)

„mayâ 'śeshe; pramâṇaṅ tu bhavantas, tridaśeśvarâḥ!““
von-mir vollständig; die-Autorität aber (seid) Ihr, o Götterherren!

iti nalopâkhyâne chaturthaḥ sargaḥ.
vierte

vṛihadaśva uvâcha :

120. atha kâle śubhe prâpte, tithau puṇye kshâṇe, tathâ
aber zur-Zeit günstigen gekommen, am-Mondentage reinen zur-Zeit, also
âjuhâva mahîpâlân bhîmo râjâ svayaṅvare.
berief die-Könige Bh. der-König zur-Gattenwahl.

121. tachśrutvâ prithivîpâlâḥ sarve, hṛichśayapîditâḥ,
dies-vernommen-habend die Erdhüter (Könige) alle, von-der-Liebe-gedrängt,
tvaritâḥ samupâjagmur damayantîm abhîpsavaḥ.
eilend zusammen-kamen-herbei, die D. begehrend.

122. kanakastambharuchiraṅ toraṇena virâjitaṅ
(den)-gold-säulen-glänzenden durch-Thorwölbung hellschimmernden
viviśus te nṛipâ raṅgaṅ, mahâsiṅhâ ivâchalaṅ;
betraten die Könige den-Schauplatz, grofse-Löwen wie-den-Berg;

123. tatrâsaneshu vividheshvâsînâḥ, prithivîkshitaḥ,
daselbst-auf-Sitzen verschiedenartigen sitzend die Erdbeherrscher,
surabhisragdharâḥ sarve pramṛishṭamaṇikuṇḍalâḥ :
schön-duftende-Kränze-tragend alle höchst-lichten-Edelstein-Ohrenschmuck
(habend) :

124. tatra sma pînâ dṛiśyante bâhavaḥ parighopamâḥ,
dort dicke sah-man Arme Keulen-ähnliche,
âkâravantaḥ, suślakshnâḥ, paṅchaśîrshâ ivoragâḥ;
schön-geformte, höchst-zarte, fünf-köpfige wie-die-Schlangen;

125. sukeśântâni, chârûṇi, sunâsâkshibhruvâṇi
schön-Haar (habende), anmuthige, schöne-Nasen-Augen-Brauen (habende)
cha;
auch;
mukhâni râjnâṅ śobhante nakshatrâṇi yathâ divi.
die-Münder der-Könige strahlten die-Gestirne gleichwie am Himmel.

126. tâṅ râjasamitiṅ puṇyâṅ, nâgair bhogavatîm iva,
diese Königsversammlung reine (Acc.) von-Schlangen die Bhogavatî wie,
saṅpûrṇâṅ purushavyâghrair, vyâghrair giriguhân iva,
angefüllte von Männertigern (Helden), von Tigern die Berghöhle wie,

127. damayantî tato raṅgaṅ praviveśa, śubhânanâ,
die D. nunmehr Schaubühne betrat, die schön-antlitzige,
mushṇantî prabhayâ râjnâṅ chakshûṅshi cha manâṅsi cha.
raubend durch-Glanz der Könige Augen sowohl Sinne als.

128. tasyâ gâtreshu patitâ teshâṅ dṛishṭir mahâtmanâṅ
derselben auf-den-Gliedern geheftet jener der-Blick der grofsgeistigen

tatra tatraiva saktâbhûd; na chachâla cha
bald-hier bald dort-gleichsam gefesselt-war; nicht bewegte (er sich) und

paśyatâṅ.
der Schauenden.

129. tataḥ saṅkîrtyamâneshu râjnâṅ nâmasu, bhârata,
nunmehr bei-der-feierlichen-Aufrufung der Könige bei-Namen, o Bh.

dadarśa bhaimî purushân pancha tulyâkṛitîn atha.
erblickte die Bh. Männer (Acc.) fünf gleich-gestaltete darauf.

130. tân samîkshya tataḥ sarvân nirviśeshâkṛitîn sthitân,
diese gesehen-habend nunmehr alle ohne-Unterschied-gestaltete stehend,

sandehâd atha vaidarbhî nâbhyajânâd nalaṅ, nṛipaṅ;
vor-Zweifel darauf die V. nicht-erkannte den N., den König;

131. yaṅ yaṅ hi dadṛiśe teshâṅ, taṅ taṅ mene nalaṅ, nṛipaṅ;
wen wen denn sie-ansah derselben, den den meinte (sie) den N., den König;

sâ chintayantî buddhyâtha tarkayâmâsa, bhâvinî,
sie denkend im Geiste-alsdann überlegte, die-schöne,

132. „kathaṅ hi devân jânîyâṅ? kathaṅ vidyâṅ
wie aber die-Götter werde-ich-kennen? wie werde-ich-erkennen

nalaṅ, nṛipaṅ?"
evaṅ sanchintayantî sâ, vaidarbhî, bhṛiśadushkhitâ,
also überdenkend sie die V., sehr-bekümmert,

133. śrutâni devaliṅgâni tarkayâmâsa, bhârata:
die-gehörten Götter-Abzeichen suchte-zu-erspähen,

„devânâṅ yâni liṅgâni sthavirebhyaḥ śrutâni
der-Götter diejenigen Abzeichen (welche) von-den-Alten gehört (wurden)

me,
von mir,

134. „tânîha tishṭhatân bhûmâvekasyâpi nalakshaye,"—
dieselben-hier der-Stehenden auf-der-Erde-eines-Einzigen-auch nicht ich-sehe

sâ viniśchitya bahudhâ vichârya cha punaḥ punaḥ,
sie erwogen-habend vielfach überlegt-habend und immer-wieder,

135. śaraṇaṅ prati devânâṅ prâptakâlam amanyata;
die Zuflucht gegen die-Götter gekommene-Zeit erachtete-sie;

vâchâ cha manasâ chaiva namaskâraṅ prayujya sâ
durch-Stimme und im-Geiste so-wie Anbetung entsandt-habend sie

136.   devebhyah,   prâñjalir   bhûtvâ,   vepamânedam abravît:
      den-Göttern, mit-gefalteten-Händen seiend, die-zitternde dieses sprach :

     „hansânân vachanan   srutvâ,   yathâ me naishadho vritah
     der-Gänse   Rede vernommen-habend, da von-mir der-N. erwählet

137.   „patitve; tena   satyena,   devâs, tan   pradisantu me!
      zur-Ehe; um-dieser Wahrheit (willen), Götter, den sie mögen-zeigen mir!

     „vachasâ   manasâ   chaiva yathâ nâbhicharâmyahan,
     durch-Stimme durch-Geist so-wie-auch,   da   nicht-sündige-ich

138.   „tena satyena, vibudhâs, tam   eva   pradisantu me!
                     die Herren, den nun-auch

     „yathâ   devaih   sa me bhartâ   vihito, nishadhâdhipah,
     da-nun von-den-Göttern er mir zum-Gatten zuertheilt, der Nischaderfürst,

139.   „tena satyena me, devâs, tam eva pradisantu me!

     „yathedan vratam ârabdhan   nalasyârâdhane   mayâ
     da-nun-dies Gelübde angefangen des Nalas-Verehrung (wegen) von-mir,

140.   „tena satyena me, devâs, tameva pradisantu me!

     „svan chaiva rûpan   kurvantu,   lokapâlâ,
     ' ihre   aber   Gestalt sie mögen machen (annehmen), die Welthüter,
                                         mahesvarâh,
                                         hohen Herren,

141.   „yathâham abhijânîyân punyaslokan, narâdhipan." —
      auf-dafs ich erkennen-möge den Punyasloka, den Männerfürsten.

     nisamya   damayantyâs tat karunan paridevitan,
     vernommen-habend der D.   diese jammervolle   Klage,

142.   nischayan paraman, tathyan, anurâgan cha naishadhe,
      den-Entschlufs erhabenen, die-Wahrheit, Liebe und   zum N.,

     manovisuddhin, buddhin cha, bhaktin,   râgan   cha
     die-Herzensreinheit, Erkenntnifs auch, die-Verehrung, Leidenschaft und
              •
                                         naishadhe,
                                           zum N.,

143.   yathoktan chakrire devâh sâmarthyan liñgadhârane.
      wie-gesagt, machten die-Götter Genugthuung in-der-Abzeichenführung.

     sâpasyad vibudhân sarvân asvedân, stabdhalochanân,
     Sie-erschaute die-Götter alle nicht-schwitzende, starräugige (nicht
                                                   blinzelnde),

144.   hrishitasragrajohînân   sthitân, asprisatah kshitîn. —
     aufgerichtete-Kränze (habend), staublose, dastehende nicht-berührende die-Erde.

chhâyâdvittyo   mlânasrag   rajahsvédasamanvitah
(vom) Schatten-zweifach, welken-Kranz (habend), Staub-Schweifs-ganz-umfafst,

145. bhûmishtho   naishadhaśchaiva, nimeshena cha sûchitah.
auf-dem-Boden-stehend der N. hingegen, vom Zwinkern und (war) befallen.

sâ samîkshya tu tân devân punyaślokań cha, bhârata!
sie erblickt-habend aber diese Götter   den P. sowie, o Bh.

146. naishadhań varayâmâsa bhaimî dharmena, pândava!
den N.   erwählte   die Bh. nach-dem-Gesetz, o Pândava!

vilajjamânâ   vastrânte   jagrâhâyatalochanâ;
die züchtig-erröthende   am Gewand-Ende berührte (ihn) die langäugige;

147. skandhadeśe 'srijat tasya srajań paramaśobhanâń,
auf-die-Schulter legte-sie desselben Kranz   allerschönsten,

varayâmâsa chaivainań patitve, varavarninî.
erwählte   und-also-diesen zur-Ehe, die Anmuthreiche.

148. tato hâ heti   sahasâ   muktah śabdo na-
nunmehr „ha! ha!" also plötzlich (ward) ausgestofsen der-Laut von-den-
râdhipaih;
Königen;

devair   maharshibhis tatra: „sâdhu, sâdhviti,
von-den-Göttern, den-grofsen-Weisen daselbst: „Gut, Gut!" also (geschah es),
bhârata!
o Bh.!

149. vismitair   îritah   śabdah, praśańsadbhir nalań,
von-den-erstaunten (ward) ausgestofsen der-Laut, von-den-preisenden den N.,
nripań;
den König;

damayantîń tu, kauravya, virasenasuto, nripah,
die-Dam.(Acc.) aber, o K., der-Sohn-des-Virasena, der König,

150. âśvâsayad varârohâń,   prahrishtenântarâtmanâ:
tröstete   die-schön-hüftige (mit) sehr-erfreutem-inneren-Sinne:

„yat tvań bhajasi, kalyâni, pumânsań devasannidhau,
weil Du ehrest, o Vortreffliche, einen-Mann in-der-Götter-Gegenwart,

151. „tasmâd mań viddhi bhartâram evań   te vachane ratah:
also mich wisse den-Gatten solchermafsen Deiner Rede ergeben:
d. i. : ich will stets auf Deine Rede hören.

„yâvachcha me dharishyanti prânâ   dehe, śuchismite,
so-lange-und mir bleiben-werden die-Geister im-Körper, o Helllächelnde,

152. „tâvattvayi bhavishyâmi; satyametadbravîmi te!"

so-lange bei-Dir werde-ich-sein; Wahrheit-diese-sage-ich Dir!

damayantîn tathâ vâgbhir abhinandya, kritânjaliḥ,

die-D. auf-solche-Weise mit-Worten erfreut-habend, mit-verschlun-

genen Händen

153. tau parasparatah prîtau, drishtvâ tv' agnipuro-

die-beiden einer-im-andern froh (beide), gesehen-habend aber den A. voran-

gamân,

gegangen

tân eva śaraṇaṅ devân jagmatur manasâ tadâ.

diese (pl.) also um-Schutz die-Götter gingen-sie-an im-Geiste alsdann.

154. vṛite tu naishadhe bhaimyâ, lokapâlâ mahaujasaḥ

nachdem aber der N. von der Bh., die Welthüter die-hohen-Glanz (habenden)

erwählt war

prahṛishṭamanasaḥ sarve nalâyâshṭau varân daduḥ :

sehr-froh-geistigen alle dem N. acht Gaben verliehen :

155. pratyakshadarśanaṅ yajne, gatiṅ chânuttamân, śubhân

Wahrnehmendes-Schauen im-Opfer, Gang und den-allerbesten, glücklichen

= Schauen der Dinge : Priesterkraft. Lebenslauf

naishadhâya daḍau śakraḥ, prîyamâṇaḥ śachîpatiḥ ;

dem N. verlieh S'akra, der-frohsinnige S'atschigemahl ;

156. agnir âtmabhavaṅ prâdâd yatra vânchhati naishadhaḥ ;

A. die-Selbstexistenz verlieh, wo (nur) wünschen-mag der N. ;

lokân âtmaprabhaṅśchaiva dadau tasmai hutâśanaḥ ;

Welten eignen-Glanz (habend) gleichfalls verlieh ihm der H.

= glanzvollen Besitz

157. yamas tvannarasaṅ prâdâd, dharme cha paramân sthitiṅ ;

Yama aber (den) Speise-Geschmack verlieh, an-Güte und voran-stehenden

Appetit

apânpatir apânbhâvaṅ yatra vânchhati naishadhaḥ.—

der-Gewässer-Herr die-Gewässerexistenz wo (nur) wünschen-mag der N. —

158. srajaśchottamagandhâdyâḥ ; sarve cha mithunaṅ

Kränze-und-besten-Geruch (u.) erste-Güte (habende); alle aber ein Paar

daduḥ.

(Kinder) verliehen.

varânevaṅ pradâyâsya, devâste tridivaṅ

(diese) Gaben-solcher Art verliehen-habend-ihm, Götter-diese in-den-Himmel

gatâḥ.

gegangen (sind).

159. pârthivâśchânubhûyâsya   vivâhaṅ,   vismayânvitâḥ,
die-Könige-auch-gesehen-habend-dessen Heirath, von-Bewunderung-ergriffen,
damayantyâścha, mudîtâḥ pratijagmur yathâgataṅ. —
der-Dam.   und, fröhlich heimgingen wie-herbeigekommen. —

160. gateshu pârthivendreshu, bhîmaḥ prîto, mahâmanâḥ,
gegangen die-Königsfürsten (absol.), Bh. der-frohe, der-grofsgeistige,
vivâhaṅ kârayâmâsa damayantyâ nalasya cha. —
die-Hochzeit richtete-aus der Dam. des N. und.

161. ushya   tatra   yathâkâmaṅ,   naishadho, dvipadâṅ
gewohnt-habend daselbst nach-Lust (Belieben), der N. der-Menschen
                                                        varaḥ,.
                                                     ausgezeichnetster,
bhîmena samanujnâto jagâma nagaraṅ svakaṅ.
vom Bh. entlassen, ging in-die-Stadt seinige.

162. avâpya · nârîratnaṅ tu puṇyaśloko 'pi pârthivaḥ,
erlangt-habend die Frauenperle aber der Punyaśloka auch, der König,
reme saha tayâ, râjan,   śachyeva   balavṛitrahâ,
schwelgte mit ihr, o König, wie mit der S'atschi der B.

163. atîva mudito râjâ, bhrâjamâno 'ṅśumân iva,
höchst fröhlich der-König, strahlend die-Sonne gleichwie
araṅjayat prajâ   vîro, dharmeṇa   paripâlayan;
regierte die-Unterthanen der-Held, nach-dem-Gesetze beschützend;

164. îje châpyaśvamedhena, yayâtiriva nâhushaḥ,
(er) opferte sowohl-dem Aśwamedha, den Yayâthis wie der Nâhuscha,
anyaiścha bahubhir, dhîmân kratubhischâptadakshiṇaiḥ;
anderen-und vielen, der-Weise, mit-Opfern und - geeigneten - Opfer-
                                                        spenden;

165. punaścha ramaṇîyeshu vaneshûpavaneshu cha
wiederum-und in-lieblichen Wäldern Gärten und
damayantyâ saha nalo vijahârâmaropamaḥ. —
mit-der-D. der N. erlustigte (sich) den Unsterblichen-ähnlich. —

166. janayâmâsa cha nalo damayantyâṅ, mahâmanâḥ,
erzeugte und N. aus der D. der-grofsgeistige
indrasenaṅ sutaṅ châpi indrasenâṅ cha kanyakâṅ.
den Indrasena den-Sohn sowohl Indrasenâ als-auch das Töchterchen.

167. evaṅ sa yajamânaścha viharaṅścha, narâdhipaḥ,
also er opfernd bald, spatzierend bald, der König,

raraksha vasusaṅpûrṇâṅ vasudhâṅ, vasudhâdhipaḥ.
regierte   die-reichthumvolle   Erde,   der-Erdenfürst.

iti nalopâkhyâne paṅchamo sargaḥ.
fünfte.

Zu weiterer Uebung

a) lese und übersetze man die Fortsetzung bis zu Sl. 199, wo die Ereignisse eine andere Wendung nehmen. Nur die noch nicht vorgekommenen Wörter sind deutsch unterschrieben.

168. vṛite   tu naishadhe bhaimyâ, lokapâlâ mahaujasaḥ
nach-der-Wahl (absol. Lokativ)

yânto   dadṛiśur âyântaṅ dvâparaṅ kalinâ saha.
gehend (im Gehen)   Dvâpara *) Kali **)

169. athâbravît kaliṅ śakraḥ, saṅprekshya, balavṛitrahâ :
(sie)-gesehen-habend

„dvâpareṇa sahâyena,   kale, brûhi, kva yâsyasi?“
in-Gesellschaft (als Genossen)   sprich, wohin gehest-Du?

170. tato 'bravît kaliḥ śakraṅ : „damayantyâḥ svayaṅvaraṅ;
„gatvâ hi, varayishye tâṅ; mano hi mama tâṅ gataṅ!“
Sinn   (in) sie ist-gegangen

171. tam abravît prahasyendro : „nivṛittaḥ sa svayaṅvaraḥ;
lächelnd Indra   beendigt (ist)

„vṛitas tayâ nalo râjâ, patir, asmat samîpataḥ!“
erwählt (ist)   der Gemahl, uns   gegenwärtig!

172. evam uktas tu śakreṇa kaliḥ krodhasamanvitaḥ,
(von) Zorn-

devân âmantrya tân sarvân uvâchedaṅ vachas tadâ :
gegrüfst-habend   sprach (er) diese

173. „devânâṅ mânushaṅ madhye yat sâ patim avindata,
da   fand (erkor),

tatra tasyâ bhaved nyâyaṅ, vipulaṅ daṇḍadhâraṇaṅ!“
(eine) gerechte, grofse Strafe
wohlverdiente

---

*) Dvâpara, Personnifikation des Z w e i f e l s : der Versucher, die Versuchung.
**) Kali, Personnifikation des B e t r ü g e r s : der Spielteufel.

174.   evam ukte tu kalinâ pratyûchus te divaukasaḥ :

„asmâbhiḥ samanujnâte damayantyâ nalo vṛitaḥ;
mit-unserer-Bewilligung

175.   „kâ cha sarvaguṇopetaṅ   nâśrayeta nalan nṛipaṅ?
den-mit-allen-Tugenden-begabten nicht-erwählte

„yo veda dharmân akhilân,   yathâvach charita-
der (da) kennt die-Pflichten sämmtliche, wie sich's gebürt (sie) zu-üben-
vrataḥ;
beflissen;

176.   „yo 'dhite chaturo vedân sarvân   âkhyânapanchamân;
liest die-vier Veden allesammt (mit) dem fünften Akhyâna *)

„nityaṅ tṛiptâ   gṛihe yasya devâ yajneshu dhar-
immer gesättigt (werden) im-Hause dessen   durch-Opfer pflicht-
mataḥ;
gemäfs;

177.   „yasmin dâkshyaṅ, dhṛitir,   dânaṅ,   tapaḥ, śauchaṅ,
(zu nṛipe) Redlichkeit, Standhaftigkeit, Freigebigkeit, Andacht, Reinheit,
damaḥ, śamaḥ
Mäfsigkeit, Geduld

„dhruvâṇi, purushavyâghre,   lokapâlasame nṛipe.
beständig (sind),   in-dem-götterähnlichen Könige.

178.   „evaṅrûpaṅ   nalaṅ, yo vai kâmayechśapituṅ, kale,
(den)-solche-Gestalt-(habenden) wer da wollte   verfluchen

„âtmânaṅ sa śaped mudho, hanyâd âtmânam ât-
sich-selber der würde fluchen der-Thor, würde-tödten sich-selber durch-
manâ.
sich-selbst.

179.   „evaṅguṇaṅ   nalaṅ, yo vai kâmayechśapituṅ, kale,
(den)-solche-Tugend-(habenden)

„kṛichchhre sa narake   majjed agâdhe vipule
in-dem-grauenhaften Abgrunde (Hölle) würde-versinken, im-tiefen grofsen
hrade!"
Sumpfe

180.   tato gateshu deveshu kalir dvâparam abravît :

---

*) âkhyâna, sn. Erzählung; myth. Dichtung (die itihâsas und purâṇas enthaltend),
gleichsam fünfter Veda.

„saṅhartuṅ notsahe kopaṅ; nale · vatsyâmi,
su-unterdrücken nicht-vermag-ich den-Zorn; ich-werde-wohnen (weilen)
= in ihn fahren.

dvâpara!

181. bhraṅśayishyâmi taṅ râjyâd; na bhaimyâ saha raṅsyate!
ich-werde-fallen-machen aus-dem-Reiche er soll (wird)
schwelgen.

„tvam apyakshân samâviśya sâhâyyaṅ kartum arhasi!"
aber-die-Würfel durchdringend leisten wollest

iti nalopâkhyâne shashṭho 'dyâyaḥ
sechste

---

vṛihadaśva uvâcha :

182. evaṅ sa samayaṅ kṛitvâ dvâpareṇa kaliḥ saha,
Uebereinkunft
âjagâma tatas tatra, yatra râjâ sa naishadhaḥ.

183. sa nityam antaraprepsur nishadheshvavasâch chiraṅ;
Gelegenheit-zu-erlangen-wünschend wohnte lange
athâsya dvâdaśe varshe dadarśa kalir antaraṅ :
da-dessen (dazu) im 12ten Jahre

184. kṛitvâ mûtram upaspṛiśya, saṅdhyâṅ so 'ste sma nai-
Urin hineintretend in-der-Dämmerung er stand
shadhaḥ,
akṛitvâ pâdayoḥ śauchaṅ, tatrainaṅ kalir âviśat.
der-(beiden)-Füfse Reinigung betrat (zog in
ihn ein).

185. sa samâviśya cha nalaṅ, samîpaṅ pushkarasya cha
betreten-habend des Puschkara
gatvâ, pushkaram âhedam : „ehi, dîvya nalena vai;
redete an-ihn geh', spiele

186. „akshadyûte nalaṅ jetâ bhavân hi, sahito mayâ;
im-Würfelspiele wirst-besiegen Du
„nishadân pratipadyasva, jitvâ râjyaṅ, nalaṅ nṛipaṅ!"
erlangen-sollst-Du, besiegend das Reich

187. evam uktas tu kalinâ, pushkaro nalam abhyayât;
trat-an

kaliśchaiva vṛisho bhûtvâ gavân *), pushkaram abhyagât. —
Bullochs geworden-seiend der Kühe   betrat (zog in
      ihn ein).

188.   âsâdya   tu nalan vîran, pushkaraḥ,   paravîrahâ,
    angegangen-seiend   der Feindehelden-Tödter

   „dîvyâv“ety   abravîd   bhrâtâ,   „vṛisheṇeti
   „spielen-wir-beiden“ also   sprach   der-Bruder;   „mit gutem Würfel!“ also
                    muhur muhuḥ.
               (sprach er)   immer-wieder.

189.   na chakshame tato râjâ samâhvânan, mahâmanâḥ;
     widerstand   Herausforderung

   vaidarbhyâḥ prekshamâṇâyâḥ paṇakâlam   amanyata.
   vor der V.   der zusehenden   Spielzeit   hielt er .(für gut).

190.   tam akshamadasanmattan suhṛidân na tu kaśchana
     den-Würfelwuth-tollen   der-Freunde

   nivâraṇe 'bhavach śakto, dîvyamânam arindaman.
   in-der Abwendung   vermögend, den-spielenden Feindebändiger.

191.   tataḥ paurajanâḥ sarve mantribhiḥ saha, bhârata,
     die-Bürger   mit-den-Räthen

   râjânan drashṭum âgachchhan nivârayitum,   âturan.
        zu-sehen   kamen-herbei um-abzuwenden, den-kranken

192.   tataḥ   sûta   upâgamya damayantyai nyavedayat .:
     der-Wagenlenker herankommend

   „esha paurajano,   devi,   dvâri tishṭhati kâryavân;
     Stadtgemeinde, o Königin, vor-der-Thür stehet dienstbereitwillig

193.   „nivedyatân naishadhâya : sarvâḥ prakṛitayaḥ sthitâḥ,
     es-werde-gemeldet   Unterthanen stehen-da

   „amṛishyamâṇâ vyasanan râjno; dharmârthadarśinaḥ!“
     nicht-ertragend   das-Unglück   des-Rechtes-Sache-ersehend

194.   tataḥ sâ   vâshpakalayâ   vâchâ, dushkhena karshitâ,
     mit thränenerstickter   vom-Schmerze gedrückt

   uvâcha naishadhan bhaimî,   śokopahatachetanâ :
           mit-von-Schmerz-durchdrungenem-Sinne

195.   „râjan, paurajano dvâri tvân   didṛikshur   avasthitaḥ
          die-schauen-möchten   stehen-da

*) Fig. Kraft, Ungestüm, Leidenschaft.

„mantribhiḥ sahitaḥ sarvai, râjabhaktipuraskṛitaḥ!
von-Königsverehrung-hẹrgeführt

196. „taṅ drashṭum arhasî!" 'tyeva punaḥ punar abhâshata.

tâṅ tathâ ruchirâpâṅgîṅ vilapantîṅ tathâvidhaṅ
schöne-Augenwinkel (habende), die-jammernde

197. âvishṭaḥ kaliṇâ râjâ nâbhyabhâshata kiṅchana.
der-besessene

tatas te mantriṇaḥ sarve, te chaiva puravâsinaḥ :
Stadtbewohner

198. „nâyam astî"'ti dushkhârttâ vrîditâ jagmur
„nicht-er ist-er"also (sprechend), von-Schmerz-betrübt, beschämt gingen
âlayân.
in-(ihre)-Wohnung.

tadâ tad abhavad dyûtaṅ pushkarasya nalasya cha,
Da dauerte das-Spiel

199. yudhishṭhira! bahûn mâsân. puṇyaślokas tvajîyata
o Judischthira viele Monate. — aber-ward-besiegt.

iti nalopâkhyâne saptamo 'dhyâyaḥ.
siebente

---

b) *Man vergleiche die nachstehenden Fabeln mit deren metrischer Uebersetzung und übertrage sie möglichst treu in Prosa.*

Die Krähe und die Wachtel.

ekadâ sarve pakshiṇo bhagavato
garuḍasya yâtrâprasañgena
samudratîraṅ prachalitâḥ. —
  tatra kâkena saha
5   vartakaś chalitaḥ;
atha gachchhato gopâlasya
mastakâvasthita dadhibhâṇḍâd
  vâraṅ vâraṅ tena kâkena
  dadhi khâdyate.
10   tato yâvadasau dadhibhâṇḍaṅ
bhûmau nidhâya ûrdhvam avalokate
  tâvat tena kâkavartakau ḍriṣhṭau.
  tatas tena kheṭitaḥ,
  kâkaḥ palâyitaḥ,
15   vartakaścha mandagatiḥ
prâpto vyâpâditaḥ. —
  ato 'haṅ bravîmi :
  na sthâtavyaṅ na gantavyaṅ
  durjanena samaṅ kvachit. —

---

ekadâ, *einstmals* —

prasañga, *sm.* (sañj-), *Zuneigung, Liebe;
Vereinigung.*

sañga, *sm.* (sañj-), *dasselbe; ferner :
Versammlung.*

sañj- Klasse 1. *lieben, anhängen.*

yâtrâ, *sf.* (yâ + tra), *Weg;* fig. *Proces-
sion, Marsch.*

samudra, *sm.* (sam-uda-ra), *Meer* (myth.).

tîra, *sn.* (tṛî-), *Ufer, Küste.*

tṛî- Klasse 1 und 6. *überschreiten.*

chal- Klasse 1. *gehen, sich in Bewegung
setzen.*

gopâla, *sm.* (pal-) == gopa (pâ- *hüten*),
Kuhhirt, Hirt.

mastaka, *mn.* } *Kopf, Schädel; Kuppe,*
masta, *n.* }   *Spitze.*

avasthita, *feststehend.*

dadhi, *n. dicke Milch;* auch *Harz, Ter-
pentin* (dhe redupl. + i ?).

(Buch III, Fab. 5.)

Einst zogen die frohen Vögel all'
Zu Garuda's *) Feste mit frohem Schall
Entlang am Meeresstrande. —
   Da ging just in der Nähe
5   Der Wachtel eine Krähe;
Und unterwegs aus des Hirten Topf,
Den dieser voll Milch trug auf dem Kopf,
   Ward von der Krähe indessen
   Die Sahne angefressen.
10   Als nun der Hirt den Milchtopf geschickt
Auf die Erde setzt und aufwärts blickt,
   Da erspäht er die kleine Bande.
   Rasch verfolgt er den Gast,
   Husch, flieht die Krähe in Hast;
15   Doch die Wachtel, die langsam gegangen,
Ward getödtet, nachdem sie gefangen.
   Darum sage ich :
Mufst nicht stehen und mufst nicht geh'n
Mit einem Schlechten, willst du besteh'n. —

*) Garuda, der Vogelkönig, ein fabelhaftes Thier mit Vogelkopf und Schwingen
auf einem Menschenleibe. G. wurde als der Träger Vishnu's vor dessen Abbildern
verehrt.

---

dhe- Klasse 1. *trinken, saugen.*

bhâṇḍa, *sn. Gefäfs, Topf;* = bhâjana,
sn. von bhaj- *besitzen, fassen.*

vâra, *sm. günstige Zeit* = пора; ὥρα,
hora. vṛi- *wählen.* vâraṅ vâraṅ,
lange, lange Zeit.

khâd- Klasse 1. *essen.*

nidhâ- *niederlegen, -stellen, -setzen.*

khiṭ- Klasse 10. *ver-, aufscheuchen.*

palâye (bisweilen palaimi), *fliehen*, von
para + i.

manda, *adj. langsam, träge, schläfrig.*

vyâpâditaḥ, *vom bösen Geschick ereilt*
(vi-â-pâdita, *pp.* vom caus. von pad).

vyâpâda, *sm. Unstern, Unheil; böse
Absicht.*

durjana, *sm. Bösewicht, schlechter Mensch.*
dur, dus- *schlecht.*

Die Störche und die Ottern.

astyuttarâpathe gṛidhrakûṭo
   nâma giriḥ;
   tatrairâvatîtâre
   nyagrodhe
5   vakâ nivasanti.
tasyaiva cha vṛikshasyâdhastâd
vivare sarpas tishṭhati;
sa cha teshâṅ bâlâpatyâni khâdati.
tataḥ śokârthânâṅ vakânâṅ pralâpaṅ
10   śrutvâ, kenachid vṛiddhavakenoktaṅ :
„evaṅ kuruta yûyaṅ! matsyânânîya
„nakulavivarâd ârabhya
   „sarpavivaraṅ yâvat
   „paṅktikramenaikaikaśo masyândhatta.
15   „tatas tadâhâralubdhair nakulair âgatya
   „sarpo drashṭavyaḥ, —
   „svabhâvadveshâd
   „vyâpâdayitavyaścha!“
tathânushṭhite, tadvṛittaṅ.
20   atha tair nakulais tatra
vṛikshe vakaśâvakârâvaḥ śrutaḥ, —
paśchât tair vṛiksham âruhya
śâvakâḥ sarva eva vyâpâditâḥ.
   ata âvâṅ brûvaḥ :
25   „upâyaṅ chintayanprâjno
   hyapâyamapi chintayet;
   paśyato vakamûrkhasya
   nakulair bhakshitâḥ prajâḥ!“

---

uttara, *adj. äufserste, höchste; nördlich.*

patha, *sm. Weg.*

uttarâpatha, *sm. Norden.*

gṛidhra, *adj. gierig; sm. Geier.*

kûṭa, *sm. n. Spitze, Gipfel, Horn.*

nyagrodha, *sm. ficus indica, indischer Feigenbaum.*

vaka, *sm. Kranich, Storch.*

nivasanti (vas-), *wohnten.*

vṛiksha, *sm. Baum.*

adhas, *adv. unten, drunter.*

adhastât, *präp. unter.*

vivara, *sn. Loch, Spalte.*

sarpa, *sm. Schlange.*

bâla, *adj. jung.*

(Buch IV, Fab. 5.)

Im Norden steht das Geierhorn,
Ein Bergesfürst, der so benannt. —
Dort, an der Eravati Strand,
In eines Feigenbaums Geäste,
5   Saßen Störche zu Neste;
Und an demselben Baume vorn
Im Loche eine Schlange saß,
Die jenen alle Jungen fraß.
Der armen Störche Jammerschrei
10   Zog einen alten Storch herbei;
„Macht's so, sagt er, holt Fische heran,
„Fangt bei dem Otternloche an,
    „Bis zu der Schlangenhöhle Spalt
    „Legt einzeln sie geordnet bald.
15   „Kommt die raubgier'ge Otternschaar
    „Heran, und wird die Schlang' gewahr, —
    „Dann bricht die alte Feindschaft los,
    „Die Schlange kriegt den Todesstoß!"
So ward's gethan und so traf's ein.
20   Da hörten stracks die Fischeschnapper
Vom Baum der Störchlein Angstgeklapper;
Gleich klimmen sie den Stamm hinan
Und fallen alle Jungen an. —
    Darum sagen wir :
25   „Wer weise auf den Eingang denkt,
    Daß der den Ausgang auch bedenkt;
Vor dem Storch, der and're dumm belehrt,
Ward von den Ottern die Brut verzehrt."

---

apatya, *sn. Nachkommenschaft; pl. -âni,
    Kinder, Junge.*
śoka, *sm. Kummer.*
ârta und ârtta, *adj. betrübt, niederge-
    schlagen.*
pralâpa, *sm. Gejammer, Wehgeschrei.*
vṛiddhavaka, *ein alter Kranich, Storch.*
kuruta, *thuet, handelt.*

yûyaṅ, *Ihr.*
matsya, *sm. Fisch.*
ânîya (nî-), *herbeibringend.*
nakula, *adj. familienlos; sm. Ichneu-
    mon, Otter.*
paṅkti, *sf. Reihe, Linie.*
krama, *sm. Ordnung, Methode;* krame-
    ṇa, *adv. der Reihe nach.*

dhatta, *leget* (dhâ-).

âhâra, *sm. Speise, Futter.*

lubdha, *adj. gierig, be-.*

svabhâva, *sm.* (bhû-) *angeborene Natur; ureigener Charakter.*

dvesha, *sm. Hass.*

śâva, *m.*
śâvaka, *m.* } *Junges eines Thieres.*

ârâva, *sm. Geschrei, Lärm.*

paśchât, *adv. sogleich, alsbald.*

Der Esel in der Tigerhaut.

asti hastinâpure
karpûravilâso nâma rajakah,
tasya gardabho 'tibhâravâhâd
durbalo sumûrshurivâbhavat.

5   tatas tena rajakenâsau vyâghracharmanâ
prachchhâdyâranya sannidhâne śasyakshetramadye niyuktah. —
    tato dûrât tam avalokya, vyâghrabuddhyâ
kshetrapatayah satvaran palâyante.
sa cha sukhena śasyan charati.

10   athaikadâ kenâpi śasyarakshakena dhûsara-
kambalakritatanutrânena dhanuh,
sajjîkrityânatakâyenaikânte sthitan. —
    tan cha dûrâd drishtvâ gardabhah
pushtâñgo, jâtabalo

15   gardabhîyam iti matvâ
śabdan kurvânastadabhimukhan dhâvati!
tatas tena rakshakena
gardabho 'yam iti jnâtvâ,
lîlayaiva vyâpâditah. —

20   ato 'han bravîmi :
suchiran hi charan nityan
kshetre śasyam abuddhimân
dvîpicharmaparichchhanno
vâgdoshâd gardabho hatah

---

karpûra, *sm. n. Kampfer, Weisglanz.*
vilâsa, *sm. Wollust.*
rajaka, *sm. Wäscher, Waschmann.*

gardabha, *sm. Esel.*
atibhâravâhât, *vor Ueberbürde-Tragung.*
bhâra, *sm. Last, Bürde.*

âruhya, *besteigend,* *bestiegen - habend*
(ruh-).

âvân, *wir beide.*

brûvaḥ für -vas, *wir beide sagen.*

upâya, *sm. Einweg, Hülfsmittel, List.*

apâya, *sm. Ausweg.*

prâjna, *adj. gelehrt; sm. Weiser.*

paśyato, *vor Augen, angesichts.*

mûrkha, *adj, dumm.*

bhaksh-, *essen, fressen.*

prajâḥ, *die Jungen.*

(Buch III, Fab. 3.)

In Hastinâpur, der Elephantenstadt *),
Weifsglanz, der Wäscher, gelebet hat,
Defs Esel, vom Tragen zu grofser Bürde,
War ganz hinfällig und sterbensmürbe.
5   Da, von dem Waschmann in ein Tigerfell gehüllt
Ward nah vor'm Wald er in ein Kornfeld eingestellt. —
Von fern erschauten ihn als einen Tiger dort
Des Feldes Eigner nun und liefen eiligst fort.
Doch er mit frohem Sinn in jenes Kornfeld geht,
10 Wo nur ein Flurschütz noch in seinem Mantel steht
(Aus grauem Zeug), der einen Bogen trägt
Und hingeduckt in ein Versteck sich legt. —
Den hat drauf von weitem der Esel ergafft,
Der nun wohlgenährt und voll strotzender Kraft
15 Eine Eselin in dem Graumantel ahnte
Und hinstürmte, indem er lustig yante!
Da hat der Flurschütz alsbald
In ihm den Esel erkannt
Und ob der Liebeslust ihn in den Tod gesandt. —
20   Darum sage ich :
Der lang im Kornfeld weidete,
Der dumme Esel, ward — obgleich
Ihn Tigerfell verkleidete —
Vom Ton verrathen, und starb sogleich.

*) Berühmte Stadt am Ganges, unweit Delhi.

---

bhâravâha, *sm. Lastträger.*

durbala, *adj. schwach, hinfällig.*

sumûrshus, *zum Sterben müde, — bereit.*

charma und charman, *sn. Haut, Fell; Rinde; Leder.*

prachchhâdya, *einhüllend,* von

chhad (*pp.* channa und châdita), *bedecken.*
araṇya, *sn. Gehölz, Wald.*
saṅnidhâna, *sn. Nähe, das Annähern.*
śasya, *sn. eſsbare Frucht, Getreide.*
kshetra, *sn. Feld.*
niyuktah (*er wurde*) *gestellt.*
dûrât, Abl. von dûra, *adj. weit, entfernt.*
tam, *ihn (den Esel).*
buddhyâ, *in der Meinung;* Instr. v. -dhi.
patayaḥ, plur. v. pati, *sm. Herr, Eigner.*
satvaraṅ, *adv. schleunigst, schnell.*
sukhena, *mit frohem Sinn.*

sukha, *adj. froh, freudig; sn. Freude, Frohsinn.*
char-, *wohin gehen.*
rakshaka, *sm. Wächter, Hüter.*
dhûsara oder dhûshara, *adj. graugrün; blaſs.*
kambala, *sm. Mantel, wollenes Oberkleid.*
kṛita, *umgeben (mit).*
tanutra und tanutrâna, *sn. (als) Bewaffnung, Bedeckung.*
dhanu, *sm.;* dhanus, *sm. n. Bogen.*
sajjîkṛitya, *versehen (mit), bewaffnet.*
ânata, *gebückt.*

Die Vögel und die Affen.

asti narmadâtîre
parvatopatyakâyâṅ
viśâlaḥ śâlmalîtaruḥ. —
tatra tarau nirmitanîḍakroḍe
5   pakshiṇaḥ sukhaṅ
varshâsu nivasanti. —
atha nîlapaṭairiva
jalapaṭalair
âvṛite nabhastale
10   dhârâsârair
mahatî vṛishṭir babhûva.
tato vânarâs tarutale
bhrâmyantaḥ śîtârttâḥ
kampamânâ babhûvuḥ. —
15   tathâ tân avalokya kṛipayâ
pakshibhiruktaṅ :
„bho, bho! vânarâḥ! asmâbhir nirmitâ
„nîḍâś chaṅchumâtrâ-
hṛitais 'triṇaiḥ!
20   „hastapâdâdisaṅyuktâ,
„yûyaṅ kim iti sîdatha?“

kâya, *sm. n. Körper.*

ekânte, *adv. an einem Ende (Winkel).*

pushṭi, *sf. Nahrung.*

aṅga, *sm. Glied; Körper.*

pushṭâṅga = pushṭa + aṅga, *wohlgenährt.*

âtabala = jâta + bala.

âta, *pp. von jan, med. geboren, erzeugt.*

bala, *sm. Kraft, Stärke.*

gardabhî, *Eselin.*

matvâ (man-), *vermeint-habend.*

kurvâṇa, p. pr. med. von kṛi-.

abhimukham, *hin zu, gegenüber von, gegen.*

dhâv-, *laufen.*

lîlâ, *sf. Liebeslust, Wollust.*

suchiram, *adv. lange.*

nityam, *adv. beständig.*

abuddhi, *adj. dumm, unverständig, unklug.*

dvîpa, *m. n. Tigerfell.*

dvîpicharma, *n. Tigerfell.*

parichchhanno, *s. chhad, oben, S. 100.*

vâgdoshâd, *durch der Stimme Fehl =* vâg + doshât.

vâg von vâch-, *f. Rede, Wort, Sprache.*

dosha, *sm. Sünde, Fehler.*

(Buch III, Fab. 2.)

An dem Ufer der Narmada
Steht an einer Bergeshalde
Prächtig stolz ein Sâlmalîbaum *),
Drauf im selbsterbauten Neste
5   Vögel safsen, froh sich bauschend,
Im Beginn der Regenzeit. —
Da, aus wie mit schwarzem Flore
Von den kalten, feuchten Massen
Dicht umhülltem Wolkenhimmel,
10   Bricht mit Winterschauergüssen
Eine mächt'ge Regenflut.
Und die Affen vor dem Baume
Irren hin und her, vom Froste
Arg gequält, vor Kälte zitternd. —
15   Sie erschauend, voller Mitleid
Sprachen also jene Vögel :
„He, Ihr Affen! seht, wir bauten
„Nester uns mit unsern Schnäbeln,
    Aus den Hälmchen zarter Gräser;
20   „Hände, Füfs' und andre Glieder
„Habt Ihr; warum müfst Ihr leiden?"

*) Flaumbaum, bombax heptaphyllum, eine Art Baumwollenbaum.

tachśrutvâ vânarair
jâtâmarshair
âlochitaṅ : „aho,
25 „nirvâtanîdagaṙbhasthâḥ
„sukhinaḥ pakshiṇo 'smân nindanti!
„tadbhavatu! tâvadvṛishṭer-
upaśamaḥ!"
anantaraṅ śânte pânîyavarshe
30 tair vânarair
vṛikshâgram âruhya
sarve nîdâ bhagnâḥ,
teshâm aṇḍâni châdhaḥ patitâni.
ato 'haṅ bravîmi :
35 „vidvânevopadeshṭavyo
„nâvidvâṅstu kadâchana.
„vânarânupadiśyâjnân
„sthânabhraṅśaṅ yayuḥ khagâḥ."

---

upatyakâ, *sf. Halde, Abhang.*

viśâla, *adj. grofs, umfangreich.*

śâlmalîtaru, bombax heptaphyllum, *eine Art Baumwollenbaum.*

śâlmali und śâlmala, *sm.* bomb. hept.

śâlmalî, *sf. dass.*

taru, *sm. Baum.*

nirmâmi, *ich baue.*

nîḍa, *sm. n. Nest.*

kroḍa, *sn. Hüfte, Brust.*

varshâ, *sf.* die Regenzeit (ebenso im *pl.*) als *sm. n. Regen, Regenwolke.*

nîla, *adj. schwarz, blau, violett.*

paṭa, *m. n. Gewand.*

paṭala, *sn. Masse.*

jala, *adj. kalt, frostig.*

âvṛite nabhastale, *bei umhülltem Himmel.*

nabhas, *m. n. Luft, Athmosphäre; Nebel, Gewölk, Regen, Regenzeit* (s. tala, rechts).

nabhastala, *m. die untere Wolkenschicht, der sichtbare Wolkenhimmel.*

dhârâsâra, *sm. Regengufs.*

vṛishti, *sf. Regen.*

vânara, *sm. Waldmensch, Affe.*

tala, *sn. Boden, Fläche, Ober-, Grund einer Wölbung.*

bhram-, bhramâmi (1), bhramyâmi, bhrâmyâmi (4), *herumirren.*

śîta, *adj. kalt.*

śîtârtta, *adj. frostig, durchgefroren, vor Kälte zitternd* (śîta + ârta, S. 97).

kamp-, 4. âtm. *zittern, beben, erbeben.*

kṛipâ, *sf. Mitleid.*

chañchu, *sf. Schnabel.*

mâtra, *Stoff, Materie;* am Ende von Zstz. bedeutet es : *damit allein; nur, einzig und allein.*

âhṛita, *pp.* von âhṛi- *aufnehmen, auflesen.*

tṛiṇa, *sn. Rasen, Hälmchen.*

âdi, *und andere, u. s. w.*

Als die Affen das vernommen,
Jene höchst-urungeduld'gen,
. Sprachen sie : „Oho, im Neste
25 „Sicher bei der Brut dort kauernd,
„Höhnen uns die muntern Vöglein!
„Sei es drum! bis dafs der Regen
„Sich wird legen!"
Nach verfloss'nem Wassersturze
30 Wurde hurtig von den Affen
Jene Baumeskron' erklettert,
Alle Nester dort zerbrochen,
Ihre Eier all' zerschmettert.
Darum sage ich :
35 „Kluge nur sind zu belehren,
„Thoren aber sind es nimmer!
„Dumme Affen zu bekehren
„Sah'n die Vögel ihren Sitz verheeren."

---

sanyuktâ, *vereinigt (habend).*

sîd-, sad-, (1 u. 6) u. a. *zusammen-
brechen, verfallen, verkommen.* ●

jâtâmarsha, *von Natur ungeduldig,* =
jâta, *pp.* von jan-, *med. geboren, eingeboren;* + amarsha, *sn. Zorn, Hef-
tigkeit; adj.* amarshin, *ungeduldig,
heftig, zornig;* von

marsha, *sm. Geduld.*

garbha, *sm. Lebenskeim, Leibesfrucht;
Junges, Kleines.*

garbhasthâh, *pl.* von -stha (= sthita),
sitzend (verweilend) auf, brütend.

nind-, *tadeln, verhöhnen.*

bhavatu, *es sei!*

upasam- und sam- (4), *aufhören, sich
beilegen.*

sânte pânîyavarshe, *nach vorüberge-
gangenem Wasserregen.*

pânîya, *sn. Wasser.*

bhanj- (7), *zerbrechen;* davon bhagna, *pp.*

anda, *sn. Ei* (andâni).

patitâni, von pat- *fallen.*

châdhah = cha + adhah;

adhah = a + dhah von dah- u. a.,
zerstören.

vidvas, *adj. gelehrt, weise; ein Weiser.*

upadeshtavyas, *p. f. p. ein zu Beleh-
render;* von upadis-, *zeigen, darlegen,
darthun; belehren.*

nâvidvâns, *die Thoren, Unklugen.*

upadisya + ajnân, *diefs von a + jna,
adj. unklug, dumm.*

sthânabhransan, Acc., *in die Nest-
zerstörung.*

sthâna, *sn. Wohnort, Nest, Station.*

bhransa, *m. Fall, Zerstörung, Verlust,
Schaden.*

khaga, *adj. der in die Luft* (kha)
geht; sm. Vogel.

yayuh, *gingen, geriethen;* 3. P. pl. des
Red. Pr. von yâ-, *gehen (in).*

Der Flamingo und der Rabe.

astyujjayinîvartmani prântare
mahân pippalavṛikshaḥ;
tatra haṅsakâkau nivasataḥ. —
kadâchid grîshmasamaye
5 pariśrântaḥ kaśchit pathikas
tatra tarutale
dhanuḥ kâṇḍaṅ cha saṅnidhâne nidhâya
  suptaḥ. —
tataḥ kshaṇântare
10 tadmukhâdvṛikshachchhâyâpagatâ,
anantaraṅ sûryatejasâ
tadmukhaṅ vyâptam
avalokya, tadvṛikshasthitena haṅsena,
kṛipayâ pakshau prasârya,
15 punastatra chchhâyâ kṛitâ. —
tato nirbharanidrâsukhinâ
tenâdhvagena mukhavyâdânaṅ kṛitaṅ;
atha parasukhamasahishnuḥ
svabhâvadaurjanyena
20   sa kâkas ●
   tadmukhe
   purîshotsargaṅ kritvâ
   palâyitaḥ! —
tato yâvadasau sahasotthâya
25 vṛikshâgraṅ nirîkshate,
tâvattenâvalokito haṅsaḥ
kâṇḍena hato vyâpâditaścha.
   ato 'haṅ bravîmi :
na sthâtavyaṅ na gantavyaṅ
30 durjanena samaṅ kvachit.
kâkasaṅgâdhato haṅsas
tishṭhan gachchhaṅścha vartakaḥ.

(Buch III, Fab. 5.)

Am Wege zur Udschayini-Stadt *)
Steht hoch ein heil'ger Feigenbaum,
In dem ein Rab' und ein Flamingo Wohnung hat. —
Einstmals zur heifsen Sommerszeit
5   Kam ein todtmüder Wandersmann
Am Fufse dieses Baumes an,
Legt Pfeil und Bogen sich zur Seit'
     Und fällt in Schlaf.
Doch schon im nächsten Augenblicke
10   Trat jenes Baumes Schatten weit zurücke,
So dafs alsbald der Sonne Strahl
Des Schläfers Antlitz traf zumal.
Das sieht Flamingo von des Baumes Spitze;
Mitleidig spannt er bei der Hitze
15   Die Flügel aus und giebt ihm wieder Schatten.
Als nun, nach langem tücht'gem Schlaf, erquickt
Der Wandrer herzlich gähnend aufwärts blickt,
Da läfst aus Neid, — dem Glücke Andrer grollend,
Aus angeborner Tücke schmollend, —
20   Der Rabe
        Dem in den Mund
        Fallen, was ihm entweicht,
        Er aber entfleucht!
Als jener nunmehr sich schnell erhebt
25   Und den Blick nach des Baumes Krone hebt,
Da sieht er nur den Flamingo dort,
Und erlegt ihn mit seinem Pfeil sofort.
        Darum sage ich:
Mufst wohnen nicht, mufst gehen nicht
30   Jemals mit einem Bösewicht.
Sein Wohnen mit dem Raben liefs den Flamingo sterben,
Wie bei der Krähe ging die Wachtel in's Verderben.

---

*) Die alte Hauptstadt Malava's, im Alterthume Residenz des berühmten
Königs Vikramâditya, und eine der sieben heiligen Städte der Inder. Ihre Trümmer
liegen ¹/₂ Stunde gegen N. der heutigen Stadt Udschân (20⁰,10' NBr., 93⁰,27' OL.
— 1604 F. über d. M., rechts am Sigra).

vartmani, *sf. Landstrafse.*

prântara, *sn. öde Heeresstrafse.*

pippala, *sm.* ficus religiosa, *ind. Feigenbaum.*

grìshma, *adj. heifs; sm. heifse Jahreszeit.*

samaya, *sm. Zeit, Saison.*

pariśrânta (śram-), *ermüdet, erschöpft.*

pathika, *sm. Reisende, Wanderer.*

kânda, *sm. n. Pfeil.*

nidhâya, *niederlegend, -gelegt habend.*

supta, *pp.* von svap- *entschlafen; schlief ein.*

kshanântare, *im andern Augenblick.*

sûrya, *sm. Sonne.*

kripâ, *sf. Mitleid, Erbarmen.*

pakshau, *die beiden Flügel.*

prasârayâmi, *ich spanne aus.*

nirbhara, *adj. aufserordentlich.*

nidrâ, *sf. Schlaf.*

Der Klausner und die Maus.

asti gautamasya maharshestapovane
mahâtapâ nâma munih;
tenâśramasannidhâne mûshikaśâvakah
śyenamukhâd bhrashto drishtah.˙

5 paśchâd dayâlunâ muninâ
nîvârakanaih sa pâlitah. —
tan cha mûshikan khâditun yatnâd
anvishyan vidâlo muninâ drishtah;
tatastena tapahprabhâvâd

10 mûshiko vidâlah kritah.
sa cha kukkurâd vibheti, tato 'sau
vidâlah kukkurah kritah; kukkurasya
cha vyâghrâd bhayan mahat, tadanantaran
sa kukkuro vyâghrah kritah. —

15 atha vyâghramapi tan munir
mûshika nirviśeshena paśyati.
tan cha munin drishtvâ sarve vadanti:
„anena muninâ mûshiko 'yan
„vyâghratân nîtah!" etachśrutvâ sa vyâghrah

20 savyatho 'chintayat: „yâvad anena muninâ jîvitavyan,

„tâvad idan svarûpâkhyânan mamâkîrtikaran na palâyish-
yate!"

sukhin, *adj. glücklich.*

adhvaga, *sm. Reisender.*

mukha, *sn. Mund.*

vyâdadhâmi, *öffnen.*

âdâna, *sn. Gebung, Machung.*

parasukham, *sn. fremde (Anderer) Freude.*

asahishṇu, *ungeduldig, abhold.*

sahishṇu, *adj. geduldig.*

daurjanya, *sn. Bosheit, Tücke.*

pûrisha, *sn. Koth.*

utsarga, *sm. Stuhlgang, Auswurf* von sṛij- *loslassen.*

pûrishotsargaṅ, *einen Haufen Unrath.*

sahaṣâ, *plötzlich, schleunigst;* Instr. von sahas, *n. Kraft, Gewalt.*

utthâya, *aufstehend.*

nirîkshate, *er blickte empor.*

saṅgâ, *Zusammengehen;* -âd, *durch das Zusammengehen.*

(Buch IV, Fab. 6.)

Im Büsserwald des Sehers G a u t a m a
Da lebt' ein Klausner fromm, M a h â t a p â;
Der sah einst dicht vor seine Siedelei
Ein Mäuschen aus des Geiers Schnabel fallen.
5 Mitleidig holt er aus der Klause
Reiskörner alsobald der Maus zum Schmause.
Das Mäuschen zu verschlingen mit Begier
Sieht er die Katze schleichen im Revier. —
Da hat er denn durch seiner Busse Macht *)
10 Zu einer Katze seine Maus gemacht.
Als die nun vor dem Hund sich fürchtet, wandelt er
Die Katze stracks in einen Hund; der fürchtet sehr
Sich vor dem Tiger; darum wiederum
Schafft er den Hund in einen Tiger um. —
15 Den Tiger sah natürlich unser Klausmann
Wie früher immer nur für seine Maus an,
Und Alle die zur Klause kamen riefen aus :
„Schaut, durch den frommen Klausner ward die Maus
„Zu einem Tigerthier!" Das hört der Tiger an
20 Und denkt betrübt : „So lange noch der Klausner hier
                                       bleibt leben
Wird diese Mäuse-Herkunft auch als Schmutzfleck an mir
                                       kleben."

*) Nach dem indischen Volksglauben hatten die Büsser eine zauberhafte Allmacht über die Welt erlangt.

ityâlochya muniṅ hantum udyataḥ.
tato muninâ tajjnâtvâ :
„punar mûshiko bhava!" ityuktvâ mûshika eva kritaḥ.
25   ato 'haṅ bravîmi :
„nîchaḥ ślâghyapadaṅ prâpya
svâminaṅ loptum ichchhati,
mûshiko vyâghratâṅ prâpya
muniṅ hantum gato yathâ!"

---

maharshi, *m. ein groſser Heiliger; ein groſser Rishi.*

tapa, *m. Hitze.*

tapas, *n. Hitze, heiſse Jahreszeit;* fig. *Buſse.*

upavana, *n. Busch, Hain.*

mahâtapas, *adj. sehr streng, sehr fromm, asketisch.*

muni, *m. Einsiedler, Anachoret.*

âśrama, *m. Behausung; Asil, Einsiedelei;* besonders *eines vanaprastha, eines Waldmönches.*

mûshika, *m. Maus, Ratte;* von mûsha, *dass.,* von mûsh-, *stehlen.*

śyena, *sm. Falke, Geier.*

bhrashṭa, *gefallen; pp.* von bhraṅś-, (1) *fallen.*

daya, *adj. mitleidig.*

dayâlu, *adj. dass.*

nîvâra, *m. wilder Reis.*

kaṇa, *adj. klein, leicht; sm. Korn, Körnchen.*

pâlayâmi, *ich rette, erhalte.*

yatnâd (-t), *eifrig.*

anvishyan = anu + ish°- ish- (6), *suchen, begehren.*

viḍâla, *sm. Katze.*

Der Löwe, die Maus und die Katze.

astyarbudaśikharanâmni parvate
mahâvikramo nâma siṅhaḥ;
tasya parvatakuharam
adhiśayânasya keśarâgraṅ pratyahaṅ
5   kaśchid mûshikaś chhinatti.
sa siṅhaḥ keśarâgraṅ
lûnaṅ dṛishṭvâ, kupitas taṅ
vivarântargataṅ mûshikam
alabhamâno 'chintayat :

So sprechend, war er nur auf dessen Tod bedacht.
Da sprach der Klausner, der sein Sinnen sah :
„Sei wieder eine Maus!" und sieh, die Maus war da!
25   Darum will ich sagen :
„Ein Niedriger zu hohem Amt gelangt,
   Mifsgönnet seinem Herrn das Leben,
Wie 's jener Tigermaus darnach verlangt'
   Dem Klausner den Garaus zu geben!"

prabhâvâd, *durch die Kraft.*
prabhâva, *sm.* (bhû), *Kraft, Gewalt, Macht.*
kukkura, *m. Hund;* -î, *Hündin.*
vibheti (bhî-), *fürchtete sich sehr.*
bhaya (bhî-), *sm. Furcht.*
vadanti, *sie sprachen* (vad-).
nîtah, *verwandelt; pp. von* nî-.
savyatho, *betrübt.*
vyathâ, *f. Betrübnifs, Furcht.*
vyathayâmi, *betrüben, quälen, erschrecken.*
jîvitayvan, *es ist (noch) zu leben.*
âkhyâna, *sn. Sage, Erzählung, Bericht.*

akîrtikara, *adj. entehrend.*
hantum, *Inf. zu tödten.*
udyatah *(er) gedachte; pp. von* udyach-chhe, *drohend erheben; sich bemühen.*
nîcha, *adj. niedrig, gering, gemein.*
slâghya, *adj. würdig, ehrenvoll, bewunderungswerth, von*
slâgh (1), *loben, bewundern.*
pada, *sn. Fufs;* — *Platz, Stelle, Amt, Posten.*
svâmin, *sm. Herr.*
loptum, *Inf. loswerden, fortschaffen; von*
lopayâmi (lup-), *Gewalt anthun.*

(Buch II, Fab. 4)

Bei dem Berg Arbudasikhara *)
Wohnt der Löwe Mahâvikrama **).
Wenn der schlief vor seiner Bergschlucht Lehne
Dann benagt' ihm täglich seine Mähne
5   Eine winzig kleine Maus.
Als der Löwe seine Mähne vorn
So zerfressen sah, ward er voll Zorn;
Da er die ins Loch geschlüpfte Maus
Nicht erwischte, ging er darauf aus

*) Vielhorn. — **) Grofskraft.

10 kimatra vidheyań? yataḥ :
  kshudraśatrurbhavedyastu
   vikramâdnaiva labhyate;
  ·tań nihantuń puraskâryaḥ
   sadṛiśastasya sainikaḥ.
15 ityâlochya tena sińhena grâmań
 gatvâ, dadhikarṇanâmâ viḍâlo
 mâńsâdyâhârań datvâ,
 prayatnâdânîya svakandare dhṛitaḥ; —
 tatas tadbhayâdmûshiko
20 na bahir nihsarati.
 tenâsau sińho 'kshatakeśaraḥ
 sukhań svapiti.
 mûshikaśabdań yadâ yadâ śṛiṇoti,
 tadâ tadâ mâńsâhâradânena tań viḍâlań sańvardhayati. —
25 athaikadâ sa mûshikaḥ,
 kshudhâ pîḍito, bahiścharan mârjâreṇa
 prâpto vyâpâditaścha!
 anantarań sa sińho yadâ kadâchidapi
 tasya mûshikasya śabdań na śuśrâva,
30 tadopayogâbhâvâd,
 viḍâlasyâhâradâne mandâdaro babhûva.
 tato 'sau dadhikarṇo
 'pyâhârâbhâvâd, durbalo 'bhavat.
  ato 'hań bravîmi :
35 nirapeksho na kartavyo bhṛityaiḥ svâmî kadâchana!
 nirapekshań prabhuń kṛitvâ bhṛityaḥ syâddadhikarṇavat!

---

arbuda, *sm.* (arb-) *Eigenname eines Feindes der Arier; Eigenname eines Berges (vielleicht nach jenem Berge, als der Gegend wo der Feind wohnte).*

arb-
——, Klasse 1. *gehen, herangehen an,*
arv-
angreifen, verwunden, tödten.

śikhara, *m. n. Spitze — Berggipfel, Horn, Kuppe;* von

śikhâ, *f. Spitze.*

vikrama, *sm.* (kram-) *Schritt; Vorwärts-gehen; Muth, Tapferkeit, Kraft.*

kuhara, *sm.* (ku, *Erde;* hṛi-) *Art Schlange; sn. Loch, Höhle, Schlucht.*

adhi, *pfx. auf :* adhiśaye, (śî-) c. Acc. *auf etwas schlafen, wo —.*

keśa, *sm. Haar, —wuchs.*

keśara, *sm. Mähne;* agra, *sn. Spitze.*

pratyaham, *adv.* (prati, aha) *jeden Tag; mit dem Tage, Morgen.*

10   Wie das sonst wohl wäre zu erlangen?
     „Einen kleinen Feind zu fangen
       Wird durch Stärke nicht gelingen;
     Ihn zu tödten, mufs man einen
     Ebenbürt'gen Gegner bringen."
15   Also sprechend unser Löwe gleich
     In das Dorf zur Katze Milchohr schleicht,
     Bringt ihr Fleisch und andern Frafs zur Stelle,
     Trägt mit Sorgfalt sie in seine Höhle; —
     Und da kam aus Furcht vor ihr die Maus
20   Auch nicht oft aus ihrem Loch heraus.
     Doch der Löwe schläft jetzt ohne Zagen
       Vor dem Mähnebenagen.
     Hört er aber je des Mäuschens Ton,
     Hurtig bringt er Fleisch und Frafs der Katze schon. —
25   Da geschah's einmal, dafs unsre Maus
     Hunger peinigte; sie kam heraus — —
     Husch, gab ihr die Katze den Garaus!
     Als der Löwe aber von da an
     Jenes Mäuschens Ton nicht mehr vernahm,
30   Hat er auch die Katze bald vergessen —
     Gab ihr fürderhin nichts mehr zu fressen; —
     Da ging's userm Milchohr schlecht und trüb,
     Weil sie gänzlich ohne Nahrung blieb.
     Darum sage ich:
35   Sorglos werde nie gemacht je der Herr von seinem Diener!
     Hat er sorglos ihn gemacht — geh's wie Milchohr dann
       dem Diener!

---

aha, ahan, *sm. Tag.*

chhid-, Klasse 7. *spalten, schneiden, zerbrechen, zerfressen.*

lûna, *pp.* von lû- Klasse 9. *schneiden, zer-, abfressen, -schneiden.*

kupita, *erzürnt, pp.* von kup- Klasse 4. *böse werden, ergrimmen.*

vivara, *m. Loch, Spalte, Ritz, Höhle;* von vṛi- im Sinne von *decken,*

labh-, Klasse 1. *empfangen, erlangen;* — *ergreifen, fassen.*

kimatra == kim + atra, *hier, jetzt; in dieser Sache.*

vidheyaṅ, *n.* von -ya *adj.* (dhâ, eya), *das, worüber verfügt werden kann.*

yatah, -s, *adv. nunmehr; denn u. s. w.*

kshudra, *adj.* (kshud + ra), *klein, gering.*

kshud-, Klasse 7. *verkleinern, zerstofsen.*

śatru, m. (śad + ru) *Feind.*

śad-, Klasse 4. (1. 6.) *fallen, umkommen;*
   cadere etc.

puraskṛi-, *an die Spitze stellen, ent-*
   gegenstellen.

sainika, *adj.* (senâ) *Armee-, sm. Kämpfer,*
   Streiter; Armeekorps.

senâ, *f.* (si + na) *Armee.*

si-, Klasse 5 u. 9. *knüpfen, verbinden,*
   an —.

karṇa, *sm. Ohr.*

mânsa, *sn. Fleisch (Frühling).*

âdi, *und andere.*

âhâra, *sm. Lebensmittel, Nahrung; Fut-*
   ter, Fraſs u. s. w.

kandara, *m. Loch, Höhle.*

bahis, vahis (vah + is) *heraus, aus.*

nissar-, *heraus-, herunterkommen.*

akshata, *unverletzt, von* kshan, *verletzen.*

sukhaṅ, *adv.* (Acc. n.) *fröhlich, glück-*
   lich; von

sukha, *n. Freude; adj. freudig.*

svap-, Klasse 2 und 1. *schlafen.*

anena, Instr. von ayam, idam.

saṅvṛidh-, *mit etwas versehen.*

kshudh, *sf. Hunger.*

pîḍ-, Klasse 10. *treiben, drücken; quälen.*

mârjâra, *m. Katze* (mṛij- *reinigen*), *die*
   sich immer reinigende.

upayoga, *sm. Nutzen, Vortheil.*

dâna, *geben, Geschenk; Unterhaltung.*

mandâdaro == manda, *langsam, krank*
   . + âdara, *m. Anfang — sehr langsam.*

'pyâhârâ == api + âhâra.

dûrbalo, *schwach, hinfällig* (dus, *schlecht;*
   bala, *stark*).

nirapeksha == nis, nir + apa + îksh-
   apeksha, *adj. besorgt um.*

bhṛitya, *Söldling, Bedienter;* von

bhṛiti, *sf. Unterhalt; Lohn, Gehalt.*
   √ bhṛi + ti.

svâmin *adj.* (sva + min) *eigen, zuge-*
   hörig. Herr.

---

c) Nunmehr wird es leicht sein die noch folgenden Fabeln selbständig
zu übertragen.

Der Affe und der Keil. (II, 2.)

  asti magadhadeśe dharmâraṇyasannihita vasudhâyâṅ śubhadatta nâmâ kâyastah; tena vihârah kârayitum ârabdhah. tatra kara-
pa tra vidâryamâṇa stambhasya kiyaddûrasphâṭitasya kâshṭhakhaṇ-
ḍadvayamadhye kîlakah sûtradhâreṇa sthâpitah — tatra sâyâhne
vanavâsî vânarayûthah krîḍannâgatah; teshveko vânarah kâladaṇḍa-
prerita iva, taṅ kîlakaṅ hastâbhyâṅ dhṛitvopavishṭah. — tatastasya
mushkadvayaṅ lambamânaṅ kâshṭhakhaṇḍadvayâbhyantare pra-
vishṭaṅ. anantaraṅ sa chra sahajachapalatayâ mahatâ prayatnena taṅ

kîlakamâkṛishṭavân; âkṛishṭe sati kâshṭhâbhyâṅ chûrṇitâṇḍa dvayaḥ
paṅchatvaṅ gataḥ. ato 'haṅ bravîmi :
 avyâpâreshu vyâpâraṅ yo naraḥ kartum ichchhati
 sa bhûmau nihataḥ śete kîlotpâṭîva vânaraḥ.

---

deśa, *m. Land, Gegend, Strich.*

saṅnihita, *adj. nah, angrenzend.*

vasudhâ, *f. Land, Erde.*

śubhadatta, *Glücksgabe.*

śubha, *adj. glänzend;* fig. *schön; sn. Glück.*

datta, *pp.* von dâ- *geben;* in Eigennamen meist nur für Pers. der 3. Kaste gebräuchlich.

kâyastha, *ein K.,* das ist einer aus der Kaste der Schreiber, einer Mischung der 2. und 3. Kaste, dessen Vater ein Kschatriya, dessen Mutter eine Sûdrâ war.

vihâra, *m. Tempel; Kloster, Zellengebäude.*

kârayitum, *Inf. machen lassen;* von kârayâmi.

karapatra, *sn. Säge; Waten im Wasser.*

vidâryamâṇa, *Ueberschwemmung machend.*

vidâra, *m. Ueberschwemmung.*

vidârayâmi, *ich spalte, zertheile, zertrümmere.*

kiyat, *adj. wie groſs, wie zahlreich;* in dim. Bedeutung : *ein wenig.*

dûra, *adj. lang, weit.*

sphâṭita, *gespalten; pp.* von sphâṭ- (10) *spalten.*

kâshṭha, *n. Holz, Scheit, Kloben.*

kâshṭhamaṭhî, *f. Scheiterhaufen.*

khaṇḍa, *m. n. Stück.*

dvaya, *n.* (dva + ya), *Paar, zwei Stück.*

kîla, kîlaka, *m. Keil.*

sûtradhâra, *m. Zimmermann; Maschinist; Theaterdirektor; Chef der Truppe.*

sthâpita, *aufgestellt, eingesteckt; pp.* von sthâpayâmi, *errichten, auf-.*

sâyâhna (sâya + ahan), *m. Abend.*

vanavâsin, *sm. Waldbewohner; Eremit.*

yûtha (yu-), *Heerde.*

kṛìda *m. das Spielen, Amüsement, Spaſs.*

teshveko == teshu eka.

kâla, *m. Zeit; Schicksal.*

daṇḍa, *adj. böse; m. n. Stock.*

prerita, *vorwärts getrieben; pp.* von prere (pra + îr-) *vorgehen.*

hastâbhyâṅ, *mit den beiden Händen.*

dhṛitvopavishṭa == dhṛitvâ + upa-.

upavishṭa, *eingesteckt, hinein-,* von viś-.

mushka, *sm. Hode.*

lambamâṇa, *herabhängend; ppraes. âtm.* von lamb-, *sich senken.*

sahaja, *adj. angeboren.*

chapalatâ, *sf. Beweglichkeit, Unruhe, Rastlosigkeit.*

prayatna, *sn. Anstrengung.*

âkṛishṭavân, *herausgezogen.*

âkṛishṭi, *f. das Herausziehen.*

âkṛishṭe, *nachdem . . . heraus war.*

sati, *Loc. s.* von sat, *sn. das Sein, Stattfinden;* adv. *nunmehr.*

âkṛishṭe sati, *nachdem dieſs geschehen.*

chûrṇita, *zermalmt, pp.* von chûrṇ- (10).

aṇḍa, *n. Ei.*

pańchatva, n., pańchatâ, f. *ihrer fünf;*
pańchatvam gantum, *zu den fünf*
Elementen zurückkehren : sterben.
avyâpâra, m. *Nicht-Arbeit (die einen*
nichts angeht), von
vyâpâra (vi, â, pṛi-), *sm. Arbeit, Werk,*
Beschäftigung.

nihata, *niedergelegt, getödtet;* von hata
(han).
kîlotpâṭîva === kîla ûtpâṭi iva, *wie der*
den Keil herausziehende.
pâṭita === sphâṭita, s. Lassen, Com-
mentarius criticus in Hitopadeśam,
p. 89.

Der Kaufmann und seine listige Frau. (IV, 4.)

asti vikramapure samudradatta nâmâ baṇig tasya ratnaprabhâ
nâma badhûḥ; kenâpi sva sevakena saha sadâ ramate. athaikadâ
sâ tasya sevakasya mukhe chumbanaṅ dadatî samudradattenâva-
lokitâ. tataścha bandhakî sâ satvaraṅ bhartuḥ samîpam upagam-
yâha: nâtha! etasya sevakasya tâvadmahatî nirvṛittiḥ! yatho yush-
madarthaṅ nîyamânaṅ karpûram aśnâti. karpûra gandho mayâsya
mukhe pratyaksheṇâghrâtaḥ. tachśrutvâ sevakenâpi prakupyoktaṅ :
„yasya gṛihasyaitâdṛiśi cheshṭâ?"

„tatra sevakena kathaṅ sthâtavyaṅ, yatra pratikshaṇaṅ gṛihiṇî
sevakasya mukhaṅ jighrati?" tato 'sâvutthâya chalitaḥ sansâdhunâ
prabodhyânîya yatnâddhṛitaḥ. ato 'haṅ bravîmi :

utpannâmâpadaṅ yastu samâdhatte sa buddhimân,
baṇijo bhâryayâ jâraḥ pratyakshe nihnuto yathâ.

---

samudradatta, Eigenn. *Meergabe.*
baṇij, *sm. Kaufmann.*
ratnaprabhâ, Eigenn. *Perlenschimmer.*
prabhâ, f. *Glanz, Schimmer.*
badhû, vadhû, *sf. Weib im Allgem.;*
Ehefrau, Gattin.
sevaka, *sm.* (siv-) *Diener.*
sadâ, *adv. immer.*
ram- (1), *sich ergötzen;* bisweilen mit
saha und instr., *der Liebe pflegen.*
mukhe, *auf den Mund.*
chumbana, *sn. Kuss;* von
chumb-, chub-, *küssen.*
bandhakî, *sf. lüderliches Frauenzimmer.*

bhartṛi, *sm. Gemahl.*
samipam, *pr. vor* (c. Gen.)
âha, *sprach,* von ah-.
nâtha, *Voc. s. o Herr.*
nirvṛitti, f. *Enthaltsamkeit.*
nîyamâna, *herbeigeholt (werdend).*
aśnâti, *er isst;* von
aśnâmi (aś-, 9), *essen.*
pratyaksha, *adj. sichtbar; vor Jemandes*
Augen.
pratikshaṇam, *adv. jeden Augenblick;*
gleich.
ghrâ, —*beriechen* (jighrâmi); jighrâti, (sie)
beriecht; (â)ghrâta (ghrâṇa), *gerochen.*

prakupya, *böse werdend;* ger. von pra-
kupyâmi (kup).

etâdrisî, *adj. ein solches.*

cheshtâ, *f. Bewegung, Treiben.*

grihinî, *sf. Hausfrau.*

'sâvutthâyâ = asau + ud + sthâ.

asau, *jener.*

utthâya, *aufgestanden seiend, auf-
brechend* (sthâ-).

sansâdhu, sâdhu, *sm. Wechsler, Wucherer.*

prabodhya, } *Versprechungen*
prabodhyânîya, } *machend.*

(Lassen, Comm. 174.)

utpanna (pad-), *ereignetes.*

âpad, *f. Unglück.*

samâdhatte, *(wer) beigelegt, beruhigt.*

jâra, *adj.* (jrî-) *was altern macht, zer-
störend; sm. Liebhaber, Verführer,
Ehebrecher.*

nihnuta (hnu-), *verläugnet.*

Der Brahmane und seine Ziege. (IV, 10.)

asti gautamâranye prastutayajnah kaśchid brâhmanah; sa
cha yajnârthan grâmântarâ chchhâgam upakrîya, skandhe kritvâ
gachchan, dhûrtatrayenâvalokitah. — tatas te dhurtâ : yadyesha
chchhâgah kenâpyupâyena prâpya, khâdyate, tadâ matiprakarsho
bhavatîtyâlochya prântare vrikshatrayatale brâhmanasya vartma-
nyupaviśya sthitâh. — tatraikena dhûrtena sa brâhmano gachchhan
abhihitah : bho, brâhmana, kim iti tvayâ kukkurah skandhenohyate?
brâhmano brûte : nâyan śvâ! yajnachchhâgo 'yan! anantaran
punardvitîyena krośamâtrâvasthitena tadevoktan. tadâkarnya brâhmanas, tan chhâgan bhûmau nidhâya muhurmuhur nirîkshya, punah
skandhe kritvâ dolâyamânam atiśchalitah.

tadanantaran punar gachchhan sa brâhmanas tritîyena dhûrte-
noktah : bho, brâhmana! kim iti kukkuran skandhena bhavân
vahati? tadâkarnya niśchitam evâyan kukkura iti matvâ, chhâgan
tyaktvâ snâtvâ svagrihan yayau. sa chchhâgo tair dhûrtair nîtvâ
bhakshitah. ato 'han bravîmi :

âtmaupamyena yo vetti durjanan satyavâdinan,
sa tathâ vanchyate dhûrtair brâhmanaś chhâgato yathâ.

---

prastuta, *gelobt, versprochen, pp.* von
prastavîmi (stu), *geloben.*

yajna, *sm. Opfer.*

antarâ, *adv. in, drin, in der Mitte.*

upakrîya (krî-), *gekauft habend.*

chhâga (chchh°-), *sm. Ziegenbock. —*
chhâgâ, *f. Ziege;* auch chhaga.

dhûrta, *sm. Dieb, Spitzbub, Hallunke,
Gauner; Spieler.*

traya, *ihrer drei.*

mati, *sf. Geist, Witz* (man-).

prakarsha, *sm. Ueberlegenheit.*

prakarshâmi (kṛish-), *führen, aus-, vor-, durch-.*

matiprakarsha, *ausgezeichnetes Kunststück; gelungener Witz, Streich.*

upaviśya, *sich hingesetzt habend.*

abhihita, *angegangen, angeredet; pp.* von abhidadhâmi, *angreifen, —gehen; sagen, reden.*

tvayâ, *von Dir.*

skandhenohyate = skandhena + uhyate.

uhyate, *(pr.) wird gequält (weil er gebunden ist);* von

uh- (1), *quälen, schlagen.*

brûte, *spricht,* von brû.

nâyaṅ = na ayam.

śvâ, Nomin. von śvan, *m. Hund (κύων, κυνός,* canis).

krośâ, *m. 1 Meile (= 1¹/₄ engl. Meile, = 2 Kilometer).*

mâtra, *n. Maafs; μέτρον* etc.

mâtrâ, *f. dass.*

tadevoktaṅ = tadâ, iva, uktaṅ.

karṇya, *hörend, vernehmend.*

nirîkshya, *beschaut, betrachtet habend.*

dolâyâmi, *schwanken, schwenken; Denom.* von

dola, *m.* dolâ, î, *f. Schaukel, Hängematte, Tragsessel.*

bhavân, *Du (der Herr!* mit 3. P. s.).

vah-, *tragen, schleppen.*

niśchita, *pp.* von niśchinomi, *aufmerksam betrachten.*

evâyaṅ = eva, ayam.

snâtvâ, *sich gebadet habend (zur Sühne);* von snâ (2).

svagṛihaṅ, *nach Hause, in s. H.*

yayau, *er ging.*

nîtvâ, *fortgeführt (seiend).*

bhakshita, *verzehrt, gegessen;* v. bhaksh (1, 10), *essen.*

âtmaupamyena, *nach sich selber.*

vetti *(wer) hält;* von vid- *wissen.*

vaṅchyate *(der) wird betrogen;* von vaṅchyâmi, *vermeiden, aus dem Wege gehn;* im med. *betrügen;* Caus. von vaṅch- (1), *gehen, durcheilen, durchlaufen.*

Der Brahmane und seine Schüssel. (IV, 8.)

(Unsere Geschichte von „Martha mit dem Milchtopfe.")

asti devîkoṭṭanagare devaśarmâ nâma brâhmaṇah. tena vishu-vasamaye śaktubhûtaḥ śarâvaḥ ekaḥ prâptaḥ. — tatas tam âdâyâsau bhâṇḍapûrṇa kumbhakâramaṇḍapikaikadeśe śayyânikshiptadehaḥ sanrâtrâvachintayat : „yadyaham imaṅ śaktuśarâvaṅ vikrîya daśa kapardakân prâpnomi, tadâ tairiha samaye śarâvâns tato ghaṭâdîn upakrîya vikrîyânekadhâ vṛiddhair dhanaiḥ punaḥ punaḥ pûga vastrâdikam upakrîya, laksha saṅkhyâni dhanânyutpâdya vivâha-chatushṭayaṅ karomi. — tatas tâsu patnîshu yâdhika rûpavatî tasyâm adhikânurâgaṅ karomi; anantaraṅ jâtershyâstat sapatnyo yadâ dvandvaṅ kurvanti, tadâ kopâkulo 'haṅ tâḥ patnîr laguḍenetthaṅ tâḍayâmi. ityabhidhâyotthâya tena laguḍaḥ kshiptaḥ; ataḥ śaktuśa-

râvaś chûrṇito bhâṇḍâni oha bahûni bhagnâni. tato bhâṇḍabhañga
śabdenâgata kumbhakâreṇa tad drishṭvâ sa brâhmaṇas tiraskṛito
maṇḍapikâgarbhâd bahishkṛitaḥ. ato 'haṅ bravîmi :
    anâgatavatîṅ chintâṅ kṛitvâ yastu prahṛishyati
    sa tiraskâramâpnoti bhagnabhâṇḍo dvijo yathâ.

Devikotta, Stadt der Göttin Durgâ,
    wahrscheinlich Dewikotta, 11°,22′
    NBr., 97°,82′ OL. an der Mündung
    des Kolerûn, Distrikt Tandschur,
    Prä̈sïdentschaft Madrás.

Devaśarmâ, etwa Gottheld.

śarma, sm. Glück, Freude (oft an den
    Eigenn. der Brahmanen).

vishuva (vishuvat, vishupa), n. Tag-
    und Nachtgleiche.

śaktu, m. n. Gerste.

śarâva, m. Deckel; Untersatz, Unter-
    tasse; Topf.

âdâyâsau == âdâya + asau.

âdâya, nehmend, von âdâ-, nehmen;
    neg. von dâ- geben.

kumbha, sm. Topf, Krug.

kumbhakâra, sm. Töpfer.

kumbhaśâlâ, sf. Töpferwaaren.

maṇḍapa, -pika, m. n. Pavillon; Bude,
    Laden.

deśa, sm. Gegend, Land etc.; Winkel.

kship-, werfen, stofsen; nikship-, nie-
    derlegen.

deha, m. n. Körper.

râtri, î, f. Nacht.   In Zstz. râtra.

vikrîya, verkaufend.

daśa, zehn.

kapardaka und kaparda, m. kleine
    Muschel, die Geldwerth vertritt.

ghaṭa, sm. grofser Wasserkrug.

aneka, nicht einmal == oft.

vṛiddhair dhanaiḥ, mit den wachsenden
    Geldern.

dhana, sn. Reichthum.

pûga, sn. Betel (Arecanufs).

laksha, sn. Ein Lak (100,000).

saṅkhyâni für -âmi, ich rechne (bringe)
    zusammen.

vivâha, sm. Ehe, Hochzeit.

patnî, Gattin, Frau.

jâta, eingeboren.

îrkshy- (îrsh-), beneiden, beeifersüchteln.

îrshâ, sf. Neid, Eifersucht.

îrshu, adj. neidisch.

dvandva, sn. Streit.

kopa, sm. Zorn.

âkula, adj. bewegt, erregt.

laguḍa, sm. Stock.

ittham, adv. also, so (lat. item, autem
    etc.).

tâḍayâmi, ich strafe, schlage.

abhidhâya, sprechend, sagend.

bhâṇḍa, n. Topf, Geschirr.

bhañga, m. Bruch, Zerbrechen.

tiraskṛito, ausgescholten.

maṇḍapikâgarbhâd, aus dem Laden-
    stübchen.

bahishkṛitaḥ, hinausgebracht.

anâgatavat, noch nicht in Erfüllung ge-
    gangen.

chintâ, f. Plan, Vorsatz.

prahṛishyâmi, ich freue mich sehr.

tiraskâra, *sm. Tadel, Vorwurf.*
âpnomi (5), *ich bekomme, erreiche, erlange.*
dvija, *sm. der Wieder-(2mal)-geborene.*

Einer aus den 3 ersten Kasten (der durch die Bekleidung mit der geweihten Schnur die geistige Wiedergeburt erlangt). Brahmane.

Die beiden Daitya's. (IV, 9.)

(Studie über den Dualis; man repetire zuvor die Deklination der Pronomina, Substantiva und die Dualisformen des Verbum.)

. purâ daityau mahodârau sundopasunda nâmânau, mahatâ kâyakleśena trailokya râjyakâmanayâ chirâch chandraśekharam ârâdhitavantau. — tatas tayor bhagavân paritushṭaḥ „sanvaraṅ varayatam“ ityuvâcha. — anantaraṅ tayor bhîrumayayoḥ samâdishṭayâ sarasvatyâ tâvanyadvaktu kâmâvan yad abhihitavantau : yadyâvayor bhagavân paritushṭaḥ, tadâ svapriyâṅ pârvatîṅ parameśvaro dadâtu. — atha bhagavatâ kruddhena varapradânasyâvaśyakatayâ vichâramûdhayoḥ pârvatî pradattâ. — tatas tasyâ rûpa-lâvanyalubdhâbhyâṅ jagadghâtibhyâṅ manasotsukâbhyâṅ pâpatimirâbhyâṅ mametyanyo 'nya kalahâbhyâṅ pramânapurushaḥ kaśchit prichchhyatâm iti matau kritâyâṅ : sa eva bhartâ! vriddha dvijarûpî samâgatya tatropastitaḥ anantaram âvâbhyâm iyaṅ svabalalabdhâ kasyeyam âvayor bhavatîti brâhmaṇam prichchhatâṅ brâhmaṇo brûte :

varṇaśreshṭho dvijaḥ pûjyaḥ — kshatriyo balavânapi,
dhanadhânyâdhiko vaiśyaḥ — śûdrastu dvijasevayâ
tadyuvâbhyâṅ kshatradharmo 'nugantavyaḥ; yuddha eva yuvayor niyamaḥ. ityabhihite sati sâdhûktam aneṇetyuktvânyo 'nya tulya vîryau samakâle 'nyo 'nya ghâtena vinâśam upagatau. ato 'haṅ bravîmi :

saṅdhimichchhetsamenâpi saṅdigdho vijayo yudhi
na hi saṅśayituṅ kuryâd ityuvâcha vrihaspati —
yuddhe vinâśo bhavati kadâchid ubhayor api —
sundopasundâvanyo 'nyaṅ samavîryau hatau na kim?

---

purâ, *adv. vordem, vor Zeiten.*
daitya und daiteya, *sn. ein Riese (Kind der Diti).*
udâra, *adj. groß.*
kâya, *sm. n. Körper.*

kâyakleśa, *Körperqual.*
trailokya, *sn. die drei Welten.*
râjya, *sn. Herrschaft.*
kâmanâ, *sf. Begierde, Wunsch.*
chira, *adj. lange (in der Zeit).*

chirât, *abl. seit lange.*

chandraśekhara, *(den Mond als Diadem habend)* Siwa.

râdhnomi (5), *ich stimme günstig, verehre.*

ârâdhayâmi, *ich verehre, diene (um Gunst zu erlangen).*

bhagavân, *der Hochheilige;* von -vat.

paritushṭa, *befriedigt.*

paritushyâmi, *Gefallen finden an.*

paritoshayâmi, *zufrieden stellen.*

bhîru, û, *adj. furchtsam; sf. Frau, Mädchen.*

maya, *m. Dämon (der Daityas).*

samâdiśâmi, *gebieten, anordnen.*

— dishṭa, *so befohlener.*

sarasvatî, *Name von Brahma's Frau, der Göttin der Sprache und Beredsamkeit; Sprache.*

abhidhâ-, *sagen, reden.*

parama + iśvara, *der höchste Herr.*

kruddhena, *voll Zorn.*

pradâna, *sn. Geschenk.*

avaśya, *adj. unvermeidlich.*

avaśyakatâ, *f. Nothwendigkeit.*

vichâra, *sm. ausgezeichnet.*

muḍha, *adj. getrübt (Sinn); sm. Idiot, Thor, Narr.*

lâvanya, *sn. Salz, salziger Duft; Reiz, Zauber, Lieblichkeit.*

lubdhâbhyâm, Abl. du. von lubdha. (s. No. 2.)

jagat, *adj. beweglich; sn. Wind, Welt, Universum.*

ghâtin und ghâtî, *sm. Mörder, Tödter, Todtschläger.*

jagadghâti, *Weltererschütterer.*

utsuka, *adj. sehnsüchtig, traurig; verlangend;* am Ende der Wörter substantivisch.

pâpa, *adj. sündhaft, verbrecherisch; sn. Sünde.*

timira, *sn. Finsternifs.*

mametyanyo = mama, iti, anyo.

kalaha, *m. n. Zank, Streit.*

pramâṇa, *sn. Maafs. Grenze,* fig. *Autorität, Zeuge.*

mata, *sn. Meinung, Entschlufs, Entscheidung.*

âvâbhyâm, s. aham.

labdhâ, *erlangte.*

varṇa, *sm. Farbe; Kaste* (nach der Hautfarbe).

pûjya, *pf. zu verehrender.*

balavat, *adj. stark, mächtig.*

dhana, *n. Reichthum.*

dhânya, *dass. in Lagerfrucht.*

vaiśya, *einer aus der 3. Kaste, Kaufmann, Ackerbauer.*

śûdra, *einer aus der 4. Kaste, die Dienenden und Niedern jeder Art.*

sevâ, *sf. Dienst, Hülfe.*

yuddha, *sn. Kampf.*

niyama, *sm. Schlichtung, Beilegung.*

sati, 1. n. von sat, *also seiend, in der That, wirklich.*

vîrya, *sn. Kraft, Heldenmuth, Tapferkeit.*

ghâta, *sn. Schlagen, Schlag; Wunde.*

vinâśa, *sm. Untergang, Verderben, Vernichtung.*

sandhi, *sm. Vereinigung, Zusammenstofs.*

michchh- (1), *quälen.*

sandigdha, *pp.* von dih-, *dunkel, zweifelhaft.*

vijaya, *Sieg.*

sandigdho vijayas, *zweifelhafter Sieg.*

sanśaya, *sm. Zweifel.*

Lexicologie.

(Die Zahlen ohne weitere Angabe bedeuten *Sloka;* nur die Gesänge aus N., nicht auch die Wörter der Fabeln, S. 94—119, kommen hier zur Erklärung; bei altnordischen Wörtern blieb hier das Zeichen des Nom. [r, l, n] gewöhnlich weg.

Sloka 1. vṛihadaśva uvâcha :

âsîd râjâ, nalo nâma, vîrasena suto balî,
upapanno guṇair ishṭai, rûpavân, aśvakovidaḥ.

vṛihadaśval, E. N., etwa „*Groſsroſs*", Zstz. aus vṛihat, aśva.
vṛihat (vd.) = bṛihat, f. -tî, *groſs*; von bṛih-, vṛih-, wachsen
lassen, erheben, erhören; dieſs aus vṛidh-, wachsen (Bo. Vg.
§. 23); — vṛihad für -at vor Voc. und Di. (s. Wohll. III.).
aśva m. â f. *Roſs;* Pferd, Stute; Pferd als *Renner*, von der W.
aś-, erreichen, urspr. wohl schnell sein, laufen; somit aś-va, der
Schnelle; adj. âśú, schnell, gr. ὠκύ-ς.
Das Suffix va, f. vâ bildet Appellative, welche (= lat. vu
in al*vus*, nach Kons. uu, in vac*uus*) den Handelnden ausdrücken;
auch Adj., meistens mit dem Tone auf der Wurzelsilbe. Der
N. aś-va-s stimmt zu lat. eq-uu-s, gr. ἵππος aus ἵκκος, durch As-
similation aus ἵκϝος, go. aih-vu-s, altn. eik-r, eyk-r; altsächs.
eh-u in der Zstz. ehu-scalc, servus equarius; zend. aś-pa, und ist
verwandt mit lat. as-inus, altn. as-ni, dän. as-en, ess, angels.
es-ol, Es-el. Zu vergleichen sind ferner : altn. hasta, *Hast,*
engl. haste, fr. hâte, sowie altn. hest, dän. hest, Hengst, Pferd.
Verwandt mit va ist die Endung yu (Bo. Vg. III. 417),
wie in mṛi-t-yu, m. f. n. Tod, 95, von mṛi-, sterben, mit einge-
schaltetem t.

uvâcha, sagte, redete an, 47. 103; erzählte weiter, 33. 49. 64. 89; Perfect (reduplicirtes Präteritum) von vach-, sprechen, nennen, sprechen zu, *anreden*, mit Ac. der P. und Sache. Kl. 2. vachmi, p. uvâcha, p. med. ûche, f. II. vakshyâmi, a. I. avocham, o. vd. vocheyam; pr. ps. ûchye; pp. ukta, pf. vaktavya; inf. vaktum, ger. uktvâ.

uvâcha steht für vavâcha. Die Wurzeln vad-, vach-, sprechen, vas- wohnen, vap- weben, vah- tragen, fahren und vaswünschen, wollen, haben in der Wiederholungssilbe u für va, und verändern, mit Ausnahme des S. par., auch am Stamme die Silbe va in u, mit welchem das u der Wiederholungssilbe in û übergeht; also ûchus, 71. = uuchus für vavachus, Seite 43.

vach- mit seinen Nebenformen vak, vag stimmt zu gr. *Ƒεπ* (Cu. 403), lat. voc-, slaw. rek-un (r = v oft); russ. vop-ítĭ, aufschreien; goth. vop-j-an, schreien; angs. vôp, Geweine; engl. whoop, Ausruf (k = p oft : βουκόλος, αἰπόλος), ahd. wah-an, erwähnen; altn. vika, sprechen (nur in Zstzn.) : atvika, erzählen, ja selbst zu kvaka, quaken, zirpen; russ. kvákatĭ.

âsîd, (er, sie, es) *war;* Imperfect (einfaches Augment-Präteritum) von as-, sein; für âsît (s. vṛihat, Sl. 1.), dies = a Augm. + W. as + B. V. î + t (Bo. Vg. §. 529. 530). Für die Konj. von as-, s. Tabelle E.

as-, *sein,* wesenhaft sein (wie span. ser) im Gegensatz zu bhû-, zuständlich sein (wie span. estar) und werden, hat hiernach zwar eine vollst. Konj., ist aber selbstständig dennoch nur im par. der Präsentialformen (die sogenannten ersten vier Tempora und Modi : Präsens asmi, Imperfect âsam, Optativ syâm, Imperativ asâni, edhi, astu) gebräuchlich. — Das p. ist âsa, ppr. sat. Die anderen fehlen.

asmi stimmt zu gr. εἰμί (= ἐσμι), lat. (e)sum, go. i-m, is-t, lit. esmi, ksl. russ. jesmĭ u. s. w. S. Cu. S. 337.

râjâ, (ein) *König;* N. S. von râjan (râja, râj) sm., dem das lat. rex, deutsch reik-s, König als *Herrschender* entspricht. — Wir haben noch : v. râjan, 20 ff.; ac. râjânam, 106; gen. râjno für -nas, 53; Pl. N. râjânah, -no für -nas, 42. 91; gen. râjnâñ, 59; von Zstzn. : râjaputrâs, N. Pl. Königssöhne, 54; râjasamitin, Fürstencongreß, 126; râjendra, Oberkönig, hoher Herr, 7; devarâja, Götterkönig, 46; —
Königin ist hiervon râjnî; Prinzessin : râjnî, râjaputrî, -putrika. Oft vorkommende Abl. : râjakîya, adj. königlich; râjakumâra,

kön. Prinz; râjakula, sn. k. Familie, k. Palast, k. Justizamt; râjatva, sn. Königswürde; râjadhâna, sn. k. Residenzstadt; râjapurusha, ein Fante, Leibgardist; râjaśayâ, Königssitz, Thron; râjya, Reich u. a.

Ueber weitere Wörter für *König* so wie für die Begriffsentwickelung s. meine „Beiträge zur Völkerkunde" Artikel „Himmel und Erde" S. 23.

nalo für nalas, E.-N. eines Königs der Nischadher; urspr. Binse, Staude, Stengel. *as* wird *o* vor Tönenden und Vokalen (Wohlll. III. 9); wir haben davon : adrishtakâmo, 17 — anyo'nya, 17 — âdishto, 113 — bhimo, 5 — dosho, 107. 109. 118 — drishto, 107 — gachchhâmo, 57 — nirapâyo, 107 — prârthayanto, 55 — suto, 2 — tadvo, 65 — upapanno u. a. m.

nâma, indec. *namens*, genannt, nämlich; urspr. ac. von

nâman, sn. Name, Benennung; für jnâman = lat. nomen f. cognô-men; gr. ὄνομα für ὀ-γνο-μα (s. Cu. 287); go. namo; altn. namn, nafn; dän. navn; ksl. imę; russ. imja für imenї u. s. w. von

jnâ-, gewahren, erkennen, erforschen; kennen, wissen; mit den Specialth. jânâ und jânî nach Kl. 9. jânâmi, jâne; imp. 2'P, jânîhi; p. jajnau, jajne; f. I. jnâtâsmi; f. II. jnâsyâmî, jnâsye; a. I. ajnâsam; o. jnâyâsam u. jneyâsam, jnasîya; pp. jnâta; pf. jneya. — Passiv : jnâye; f. II. jnâyishye; a. I. 3. P. ajnâyi; o. jnâyishîya. — Vgl. hierzu gr. W. γνω in ἔγνω-ν, γι-γνώ-σκω, γνῶ-σις, γνώ-μη, γνω-σ-τύς, γνω-τό-ς; lat. gno-sc-o, no-tio, notus, gna-vus, gna-rus, i-gnor-o; ahd. knâ-u; go. kann, kunth-s, kunth-i; altn. kenna; ags. cnaw-an; engl. know; ksl. zna-ti; russ. zna-tї, zna-kŭ, zna-mja u. a.

vîrasenasuto, der Vîrasenasohn; Ttp. aus

vîrasena, E. N. von Nalas' Vater; abgel. von

vîra, sm. *Held*, Krieger; f. vîrâ, Frau eines solchen. Vergl. gr. ἥρω-ς, lat. vir; go. vair; altn. ver u. firar, fyrar, m. pl. Mannen; firdt, Heer; ags. firas; Anführer; beng. bîr; zend vîra; lit. výras u. a.

suto für -ta (s. nalo) f. â, adj. erzeugter; e = *Sohn*, Tochter, besonders der Vornehmen; pp. von

su-, *erzeugen*, gebären; Kl. 1. savâmi u. Kl. 2. sâumi; p. susâva; f. I. sotâsmi; f. II. soshyâmi; a. I. asausham u. asâvishâm; med. suve (sûshe, sûte) u. sûye nach Kl. 4. (s. das folgende sû-) p. sushûve; Passiv : sûye, f. I. savitâhe, f. II. savishye, pp. suta; von

s û - j erzeugen, gebären, Kl. 2. 4. âtm. noch die pp. sûta, sûna,
Sohn. Hierzu cf. gr. W. $\acute{v}$-$\iota\acute{o}$-ς; zend hu-nu; go. su-nu-s; ahd.
su-nu; altn. son, sun und hun(n), männl. Kind; ags. sunu; engl.
son; lit. sunus; ksl. russ. sy-nŭ; altpreufs. souns; poln. syn. —
Vergl. noch panna, S. 124.

balî, balin, f. -nî, adj. *stark, tapfer*; sm. Stier, Bulle, Büffel;
Schwein; Kameel; vergl. altn. boli, bauli, Bulle; engl. bull;
russ. wołŭ; poln. woł; von

bala, â adj. stark; sn. *Kraft, Macht*, Stärke; hoher Wuchs, Erhöhung, Ansehen; — Körper, Blut, männl. Samen; — Militair-
macht, Armee, Sl. 43. 213; — Strenge; sm. Krähe. Vergl.
altn. bali, Erhöhung; ból, Rumpf des Körpers, Torso, Baum-
stumpf; balld(r), ball(r), tapfer, schön; go. balþ(s), tapfer; it.
baldo; engl. bold, dreist; altn. valld, Ge*walt*; von

bal- *leben*; aber auch : unglücklich machen; urspr. stark sein,
seine Kraft fühlen lassen. Kl. 1. par. balâmi; p. babâla; vergl.
lat. val-eo; altn. bala, sich mühsam ernähren; damit zusammen
hängen vielleicht : slav. bolätj, hinsiechen; altn. böl, Hindernifs;
go. balv(s), schlecht; balvjan plagen; slav. bolwan, Götzenbild.

balin. Das Suffix -in f. inî, bildet zahlreiche Adj. und
Appellative, vorzugsweise aus Subst. auf a und â, deren jedes
dazu geeignet ist, und bezeichnet damit *begabt, versehn; habend.*
So von unseren Wörtern : dandin, î (danda), Stab tragend
(habend); hastin, Elephant (Hand, hasta, habender) u. a. Gleich-
bedeutend damit sind die Suffixe -min, -vin : svâmin, Herr (etwas
zu eigen habend); sragvin, Blumenkränze tragend v. sraj, 96.
123. 144; tejasmin, Glanz habend, von tejas, 2. 10. 76. 78 ff.

upapanno für -na, â, adj. *begabt*, versehen, begleitet von; pp.
von

upapad- zu Theil werden; Zstz. aus upa, pad-.

upa, prp. *ob, auf*, von unten nach oben; über, nach, gegen, für,
längs; Verbalpräfix : ob-, auf, er-, ver-; wie in : upachakrame,
sie fing *an*, 24; upalakshita, *ge*sehen, *er*späht, 115; upama ähnlich == nach Jem., 156; upasthita, *dabei*stehend, 64; upetan
(upa + itan) *ver*sehen, *b*egabt, 70;

als vorderes Glied in Nominalbildungen in upavana Garten,
Park (== Vorwald), 165; upâya, Mittel, 107; upâjagmur (upa
+ ajag°-), sie kamen herbei, 121;

oft verstärkt durch sam, 4 : samupâdhâvad (upa + adh°),
sie lief herbei, 26; samupâdravan (+ adr°-), sie liefen an —

heran, 25; samupâjagmur, sie kamen allesammt herbei, 121; samupetan, ausgegangen (auf etw.), 70. Vergl. go. ufa, ahd. oba, altn. of, ob, auf, über; und sskr. *upari*, Sl. 2.

pad- *gehen*, auf etw. zugehen. Kl. 4. âtm. padye, p. pede. f. I. pattahe, f. II. patsye, a. I. apatsi (3. P. apâdi), pp. panna; auch nach Kl. 10. padaye. Cf. sskr. zend pâda; altpers. pâta; beng. pad; gr. W. πεδ-, πέζα, πούς; lat. (peds) pes; goth. fot-us; ahd. fuoz; altn. fót; dän. fod, Fufs; Pfote, fr. patte, engl. paw u. a.; vergl. noch pathin, Pfad, 60.

panna für padna (s. Wohll. III. 5) ist das pp. von pad.

Das pp. wird gebildet mittelst der pron. Suffixe ta oder na. Die Bildung mit ta, theils ohne, theils mit B. V. ist vorwiegend. Im Slawischen hingegen die mit na (ta geradezu selten, wie in kołoty, vzjaty u. a.).

Wir haben *ohne Bindesilbe*, rein; auf *ta* :

adbhuta, von bhû, *wunderbar, schön*, 24.
adrishṭa, v. driś, *ungesehen*, 17.
anvita, v. i, *versehen; ergriffen*, 79. 144.
âdishṭa, v. diś, *gesandt*, 113.
âvrita, v. vri, *umgeben*, 24.
âvishṭa, v. viś, *durchdrungen*, 85.
bhûta, v. bhû, *geschaffen, Wesen*, 55, 98.
drishṭa, v. driś, *gesehen*, 107. 112.
dûta, v. du, *gesandt*, 63, 65.

krita, von kri, *gemacht*, 19. 64. 91.
pravishṭa, v. viś, *eingetreten*, 87. 113.
prîta, v. prî, *erfreut*, 160.
prâpta, v. âp, *erlangt*, 11. 40. 88.
sannipâtita, v. pâti, *versammelt*, 91.
udahrita, v. hri, *berichtet*, 119.
vismita, v. smi, *erstaunt*, 61.
viśruta, v. śru, *berühmt*, 58.
vritta, v. vrit, *geschehen*, 119.

mit einigen Wandelungen :

krânta für kramta, von kram, *übertroffen*, 53.
rata f. ramta, v. ram, *ergeben*, 151.
gata f. gamta, v. gam, *gegangen*, 48.
saṅbhrânta, v. bhram, *aufgeregt*, 78.
viśrabhda, v. śrambh, *erhofft*, 90.
vigata f. vigamta, von gam, *entfernt*, 61.

sakta f. saṅjta, v. saṅj, *gefesselt*, 128.
yukta f. yujta, v. yuj, *vereint*, 5.
(sa)hita ⎫ v. dhâ, *begleitet, vereint*,
(saṅ)hita ⎭ 108. 117.
sthita, v. sthâ, *stehend* (akt. Bedeutg.), 60.
ukta, v. vach, *gesprochen*, 22, 31.
vihita, v. dhâ, *zuertheilt*, 138.

mit Bindesilbe i :

bhûshita, von bhûsh, *geschmückt*, 12.
dayita, v. day, *geliebt, Geliebter*, 51.
dushkhita, v. dushkh, *bekümmert*, 132.
lakshita, v. laksh, *erblickt*, 84. 115.
mudita, v. mud, *erfreut*, 159.

patita, von pat, *gerichtet auf*, 128.
pûjita, v. pûj, *geehrt*, 44. 46.
rakshita, v. raksh, *geschützt, bewacht*, 73.
yoshitâ, v. yush, *lieben, Geliebte, Frau*, 58.

auf *na* nur folgende :

adina, von di, *nicht unglücklich*, 59.

dina, v. di, *unglücklich*, 34.

pina, von pi, *fett, stark (geworden)*, 124.

prasanno, v. sad, *gewogen, gnädig*, 8.

gunair für gunais (s. Wohll. III. 9) *mit Tugenden*; i. Pl. von
guna, sm. Eigenschaft, Modus, *Tugend;* gute Eigenschaft, Laut-
steigerung (Gramm.); am Ende der Wörter = fach : triguna,
3fach; śataguna, 100fach. — Vergl. altn. kon, Gattung, Art;
Geschlecht; go. kuni, die alle mit der W. jan-, gr. γεν, lat. gen-
zusammenhängen mögen.

ishtai für ishtair statt ishtais (s. Wohll. III. 8-9), *mit erwünschten*; i. Pl. von
ishta, å, *erwünscht*, wünschenswerth; pp. von
ish- *wünschen*, zu erlangen suchen, begehren, suchen; Kl. 6. par.
mit Specialth. ichchh- für die Präsentialformen : ichchhåmi, ich
wünsche, 83. ichchhasi, du wünschest, willst (in yathechchhasi
= yathå + ich-, nach Deinem Belieben 88); du begehrest, 93.
ichchhanti, sie wünschen, wollen, 69. 86. p. iyesha, ishus; f. I.
eshitåsmi, eshtåsmi, f. II. eshishyåmi, a. I. esiaham; Passiv :
ishye, pp. ishta. Vergl. altn. ysk-ja, ösk-ja, óskå; dän. önske;
zend jaśka, Wunsch; engl. wish, wünsch-en; russ. isk-á-tī, suchen.
rûpavân, *ein schön gestalteter*; N. S. (s. Dekl.) von
rûpavat, f. -tî, Sl. 13. *wohl gebildet*, geformt, schön; durch
das Suffix vat f. vatî von
rûpa, sn. Gestalt (durch Wuchs), schöne Gestalt, Schönheit; Bild,
Idee; Flexion (Gramm.); Natur, Charakter; dram. Darstellung.
— Am Ende der Wörter = -*ig*, -*lich*, -*artig, so gebildet,* so beschaffen; wie in : sûryarûpa, Sonnen-, (-artig, -haft), jâtarûpa,
goldig; adbhutarûpa, wunderbarlich, nie dagewesen, 24. Aus
dem Causale (ropi) von
ruh-, in die Höhe steigen, keimen, wachsen. Kl. 1. rohåmi, rohe;
p. ruroha; f. I. rodhåsmi, f. II. rokshyåmi; a. I. aruksham, pp.
rudha. Vergl. vridh-, ferner *rucken, Ruck* (v. Wachsthum) u. a.

Das sehr gebräuchliche Suffix : vat (= at, mat, tavat) ist
possessiven Charakters = in, und bildet zahlreiche Adjektive,
wie balavat, kraftvoll, von bala; bhagavat, glückselig, von bhaga;
gunavat, tugendsam, von guna; vidhyåvat, mit Wissenschaft
begabt, von vidhyå; vidyutvat, Blitz habend, von vidyut; mûrti-
mat, körperlich, von mûrti etc.

Ihre Kasus bilden sie aus vant, ant, mant, tavant und werfen,

da zwei Kons. am Ende nicht stehen dürfen, im N. S. den Endkons. ab, wobei das a in vân, mân, tavân lang wird. Das fem.
wird aus der kürzeren Form + î gebildet. Aufserdem bedeutet
vat noch *wie* und ist dann als selbständiges Wort aufzufassen :
sinhavat, wie ein Löwe.

açvakovidaḥ für -das, ein *pferdekundiger*, N. S. der Zstz. açva
+ kovida. Dies Wort deutet vielleicht auf die auch bei den
Griechen so hoch ausgebildete *Kunst des Fahrens* (Viergespann-
Rennen zu Olympos); welche in Indien von jeher in so hohem
Ansehen stand, wie heutzutage die horsemanship in England.
In den Epen und in Dramen erscheint der Wagenlenker (sûta)
stets als der Freund des Königs. So bei den Galliern : „*Epore-
dias* Galli bonos equorum domitores vocant (Plin. III. xxi);"
davon oppidum *Eporedia*, heut lvrea. Oder entspricht es mehr
dem *Reiter* (Ritter), caballero, cavaliere, chevalier, dem faris der
Araber?

kovida, â, wer was weifs, *kundig*, erfahren, unterrichtet; nach
Nesselmann (Zeitschr. f. d. Kunde d. Morgenlandes, II. 97): ko
(= kas v. Interrogativstamm ka, lat. quo, gr. πο) + vida = wie-
viel wissend! Letzteres offenbar von

vid- *wissen;* erforschen, erkennen; erlangen, finden. Kl. 2 vedmi,
impf. 2. P. aves u. avet, 3. P. Pl. avidus; imp. viddhí, erkenne,
85; wisse denn, 151 und veda; 3. P. vettu; p. viveda (neben
veda mit pr. Bedeut., οἶδα); f. I. veditâsmi, f. II. vedishyâmi,
vetsyâmi; a. I. avedisham; ger. viditvâ, inf. veditum; p. pr. a.
vidvas, vidat; pp. vidita, gewufst, gekannt, be-.

Vergl. gr. W. ἰδ, ϝιδ, εἴδω, lat. video; go. vait, οἶδα, weifs;
un-vit-i, Unwissenheit; ahd. wiz-an; gi-wiz-o, Zeugnifs, engl.
wit-ness, Zeuge; wot in God wot, Gott weifs! altn. vita; dän.
vide, wissen; ksl. vid-jäti; russ. víd-jä-tĭ, vid-á-tĭ, sehen und
vjäd-a-tĭ, wissen; pol. widzieć, wiedzieć u. a. m.; mit diesem ist
eng verwandt

vid-, *finden,* begegnen. Kl. 6. vindâmi, vinde; a. 2. avidam;
ppf. vividivas u. vividvas; pp. vidita, vitta, gekannt, berühmt;
vinna, gefunden; deutsch dial. g'funne. Im Passiv : vidye; p.
vivide; f. I. vetsye; a. I. avitsi u. s. w. *sich befinden.*

Sloka 2. atishṭhad manujendrânân mûrdhni, devapatir yathâ,
uparyupari sarveshâm, âditya iva tejasâ.

atishṭhad für -at (s. Wohll. III. 5), *er stand vor,* überragte; Impf.
von tishṭha, Specialth. von sthâ. Als adj. stehend, bleibend :

tìshṭhatâṁ, der Stehenden, 134; tìshṭhatsu, vor den Dabeistehenden, 93.

ṣthâ-, *stehen;* bleiben, dauern, zubringen, *sein* (== sp. estar, it. stare, fr. être, été). Kl. 1. tishṭhâmi, tishṭhe; p. tasthau, tasthe; 3. P. Pl. tasthur, sie standen da, 61; f. I. sthâtâsmi, f. II. sthâsye (s. â-sthâsye, ich werde ergreifen, meine Zuflucht nehmen zu, 92); a. asthâm, asthishi; o. stheyâsam, sthâsîya; Pass. sthîyate, unpersönl.;. pp. sthita, in präs. Bedeut., 60. 130. 144. 157; upa-sthitaḥ, der dabeistehende, 64.

Vergl. gr. W. στα (ἴ-στη-μι); lat. sta (sto, sisto); go. stan-da, stehe; stol-s, Stuhl, Thron; ahd. stâm, stehe; altn. stá, stan-da; dän. staae, stehe; engl. stand; slw. sta-tǐ in allen Dialekten. Als damit verwandt werden angesehen : *statt,* (un)*stät,* be-*stät*-igen, *Stand, steck*-en, *Stamm, stamm*-en, *stämm*-en, *Steng*-el, *steif, Stube, stolz;* engl. to stop, worüber später Näheres.

manujendrânâṁ für -âm, der *Menschenfürsten;* g. Pl. von -dra, Zstz. aus manuja + indra.

manujâ (Ttp. manu + ja), fem. â, *Mensch,* Menschin; Mann, Frau; d. i. Manu-geborener; davon manusha, adj. menschlich; sf. Weib, Frau;- manushya, m. *Mensch;* von

manu, sm. *Mann* im Allgemeinen; als E. N. *Manus* (vergl. Mannus), Sohn des Brahma, Stammvater der Menschen, Sl. 4; seine *Frau,* manu, manâvî, manâyî. Vergl. go. (man), manna; altn. mann, mad; holl. maat, man; angs. engl. man; poln. mąż,; russ. muż, mushchîna. — Das oft hierher gestellte làt. homo stellt Cu. 180 zu hum-us; femina zu W. fi (ϑη, ϑα), 227. Vergl. noch puns, pumans, Sl. 71. — manu kommt von

man-, *meinen,* denken, nach-, wissen, kennen, halten; ehren, verstehen. Bisw. nach Kl. 1. manâmi; meist jedoch Kl. 4. âtm. manyâmi, manye; p. mene; f. I. mantâhe; f. II. mansye; a. I. amansi; — oder nach Kl. 8 âtm. manve; p. mene; f. I. manitâhe; f. II. manishye; a. î. amanishi (3. P. amanishṭa und amata); ger. manîtvâ, matvâ; pp. mata).

Reich an Verwandtschaft (geistiges Leben der Indogermanen). Vergl. sskr. man-as, Geist, Herz, 79. 94; mati, *Meinung;* russ. mnâ-nie; sskr. mnâ-, wiederholen, erinnern; die gr. W. μεν, μαν, μνα, μαϑ : μέμονα, μένος, μῆνις; μανία, μάντις; με-μνη-μαι, μνα-ο-μαι u. a.; lat. man, min : maneo, memini, mens, moneo; Miner-va, Mone-ta u. a.; go. ga-mun-an, gedenken; ahd. manen; altn. muna, mahnen; ahd. altn. minna, Minne, liebevolles Gedenken; muntar, muńter; altn. muni, Geist, Herz; meina; dän. mene, meinen; — lit. miniù, gedenke; slw. alt. mĭnjätĭ; russ. mnitĭ, meinen, denken; po-mnitĭ, erinnern, pa-mjatĭ, Gedächtnifs; mu-dry, weise; poln. mądry, u. a. m.

Die Endung u (û) bildet Substantive und Adj. aus Verben: vâyu, Wind, von vâ, wehen; nritû, Tänzer, von nrit; tanu, dünn, v. tan, dehnen; tanû, f. Körper, v. tan;

ebenso die Suffixe a, â, as; a (= slaw. ъ) bildet Adj. und Nom.
agentis :

jîva, lebendig, v. jîv; śubha, schön, glänzend, v. śubh; — W. auf â werfen dieses ab : dharmajna, gesetzkundig; prajna, weise, gelehrt, beide von -jnâ; — zumeist mit Guṇa : plava, Schiff, v. plu; sarpa, Schlange, v. srip, gehen; dhara, Berg, v. dhri; priya, liebend, Freund, n. etwas Angenehmes, v. prî;

abstrakt, meist männl. Subst. mit Guṇa und selbst Wriddhi des W.-Vokals :

bhaya, n. Furcht, v. bhî; tyâga, m. Verlassung, v. tyaj; yoga, m. Verbindung, v. yuj; harsha, m. Freude v. hrish;

â bildet weibl. Nom. agentis und andere Abstrakta, zum Theil mit Guṇa :

kshipâ, Werfen, v. kship; jarâ, Alter, v. jri, vergehen; kshudhâ, Hunger, v. kshudh; guhâ, Höhle, v. guh, verbergen;

namentlich an Desiderativformen mit der Bedeut. eines p. pr. a. mit Ac. :

didrikshâ, Begierde zu sehen, von driś; chikîrshâ, Begierde zu machen, von kri;

as, mit Guṇa, besonders sächl. Subst., nur wenige m. u. f. chetas, Geist, von chit, denken; payas, Milch, von pî, trinken; vachas, Rede, v. vach; vâsas, Kleidung, v. vas, kleiden; varchas, Glanz, v. varch; vayas, Lebensalter, v. vay, vî.

Nach dieser Analogie bildet die W. jan, geboren werden ja, geboren, wie in :

aṇḍaja, m. Eingeborener, Vogel (32); sokaja, adj. in Kummer erzeugt (101); manuja, Mensch; mûrdhaja, m. Kopfgeborenes, Haar;

und die W. han, tödten ha oder ghna auch hana, wie in : balavritraha, Tödter des Bala und des Vritra (Dämonen), 49. 162.

i n d r a , sm. der (donnernde) höchste der alten vedischen Natur-
götter, *Donnergott* (dunar) *); Herr des Himmels, *König der
Götter.* Seele, Allgeist, *König;* Fürst; Vorsteher des Ostens.
Seine Frau : indrânî; — durch das Suffix *ra* von der Wurzel
i n d - , i d - , *regieren,* walten; *donnern;* Bu. 88 bringt noch ein pp.
indita davon.

Von den vielen Zstzn. hatten wir indraloka, Indra's Welt :
Himmel, 45; in Namen : indrasena, m. indrasenâ, f. 166; —
mahendrań (= mahâ + indrań), den grofsen Fürsten, 99; ma-
hendrâdyâh (= mahâ + indra + âdyâh), der grofse I. und die
übrigen (Fürsten), 68; — râjendra (= râjâ + indra), der
König-Fürst, 7; o höchster König, 63. devâśchendrapurogamâh
(= devâs + cha + indr°-), die Götter und den I. vorangegangen
habend, 108.

m û r d h n i , *vor,* angesichts; 1. a. (als prp.) von

m û r d h a n , sm. *Haupt,* Kopf; Spitze, Gipfel; Vorrang.

d e v a p a t i r für -is (Wohll. III.), sm. N. s. der *Götterfürst;* aus
deva + pati. Wir haben : S. N. devo, 80; ac. -ań, 69, 86;
v. -a, 48; Pl. N. devâs (ś, h), 60, 69 ff.; devâ, 72; v. -âs, 137;
g. -ânâm, 14, 97, 99, 133, 135; ac. -ân, 96, 132; d. ab. -ebhyah,
89, 102, 136; i. -ais, 73, 138 und die Abl. devatâ, f. Gottheit,
Gott, 104; sowie die Zstzn. : devadûtam, als Götterboten, 85;
devaliñgâni, Götterabzeichen; devarâjasya, des Götterkönigs, 46,
56; devasannidhau, in der Götter Gegenwart, 150.

d e v a , m. *Gott,* d e v î *Göttin;* später auch König und Königin; von
div-, leuchten, als sf. Himmel, Sl. 125. Vergl. gr. W. *Διϝ,*
N. *Ζεύς; δῖος,* himmlisch; sskr. dyo, N. dyaus, Himmelsgott,
Tag, divyas, himmlisch, 96; div, dyu, *Tag,* 36; lat. diov-is, deu-s,
dîvu-s; die-s; altn. tîvar, Götter, Helden; alth. Zio; litth. dëva-s,
Gott, dëna, Tag; altsl. dîna, Tag; russ. dënĭ, Tag; poln. dzień
etc. und meine Abhandlung „Gott und Mensch" in „Beiträge
zur Völkerkunde" S. 27 ff., sowie Cu. 230. 450.

p a t i , sm. p a t n î , f. *Herr,* Gebieter (3. 37. 41.), *Gatte* (86);
-*in;* -*Fürst* in den Anreden: bhûmipate, 112; prithivîpate, 102,
o Erdenfürst! von pat- Kl. 4 herrschen; patye etc.

Vergl. gr. *πόσι-ς* (f. *πότι-ς*), Gatte; *πότ-νια,* die hehre;
δεσ-πότη-ς Herr u. a.; — lat. pot-is (potis-sum : possum), pot-
ens u. a; goth. fath-s, Herr; Mann : bruth-fath-s, Bräut-i-gam;

---

*) Vergl. meine : „Beiträge zur Völkerkunde", Artikel : Himmel und Erde S. 32.

lith. pat-s, Gatte; vĕsz-pat-s, Herr, Herrscher. Dem von Benfey
zur Erklärung von δεσ-πόιη-ς angeführtem, von Curtius mit ge-
wohnter Vorsicht aufgenommenem ved. jâspatis steht sl. (russ.)
gos-pod-ĭ, Herrgott; gospodin, Herr (urspr. Hausherr) aus altn.
husbond, husbondin zur Seite, dessen Bedeutung noch durch das
russ. gosudarĭ, dial. ospodarĭ, hospodar aus altn. hûsfadĭr bis ·
zur Evidenz belegt ist. S. meine Abhandlung „Dorf und Stadt“
in „Beiträge zur Völkerkunde“, und Матеріалы для Словаря и Грам-
матики, Томъ 2 : 9 Seite 138, der Kais. Russ. Akademie (Сравненіе
Русскаго языка съ Скандинавскими, С. К. Сабинина).

yathâ, ind. adv. u. conj. *gleichwie*, 2. 12. 61. 125. 159; wie,
   44. 65. 88. 89. 119. 143. 161; da nun, so wahr! 136. 137.
   138. 139; so daſs (mit fut.), 21; auf daſs (mit potent.), 141;
   viel gebraucht in Zusammensetzungen voranstehend, von welchen
   wir haben : yathaiva, gerade so wie, 50; yathâgatan, wie bei
   der Herkunft, 159; yathârham, wie (es) würdig (ist), 44; yathâśraddhaṅ, wie (dein) Glaube (ist), 89; yathâtathaṅ, wie es angemessen (ist), 65; yathâvṛittam, wie es sich zugetragen hat,
   119; — yathedaṅ, da nun diefs, 139; yathâkâmaṅ, nach Lust,
   161; yathoktaṅ, wie gesagt, 143; yathechchhasi, wie du wünschest, willst, 88.
   Selten hinter seiner Rektion, wie hier und in vidyutsaudâminî
yathâ, 12.   Kommt vom Pronomen relativum
yad n. (yas m. yâ f.), welcher, e, es; *wer;* wer immer. S.
   Dekl. Tab. — Wir hatten davon : S. N. n. yat, 91. in yachchânyad, 90; ac. m. yaṅ, 26; i. yena, adverbialisch : wodurch, 107;
   fragend : warum, 52; g. yasya, dessen, deren, 65. 98; Pl. N. m.
   ye, welche, 50; ac. n. yâni, welche, diejenigen welche (-tâni),
   133; g. yeshâm, deren, 94; als reine Partikel erscheint
yad als : *weil, da, als* : yattvaṅ, 150 weil Du.
uparyupari, prp. hoch über = upari + upari.
upari, prp. c. g. *über,* als Adv. oben drauf; gr. ὑπέρ, ὑπείρ; lat.
   s-uper, goth. ufar; ufaro, darauf.   Vergl. Cu. 261 u. upa S. 123.
sarveshâm, *allen;* g. Pl. von sarva, â, Adj. pron., aller, e, es;
   jeder, vollständig; sehr.   S. Pron.   Wir haben : S. ac. sarvam,
   die ganze (Sache), 111; -aṅ, Alles (subst.), 32. 90; — Pl. N. m.
   sarve, alle, 42 u. oft; f. -â, 115; — ac. -âṅ, 130. 143. (in Dat.
   Bed.) 112; i. -air, mit allen, 9; d. -ebhyaḥ, allen, 102;
   In *Zusammensetzungen* : sarvadevânâṅ, g. Pl. aller Götter,
   99; sarvaguṇair, i. mit allen Tugenden, 5; sarvayoshitaḥ, ac.

alle Frauen, 53; — sarvâbharaṇabhûshitâ, f. mit allem Schmucke
angethan, 11; sarvânavadyâṅga, m. einer von vollendeter Schönheit, 83; — sarvagata, überall hin verbreitet, 47; — in *Ab-*
leitungen : sarvaśas, adv. allesammt, alle nach einander, 54;
sarvatas, adv. allenthalben, vollständig, nach allen Seiten (mit
Beweg.), 25; sarvatra, adv. überall, aller Orten, immer (ohne
Beweg.), 48; sarvatragata, überall anzutreffen, 48.

Vergl. ὅλο–ς, ganz; altn. all(r); dän. al, heel, *all;* altlat.
sollu-s, ganz, Superl. sollistimus; sol-idus; russ. zäly-j, poln. caɫy.

âditya, sm. ein *Aditya,* Kind der âditi (Name einer Göttin;
Erde; nach Roth Ewigkeit), Bezeichnung einer bestimmten,
höchsten Götterklasse; Sonne, *Sonnengott,* s. sura, Sl. 45.

iva, adv. u. conj. *wie, gleichwie* (= yathâ, S. 130), 11. 13 u. oft;
gleichsam, 76; auch, 5. 57. 67; sowie auch, 164; auch nur 77;
also, nämlich, 108; fast pleon. in nachirâdiva, nämlich bald, 54.
Meist, wie hier, und im Deutschen *gleichwie* mit dem vorangehen-
den Worte zusammengesetzt; doch auch voran : ivoragâḥ = iva,
ur°-, wie die Schlangen, 124. Aus dem Pron. Stamm i + va.
Nicht zu verwechseln mit eva, Sl. 22.

tejasâ, an *Glanz;* ab. S. von tejas, sn. Glanz, 10, 76, 78, 81;
Schärfe, Licht, Flamme; Ruhm, Stärke, Berühmtheit; *Macht,* 114.
durch das Suffix *as* (S. 59 unten) von der W.

tij- *schärfen.* Kl. 10 tejayâmi; pp. tikta. Nach Bf. 133 „scharf
sein" (ohne Flektion) mit dem Caus. teji-, scharf machen. —
Vergl. russ. tochíti; poln. toczyć, schleifen, schärfen, in erster
Bed. fliefsen lassen, ausgiefsen, verbreiten; verwandt mit tekáti,
techî (formell = tij-); poln. ciec, fliefsen, herabkommen, zu welchem pers. tek-iden und gr. ϑέ–ω, ϑεύ–σομαι, sskr. dhâv-ami,
rinnen, laufen, gestellt wird.

Sloka 3. brahmaṇyo, vedavich śûro, nishadheshu mahîpatiḥ;
akshapriyaḥ, satyavâdî, mahân akshauhiṇîpatiḥ.

brahmaṇyo für -a, adj. auf den Kultus, auf Brahma bezüglich;
fromm; durch das Suffix ya, von

brahman, brahma, sm. *Brahma,* Name des höchsten Wesens
(seine Gattin brahmânî), sn. göttliche Grundursache alles End-
lichen, deren Anfang und Ende; heilige Wissenschaft, Veden;
Uebung religiöser Andacht und Kasteiung; Priester, Brahmane;
— eigentl. *Gebet,* Erhebung, Andacht; nach Lassen (Zeitschr.
f. d. Kunde d. Morgenl. I. 73) das geheiligte Wort (= vedas);
durch das Suffix ma von der W.

brih-, vrih- *erhören*, erheben (s. vrihat, S. 120), Kl. 6 : vrihâmi;
p. vavarha; f. I. varhitâsmi, vardhâsmi; f. II. varhishyâmi, var-
kshyâmi; a. I. avarhisham, avriksham; pp. vridha. Zu brih,
wachsen, brüllen, wird verglichen lat. barrire, fr. barèter (v.
Eleph.), bruire, s. Bu. 616.

Zu *brahma* merke folgende Wörter : brahmanaspati, Herr
des Gebetes (Agni); brahmatejas, n. Priestermacht; brahmaputra,
m. Brahma's Sohn (E. N. eines Flusses); brahmarshi, m. Brah-
manenweiser; brahmaloka, m. Himmel der Frommen; brahma-
veda, Gotteskenntnifs; brahmânjali, frommes Händefalten; brah-
mânda, Brahma-ei (aus dem die Welt kam).

brahmanya. Das Suffix y a bildet, so wie a :

1) *Patronymica*, z. B. Kaunteya, Sohn der Kuntî, Frau des Pându,
17; — Kauravya, Sohn des Kuru, eines mythischen Königs
und Stammvaters der beiden Partheien, deren Kampf im
Mahâbhârata beschrieben wird.

2) Abstrakte und kollektive *Substantive*, m. u. n. :

anâmaya, m. *Wohlbefinden* (am-), 47.

dhairya, n. *Festigkeit* (dhîra), 80.

hrichśaya, m. *Liebe* (hrid), 17.

hridaya, n. *Herz* (hrid), 18.

indriya, n. *Sinneswerkzeug* (indra), 2.

kshatriya, m. *Krieger* (kshattra), 51.

kshaya, m. *Untergang* (kshi), 50.

madhya, m. n. *Mitte*, 12.

martya, m. *Sterblicher* (marta), 95.

mâlya, n. *Kranz* (mâlâ), 43.

niśchaya, m. *Entschlufs* (chi), 142.

pranaya, m. *Liebe, Hochzeit* (nî), 90.

saubhâgya, n. *Glück* (bhaga), 10.

sâmarthya, n. *Genugthuung* (samartha), 143.

sâhâyya, n. *Hülfe*, 63. von

sahâya, m. *Genosse* (i), 63.

smaya, m. *Stolz* (smi).

vismaya, *Staunen* (smi), 79.

śayyâ, f. *Bett* (śî), 36.

upâya, m. *Mittel* (i), 107.

vâkya, n. *Rede* (vach), 100.

3) Adjektive, mit f. auf â, und Appellative, beide meistens ohne
vriddhi :

anya, *anderer*, 14.

avadya, *gemein*, 12.

divya, *himmlisch, schön*, 96.

mukhya, *ausgezeichnet*, 96.

priya, *Liebe, geliebt, Freund*, 20.

satya, *Wahrheit, wahrhaftig*, 77.

tulya, *ähnlich*, 94.

rathya, n. *Rad*; m. *Wagenpferd*, von
ratha, *Wagen*, 43.

4) Gerundien, die wir beim ersten Fall besprechen werden.

brahma, brahman. Das Suffix m a, m a n bildet Subst. und Adj. aus Verben; *ma* zunächst :

bhîma, *furchtbar,* v. bhî, 5.

tigma, *scharf,* v. tij, 3.

yugma, *ein Paar,* v. yuj, 5.

yudhma, m. *Kampf, Bogen, Pfeil,* von yudh, 49.

upama, *ähnlich,* v. mâ, 56.

man zumeist Neutra :

janman, *Geburt,* v. jan, 28.

veśman, *Haus Palast,* v. viś, 73.

preman, *Liebe,* v. prî, 20.

Adj. sind selten :

sarman, *glücklich.*

ma bildet ferner Ordnungszahlen und Superlative :

prathama, *erste,* 32.

pańchama, *fünfte,* 167.

apratima, *unvergleichlich,* 15.

uttama, *höchste, beste,* 155.

Einige Ordnungszahlen nehmen jedoch (ti)ya.

Das S u ffi x i bildet vornehmlich *weibl.* abstr. Subst. wie :

buddhi, *Erkenntniſs,* v. budh, 88.

kânti, *Schönheit,* v. kam, *lieben,* 80.

kshiti, *Erde,* v. kshit, *vernichten,* 144.

mûrti, *Gestalt,* v. mṛi (?), 15.

rati, *Liebe, Beischlaf,* von ram, *lieben,* 36.

viśuddhi, *Reinheit,* von śundh, *reinigen,* 142.

doch auch m. n. und einige Adjektive, wie :

agni, m. *Feuer, Agni,* 56.

atithi, m. *Gast,* 51.

giri, m. *Berg,* 126.

ravi, m. *Sonne,* 61.

akshi, n. *Auge,*

rabhi, *duftend,* 123.

śuchi, *rein,* 106.

besonders oft kommt es vor in Verbindung mit dhâ, wobei â weg-fällt :

sandhi, *Vereinigung, Frieden* u. a.

Das Suffix r a bildet Substantive und Adjektive :

yâtra, n. *Glied, Körper,* 128.

kshatra, *Krieger(kaste),* 51.

kshipra, *schnell.*

dîpra, *leuchtend* u. a.

v e d a v i c h für -v i d wegen folg. ś (Wohll. III.), adj. *vedenkundig,* gleichsam *bibelfest,* theologisch ausgebidet; Ttp. aus veda + vid.

v e d a , sm. *Kenntniſs,* Wissenschaft; *Veden* = heilige Schriften der Inder (s. brahma, S. 131) als Quelle der Erkenntniſs. Die

Veden sind die 4 ältesten und wichtigsten der 18 śâstrâs oder religiösen Bücher; es sind ihrer 4 : ṛigveda, sâmaveda, yajurveda (weifser und schwarzer) und atharvaveda (s. A. Weber, Akadem. Vorlesungen über indische Literaturgeschichte, 7-165), zu welchen noch die itihâsas und purâṇas als fünfte gerechnet werden (s. Georg Small, a handbook of Sanskrit Literature, London 1866, pag. 3 ff.). — Die Veden, deren Alter verschieden, aber bis 1500—1600 v. Chr. (= Moses) angegeben wird, enthalten ebensowohl die ältesten Sprachformen unseres Stammes, als sie dessen primitivste Anschauungen offenbaren. Von vid, S. 126.

śûro für a, *Sonne; Held* (vergl. âditya); *Löwe.* Auch im Altruss. Heldenliede wird der Fürst „Sonne" genannt. Siehe meine Ausgabe vom „Lied vom Heereszuge Igor's gegen die Polovzer"; auch in „Beiträge zur Völkerkunde" die bemerkenswerthe Stelle in Gesang IV : чръныя туча съ моря идутъ, хотятъ прикрыти 4 солнца, die schwarzen Wolken (feindlichen Heeresmassen) kommen vom Meere und wollen die 4 Sonnen (die vier verwandten Fürsten) bedecken; vergl. ferner die Epitheta der Römer *divus*, *divinus* im Gegensatze zum Volke, den *Menschen*kindern; ob nach Bf. 311 von śvi, wachsen; Cu. 145 kû, kvi, wachsen, oder Bu. śûr, verwunden, tödten, tapfer widerstehen?

Vergl. κῦρ-ος, Macht, κύριος, mächtig, Herr, und vielleicht lat. curia, Quirites (Cu. 145). Mit dem Begriff *Sonne*, gr. Σειρ-ιος, Σειρ, Sonne, Hundsstern; σέλ-ας, Glanz; σελ-ήνη, Mond; sskr. svar, Himmel; lat. sol, ser-enus; goth. sauil; altn. sól, sunna; engl. sun; lith. saule; ksl. slŭ-nĭce; russ. solnce (spr. sonce); poln. słońce.

nishadheshu, *zu Nischadha*, 1. Pl. von *nishadha*, E. N. eines Landes im SO. von Indien; als Adj. fest, solide; nach Bu. 373. von

shad-, sad- mit Spezth. sîd, *sitzen*, sich setzen. Kl. 1 und 6 sîdâmi, p. sasâda, f. I. satsyâmi, a. 2. asadam, inf. sattum, pp. sanna (ved. satta).

Vergl. gr. W. ἑδ- in ἕζομαι, setze mich; ἵζω, setze; ἕδος, Sitz; lat. sed-eo, sid-o, sel-la für sedla; ksl. šesti; russ. sid-ätĭ; pol. siedzieć, sitzen; sad-itĭ; pol. sadzać, setzen; go. sita; ahd. sizzu; altn. sitja; Sitz, Sat-tel, Sessel u. a.

mahîpatih für -is, der Beherrscher der Erde; Landesvater : *König;* Ttp. aus mahî, pati (S. 129).

mahî, sf. *die Erde*, das Land; wir haben noch : mahîkshit, König, 52; mahîpâla, König, 40. — Bf. 235 : $Maia$ für μαhîα. — Eigentlich fem. von

maha, sm. *Büffel;* Opfer; Glanz; fem. mahâ, Kuh. Ueber den Kultus der Erde unter dem Bilde der Kuh siehe „Himmel und Erde" in meinen „Beitr. zur Völkerkunde, S. 18" ; von

mah-, *opfern;* ehren, ver-; dienen; *vermehren;* vergl. gr. W. μαx in μάx-αϱ, μαxϱό-ς, μῆx-ος; μαxεδνός schlank, Μαxεδόνες; lat. mac-to, mache grofs; mac-te, gesegnet; in der anderen Bed. μαχ- in μάχ-ομαι, lat. mac-tare; ksl. mecî, russ. mechî, poln. miecz, Schwert (übertragen : mechî duhovnyi, Gottes Wort); μεγ in μέγας, mag-nus, mik-ils; μῆχ- in μῆχ-ος, μῆχ-αϱ; goth. mah-t-s; altn. magn, makt; russ. mochî; poln. moc, Macht; goth. mag; altn. mega;' dän. for-maae, ver-mag : lith. mok-u; russ. mog-u; poln. mog-ę u. a., die alle damit verwandt sind. Ho, 249, setzt auch mag-ister, Meister; altn. meist-ari, hierher; im Skrt. noch :

mahat, î, adj. *grofs,* bedeutungsvoll, 57. sn. das Grofse, die Gröfse; Königreich, Reich. — Vor Suff. und als vorderes Glied in Zstzn. :

mahâ, st. mahân, N. S. m. statt Thema; wie in folgenden Wörtern :

mahâbala, *sehr stark,* 1.

mahâbâhu, *grofsarmig, mächtig,* 44, 118.

mahâbhâga, *glückselig.*

mahâdanta, *Grofszahn : Elephant.*

mahâdbhûta, *nie dagewesen,* 24.

mahâgosha, *grofser Lärm,* 43.

mahâgrîva, m. *Grofshals : Kameel.*

mahâkaksha, *gr. Thor,* 113.

mahâja, *hochgeboren,* 2.

mahâmanas, *hochsinnig,* 2.

mahâmukha, *Grofsmaul : Krokodil,* 50. 125.

mahâṅga, *Grofsglied : Kameel,* 76.

mahâprabhu, *Grofsherr,* 41. .

mahâprâjna, *hochweise,* 46.

mahârâjâ, *Grofskönig,* 58.

mahâratha, m. *gr. Kriegswagen,* 43.

mahârha (arha), *hochwürdig,* 44.

mahârshi (rishi), *hoher Weiser,* 148.

mahâsiṅha, *Grofslöwe,* 122.

mahâtejas, adj. *hochglänzend* (Agni), 2.

mahâtman, *grofssinnig,* 44.

mahâvîra, *Grofsheld,* 1.

mahâvrata, *fromm,* 46.

mahâyajna, *Grofsopfer,* 155.

mahâyaśas, adj. *hochberühmt,* 8.

Mit i wird â natürlich zu e, wie in :

mahendra (= mahâ, indra), 99; mahendrâdyâḥ (mahâ, indra, âdyâḥ), 68; maheśvara (= mahâ, îśvara), 71.

akshapriyaḥ für -as, ein *Würfelfreund,* F. v. W.; Ttp. aus aksha, priya.

aksha, sm. *Würfel;* Achse, Rad, Wagen; urspr. jedes runde, dreh-
bare Objekt (Bu. 6); in Zstzn. oft für akshi, n. Auge, 125.
 Merke: akshadevin, m.Würfelspieler; akshavatî, f.Würfelspiel;
akshavid, würfelkundig; akshadhûrta, Würfelfälscher, Betrüger.
Vergl. gr. *ἄξων;* lat. axi-s; ahd. ahsa; ksl. russ. osĭ; poln.
oś; lith. aszi-s, Achse; altn. öx, öxl, Achsel-, Schulterblatt. —
Nach Bf. von vah- bewegen; nach anderen von
aksh-, *nachforschen*, durchdringen, aufhäufen. Kl. 1 (akshâmi)
und 5 (akshnomi); in letzterem Sinne altn. akka, ekkja, jakka.
priya, â, adj. *geliebt*, theuer. Comp. priyatara u. preyas; Sup.
priyatama u. preshtha; als sm. Freund, Gemahl; f. Frau, Geliebte; n. Liebe, das Lieben; Gefallen, etwas Gutes, wie in 20;
s. noch vipriya, 95. — Von
prî-, sich *freuen*, zufrieden sein; trans. lieben, erfreuen. Kl. 1.
prayâmi, praye; p. pipraya, pipriye, a I. apraisham, apreshi; pp.
prîta, 160; im Du. prîtau, 153. — Auch nach Kl. 9. 10 und
4. — Vergl. Zend frî, lieben, preisen; fry-a, geliebt, Freund;
gr. *πρᾷο-ς*, *πραΰς*, sanft; goth. fri-j-on; altn. fria, frei-en, lieben;
frijonds, altn. fraendi und in Runen friant(r), Freund; ahd. frao,
frô, froh; — altn. freya, Göttin der Liebe und Schönheit; flyra,
schmeicheln; bliđ-r, go. bleiþ-s, engl. blithe, froh, mild; — Ob
sl. pri-jatelü, russ. -lĭ, poln. przyjaciel hierher gehört, ist mehr
denn zweifelhaft. Vergl. den sl. Stamm yatĭ nehmen, in an-genehm,
pri-yatnyĭ.
satyavâdî, ein *wahrheitredender;* Bhvr. aus satya + vadin.
satya, â, adj. *wahrhaft*, aufrichtig; als sn. Wahrheit, 77. 137;
f. Wahrhaftigkeit; durch ya (S. 132) von
sat, **satî**, adj. *seiend*, wahrhaft, echt, gut, recht, brav; weise,
tugendhaft, *wahr;* sn. Wesen; sf. satî, eine tugendhafte Frau,
die sich auf dem Scheiterhaufen ihres verstorbenen Gemahls
verbrennen läfst. Damit verwandt gr. *ἐτεό-ς*; altn. sann(r), f.
sönn, n. satt; dän. sand, wahr, gut, richtig; go. suni-s, wahr;
ags. sôđ, Wahrheit, wovon noch engl. sooth, Wahrheit. — sat
ist das p. pr. act. von as- S. 121.
mahân-akshauhinîpatih, ein grofser Kriegsherr; Ttp. aus
mahân (N. S. v. mahat, S. 135), akshauhinî, patih (S. 129).
akshauhinî, wörtl. Vereinigung von Wagen; vollständige Armee;
aus aksha (s. oben) und ûhinî, von
ûh- sammeln, zusammenbringen, Kl. 1. ûhâmi, ûhe; f. II. ûhishye;
a. I. auhishi.

Sl. 4. îpsito varanârînâm udârah, saṁyatendriyah;

rakshitâ, dhanvinâṅ śreshthah; — sâkshâd iva manuh svayaṅ.
îpsito für -a, â, *erwünscht*, begehrt, 65. pp. von îps-, begehren; Kl. 1. îpsâmi; Desid. von
âp-, *erlangen*, erreichen. Kl. 5. âpnômi und 1. âpâmi; p. âpa;
a. II. âpam; imp. âpnuhi; pp. âpta; ppr. a. âpâna. — Vergl.
aptus und ap in adipiscor u. s. w.; ferner prâpta, 11.
varanârînâm, *der auserlesenen Frauen*; g. Pl. von vara + nârî.
vara, â, adj. *zu wählend* : beste, vorzüglichste, 161. sm. Wahl,
41; Gunst, Gnade, 8; Zierde, Schmuck, 30; der Gewählte,
Bräutigam. In Zstzn. : varavarninî, adj. von edler Kaste, an-
muthreich, 28; varâṅgana, schöngliedrig, 81; varâroha, schön-
hüftig, 150. Ho. stellt dazu : altn. ber, baar, saer(r), wahr,
saera, beschwören; vel, val, wohl, Wohl, Wahl; lat. bellus, schön;
vare, Waare, und al. vjâra, Treue, Glauben von vjär-itî, für
wahr halten. Von
vri (vrî-, var-), *wählen*; in dieser Bedeut. gewöhnl. nach Kl. 9.
vrinâmi, vrine, 102; vrintte, 116; doch auch nach Kl, 1. u. 5,
oft in der Urbedeutung : umringen, umgeben, *bedecken*; schützen.
varâmi, vare oder vrinomi, vrinve; p. vavâra (3. P. Pl. vavrus),
vavare (vavre); periphrastisch : varayâmâsa, 69. 95; f. I. vari-
tâsmi, f. II. varishyâmi, und nach Kl. 10. varayishyâmi, 118;
âtm. varayishye, 109; a. I. avârisham; a. II. avaram; o. vriyâsam
(vûryâsam, varishîya, vrishîya, vûrshîya; o. pr. 3. P. S. varayet,
wer mächte wohl erwählen, 97. 98); imp. varaya, 86; varayasva, 69; pp. vrita, 113. 136. 154. s. âvrita, 24; samâvrita, 75.
nârî, sf. *Frau*, Mädchen; noch in nârîratna, Frauenperle, 162 von
nara, sm. Mann, 30; Mensch, 114; auch Bezeichnung des
ewigen Geistes; noch in naraśârdûlo, 15 und naravyâghra, 109,
117, Männertiger = Held; nareśvara (nara, îśvara), 38, 107
und narâdhipa, 141. 148, König, wie in narottama (nara + utt°n),
bester Mann, 63; und naraśreshtha, bester der Männer, 108.
Nebenform von
nri, sm. *Mann, Held*, wovon nrînâṅ, 67, Menschen, und nripati,
38 und nripa, 48, König. Vergl. ἀνήρ, ἀνδρ-είο-ς, mannhaft;
sskr. narya-s; ἀνθρ-ωπο-ς, Mensch; sabinisch ner-o(n), fortis.
udârah, ein *edelmüthiger*, freigebiger; hoher; N. S. von udâra, â,
adj.; durch das Präfix ud- von der W.
ri- *gehen*, sich bewegen u. s. w.; nach Kl. 1. 6; 3. 5. 9.

sanyatendriyah, *bezähmten Sinn* habend; Bhvr. aus saṅ, yata, indriyah.

sam-, Verbalpräfix = *er-, be-, ge-* und vorderes Glied in Kmdh. u. Bhvr.-Zstzn. (eig. N. ac. n. S. des Pron. sa); *mit*, in eins, zusammen, gar, weit, ganz, schön, sehr = gr. ά-, ά-, ό-, σύν, mit; lat. cum; ksl. sạ-, su-, sŭ-; russ. sŭ-, sŏ-; altpr. sen; lith. sạ-, sa-, su-, mit.

Vor *Vokalen* bleibt sam rein : samalaṅkṛita, gar sehr geschmückt, 11; samanvita, ganz ergriffen, 144; samatikrânta, weit übertreffend, 53; samanujnato, ganz und gar entlassen, 161; samâhita, sehr eifrig, 6; samâpluta, ganz verweint, 101; samîpa, nah (ganz greifbar), 16; samîkshya, *erblickt* habend, 40; sampanna, *gestaltet*, 13; samâgama, Zusammenkunft, 59.

Häufig verstärkt sam noch die Bedeutung des bereits vorhandenen Präfixes, was im Deutschen nicht direkt ausgedrückt werden kann : samupâdhâvad (sam, upa, adhâvad), sie lief herbei, 26; samupâjagmur, sie kamen herbei, 121; samutpatya, aufgeflogen seiend, 22 u. s. w.

Vor *Halbvokalen* (y, r, l, v) und *Sibilanten* (ś, s, sh) *muss* m zu ṅ werden : saṅyatendriyah; saṅsrutya, versprochen habend, 72;

vor allen übrigen Konsonanten *kann* es nach Wahl dazu werden : saṅbhrântâh, die aufgeregten (Mädchen), 78; saṅchintayantî, hin und her denkend, 132; saṅdeha, m. Zweifel, 132; saṅnidhi, m. Nähe, 109; saṅnimantrayâmâsa, er lud ein, 41; oder

kann sich in deren Nasal verwandeln (s. Wohll. III, 6.): saṅgama, saṅgama, m. ṅ. Verbindung, 30; saṅkalpa, saṅkalpa, Wille, Wunsch, 71.

Davon abgeleitet ist wahrscheinlich

sama, adj. *all*, ganz, gleich, *selbe;* eben, gut; N. Pl. samâs, *ähnlich*, 27; — der a. n. S. dient als prp. u. adv. in Bedeut. *mit*, zusammen mit (c. Instr.); auf gleiche Weise. — Vergl. ἅμα, zugleich, ὁμός, ὁμοῦ, ὁμό-ῖος; lat. simul, similis, simulare; goth. ahd. sama; altn. sam(r); engl. same; ksl. samŭ; russ. samŭ; pol. sam, selber; *sammeln*, sammt (goth. samaþ, ahd. samôt).

yata, *bezähmt;* pp. von yam-zwingen, bändigen, zähmen, leiten: hayân, Pferde; ratham, einen Wagen etc. Kl. 1. mit Specialth. *yachchh*-âmi, yachchhe; p. yayâma; f. II. yaṅsyâmi; a. I. ayaṅsam; ger. yatvâ (yamya, yatya); davon die W.

yat- Kl. 1. âtm. yate; p. yete; pp. yatta; pf. yatya, *sich anstrengen,*
bemühen, befleifsigen; und
yat, adj. *bändigend;* sowie
yatna, sm. *Anstrengung,* Kraft, Beharrlichkeit, Sorgfalt, 6; das
Werk, 104. — Vergl. mit yam : altn. *hagi;* ags. haga; holl.
haag; dän. häkke „Hag, Hecke; engl. hedge; fr. haie; *hegna,*
ein*hegen;* schw. gena, hindern, wovon auch fr. gêner; *hewja,*
zähmen; — mit yata : goth. aiþ-s; altn. eid; dän. eed, Eid; engl.
oath; — sskr. niyama mit yat : altn. idja, arbeiten.
indriya, sn. Sinneswerkzeug, Sinn; s. indra, S. 129.
rakshitâ, ein *Erhalter,* Schützer; Bewahrer; N. S. von rak-
shitṛi, sm. von
raksh-, *schützen;* Kl. 1. rakshâmi, rakshe; p. raraksha, 167;
f. II. rakshishyâmi; a I. arakshisham; pp. rakshita, 73. 84. Verr
wandt mit laksh-, râj (s. d.).
dhanvinân, der *Bogenschützen,* g. Pl. vón dhanvin; als adj.
-in, f. inî, mit Bogen versehen; von
dhanu, dhanva, dhanvan, sm. *Bogen;* vergl. altn. þund(r),
Bogen; fraglich ob (nach Bu. 341) von
(dhan für) han-, *schlagen,* treffén, *tödten.* Sehr unregelm. Kl. 2.
hanmi (3. P. Pl. ghnanti); imp. jahi; o. hanyâm; impf. ahan
(3. P. Pl. aghnan); p. jaghâna (3. P. Pl. jaghnus); f. I. hantâsmi;
f. II. hanishyâmi; keinen Aor.; p. pr. a. ghnat; pp. a. jaghnivas
(jaghnvas); pf. hantavya, Sl. 20; pp. hata. Das von Bu. an-
gezogene Θάνατος hat nichts mit han gemein. S. Cu. 479. —
Vergl dagegen sskr. hantṛi, Mörder; altpers. jatar, Feind; altn.
götudr, Mörder.
sreshṭhaḥ für -as, N. S. von -a neben jyeshṭha, der *allerbeste,* sm. König; sn. Kuhmilch; unregelm. Superlativ von
praśasya, â, gut, trefflich, vorzüglich; mit dem Thema sra, jya
für die Steigerung. Der Compar. ist sreyas, bessere; als sn.
Glück, Heil, Tugend, Verdienst; neben jyâyas. Zu sreshṭha
vergl. altn. hraust(r), stark, gesund; hreysti, Stärke, horsk,
harsch, rasch.
sâkshâd (t), mit iva = *gerade so wie,* 60; allein : Abl. von einem
Bhvr. sâksha aus sa für saha, mit, 7. + akshi, Auge, 125. =
angesichts, gegenüber, vor, in Gegenwart; adv. vor Augen,
sichtbar, deutlich, klar.
svayan, ind. *selbst,* selber, 15; auf alle Personen des Subj. u. Obj.
bezüglich. In Zstzn. = *eigener, e, es;* wie in

svayaṅvara, sn. die eigene Wahl : *die Gattenwahl*, die jedem
Mädchen der höheren Stände gestattet war, 40. 41. 42 ff. ; —
svayam ist eigentlich N. von

sva, â, adj. sein, e; *eigen;* pr. refl. *selbst*, sich selbst; sn. Eigenes,
-thum; Verwandter = die Seinigen. Wir haben davon : svaṅ
rûpaṅ, eure Gestalt, 140; svâṅ sutâṅ, seine Tochter, 39. 40;
svena tejasâ, durch seinen Ruhm, 76; in Zstzn. : svârtho (sva,
artha), -am, das eigene Interesse, 103. 104. 105; svasthâ, bei
sich, 33; asvasthâ, nicht bei sich, aufser sich, 37 und die Ableitung svaka, â, adj. eigene, seine, 161.

  Vergl. ἐ, σϕε, ὅς, σϕός, ἴδιος; lat. se, suus; go. si-k, sich;
ksl. sę; russ. sja verkürzt aus sebja, sebjä, sich (Ac. Dat.); svoi,
sein, eigen.

5. tathaivâsîd = tathâ, eva, âsîd.

tathâ, ind. *gleicher Weise;* auf diese Weise; *also*, 32. 74. 96.
105. 111. 120. 152. Correlativ von yathâ, im Schwur; yathâtathaṅ, wie es angemessen ist, 65; tathâvidhah, so etwas, derartiges, 29; tathetyuktvâ (tathâ, iti, uktvâ), also gesprochen
habend, 32. 74; — durch thâ von tad, s. Tab. B.

eva, adv. so, also, in solcher Weise, 111. 119. 153; auch, 87.
98; nun auch, 45. 74. 153; dennoch, jedoch, 102. 114. 116;
wahrlich, nämlich, oft expletiv; nach Kuhn evâ als alter i. von
eva, gehend, Gang, aufzufassen. (a + e = ai, s. Wohllautsregeln 1.) — Verwandt mit

evam, adv. so, 151; so sehr, 132. 158; auf solche Weise, 118;
geradeso 105 ; —wie, 162; also, derart : 22. 31 und oft.

vidarbheshu, l. Pl. bei den Vidarbhern, im Lande Vidarbha,
m. (auch der Vidarbha-Herr, König, 32) und -bhâ, f. Stadt und
Distrikt im SO. vom Bengalen, mehr oder weniger das heutige
Berar; wörtl. Graslos, Haide; aus vi *), darbha.

darbha, m. *Gras*, Kusagras. Vergl. altn. torf, dän. törv, Torf,
engl. turf, und *Dorf* als Ansiedelung auf der Haide, aufserhalb der
Stadt. S. „Dorf u. Stadt" in m. „Beitr. z. Völkerkunde, S. 48."

bhîmo, für -as, E. N. 7. 38. 42. 160. 161; adj. *furchtbar*,
schrecklich; -ân, ac. Pl. zu fürchtende, 9; in Zstzn. bhîma-
parâkramah, fürchterliche Gewalt habend, 5; bhîmaśâsanât, auf
Bhîma's Befehl, 42; von

---

*) Sämmtliche Präfixe und Suffixe sind im ersten (rein grammatischen) Theile
besprochen worden. S. 57—61.

bhî, sf. *Furcht;* mit der Nebenform b h a y a sn. besonders in Zstzn., wie in daṇḍabhayât, in Scceptersfurcht, 98; eines der wenigen Subst., welche die Form der reinen W. zeigen.

bhî-, *fürchten.* Kl. 3. bibhemi; p. bibhâya; f. I. bhetâsmi; f. II. bheshyâmi; a. I. abhaisham; pp. bhîta. — Vergl. φέβ-ο-μαι, : fliehe, werde gescheucht; φόβο-ς, Flucht, Furcht; φοβέ-ο-μαι, fürchte; ksl. boj-a-ti sę; russ. boj-átĭ sja; pol. baó się, (sich) fürchten; boj-asnĭ; pol. bojaźń, Furcht; ahd. bi-ben, bibinon, babbern; altn. beimar, Kriegsmann; feila, blöde sein.

parâkrama, sm. Angriff, heftige Bewegung; *Kraft, Gewalt,* Stärke, Muth; aus parâ, krama.

parâ, untrennb. Präfix: *gegen, wider*; seitab, weg; alter Instr. von para, â, adj. *andere, fremd :* parârtham, um eines Anderen willen, 71; parârthe, im Interesse eines Anderen, 104; frühere, *äufserste :* die äufserste Anstrengung, 6; *grofs,* umfassend, hervorragend, wie in paraṅ yatṅam; — in Bhvr. auslautend : etwas als hervorragendes, höchstes haben : chintâparâ, in Gedanken : vertieft, 34; dhyanaparâ, in Nachdenken versunken, 35. — paraspara, einer den (nach dem) andern, 153.

krama, sm. *Schritt,* Marsch, Fortgang, Methode; Ordnung, Reihenfolge, Rang; im ab. kramena und kramât, nach und nach, stufen(schritt-)weise; altn. gram, m. König (poet.); von

kram-, *gehen,* vorrücken, schreiten. Kl. 1. u. 4 : krâmâmi, krâmyâmi; p. chakrâma; f. II. kramishyâmi; a I. akramisham; med. krame, kramye; chakrâme, 24; f. II. kraṅsye; a. I. akraṅsi; ger. kramitvâ (krântvâ, krantvâ); pp. krânta, 53. — Wir haben davon : atikram, samati-, übertreffen, 53; upakram-, anfangen, 24; parâkram-, muthig heranschreiten, 5. — Vergl. altn. ramma, treffen; ramm, stark.

yuktah, N. s. von yukta, â, *vereinigt, begabt;* pp. von

yuj-, *verbinden.* Kl. 7 yunajmi, yunje; p. yuyoja, yuyuje; f. I. yoktâsmi; f. II. yokshyâmi, yokshye; a. I. ayoksham; a. II. ayujam. Vergl. gr. W. ζυγ; lat. ju-n-go; goth. gajuk, ζεῦγ-ος; gajuko, Joch; ksl. russ. igo, jugum.

prajâkâmah, *Nachkommen wünschend;* aus prajâ, kâma.

prajâ, sf. *Nachkommen,* 5, 6; Volk, *Unterthanen,* 163; in letzterem Sinne im Plur; durch das Suffix pra aus

jan-, *erzeugen, gebären;* Kl. 3. jajanmi; p. jajâna, bisw. jajne; im Med. *geboren werden;* pp. jâta, 19, 71. — Vergl. gr. W. γεν, γα; lat. gen-; go. kun-i, Geschlecht; ksl. russ. žena, γυν-η, Frau.

k â m a , **sm.** *Liebe*, 17; Wunsch, Begier, *Belieben*, 161; Gott der
Liebe; als letztes Glied in Zstzn. : kâma, â, begehrend; von
k a m - (kan-), *lieben;* das Specialthema nothwendig, das generelle
arbiträr nach Kl. 10. âtm. kamaye; ger. kamitvâ, kântvâ; pp.
kânta.

s a , Pron.-thema, bildet den N. S. m. und f. sâ von tad; *dies :
vieles* als *eines* gefafst. Wir haben davon m. *sa, dieser, e, es,* 7.
17. 26. 40; *welcher, e, es,* 5. 6; *er,* 19. 41 u. oft; ad. tam,
diesen, ihn, 111. 138 (tan vor Kons. u. am Ende, 31. 61, zu
ihm, 74. 81); i. tena, um dieser — willen, 137; d. tasmai, diesem,
ihm, 8. 156; ab. tasmât, also, deswegen, darum, 151; g. tasya,
desselben, 27. 28 u. oft; — Pl. N. te, sie, diese, 57. 58; jene,
22. 23 u. oft; a. tân, 51. 64 u. oft; tais (tair), 73; tebhyas (h),
jenen, 64; g. teshâm, 19. 44 u. oft; l. teshu, zu ihnen, 94.

f. sâ, *sie*, 21. 23 u. oft; a. tâm, sie, diese, 23. 24 u. oft;
i. tayâ, mit ihr, 162; g. tasyâs (h), derselben, 16. 54. 128.
Pl. N. tâs (tâ), jene, 37. 78. 79; i. tâbhis, von ihnen, 115.

n. N. u. ac. tad, das, subst. 33. 38. 65. 90; adj. 89. 141;
Pl. N. u. ac. tâni, jene, 134.

Dualis N. tau, diese beiden, 47. 153; g. tayos (h, r), dieser
beiden, 17. 47. Im Nachsatz, zu yan yan, welcher auch immer
— tan tan, den . . . 131. Als vorderes Kompositionsglied für
saha, *mit :* saganâh, mit ihrem Gefolge, 58; sabhâryâya, mit
seiner Gemahlin, 8. — Vergl. gr. ὁ, ἁ, ἡ; altlat. su-m, sa-m;
go. sa, der; so, die; si, *sie;* russ. tot, ta, to, der, welcher.

c h â p r a j a ḥ = cha + aprajaḥ, und ohne Nachkommenschaft (seiend).
c h a , conj. *und;* steht immer nach; = lat. que, gr. τε, 8. 9 u. sehr
oft; und, auch 114; und, auch, sowie, sammt, 54; *und* verstärkt
bis zu *aber,* 158; obendrein, auch, sowohl — als auch cha — cha
(que — que, τε—τε), 127. 135; bald — bald, 167; pleonastisch
56. 151. — In Verbindung mit anderen Wörtern steht es bisweilen voran : chainam (cha, enam), und ihn, 79. 111; chaiva
(cha, eva), nämlich, 46. 84. 117; chaivainan (cha, eva, enan),
und ihn also, solcher Gestalt, 147.

Als *che* in chedan für cha, idan, 28; als *cho* in chottama
(cha, uttama) und den besten, 158; als châ für cha + a oder â
sehr oft.

a p r a j a ḥ = a + prajaḥ, ohne Nachkommenschaft (seiend).
a privativum = *un-, nicht, -los, ohne;* vor Voc. und Diphth. *an;* un-
trennbare Partikel; negirt den damit zusammengesetzten Begriff :

achala, nicht beweglich = Berg, 122; — verwandelt ihn in seinen Gegensatz : amara, unsterblich, 66 : anagha, sündlos, 83. 112; asvasthân, ihrer nicht mächtig, 37. 38.

Bildet Kmdh., Bhvr., Avyay. und Verbal-Composita; in dem ersteren entspricht es unserem *un* gewöhnlich : adîna, nicht unglücklich, 59; adṛishṭa, ungesehen, 17; alakshitaḥ, ungesehen, 87; in den beiden folgenden kann es durch un-, ohne, nicht, übersetzt werden : apratima, unvergleichlich, 15; amarân, als Unsterbliche, 66; amaravad, wie Unsterbliche, 83; amaropamaḥ, einem Unsterblichen gleich, 165; anavadyâṅgî, einen nicht niedrigen (schönen) Körper habend, 12. 95; aparâgmukâḥ, nicht abgewandten Gesichts, todesmuthig, 50; aviśaṅkena, ohne Zweifel, 100.

6. prajârthe, um der Nachkommenschaft willen = prajâ, arthe, 1. S. von

artha, sm. vielbedeutig : *Sache, Absicht, Nutzen :* ekârthasamupetaṅ mâṅ, mich, der ich dieselbe Angelegenheit verfolge, 70; parârtham, um eines Anderen willen, 71; parârthe, im fremden Interesse, 104; mit kim, warum? kimarthaṅ duhitâ me'dya nâtisvasthe, warum ist meine Tochter heute ihrer nicht mächtig, 39; — um — willen : etadartham, deswegen, 88; damayantyartham, der D. wegen, 66; von

arth-, verlangen, bitten; Kl. 10. âtm. arthaye, pp. arthita; wovon prârthayanto, begehrende, 55.

akarot, *er machte;* er erwies, 44, impf. von

kṛi-, *machen* Kl. 8. Thema, stark karo, schwach kuru : karomi, kurve (bisw. karâmi, kare); o. kuryâm, kurvîya; p. chakâra, chakre, 3. P. pl. chakrire, sie thaten, 143; periphr. kârayâmâsa, er richtete aus, liefs machen, 160; f. II. karishyâmi (verkürzt karishya, 64. 72), ich werde (es) thun, verrichten, ausführen, 20. 105; karishyasi, du wirst (es) thun, 72; al. akarsham; ger. kṛitvâ, gemacht (angenommen) habend, 26; imp. karavâṇi, (was) soll ich thun, 89; kuru, leiste, mache, 63. 90; prakurûshva, (fasse den Entschlufs), 88; Pl. kurvantu, sie mögen machen, annehmen, 140; kriyatâm, âtm. es werde (also) gemacht, es geschehe, 100; — pp. kṛita, â, gemacht, in parishkṛita, geschmückt, 19; samalaṅkṛita, geputzt, 11; kṛitâṅjalir (ḥ, s), mit verschlungenen Händen, 64. 103. 152; pf. kârya, (das) zu machende : *That, Geschäft,* 39. 40. 65; Inf. kartum; — davon noch

-kara, adj. f. kart, *machend*, in śarîrântakaro, den Körpern
ein Ende machend, 67; -kritin, f. -nî, adj. (so) gestaltete, 129;
nirviśeshakritîn, ohne Unterschied gestaltete, 130; krita, pp.
auch als sn. That; im l. krite, *wegen;* tvatkrite, deinetwegen, 91.
Vom Desid. chikîrsh- : chikîrshamânas, zu vollziehen be-
gierig, 77. — Vergl. κραίν-ω, vollende; κρέ-ων, Herrscher;
κρόνος; lat. cre-o, Ceres u. a.
susamâhitah, sehr beflissen, emsig; aufmerksam = su, samâhita, pp. v. samâdadhâmi.
su, verstümmelt aus vasu (Bf. 340) Präfix : *gut, wohl :* surabhi,
wohlriechend, 123; surakshita, gut bewacht, 73. 84; — *schön :*
subhaga, schön, glücklich (wovon saubhâgya, Glück, Reichthum,
10); suhrid, Freund (= gutes Herz); sulochana, schönäugig, 76;
sukeśânta, schönhaarig, 125; sumadhyama, schönwüchsig, 10.
28; svalañkrita (su, al°-), schön geschmückt, 43; — *sehr :* sumahat, sehr grofs, wichtig, ernst, 39; suvarchasa, sehr glänzend,
ausgezeichnet, 7. 9; — *hoch :* suprîta, hoch erfreut, 78; supâjita,
hoch verehrt, 46; — *höchst :* sukumârâñgî, höchst zartgliedrige,
76; suślakshna, höchst zart, *allerzarteste,* 124.
    Steht im Zusammenhang mit W. as- sein, u. gr. εὐ-.
samâhita, â, *bedacht,* aufmerksam; pp. von
samâdadhâmi, *auf etwas bedacht sein;* aus sama + â + dhâ.
â, Verbalpräfix : *an,* her, hin, bis, ge- : âgamya, angekommen
seiend, 32; âgatañ, *her*gekommen, 85. 159; âjagâma, er ging
hin, 110; âjuhâva, er lief herbei, 120; ârabhya, angefangen,
begonnen habend, 104; âdishto, gesandt, 113.
dhâ-, *legen,* stellen, *setzen,* festsetzen, bestimmen; halten, nehmen,
Kl. 3. Specialth. stark dadhâ-, schwach dadh-; dadhâmi, dadhe;
o. dadhyâm, dadhîya; imp. 2. P. dhehi; p. dadhau, dadhe; f. II.
dhâsyâmi, dhâsye; ger. hitvâ; pp. hita, in vihito, bestimmt, zuertheilt, 138. — Mit śrad, 89 : etwas widmen, geben, reichen :
śraddha, Verehrung; śraddadhâmi, ich glaube an, 89.
tam, *den,* ihn; ac. S. von sa, S. 142.
abhyagachchhad, intrans. ging hin, 59; trans. *besuchte;* impf.
v. abhigam-, herbeikommen.
abhi, prp. mit ac., Verbalpräfix = an-, *er-, ver- :* abhibhashinî, die
anredende, 82; abhijagmur (s), sie reisten an, besuchten, 42. 58; —
abhyajânât, impf. sie *erkannte,* 130; abhijânîyâñ (auf dafs) ich
erkennen möge, 141; abhinandya, erfreut habend, 152; — abhyapûjayan, impf. sie *verehrten,* 79; — abhyabhâshata, *entgegnete,* 66.

g a m - (gâ, yâ), *gehen;* weggehen. Kl. 1. Specialth. gachchh- :
gachchhâmi, 3. P. pl. gachchhanti, sie gehen, 50; p. jagâma, er
ging, 74. 161 (âjagâma, er ging hin, 110; âjagmur (-s), sie
traten herzu, 56; kamen herbei, 121); jagmatur, sie gingen an,
flehten zu, 153; f. I. gantâsmi; f. II. gamishyâmi; a. agamam
(auch vd. impf.) : agamans, sie gingen hin, 22; pf. jagmivas,
jaganvas; ger. gatvâ, gegangen seiend, 23; in Zstzn. : gatya :
âgatya, gekommen seiend, 103; und gamya : âgamya, hinge-
kommen seiend, 32; pp. gata, gekommen, gegangen, 18. 45.
158; verbreitet, 48; weggegangen mit l. : gateshu lokapaleshu,
nachdem die . . . weggegangen waren, 160. — In Bhvr. *dessen
beraubt,* was das hintere Glied bezeichnet, *ohne* : gatasaṅkalpâ,
unverständige, des Verstandes beraubt, 116. — imp. gachchhâmo,
lafst uns gehen, 57; davon — *ga, gâ,* adj. gehend, sich befin-
dend; — *gati,* sf. das Gehen, Gang, engl. gait, Schritt; Lebens-
zeitraum, Lebenslauf, 155; — *gâtra,* sn. Körper, Glied; — eshu,
auf die Glieder, 128.

Vergl. gr. W. βᾰ-; lat. be (Cu. 415); go. quim-an; ahd.
quem-an, koman, *kom*men; altn. gata; dän. gade, Gasse; engl.
gate, Thor.

b r a h m a r s h i r für -is, N. S. *ein frommer Seher* (religiöser Dichter
aus der Brahmanen-Kaste); Kmdh. brahman, S. 133 und

r i s h i, sm. *Weiser,* Heiliger; f. rishî, dessen Gemahlin; rishisatta-
mau, die beiden besten Weisen, 45. Es gab deren sieben Klassen : die brahmarshis, devarshis, râjarshis, maharshis, 148; para-
marshis, kandarshis und śrutarshis; von

r i s h - gehen, erregen; Kl. 6 rishâmi und Kl. 1 arshâmi, arshe etc.

d a m a n o für -nas, E. N. *Damanas;* 8. 9. vielleicht, gleich den
bald folgenden Namen : D a m a, D a m a y a n t î und D â n t a, 9.
vom Verbum

d a m -, zähmen, be-, unterwerfen. Kl. 4. dâmyâmi, pp. damita
und dânta; ger. damitvâ, dântvâ. — Vergl. gr. W. δαμ-; lat.
dom- (Cu. 209); go. ga-*tam*-jan; ahd. zamon, zähmen; engl.
tame.

b h â r a t a, E. N. (wörtl.) *Träger;* Nachkomme des B h a r a t a,
des Sohnes des Duschmanta und der Sakuntalâ, der für den
ersten Herrscher von ganz Indien gilt, nach den Worten des
Sehers Kaśyapa :

„Er soll hinaus zum blut'gen Kampfe ziehen,
Des Erdreichs Siebeninseln zu gewinnen!

Als Thierebänd'ger hiefs er Sarvadaman;
Bharata aber soll er heifsen, wenn
Er einst die Erde trägt auf seinen Schultern!"

(*Sakuntalâ, übers. v. Edm. Lobedanz, Leipz. Brockh. 161. —
Originaltext in Boehtlingk's Ausgabe, S. 111—112).*

Bu. 471 stellt dazu *Barde* als Dichter, Sänger und Schauspieler,
was bharata auch heifst. Das Historische bei Dunker, Gesch.
des Alterth. II. 35 ff.

7. tan für tam, S. 142, *sa.*

toshayâmâsa, er erfreute, machte (stellte) zufrieden; periphrastische Bildung des Perfekts : die W. erhält die Endung âm und
wird mit dem p. eines der Hülfszeitwörter kri- machen, as-, bhû
sein (chakâra, âsa, babhûva) verbunden; findet Statt

1) bei W. mit langem Anfangsvokal (hier kein Beispiel);
2) bei mehrsilbigen W. (desgl.);
3) bei W. der 10. Kl. : chintayâmâsa tat kâryan, er überlegte
diese Angelegenheit, 39 (chint + aya + âm + âsa).
4) bei abgeleiteten Formen, wie Denominative, Causale, Desi-
derative, Intensive :

toshayâmâsa dharmavid, diesen erfreute der gesetzeskundige; (tosh-ay-âm + âsa) von toshayâmi (Caus. v. tush-
sich beruhigen), ich befriedige.

sa sannimantrayâmâsa mahîpâlân, er beschied zu sich die
Erdherren (Könige) 41; = san, ni, mantrayâmi oder
mantrâmi (Denom. von mantra, sm. Rath), ich gebe
einen Rath.

janayâmâsa cha nalo indrasenan, es erzeugte aber Nalas
den Indrasena, 166 (janayâmi, Caus. von jan-).

dhârayâmâsa hrichśayan, er hielt seine Liebe zurück, 77;
Caus. von dhri, halten.

naishadan varayâmâsa bhaimî, den Naischader erwählte
die Bhaimî (Tochter des Bhîma), 146; von vri, wählen.

vivâhan kârayâmâsa, er liefs die Hochzeit herrichten, 160;
von kri-, machen.

5) bei den W. ay, gehen; *day*, lieben, und arbiträr bei vid
wissen, kâś, kâs, scheinen und ush, brennen.

Dies âm hält Bopp für einen ac. S. einer abstr. Subst.-form
gen. fem., welche sich nur in dieser Verbindung erhalten hat, so
dafs toshayâmâsa = er *war* in Bezug auf „Erfreuung" sein würde.

dharmavid, der Gesetzeskundige; aus dharma, vid.

dharma, sm. n. Tugend, Güte, religiöses Verdienst; Pflicht, Recht,
Gerechtigkeit; Gebräuche (*Gesetze*, Opfer) bestimmter Kasten,
Sekten; Angemessenheit; durch ma von

dhṛi (dhar)-, *halten*. Kl. 1. dharâmi, dhare; p. dadhâra, dadhre;
f. II. dharishyâmi, 3. P. Pl. dharishyanti, sie werden verbleiben,
151; dharishye; a. adhârsham, adhṛishi; pp. dhṛita; — davon

dhîra, â, adj. fest, standhaft, verständig; wovon

dhairya, sn. Standhaftigkeit, Festigkeit, Muth, Kraft, 80. und

dhara, m. *Berg;* in Zstzn. auslautend *tragend:* surabhisragdharâḥ,
die (welche) Kränze von schönstem Dufte tragend (waren), 123;
sowie

dhâraṇa, sn. Halten, *Tragen*, Besitzen von etwas, in liṅgadhâraṇe,
1. S. in der Führung der Abzeichen, 143.

mahishyâ saha, mit seiner Gattin (Königin).

saha prp. c. Instr. *mit*, sammt; steht gewöhnlich hinter der Rektion,
117. 165; nach Bf. 334. vom Pronth. sa, S. 142 + dha; nach
Bu. 702. von sam, S. 138 + dha.

mahishyâ, i. S. von mahishî, sf. *Königin*, insbesondere die ge-
krönte, auch Büffelweibchen; f. von

mahisha, sm. Büffel = der Große, von mahi, Erde, Kuh; s.
mahat, S. 135.

râjendra, o Götterkönig = râja + indra, S. 129.

satkâreṇa, durch gastliche Bewirthung; i. S. von satkâra, sm.
gastliche, ehrfurchtsvolle Aufnahme von satkaromi, gastlich
empfangen; von sat, S. 136 und kṛi, S. 143.

suvarchasaṅ, den hellstrahlenden, ausgezeichneten; von su,
S. 144 und

varchas, sn. Glanz, Gestalt; adj. in Zstzn. varchasa; von

varch-, glänzen, leuchten. Kl. 1. âtm. varche etc.

8. tasmai, diesem, ihm; d. S. von sa, s. Tab. B.

prasanno für -as, freundlich gewogen, zugeneigt, gnädig =
pra + sanno, s. sad, S. 134.

sabhâryâya (ihm), dem mit seiner Gattin (lebenden); d. S. von
sabhârya, adj. seine Frau bei sich habender; durch sa, 58 (für
saha) von

bhâryâ, sf. Gattin, Frau; von bhṛi-, tragen, bringen, erhalten;
Kl. 1 und 3 : bharâmi, bhare und bibharmi; p. babhâra; f. I.
bhartâsmi; f. II. bharishyâmi, bharishye; a. abharsham, abhṛishi;
o. bhriyâsam; pp. bhṛita. — Vergl. gr. φέρ-ω; lat. fero; go. bar

in bair-a, baurei, *Bürde*; gabaurth-s, Ge*burt*; barn, Kind; barm-s,
Schoofs, woher er-barm-en; ge-bären, Bahre u. a.; ksl. russ.
bra-ti, ĭ, nehmen; bre-mę, -mja, Bürde u. a.

varaṅ, eine Gabe, von vara, sm. S. 137.

dadau, er gab, verlieh; 155. 156. p. von dâ- geben, Kl. 3.
dadâmi, dade u. bisw. dadmi; imp. 2 P. dehi (datsva, dadasva),
3. P. dâtu; o. dadyâm, dadîya; impf. 3. P. pl. adadus; p. dadau
(au statt a in der 1. u. 3. P. S. bei Verben auf â, e, ai, o), dade,
dadade; 3. P. dadus (ḥ), sie gaben, verliehen, 154. 158; f. I.
dâtâsmi; f. II. dâsyâmi; a. adâm; 3. P. in prâdâd (= pra +
adâd), er gab, 156. 157; 3. P. pl. adus; ger. datvâ.

Vergl. gr. W. *δο* in *δί-δω-μι, δο-τήρ* Geber, *δώ-ς, δῶτι-ς,
δό-σι-ς* Gabe, *δῶ-ρο-ν* Geschenk; lat. da-re, dator, dos, donum;
ksl. da-mĭ, ich gebe; darŭ, Geschenk, danĭ, Abgabe; auch russ.

kanyâratnaṅ, eine Mädchenperle, eine P. von M.; a. S. voṅ
-na, aus kanyâ, ratna.

kanyâ, sf. Mädchen; nach Bf. 68 von kan (kam) lieben = die
zu Liebende; s. S. 142. Nach Bu. 139 von kana, adj. klein —
a. S. -âṅ, 32; N. pl. -âs, 25; — davon

kanyakâ, sf. kleines Mädchen, Jungfrau, 166.

ratna, sn. Perle, Edelstein, das Beste in seiner Art; durch Suffix
tna, von ram. ratnabhûtâṅ, eine Perle seiende, 55; nârîratnaṅ,
die Frauenperle, 162.

ram-, sich freuen, lieben; Kl. 1. ramâmi, rame; bisw. 9. ramnâmi;
p. reme, er schwelgte, pflegte der Wollust mit ihr, saha tayâ,
162; f. I. rantâhe; f. II. raṅsye; a. araṅsi; pp. rata, ergeben,
151; — davon

rama, â, adj. erfreuend, lieblich, theuer; sm. Liebhaber, Mann;
sf. Liebende, Frau; ferner

ramana, âr, dasselbe, und **ramanîya**, â, lieblich, schön : ra-
manîyeshu vaneshu, in den schönen Wäldern, 165; sowie

rati (statt ramti), sf. Freude, Genufs, Wollust; Liebesgenufs, 36.
Vergl. russ. rad, froh, radostĭ, Freude.

kumârâṅścha trîn udârâṅ, und drei treffliche Knaben.

kumâra, sm. Knabe unter 15 Jahren; — -rî, sf. Mädchen von
10—12 J.; — -ra, sn. gediegenes Gold; der indische Conti-
nent, spez. das Cap Komorin; unbest. Ursprungs. — kumârâṅś
statt -ras, mit eingeschobenem ṅ, vor Palatalen, S. 6.

trîn, a. von tri, *drei*; gr. *τρεῖς, τρί-α*; lat. tres, ter; go. thri; ksl.
russ. tri. — Davon tritîyaḥ, dritte (Kapitel) 88; tridiva, sm. n.

Dreihimmel, Paradies, 158; tridaśeśvarâḥ, o ihr Götterherren, 119.

mahâyaśâḥ, *grofsen Ruhm habende*, berühmte; Bhvr. mahâ, S.135.

yaśas, sn. *Ruhm*; adj. *rumreich*; vom ungebräuchlichen yaś-

9. damayantî, E. N. ac. -tyân (st. în), 166; i. -tyâ, 74. 165; d.-tyai, 68; ab. u. g. -tyâs (ḥ, â), 113. 160; 23. 37 u. oft. damaṅ, dântaṅ, damanaṅ, a. S.; vergl. dam- S. 145.

10. tu, aber, 16. 22 u. oft; ferner, 96; wahrlich, 71. — Oft pleonastisch; vor Voc. tv-, 79. 153. 157.

rûpeṇa, an *Gestalt*, S. 125. tejasâ, an *Glanz*, s. S. 131.

śriyâ, an *Schönheit*, i. S. von śrî, sf. Glück, Reichthum, Schönheit, Herrlichkeit; als E. N. Srî, Göttin der Anmuth, Gemahlin des Vishnu, = Ceres, 13.

saubhâgyena, *durch Reichthum*, i. v. saubhâgya, sn. *Vermögen*, Glück; von

subhaga, adj. *schön*, angenehm, lieblich, glücklich, geliebt; durch su (S. 144) von

bhaga, sn. weibliche Geschlechtstheile : *Glück, Freude*; göttliche Macht; sm. Sonne, Mond; von

bhaj-, brechen, theilen, seinen Antheil geben, zufallen; *verehren, lieben*; Kl. 1. bhajâmi, bhajasi, du verehrest, 150; bhaje; p. babhâja, bheje; f. I. bhaktâsmi; f. II. bhakshyâmi, bhakshye; a. abhâksam, abhakshi; pp. bhakta; wovon noch bhajamâna, adj. verehrend, a. S. f. -mânaṅ, die Dich Verehrende, aber auch : die Dir Bestimmte, 92.

bhakti, sf. Antheil, Bruch; *Verehrung*, Kultus, 142. Sichtbar für bhranch, frangere, brechen, da r nach bh oft ausfällt. Vergl. lat. frango, fragor u. a.

lokeshu, *unter den Menschen* = parmi le monde : überall, 15; l. Pl. von

loka, sm. das Sehen, *Welt*; Menschheit, Leute; so in N. -o, 50; l. -e, auf d. ganzen W., 48; g. -asya, 55; im ac. Pl. -âṅ, Welten *(Besitzungen)* voll Glanz, 156; in Zstzn. : lokakṛit, sm. Weltenschöpfer; g. Pl. -âm, 94; — lokapâla, sm. Weltschützer : König, in N. Pl. -lâs, -lâ, 56. 62. 68; v. -lâ, 140; g. -lânâm, 100. 109; l. -eshu, absol. 93; in der älteren Sprache noch intrans. *Gesicht* (engl. sight), von

lok-, *leuchten*, sehen. Kl. 1. âtm. loke u. 10 : lokayâmi; p. luloke. — Vergl. gr. W. λυκ in λύχ-ος, Leuchte, λευκό-ς, weifs; lat. luc-eo, luc-s, lu-men, lu(c)na; go. liuh-ath; ahd. lioht, Licht;

ksl. luća; russ. luch, Strahl; *lug*en, engl. to look; — verwandt mit

loch- *sehen*. Kl. 1. âtm. loche u. 10 lochayâmi, p. lulocha; wovon lochana, sn. *Auge*, in âyatalochana, â, langäugig, 13.146; stabhdalochana, â, starräugig, 143; und mit

ruch- leuchten, glänzen, *strahlen*. Kl. 1. âtm. roche; p. ruruche; f. II. rochishye; a. 2. arochishi; a. 1. arucham; pp. ruchita; als sf. *Licht*, Blitz, Glanz, Wunsch; davon

ruchira, â, adj. schön, lieblich, angenehm; glänzend (v. Gold), 122; noch in ruchirânanâ, die schönmündige, 116.

prâpa, *sie hat erlangt*, p. von prâp (pra + âp-, S. 137), erreichen, erlangen, finden, zu etwas kommen, *kommen*; Inf. prâptum, zu erlangen, 69. 86; ger. prâpya, erlangt habend, 96; pp. *prâpta* in prâpto 'si, du bist gekommen, 83; prâpte, l. S. absol. vayasi prâpte, bei erreichtem (reifem) Alter, 11; kâle śubhe prâpte, bei eingetroffener günstiger Zeit, 120; prâptakâlam, ac. die richtige, passende Zeit, 135; prâptayauvanâm, das passende Alter erreicht (habende), 40.

sumadhyama, â, adj. Bhvr. schöne Taille habend, -e v. S. 28; su + madhyama, adj. was in der Mitte ist, sm. n. Taille; von madhya, adj. mittel-, sm. n. Mitte, Taille, Gürtel; sf. Mittelfinger; Mädchen mittleren Alters. Vergl. μέσο-ς (μέσσο-ς); lat. medius, dimidius; goth. midji-s, mid-uma, *Mitte;* ksl. russ. meżdu, zwischen.

11. atha, conj. und Einleitungspartikel : 1) im Anfang vor einer nachfolgenden Schrift = poln. oto, russ. votŭ, fr. voici, it. ecco = sehet da, da ist : atha nalopâkhyânań, da ist das Nalolied, 1; — 2) *aber*, lat. at, 11. 25. 120; — 3) *da*, alsdann, darauf, lat. tum, 25. 82. 101. 130. 131; 4) nunmehr, 129; von dem Augenblicke an, 35.

athaitâń (atha, etâń) paripaprachchha, da befragte er diese, 64.

athainań (atha, enań) smayamânań tu, da, ihn, den lächelnden ...,82.

tâń, tâm, sie, ac. S. von sâ, S. 142.

vayasi prâpte, absol. l. S. bei erreichtem Alter; von

vayas, sn. Lebenszeit, Alter, Tugend; von vay-, vî- gehen (Bf. 273) oder vî, sm. Kraft, Bewegung. Vergl. vîra, S. 122.

dâsînâń śatań, ein Hundert Sklavinnen, Dienerinnen.

dâsa, sm. ved. Dasyu, Mensch von nicht-arischer Herkunft, *Feind* der Arier : *Sklav*, Diener. dâsî, f. dessen Frau : *Sklavin*, Dienerin. -înâm, g. Pl. regiert von śata. Wohl von daś- bewältigen, zu welchem δεσ-πότης (= daśa-patis, Herr der Sklaven, Diener; pater familias) verglichen wird. Vergl. übrigens pati, S. 129.

samalaṅkritaṅ, schön geschmückte, aus sam, sämmtlich, völlig, alam, krita; ac. S.

alam, Verbalpräfix vor kri-, schön, hinreichend, genug; mit krischmücken = satisfacere, genug-machen.

śataṅ, ein Hundert, ac. S. von śata, sm. n. ob von daśata? Bu. 635. — Vergl. gr. ἑ-κατο-ν, lat. centu-m, go. hund, russ. poln. sto, im Du. sti, sta, im Pl. N. sta, g. sotŭ.

sakhînâṅ, (100) der Freundinnen, Gefährtinnen; g. Pl. von sakhî (m. sakhi); davon sakhyas, N. Pl. 37. 115; in Zstzn. : sakhîgaṇâvritâ, die von der Fr.-schaar-umgebene, 24. 75; sakhîgaṇât, von der Fr.-schaar, 38; von sak, jetzt sach- vermögen (k oft für spätere ch); sakham, zusammen.

paryupâsach für -sat (wegen folg. ś, s. Wohll. III, 5), sie umsaſsen = pari, upa + âsat (häufig im Râmâyaṇa für âsta); 3. P. Pl. des impf. von

âs- sitzen, bleiben. Kl. 2. âtm. âse, âsse, âste, er sitzt (episch oft für Impf.), 18; f. I. âsâṅchakre; a. 2. âsishi; ppr. âsîna, sitzende, wovon âsînâh, 123; pp. âsita; imp. 2 P. âsva; — davon noch âsana, sn. der Sitz, das Setzen, 36; âsanebhyah d. ab. Pl. von den Sitzen, 78; âsaneshu, l. Pl. auf Sitzen, 123; upâs- wo sitzen.

pari, vor Voc. pary-, untrennb. Präfix : rundum, um, sehr, ganz, völlig; vor Adj. = upari in superl. Bedeutung. Vergl. περί, πέρι-ξ, ringsumher; -περ, wie sehr auch; lat. per- vor Adjektiven; wie in : paripûrṇa, ganz angefüllt; paripluta, ganz umflossen; vor kri mit sh : parishkrita, umschmückt, 19; besonders in vielen Verben, wie : parigachchhâmi, gehen um; parichintayâmi, bedenken, erfinden; parijânâmi, gründlich wissen; paritishthâmi, umstehen; paritushyâmi, sich sehr freuen; paridadâmi, hingeben; paridadhâmi, umgeben; parirakshâmi, beschützen; u. a. m.

śachîm iva, wie die śachî, Gemahlin des Indra (= Stärke), noch 162; daher Indra auch śachîpati.

12. tatra, adv. da, dort, daselbst, 31. 44 u. oft; dahin (wo) — yatra, 110; tatra tatra, bald hier bald dort, 120; durch ra (das Adv. mit lokaler Bedeutg. bildet) vom Pronth. tad, s. Tab. B.

sma, expletive Partikel, giebt etwa = omnino einem hist. Präsens perfekte Bedeutg. = go. ga, 12. 55. 81. 124; aus samâ, altem i. von sama, S. 138.

râjate, sie herrscht, leuchtet, *glänzt;* mit sma, *glänzte* etc.; pr.
ᴿ⁻⁻âtm. von râj-; Kl. 1. râjâmi, râje, strahlen, herrschen; S. 121.

bhaimî, sf. Patr. die *Bhaimî*, Tochter des Bhîma; i. -myâ, von
der B., 154.

sarvâbharaṇabhûshitâ, *mit allem Schmucke angethan;* aus
sarvâ; S. 130; vor Komp. bleibt das Thema rein.

bharaṇa, sn. *Schmuck;* i. Pl. -air, mit Zierden, 43; mit guṇa
(wegen aṇa) von bhṛi, S. 147.

bhûshita, â, *geschmückt;* pp. von bhûsh-, schmücken, zieren.
Kl. 1. bhûshâmi, bhûshe und Kl. 10. bhûshayâmi; p. bubhûsha
u. s. w.; davon noch bhûshanâṇi, die Zierathen, 96; ac. Pl. von
-aṇa, sn. — Vergl. russ. püschen, üppig, prächtig.

sakhimadye, 1. S. von -dya, S. 150. e vor·folg. a bleibt unverändert, doch wird letzteres elidirt.

'navadyâṅgî für anavadyâṅgâ, î, adj. f. von -ga, *schöngliedrig*
(auch vârâṅgana, â, 81); Bhvr. aus an- nicht, S. 142 + avadya + aṅga.

avadya, â, nicht werth, daſs man davon spricht; gemein, niedrig;
durch a (S. 142) von

vad-, *sprechen*, rühmen; anreden, tönen. Kl. 1. vadâmi, vade;
p. uvâda, ude; f. II. vadishyâmi, vadishye; a. avâdisham, ava-
dishi; imp. vada, sprich, erzähle, sage, 31. 112; ger. uditvâ
(udya); pp. udita; davon noch vádana, sn. Mund, Gesicht, 34.

aṅga, sn. *Glied*, Theil; Körper; fig. die 6 Ergänzungen der Veda:
śikshâ, die Recitation; kalpa, das Ritual; vyâkaraṇa, die Grammatik; nirukta, das Wörterbuch; chhandas, die Metrik; jyotish,
die Astronomie; in Zstzn.: zu etwas gehörig; auslautend in Bhvr.
-gî oder -gâ: sukumârâṅgî, die zartgliedrige, 76; varâṅganâh,
die schöngliedrigen, 81; paramâṅganâh, die schönstgliedrigen,
78; — als sm. das Land der Anga (Bengalen und Champa), als
adv. Ausrufungspartikel der Ehrfurcht; vergl. *Aenk*-el; ob von

aṅg-, gehen, *bezeichnen*. Kl. 1. par. aṅgâmi; p. ânaṅga; etc.
Bu. 9 vergleicht aṅk-, bezeichnen, gehen; gr. ἄγγαρος, ἄγγελος,
Engel (Botschafter).

vidyut, sf. *Blitz*, von dyut, sm. Lichtstrahl, dies v. div, S. 129;
oder vom Verbum

dyut, strahlen, *leuchten*. Kl. 1. âtm. dyote; p. didyute; f. II. dyo-
tishyâmi; a. adyotishi; impf. adyatam, von div-. Blitz == sehr
glänzender.

saudâminî, sf. *Blitz;* eigentlich nur ein Beiwort des Blitzes = schöner Bergketten-Umschlinger, von *sudâman,* sm. Wolke, Berg; aus su + dâman, sn. Band.

13. atîva, adv. sehr, höchst, 76. 163; aus ati, über + iva.

rûpasampanna, â, adj. schönheitbegabt; aus rûpa (S. 125), sam, panna (S. 124).

śrîr für śrîs, sf. N. S. von srî, 10.

âyatalochana, â, langäugig, grofs-; aus âyata, lochana, 10.

âyata, â, pp. von âyachchhâmi, sich ausdehnen, erstrecken; s. gam- 6.

na, adv. *nicht, nein;* na—na, weder—noch, 35; nâpi (na, api), selbst nicht; naivan (na, evam), also nicht, 109; mit folg. cha : doch nicht, 29. 128; mit folg. kaśchid, niemand, 114; hinter Kompar. *als nicht,* 20. 21 u. sehr oft. Vergl. gr. νη-; lat. nê-ni (nisi), non; go. ni, nih. d. ne, nein; slaw. nie, niet.

deveshu, unter den Göttern, l. Pl. v. deva, 2.

yaksheshu, unter den Yakshas, l. Pl. von Yaksha, sm. feenhafter Genius, Art Halbgott, Diener des Kuvera (Pluto) und Hüter seiner Schätze und Haine; f. yakshî, Frau eines Y., wohl von

yaj-, opfern, verehren, anbeten. Kl. 1. yajâmi, yaje; o. ijyâsam; imp. ved. 2. P. yakshva; p. iyâja, îje, er opferte, 164; f. I. yashtâsmi; f. II. yakshyâmi, yakshye; impf. ayâksham, etc. pp. ishṭa. — Vergl. gr. ἄζ-ομαι, scheue; ἅγ-ιος, heilig; ἁγίζω, ἐναγίζω, weihe, opfere; ἅγ-ος, Weihe, Opfer.

tâdṛig statt tâdṛiśa (wegen des folg. r), fem. śî; adj. einem solchen ähnlich; vergl. kîdṛiśa, wem ähnlich? îdṛiśa, solcher, derartiger, 71; yâdṛiśa, welchem ähnlich; mâdṛiśa, mir ähnlich; asmâdṛiśa, uns ähnlich, u. a.; aus tad (S. 142 sa) + dṛiśa (dṛiś, gen. comm.) dṛiksha, â, ähnlich, von dṛiś- sehen.

dṛiś- (darś), sehen; mit dem Specialth. paśya- nach Kl. 4. (paśyâmi, 51. 128; impf. apaśyad, 40. 87. 143; 3. P. Pl. apaśyans, 111) paśyatân, der Schauenden, 128 (verw. mit W. spaś-, *spâh-*en; s. die schöne Behandlung dieses Wortes in Max Müller's „Vorlesungen", I, 215); p. dadarśa (sie) erblickte, 19. 23. 75. 129; 3. P. Pl. dadṛiśur, sie sahen, erblickten, 60; âtm. dadṛiśe, sie sah an, 131; f. I. dṛishṭâsmi; f. II. drakshyâmi; a. I. adrâksham; a. II. adarśam; inf. drashṭum; pp. dṛishṭa, â, gesehen (in adṛishṭa, ungesehen), ersehen, 107; f. â, 112; pl. -âs, 115; in Zstzn. : dṛishṭapûrbâ, zuvor gesehene, 14. 29; — p. pr. a. dṛish-

ṭavat : -vân, er (hat) gesehen (ist ein g. habender), 114; —
-vanto für -tas, wir haben g., 29; — ger. dṛishṭvâ, 24. 77 u. oft;
Passiv pr. dṛiśye, 3. P. Pl. dṛiśyante, sie werden gesehen, man
sieht sie, 52; mit sma (S. 151), man sah, 124; davon noch
dṛiśya, adj. stattlich; i. Pl. -aih, mit stattl., 43; dṛishṭi,
sf. Auge; N. S. -ir für -is, 128. und in ûrḍhvadṛishṭir, das Auge
nach Oben (gerichtet), 35; darśa, sm. das Sehen; darśana,
sn. Sehen, Auge, Gesicht, Traum; Blick, 35; Schauen, 155. und
didṛikshavaḥ, zu schauen Begierige, 68. — Vergl. gr. W.
δερκ (zu sskr. darś aus dark) in δέρκ-ομαι, sehe; δέργ-μα, Blick;
δράκων (st. δρακοντ, scharf sehender) *Drache;* alts. torh-t; ahd.
zoraht, glänzend.

rûpavat, î, so gestaltet, s. rûpa, vat.

kvachid (t), *irgend wo;* na-, nirgend wo; durch das enklitische
chit, von

kva, adv. *wo,* 51; kva nu, wo denn, 51. Vergl. russ. gdie; pol.
gdzie.

Das Suffix chit verallgemeinert den Begriff einiger pron.
Adjektive und Adv., so in

karhichit, *irgendwann,* einmal, einstmals; na-, niemals, 21. 36 von
karhi, adv. *wann* (v. Pronth. kim).

14. mânusheshvapi = mânusheshu, unter den Menschen +
api, auch.

mânusha, f. -shî, *Mensch,* Mann, Männin (Frau); adj. mensch-
lich; von Manus, S. 127. ac. S. -am, einen Menschen, 93;
N. Pl. -shâḥ, -sho, Menschen, 27. 29; — adj. mânushîm, ac.
S. f. 26.

api, vor Voc. apy-, wie in apyevaṅ, auch so, 31; apyuta, doch,
also auch, 57; adv. Hauptbedeutung : *auch,* 57. 67. 81. 105.
134; *aber,* 59; hebt das voranstehende Wort hervor, in der Bedeutung *auch,* 105. 162 und *selbst,* 14; mit vorangeh. u. folg.
cha : *und auch,* 47. 115. 164; châpi — cha ist = *sowohl — als
auch,* so wie, 166; wenn auch — so doch, gerade so, so, 30.

chânyeshu, und unter anderen (Wesen) = cha, anyeshu, 1. Pl.

anya, â, andere; Comp. anyatara, Sup. anyatama, irgend einer
(von mehr als zweien), 69. 86; anyonya, â, einer den andern,
17. Vergl. gr. ἔν-ιο-ι, ein-ige; go. anthar, ἄλλος; ksl. inŭ,
alius; russ. inoi, anderer, fremder; inogdá, ἄλλοτε.

dṛishṭapûrbâ, zuvorgesehene; — pûrba (pûrva), â, adj.
vordere, frühere, ältere; in Zstz. hinterdreinstehend; davon *pûr-*

bam, adv. zuvor, 72; *smitapûrbâ*, zuerst gelächelt (habende), 82.
Vergl. p r a -, vor-; prathamas, primus; gr. πρo, πρότερος, prior;
πρῶ-ρος, pri-mus; go. fru-mo, erster; frum-ist, zuerst; ahd. fur-
isto, Fürst; fruo, früh; sl. pra-, pro-, vor; russ. per-vyĭ, erster,
u. a.; von prî- pûr- (slaw. pol-on, voll), füllen; somit ·: πόλ-ις,
die Stadt, die volle; sskr. pura.

a t h a v â (atha + vâ), conj. *oder auch*, oder aber, 14. 80.
ś r u t a, â, *gehört;* pp. von śr u -, hören. Kl. 5. śriṇomi; imp. 2. P. s.
śriṇu, höre, 52. 100; p. śuśrâva, śuśruva, 3. P. pl. śuśruvuḥ, sie
hörten, 57; f. I. śrotâsmi; f. II. śroshyâmi; ger. śrutvâ, gehört,
vernommen habend, 33. 38 u. oft; davon noch śriṇvatoḥ, g. Du.
der beiden Hörenden, v. sriṇvat. Vergl. κλύ-ω, höre, κλυ- τό-ς,
berühmt; lat. clu-o, clueo, höre, heifse; cli-ens, Höriger; inclutus;
go. hliuma; ahd. hlû-t, laut; ksl. slu-ti; russ. slytĭ, slychatĭ,
hören; slusch-atĭ, ge-*horch*-en; słowo, Wort (Gehörtes, Hörbares);
sława, Ruhm (sskr. śravas) u. a.

c h i t t a p r a m â t h i n î b â l â, ein seelenerschütterndes Mädchen.
chitta, sn. *Geist*, Herz, Denken; eig. pp. von *chit*-, spalten,
trennen; bemerken, erkennen, *denken*. Kl. 1. chetâmi; p. chi-
cheta; f. II. chetishyâmi; a. achetisham; ger. chitya in viniśchitya, erwogen habend, 134; davon noch
chetana, sn. Seele, und *chetanâ*, sf. Denken, Besinnung, Verstand, 35; und *gescheidt;* sowie
c h i n t -, *denken, bedenken.* Kl. 10. chintayâmi, chintaye, etc.;
wovon
chintâpara, â, adj. in Nachdenken versunken, 34; *chintayâ-*
mâsa, er überlegte (S. 146. 3.), erwog, bedachte, 39; *chintayantî,*
denkend, erwägend, 131. 132; vergl. lat. censeo, sentio; erweitert aus
c h i - *sammeln*, vereinen. Kl. 5. chinomi, chinve; pp. chita; wovon noch
c h i t r a (chi, tra), *bunt;* -âḥ, 96; *vichitra*, mannigfach, 43. Merke:
chitrakara, m. (Buntmacher) Maler.
p r a m â t h i n, î, adj. erschütternd, aufregend; von *pramâtha*, sm.
das Erregen, Wühlen; durch pra von *mâtha*, sm. Bewegung; von
m a t h - (manth-, mânth-), bewegen; Kl. 1. mathâmi etc.
b â l a, Knabe; -lâ, Mädchen, junge Frau (Kind v. 5—16 Jahren);
adj. jung, unmündig; sm. Rofs-, Elephantenschweif; — bâla-
bhâva, sm. Kindheit; bâlasûrya (keine Sonne), sn. Koralle. —
Vergl. balin, S. 123.

sundara, î, adj. schön; schöne Frau.

15. naraśârdûlo für -as, sm. ein Mann wie ein Tiger; ein aus-
gezeichneter Held, Fürst, Menschenherr; vergl. siṅha und naravyâghra, 109. 117 und purusha, 21; — aus nara (S. 137) und
śârdûla, sm. *Tiger*, Leopard; in Zstz. ausgezeichnet; wohl urspr.
der *Gefleckte*, von śâra, das Geflecktsein, von śâr-, sâr-, schwach
sein; śârdula = πάρδαλις, ος, denn p oft für ś, s.

lokeshvapratimo = lokeshu, S. 149 + *apratimo* für
apratima, â, adj. *un*vergleichlich; nebst pratimâ (= prati-mâ),
sf. Aehnlichkeit, Bild, von

mâ-, messen; Kl. 2. par., 3. 4. âtm. Specialth. 3. stark mimâ,
schwach, mimî; pr. mâmi; p. mamau, mame; f. II. mâsyâmi,
mâsye; a. amâsam, amâsi; ger. mitvâ; pp. mita (mâna).

bhuvi, auf der Erde; l. S. von *bhû*, sf. *Erde* und *sein* (eine der
wenigen W., die auch als Nom. gebraucht werden); daneben die
unreg. Loc.form bhuvâṅ; von bhû, sf. haben wir noch *bhûtala*,
sn. Erdboden, 60 und

bhûmi (-mî), sf. *Erde*, Grund, Ort; wovon bhûmav (für -au) auf
der E. 134; bhûmishṭho, auf der E. stehend, 145; bhûmipate,
o Erdenfürst, 112; — von

bhû-, *sein, werden* (vergl. as- S. 121) nach Kl. 1. bhavâmi, bhave;
p. babhûva, sie war, 33. 34. 35, babhûve; f. I. bhavitâ,
er, es wird sein, 54. 105. 107. 118; f. II. bhavishyâmi, ich
will sein, bleiben, 152; bhavishyati, er wird sein, 80. 109;
impf. abhavat, er war, 15; a. 2. abhûvam, abhûs, abhût,
wurde, entstand, bildete sich, 17; o. par. bhavet (und vor j:
-vej), es würde sein, wäre, 28. 30 (= bhû, bhav + î [= ey] +
am : bhaveyaṅ, bhaves, bhavet) und âtm. bhavethâ, du könn-
test sein, 28; Imp. bhava, sei, 63; ger. bhûtvâ, gewesen
seiend, während sie war, 136; pp. bhûta; als sn. Wesen, Geschöpf, 55. 98. Vergl. gr. φύ-ω, zeuge, φύ-ο-μαι, wachse,
werde; φύ-σις, Natur; lat. fu-am, fu-i, fu-turus, fore; fetus,
fecundus, fenus, fenum; alts. biu-m; ags. beo-m; ahd. bi-m, *bin*;
ksl. byti; russ. by-tĭ, sein, by-tŭ, Sein; das goth. bau-an; altn.
bu-an, *wohnen* ist ein Caus. davon.

Hiervon noch : bhava, bhâva, sm. Existenz in bhâvaṅ,
157; und fig. Glückseligkeit, in âtmabhavaṅ, Selbstexistenz,
inneres Glück, 156.

bhavat, p. pr. a. der die das seiende = *Herr, Du* (mit der
3. P. S., wie im Span. nach usted, im Ital. nach ella für voi;

wovon N. S. bhavân, der Herr, 63; v. Pl. bhavantas, Ihr (Herren),
64. 119; g. bhavatâm, durch Eure ... 114; i. bhavadbhir, von
Euch, 113; l. bhavatsu, in Euch (abs. nachdem Ihr ...), 116; sowie
b h a v a n a, sm. n. Wohnung, Haus; Tempel, Palast; ac. S.
-nań, 46.

k a n d a r p a, sm. *Gott der Liebe;* vergl. g a n d a r b h a, sm. *himm-
lischer Sänger,* Musiker, eine Klasse niederer Gottheiten — im
Uebrigen lose Patrone — 29. 80; nach Einigen von kam statt
kim, was für! + d a r p a, m. n. Uebermuth, Stolz, Hitze, von
drip- beleuchten; nach Anderen von k a m. n. *Seele,* und
d r i p -, Kl. 4. dripyâmi, stolz sein; Kl. 6. dripâmi, *quälen;* Kl. 1.
und 10. darpâmî, darpayâmi, erleuchten.

r û p e ṇ a, an Gestalt, S. 125. — Zu „*Körper*" findet sich kein
Sanskritwort; das lat. corpus wird zu kri-, machen, gestellt, ist
also = Gemachtes. Die übrigen hier vorkommenden Wörteŕ
sind : t a n u, sf. (tan-) der Dünne, Zarte, Schlanke; — d e h a,
m. n. dehî, f. (dih-) Zunehmendes, davon dehe, l. S. 151; —
v a p u s, sn. (vap-) schöne Gestalt, Gesäetes, — -shâ, i. S. 75; —
ś a r î r a, m. n. (śrî-) Zerbrechlicher, Verletzbares, 67. und m û r t i,
sf. Form, Substanz (v. murchh- grofs werden), wovon

m û r t i m â n, *köperlich* (so war er) N. S. v. -m a t; sn. Körper; Cu.
297 stellt es zu mri- sterben. a b h a v a t, er war, s. bhû; —
s v a y a ń, selber, 4.

16. s a m î p e, in Gegenwart, *vor,* l. S. von s a m î p a, sn. *Nähe,*
Gegenwart; ac. S. -am, 56. als Adv. nah; adj. -î p a, â, nah;
aus sam, S. 138 und âp-, S. 138; wovon noch

s a m î p a s t h a, â, adj. nahestehend, *benachbart;* -e, l. S. im ... 18.

p r a ś a ś a ń s u ḥ für -u s, sie *rühmten,* priesen, 79; p. von p r a ś a ń s-
rühmen, von

ś a ń s - ansagen, erzählen; rühmen, *preisen;* Kl. 1. śańsâmi, śańse;
p. śaśańsa; f. II. śańsishyâmi; a. aśańsisham; o. śasyâsam; pp.
śasta; p. pr. praśańsadbhis, i. Pl. von den preisenden, 149.

k u t û h a l â t, *eifrig,* adv. abl. von kutûhala, sn. Eifer, Begier; kutû
Eifer + hala, nehmend; oder von h a l - arbeiten. Kl. 1. halâmi;
p. jahâla.

n a i s h a d h a s y a, *des Naischadhers;* g. S. von - d h a, patron. von
n i s h a d h a, S. 134.

p u n a r, ind. zurück, wieder, wiederum, 32. 73. 74; — -as vor
Kons. 110. 165; -aḥ — puṇaḥ (s. Wohll. III.) immer wieder,
in Einem fort; punaścha, und dann wiederum, 165.

158

17. tayor (s, ḥ), 5. — adrishṭa, 13; — kâmo für -a, Liebe,
S. 142. abhut, entstand, 15; — śriṇvatoḥ für -os, der beiden
Hörenden; g. D. von -vat, p. pr. a. von śru, 14.
satataṅ guṇân, so ausgedehnte (vollkommene) Tugenden; ac. Pl.
für saṅ-tata (sam-t.); dies statt tanta, als pp. von
tan-, dehnen. Kl. 8. tanomi, tanve; p. tatâna, tene; f. II. tanish-
yâmi, tanishye; a. atanisham; ger. tanitvâ (tatvâ). Vergl. gr.
W. ταν- strecken in τείν-ω etc.; lat. ten-d-o, ten-e-o u. a.; ahd.
dunni, dünn; sskr. tanu, m. f. n. (f. auch tanû), dünn, zart,
schlank in tanumadhyâ'ṅ, die schlankwüchsige, 76; russ.
ton-ek, dünn.
prati, gegen, zu etc., prp. c. Ac.ʳ(u. Abl.) meist postpositiv, 17.
33. 39. 135; als Verbalpräfix : zurück pratijagmur, sie kehrten
heim, 159; wieder pratyuvâcha, redete wieder an, 85. 93; ent-
gegen, ver- pratyabhâshata, entgegnete, 52; pratijnâya, versprochen habend, 64; pratyâkhyâsyasi, (wenn) du mich verstofsen solltest, 92; pratiśrutya, versprochen habend, 104; heraus,
von sich : pratyâharantî (die Rede) von sich gebende, 106. —
Auch vorderes Glied in Nominalzstzn. : pratyaksha, â, adj. wahr-
nehmbar; sn. Warnehmen, 155. — Vergl. προ-τί, (πο-τί, πρός,
zu, bei; πρόσ-θε(ν), vorn, vorher; russ. protí(v) (spr. prativ),
gegen.
kaunteya, o Kaunteya = Sohn der Kuntî, Gemahlin Pându's.
vyavardhata, sie wuchs an (diese Liebe); impf. von vi-vṛidh-,
zunehmen; von
vṛidh-, wachsen; Kl. 1. âtm. vardhe; p. vavṛidhe, wuchs an,
77; f. II. vartsyâmi, vardishye; ger. vardhitvâ, vṛiddhvâ; pp.
vṛiddha; vergl. vṛih, ruh; Wurzel, (v)radix u. a.
sa hrichśaya, diese Liebe; sm. Kama, der im Herzen ruht, (sî-)
ruhen, 36; ebenso wie
hṛidaya, sn. Herz, 18; καρδία, κραδίη; von hṛid (in Dekl. u.
sonst für hṛidaya eintretend), Herz; s. hridâ, i. S. 18. Vergl.
κῆρ, κέαρ, lat. cor (st. cord), go. hairt-o, alth. herza, engl. heart,
lith. szird-is, ksl. srüdîce, russ. serd-ce etc. — In Zstzn. : hṛich-
śayavardhana, der Liebe Erfüller, 83; — piḍîtâḥ, v. d. L. ge-
drängte (N. Pl.), 121; u. a.
18. aśaknuvan (wegen folg. n. st.) -vat, nicht vermögend, p. pr.
a. von
śak-, vermögen, können; Kl. 5. śaknomi, 3. P. pl. śaknuvanti sma,
sie vermochten, 81; p. śaśâka, śeke; pp. śakta.

dhârayituṅ für -tum, zu *halten;* Inf. (durch tum = Ac. v. *tu* +
BV. i, von

dhâray- tragen; Caus. von dhṛi, halten, S. 147. — Dieser Infinitiv entspricht genau dem ac. eines abst. Subst. = *das Ertragen,*
oder dem Supinum : *zu ertragen.*

tadâ, da, damals, zu der Zeit, *alsdann,* nunmehr; aus ta + dâ =
russ. tog-dá (spr. tagdá).

dâ, Suffix, bildet *Adv. der Zeit* (Bopp, Ausf. Lehrg. d. S. Spr. 307)
= slaw. dá (poln. gdy), so in : sarvadâ, sadâ, immer, zu jeder
Zeit = russ. vsegdá; — ekadâ, einstmals, zu einer gewissen Z.
= r. niäkogda; poln. nie-kiedy; — kadâ, wann? yadâ, als, wann,
wo = r. kogdá; poln. kie-dy. — anyadâ, zu einer anderen Zeit
= r. inogdá.

Das russ. eingeschobene g giebt den Wörtern einen genitiven
Anstrich (= togo-dá etc.), dürfte aber wohl nur der Fragepartikel gdiä, *wo?* (im Raum) sskr. kva, für wo (in der Zeit) nach-
gebildet sein. Vergl. Cu. 561. u. a. über $\delta \acute{\eta}$, $\delta \varepsilon$.

antaḥpurasamîpasthe vaṅa, in dem, der Frauenstadt nahen
Walde.

antaḥpura, sn. genau : die innere Stadt (der Harem ist immer
in der Mitte der Stadt); Frauenpalais, -haus; Kmdh. aus antar
+ pura.

antar, prp. c. ac. = an-tar, Kompar.form wie in *unter,* zwischen,
in, inwendig; innen, hinein; gr. $\grave{\varepsilon} \nu$-$\tau o \varsigma$; lat. in-tus, inter, intra;
go. in, inna, innen; innuma, innerst; undar, unter; russ. (v)nutrí
und (v)nutrỉ; poln. we-(w)nątrz; — in Nominalzstzn. : *innere;*
antarâtmanâ, mit innerstem Geiste, Sinne, 150;

pura (f. puri, î), sn. Haus, Körper, *Stadt* = $\pi \acute{o} \lambda \iota \varsigma$, die Gefüllte, von

pûr- *anfüllen;* Kl. 10. pûrayâmi; p. pr. a. pûrayanto (f. -tas),
erfüllend, 43; Caus. von

prî- *füllen,* sättigen; Kl. 3. piparmi u. 9. pṛiṇâmi; pp. pûrṇa,
angefüllt, voll, 167; sampûrnâṅ, die ganz erfüllte, 126. —
Vergl. gr. $\pi \lambda \acute{\varepsilon} \omega \varsigma$, plenus; $\pi \lambda \eta$-ϑ-$\acute{v}$-ς, $\pi \lambda \tilde{\iota}$-$\vartheta$-$o \varsigma$, plebes, pŏpulus;
$\pi \lambda o \tilde{v}$-$\tau o \varsigma$, Fülle; go. full-s, voll; fullo, füllen; ahd. folk, Volk;
engl. folk; franz. foule; lith. pilnas; russ. polon, voll; lith. pulkas,
Menge; russ. polkŭ, Regiment; altruss. plukŭ, Kriegszug (s. meine
Ausgabe von „Igor's Zug gegen die Polowzer" in „Beiträge zur
Völkerkunde."

samîpasthe, im naheliegenden; 1. S. von -stha, â, adj. nahege-
legen, 16.

v a n a, *im Walde;* 1. S. für v a n e, (stets vor â) von v a n a, sn.
neben (seltenem) vanî, sf. Wald, 165. — Ob verkürzt aus vas-
ana, Wohnung, als erstem Aufenthaltsorte der Inder (Bu. 563)?
Ursprünglich *lieblich*, angenehm, daher auch *Wonne, gewinnen*
damit identisch sind.

r a h o, adv. *heimlich,* insgeheim, für rahas, urspr. ac. von *rahas,* sn.
Einsamkeit, Verborgenheit, Heimlichkeit; von

r a h -, verlassen; Kl. 1. rahâmi; p. rarâha und 10. rahayâmi.

19. t a t o für t a t a s (h), adv. von daher, demnach; von hier aus,
19; zeitlich : hierauf, nunmehr, alsdann, 20. 22. 34 und oft;
später, dereinst, 105; — prabhṛiti, von da an, in Zukunft, 33.
von t a d, also, 71.

h a ṅ s â ṅ (die) *Gänse;* ac. Pl. von haṅsa, sm. Gans, Flamingo,
Schwan; f. hansî. Unbestimmten Ursprungs. Nach Einigen
von has-, lachen (schnattern); nach Anderen von has-, wetteifern,
z. B. von Rossen im Lauf (Hast). — Vergl. χήν, anser; ahd.
gans; ksl. gąsĭ; russ. gusĭ; engl. goose.

j â t a r û p a p a r i s h k ṛ i t â n, die goldkörper-umschmückte, goldig-
schimmernde.

j â t a + r û p a, angeborene Gestalt (Schönheit) habende = gediegen
gefunden werdend; sn. Gold.

j â t a, â, pp. von jan- erzeugen, 5; auch in jâtasaṅkalpaḥ, einen
gediegenen (gesunden) Sinn habend, bei Verstande seiend, 71.

p a r i s h k ṛ i t a, s. kṛi. — Vor kṛi tritt bei weiter abschweifenden
Bedeutungen stets sh vor k; d. i. s, das wegen i zu sh wird.

v i c h a r a t â n, der *Spatzierengehenden;* g. Pl. von -rat; ppr. a. von
vichar- herumgehen, abst. überlegen, vichârya, 134; von

c h a r -, gehen; Kl. 1. chârâmi, chare; p. chachâra; a. achârisham;
Inf. chartum. — Identisch mit *fahren,* wie das verwandte c h a l-
122 mit *fallen.*

e k a ṅ, einen; ac. S. von eka, ein (er, e, es). — Dekl. nach sarva;
ab. und 1. S. Pl. (masc. u. n.) auch nach śiva. Die Zahlen 1—4
unterscheiden drei Geschlechter. Zum Komp. e k a t a r a, einer
von zweien, steht wohl russ. kotóryĭ; pol. którý; Superl. eka-
tama, einer mehr als zweien; noch in ekaikaśas (= eka, ekaśas)
adv. je *einzeln,* 25; e k â r t h a (eka, artha), um derselben Sache
willen, 70.

j a g r â h a, *fing,* ergriff; berührte, 146; p. von g r a h - nehmen. Kl.
1. 10. und besonders 9. gṛihṇâmi, gṛihṇe; inf. grahîtum, fangen,
24. Verwandt mit sskr. grabh-; altpers. garb; zend garew,

nehmen, *greif-en*, pop. grab-sen, Greif; fr. la griffe; russ. grab-itî, (g)raub-en.

pakshiṇaṅ, einen *Vogel*; ac. S. v. pakshin; f. -inî, Vogel, Be-flügelter; von paksha, sm. Flügel, Pfeilfeder; von paksh- er-greifen, *packen* (die Luft?), theilnehmen, zusammengehen. In wahrscheinl. Zusammenhang mit pas, fah-en, spas, spähen; lat. pass-er; fr. passereau, Sper-ling.

20. 'ntarîkshago für antarîkshaga, sm. Vogel, *Luftgänger*; durch ga (von gam, S. 145) von

antarîksha, antariksha, sn. *Luft*, das Durchsichtige; l. S. -ikshe, in der L. 62; durch antar (S. 159) von

îksh-, sehen, *erblicken*, erwägen; Kl. 1, âtm. îkshe; p. îkshâncha-kre; pp. îkshita; ger. sam-îkshya, erwogen habend., 40. 130; erblickt habend, 145. Vergl. aksha, akshi, S. 136.

vâchaṅ, (diese) *Rede*, 106; i. vâchâ, mit der *Stimme*, 135; i. Pl. vâghbir, mit Worten, 152; sf. von vâch, sf. Rede, Stimme, Satz, von vach, S. 121.

vyâjahâra, meldete, *gab von sich*; p. von vyâ (= vi, â als Prä-fixe) + hri, melden; inf. vyâhartum, 81; im selben Sinne mit prati, â : pratyâharantî, die berichtende, 106.

hri-, *nehmen*, wegnehmen, darbieten (vergl. grah- 19). Kl. 1. harâmi, hare (ved. bharâmi, harmi, 2. und jiharmi, 3); pp. hrita. — Vergl. gr. χείρ, Hand; χέρης, unterthan; altlat. hir, Hand; lat. hērus, hēra, here(d)s, hereditas.

hantavyo für -vyas wegen folg. asmi; *ich bin zu tödten*, ein zu tödtender; pf. durch tavya, â (itavya, â) von han, 4. — 'smi für asmi, ich bin, siehe as- S. 121.

te, von Dir, durch Dich; Nebenform des g. und d. S. (für tava, tubhyam und einmal für ac, tvâm, 83) von

tvam, Du. 28. 31 u. oft; ac. tvâm (tvâṅ, Nebenform tvâ), dich, 69. 86. und einmal te, 83; i. tvayâ, von Dir, 112. mit Dir, 117; d. tubhyam und te, 20. 83. 89. 102. 153; ab. tvat (d), als Dich, 21; Deinetwegen, 91; g. tava, Deiner, 92; auch poss. (wie mama, 29) 90. 20. 107. 118; mit der Nebenform te, 28. 94. 151; l. tvayi, mit, bei Dir, 152. — Vergl. sskr. tva, der andere, gr. τε, τύ, τού, Du; lat. te, tu, tuus; go. thu, theins, Dein; lit. tu; ksl. russ. ty, Du; tvoj, Dein. — Zu den tonlosen Formen te, tvâ etc. bemerkt Böhtlingk (Anm. zur Chrest. 276), dafs sie nie einen Halbvers anfangen. Siehe daselbst noch die Bemerkung über die Ablative tvat, mat etc.

21. **sakâśe**, in der Nähe (Erscheinung), 1. S. v. -śa, sm. von
kâś (kâs)-, *scheinen*, leuchten, glänzen; Kl. 1. u. 4. âtm. kâśe,
kâśye; p. chakâśe. Vergl. russ. kaś-a-tĭ; poln. po-kazać, zeigen;
russ. kaśatĭ-sya, sich zeigen, *scheinen;* poln. pokazywać śię.

kathayishyâmi, *ich werde erwähnen;* f. II. (= pr. + sya) von
kath-, *sagen*, erzählen. Kl. 10 kathayâmi; imp. kathayadhvaṅ,
saget an, sprecht, 65. Vergl. go. qiþ-an, sagen, wozu engl. to
guess, errathen, dem russ. gad-atĭ entspricht, während poln.
gadać mehr sprechen ist; ferner bengal. kathan; altn. kveda,
sagen, bestätigen, wovon kvida, Gedicht; geta, erzählen; dialekt.
kade, schwatzen; angs. cwaeð-an, wozu engl. quoth u. to quote.
kathyamâna, n. Erzählung, 56.

purushaṅ, einen (andern) Mann; ac. S. von purusha, auch
pûrusha, sm. Mann, Held; Nachkomme des pûru, E. N. eines
Königs der Arier; von puru, E. N. eines mythischen Stammvaters
(als manusha, S. 127); als adj. zahlreich, zum Volke gehörig,
von pûr, prî, füllen, S. 159. — Vergl. *Bursche*.

purushavyâghra, ein Manntiger, Held, 126, s. narśârdûlo, 4.

22. **uktas** (h), *angereiet*, 52, 70; f. uktâ, 101; 1. S. ukte, 66;
s. vach, 1.

utsasarja, er entließ, *ließ los;* p. von utsrij- loslassen; durch
ut (ud), Präfix, bezeichnet im Gegensatz zu ni-, nieder : *empor,
los*; vergl. samutpatya, aufgeflogen seiend, 22; samutpetus, sie
sprangen auf, 78; nipetus, sie flogen (senkten sich) herab, 23.
— Vergl. *aus*, Comp. uttara, äußere, Superl. uttama, äußerste
(beste), 155. 158.

srij-, emaniren lassen, aus sich lassen, *lassen; schaffen; entsenden;
niederlegen.* Kl. 6 srijâmi und 4 srijye; impf. asrijat, sie legte
nieder, 147; pp. srishta; davon f. sraj, Blumenkranz, Guir-
lande, 96. 158; **rajju**, sm. Strick, 92.

samutpatya, *auffliegend;* ger. v. samutpat = sam, ut und
pat-, fallen, *fliegen;* Richtung nach etwas nehmen. Kl. 1 patâmi;
p. papâta; 3. P. pl. petus in nipetus, sie flogen herab, 23;
samutpetus, sie sprangen allesammt auf, 78; pp. patita, â,
gerichtet auf, 128. Vergl. πέτ-ομαι, fliege; πτε-ρό-ν, Flügel;
πί-πτ-ω, falle; lat. peto, im-pet-us, penna u. a.; ahd. fed-ara,
fedah, fetah, Fittig; russ. pt-i-za, Vogel; pe-ro, Feder; pad-a-tĭ,
fallen u. a.

vidarbhâṅ, *nach* V. — Der ac. bezeichnet die Richtung noch
selbständig (ohne prp.).

agâmana, *sie gingen*, v. gam-; mit eingeschobenem s wegen folg. t.

23. nagarîn, *in die Stadt*, ac. S. v. -rî f. und nagara, sn. 161; ob von naga, nicht gehend, welches als sn. auch *Baum, Berg* (als das Stehende) bezeichnet?

antike, *in der Nähe, vor Augen*; adv. u. prp. gebrauchter l. S. von antikâ, sn. Nähe; adj. (f. â) *nahe*. Comp. u. Superl. mit sub-
: stituirtem Stamm neda : nedîyas, î; nedishṭa, â; vom Adv. anti, nahe. S. Böhtlingk, Anm. zur Chrest. 276.

nipetus, 22. — ni, untrennbares Präfix mit Hauptbedtg. : *nieder :* nipetus; nikṛita, niedergeschlagen; *hinab, herab :* nipatâmi, -gehen; *unter :* nipâta, sm. Untergang; *Erreichung :* nigachchhâmi, hinge-
langen; und sehr oft die *Verstärkung :* nikâman, adv. gern; = *er, ver :* nibodha (budh-) erkenne, 66; nivedaya (vid), verkündige, 68.

In Derivativen wird ni- nai (wie vi- vai, su- sau, vergl. vidarbha, vaidarbhî, 85; subhaga, saubhagya, 10; sudâman, saudâminî, 12) : nishadha, das Land N., 3. — naishadha, der König dess., 16.

Vergl. russ. nai- zur Bildung des Superlatives : nailuchiï, poln. najlepszy.

garutmantah, diese *Vögel;* N. Pl. v. garutmant, garutmat, sm. Vogel (des Vishnu); letzteres gebräuchlicher; adj. *beflügelt;* durch mat von

garut, sm. *Flügel;* von gar (gal) fallen, d. i. fliegen; oder von gṛî-, tönen = der klingende (durch den Fittigschlag in der Luft). garuḍa, sm. Vogel Vishnu's und Träger dess.; Vogelkönig.

tân ganân, diese *Schaaren;* ac. Pl. von gaṇa (= jana), sm. Schaar, Gefolge; Truppe (von 29 Kriegswagen, 81 Reitern und 135 Fußmannen). Nach Bf. 97 von grah (grih), S. 160, guṇirt garh + na, unter Verlust des h : garṇa, assimilirt in gaṇṇa, gaṇa.

24. tân adbhutarûpân, diese *Wundergestalten;* ac. Pl. des Bhvr. -pa, eine Wundergestalt habend; aus

adbhuta, â, adj. *wunderbar, nie dagewesen;* sn. *Wunder;* aus

adhi (ati), untrennb. Präfix : darüber hinaus, über + bhuta, verkürzt aus bhûta, 15. = über das Sein hinausgehend (d wegen folg. bh).

vai, verstärkende Partikel : nun also, denn eigentlich, 65; wahrlich, 28, 66; stets expletiv.

sakhiganâvṛitâ (= sakhî, 11; gaṇa; âvṛita, â, 4). — Ueber sakhi, Böhtlingk, Anm. zur Chrest. 276.

hṛishṭa, â, *erfreut*, freudig, fröhlich, 57; pp. v. hrish-, in die
Höhe starren (als Zeichen der Freude, bisweilen auch des Grau-
sens), *sich freuen*, froh sein. Kl. 4. hṛishyâmi, hṛishye; p. jahar-
sha, jahṛishe; impf. ahṛisham; pp. auch hṛishita als : *aufgerichtet*,
144. Vergl. die Redensart : die Haare stehen zu Berge; engl.
— on end, u. gr. χαίρω, freue mich, χαρά, χάρ-μα, Freude,
sskr. harsha; χάρ-ις, Gunst; lat. horreo u. gratus; altn. frjosa;
engl. to freeze, frieren, Frost; Graus, gruseln u. v. a.

khagamâns, die *Vögel*, Luftgänger; ac. Pl. von khagama,
khaga, sm. Vogel; von

kha, sn. *Luft*, nach Weber von khan, graben == Wölbung des
Himmels; vergl. altn. geym, grofser leerer Raum, Weltenraum.

tvaramâṇo für -nâ (+ upach-°) *eilig*; ppr. âtm. von tvar-, *eilen*.
Kl. 1. tvarâmi, tvare; p. tatvare; pp. tûrṇa und tvarita, in
präs. Bedtg. eilender, 121.

upachakrame, sie fing an; p. von upakram- beginnen; s. kram, 5.

25. visasṛipuḥ, zerstreuten sich, gingen auseinander; 3. P. Pl.
des p. von visṛip, auseinander gehen; von sṛip- (sarp-) *langsam
gehen*, watscheln; *kriechen* wie eine Schlange; Kl. 1. sarpâmi;
p. sasarpa; f. I. sarptâsmi, sraptâsmi; impf. asṛipam; pp. sṛipta.
Vergl. gr. ἕρπ-ω, schleiche; lat. serp-o, serp-en(t)s; sskr. sarpa-s,
Schlange; Pro-serp-ina (?); *Erp-el* (Enterich).

pramadâvaṇe, im *Frauengarten*; 1. S. von -na, sn. von pramadâ,
sf. *Frau*; -da, sm. Freude, Trunkenheit; adj. berauscht (v. Getränk oder Leidensch.), von

mad-, trunken sein, sich freuen; Specialth. mâdya. Kl. 4. mâ-
dyâmi; p. mamâda; pp. matta, trunken, erfreut, wüthend; engl.
mad; gr. μεθύ-ω, bin trunken; unmatta, wahnsinnig, toll,
35. Das davon abgeleitete

mada, sn. *Trunkenheit*, fig. Tollheit, Wahnsinn, Wuth, stimmt zu
μα(δ)νία; lat. mania; wovon engl. maniac; fr. -iaque, sp. -istico,
ein Wahnsinniger. In der Bedeutung berauschendes Getränk
(neben madhu, madhura, diese als adj. *süfs*, als s. noch *Honig*),
zu zend. madhu, Wein; gr. μέθυ; altn. mjöd; russ. mëdŭ; poln.
miód; ahd. metu; alts. med-o; lith. midus, Honig.

ekaikaśas, einzeln; durch -śas [wie in sarvaśas (ḥ), 54] von eka
+ eka, 19.

samupâdravan, sie *liefen darauf los, ihnen nach*; sam, upâ und
adravan, *sie liefen*; Impf. von dru (drâ-, dram-); *laufen*,
eilen, fliehen, fliefsen. — dru, Kl. 1. dravâmi; p. dudrâva;

pp. druta; drâ- Kl. 2. drâmi; p. dadrau; pp. drâṇa, mehr *fliehen;*
dr â m - Kl. 1. dramâmi; p. dadrâma; dazu gr. p. *δέ-δρομα;*
ἔ-δραμ-ον, lief; *δρόμ-ος,* Lauf; *δρομ-εύ-ς,* Läufer, lat. dromo;
δρομ-άς, lat. dromas, Dromedar; Droma, E. N. des Hundes des
Aktäon; dromos (*δρόμ-ος*), Rennbahn der Spartaner.

26. **s a m u p â d h â v a d**, sie lief an (hin zu) = sam, upa und
a d h â v a d, sie *lief;* impf. von **dhâv-**, genau : *laufen* (dh, d entspricht oft l, so noch in demselben dhâv, lavare, waschen. Kl. 1.
dhâvâmi, dhâve; p. dadhâva; pp. dhauta und dhâvita.

s a m â n u s h î ṅ g i r a ṅ k ṛ i t v â, nachdem sie (d. Gans) menschliche
Stimme angenommen hatte.

gir, sf. *Stimme,* Laut, Wort; Antwort; Loblied; adj. redend; von
gṛî- (gar-), *einen Ton von sich geben; singen,* rühmen, preisen.
Kl. 9. gṛiṇâmi; p. jagâra. Vergl. zend gar; altn. gala, singen,
in Nachti*gal*; gr. *γῆρυ-ς,* Sprache; *γηρύ-ω,* spreche, töne; *Γηρυών;*
lat. garrio, schwatze, garrulus, geschwätzig; ahd. kirru, knarre,
quiro, girre, seufze; lith. garsa-s; ksl. glasŭ; russ. golosŭ; pol.
glos, Stimme.

a b r a v î t, *redete an*, 31. 36; sprach, 70. 73. 101. 136; sagte
(ließ sagen) 112; 3. P. Pl. abruvan, sie redeten an, 62; sprachen,
57; impf. von

b r û -, *anreden*, sagen, sprechen. Kl. 2 doch nur im pr. u. impf.
gebräuchlich : bravîmi, ich sage, 102. 152; imp. 2. P. brûhi,
2. Pl. brûta; ppr. bruvâṇa.

27. **a ś v i n o ḥ s a d ṛ i ś o r û p e**, den Aswinen (ist er) gleich an
Schönheitsgestalt.

a ś v i n o ḥ, *der beiden A.,* g. D. v. aśvinau, die Zwillingssöhne der
aśvinî (= equina); die beiden Himmelsreiter (= Dioskuren Castor
und Pollux) und himmlischen Aerzte (devachikitsakau), von
a ś v i ṅ, Reiter, Ritter, von aśva, 1. — Vergl. die interessante
Besprechung in M. M. II. 450 ff.; ferner über den Ursprung
des *Schattens* in meinen „Beiträge" etc. S. 15.

s a d ṛ i ś o für -śa, f. î, ähnlich, gleich; s. tâdṛig, S. 153.

28. **y a d i**, wenn; conj. aus ya + Suff. di. Mit o. 28. 100; mit
fut. 92. 105; nach Be. von yad, 2; vergl. russ. yesli, yeželi.

v a r a v a r ṇ i n î, o Edle, Anmuthreiche; f. v. -ṇin, adj. Kmdh. aus
vara, 4; varṇa, -in, von sehr hoher Kaste stammend, edel.

v a r ṇ a, sm. *Kaste;* urspr. *Farbe,* Hautfarbe; von vṛi + na. — Diefs
Wort deutet darauf hin, dafs der Unterschied der Stände von
einem Unterschied der Farbe zwischen der helleren (s. pâṇḍu, 35)

und der dunkleren Bevölkerung ausgegangen ist, welche letztere, unter dem (nicht sanskritischen) Namen **śûdra** die unterjochte Urbevölkerung des Gangeslandes bezeichnet. S. Duncker, Gesch. des Alterthumes, II. 53 ff. — Das Wort *Kaste* ist portugiesischen Ursprungs. Vergl. engl. varnish, fr. verni, braun u. a.

saphalan, *fruchtbringend*, nutzreich; adj. n. genau : mit Frucht (sa für saha + ph.) neben phalita, fruchtbegabt; von

phala, sn. m. *Frucht*, Ergebnifs, Gewinn; da phala-ka das Baumblatt zum Daraufschreiben bezeichnet, so dürfte φύλλον, folium wohl auch hiermit verglichen werden; s. Cu. 274. anders. — Von

phal-, aufplatzen (vor Reife), brechen; *fruchttragen*. Kl. 1. phalâmi; pp. phalita; vergl. russ. plodŭ.

janma, sn. *Geburt*, hohe G. für jan*man*, welche Silbe im N. S. m. u. n. das n abwirft; von **jan-** 5.

chedan = cha, idan, und diese (rûpan).

idam, pr. dem. n. S. *dieser, e, s*; ac. idan, 100. m. ayam, f. iyam. — W. i + dam = lat. dam, dem in quidam, idem, oder W. id + am = lat. it.

29. **vayam**, wir, 57. N. Pl. von aham (n), ich, 51. 67. 68 u. oft; ac. mâm (mân), mich, 70. 95 u. oft; i. mayâ, von mir, 65. 91 u. oft; d. me (Nebenform v. mahyam), mir, 137. 138; ab. mat; g. mama, meiner (auch = poss.), 50. 51. 83 u. oft, mit der Nebenform me (im Sinne *von mir*), 52. 133. 136. 1. mayi. — Du. N. âvâm (nau), âvâbhyâm (nau); âvayos (h, nau), g. l. uns beiden, 48. — Pl. ac. asmân (nas, nah), 66. 68. 112; i. asmâbhis (r), von uns, 29; d. asmabhyam (nas); ab. asmat; g. asmâkam (nas), 63; l. asmâsu, vor uns, 72.

hi, conj. *aber*, 29. 90. 108; *denn*, 51. 84, vor Vok. hy, 95 u. oft; wird nachgesetzt, meist expletiv.

uraga, sm. *Schlange*, 124. N. Pl. -âh; Brustgänger; durch ga von uras, sn. Brust, adj. gut.

râkshasân, *Dämonen* d. Namens; ac. Pl. von -sa, t; adj. dämonisch; sm. Sprefs eines rakshas, sn. böser Geist im Dienste Kuvera's (des ind. Pluto's), der die Kirchhöfe beunruhigt, die Opfer stört und dabei jegliche Form annehmen kann; Menschenfresser, mifsgestaltet und rothbärtig (Grimm, D. Myth. 521); Teufelsspuk : *Racker*; scheint auf rohe, menschenfresserische Urbewohner hinzuweisen, die der Volksglaube stets zu unmenschlichen Riesen vergröfserte, da nrichakshas, der Menschenfresser, von **chaksh-** fressen, darauf hinweisen dürfte.

na châsmâbhir = na, cha, asmâbhis; i. von uns, durch uns;
amâ oft für sma.

tathâvidhaḥ, N. S. von a, â, adj. *solchartiger*, e, es; Bhvr. solchen Anblick haberid, aus tathâ, 5. und

vidhaḥ, so beschaffener, e, es; N. S. von vidha, â; nur als hinteres Glied in Zstzn.; vergl. vividha, mannichfach, verschieden-
artig, -deshu, 123; von vid- S. 126.

30. viśishṭâyâ mit der Auserlesenen; i. S. f. (mit seltenem âyâ
st. ayâ) von viśishṭa, â, pp. von viśish-, überlegen sein (W. śish-
nur mit vi- gebräuchlich). Kl. 7. viśinashmi; viśishṭena,
i. S. m. mit dem A. — Sinn : durch zwei Auserlesene (beiderlei
Geschlechts) wird eine Vereinigung vortrefflich.

saṅgamo, eine Vereinigung; für -as, sm. n. aus sam-gama, gam.

guṇavân, eine vortreffliche, N. S. m. v. -vat, î; s. guṇa, 1.

31. viśâṅpate, o Herr der Wisen. viśâm, g. Pl. von viś, sm.
Wise (Geschlecht, edler Stamm); ved. noch Familie, Haus; urspr.
Mann überhaupt; von

viś- *eindringen* (hier ins Gangesgebiet, erobern), eingehen. Kl. 6.
viśâmi, viśe; p. viveśa; 3. P. praviveśa, sie trat ein, 127;
3.P.Du. viviśâte, die beiden betraten, 46; 3.P.Pl. viviśus,
122; f.I. veshṭâsmi; f.II. vekshyâmi : pravekshyasi, du wirst
hineinkommen, 74; a. aviksham; pp. vishṭa, â; pravishṭaḥ,
der Eingetretene, 87. 113; ppr. praviśantaṅ, den Eintreten-
den, 87; inf. praveshtuṅ, eintreten, hineingelangen, 73.

Davon noch veśman, sn. *Haus*, Palast, Tempel, N. S. -a,
84; pl. -âni, 73; und niveśana, sn. das Eintreten; Haus,
Wohnung; ac. S. -aṅ, in das H., 74. 113.

apyevaṅ == api, evam, nunmehr, aber auch.

32. tathetyuktvâ == tathâ, iti, uktvâ, also gesprochen habend.

iti ('ti), adv. so, 36. 53; also, auf diese Weise, 35. 72; bezeichnet
Worte, sowohl eigene als fremde, als solche mit Nachdruck =
russ. vot chto! = so denkend, sprechend : 41. 64. 74. 118.
Aus dem Pron. st. i + ti als Suffix; vergl. itidem, itentidem.

aṇḍajaḥ, der *Eigeborene*, Vogel (auch Fisch, Eidechse) N. s.
von -ja, sm. von aṇḍa, sn. Ei; testis, scrotum; Sack des Moschus-
thieres.

nyavedayat, *hinterbrachte*, erzählte wieder, 38; impf. von ni-
veday-, benachrichtigen, melden; von veday- wissen lassen,
-machen; Caus. v. vid, 1; — imp. nivedaya, verkündige, 68.

nalopâkhyâne, im *Naloliede*; l. S. von upâkhyâna, Lied; von khyâ-, nennen, bezeichnen, *preisen.* Kl. 2. kyâmi; f. II. khyâ-syâmi, in pratyâkhyâsyasi, (wenn) Du mich verstofsen soll-test, 92 ; pp. khyâta, berühmt.

prathama, â, adj. erster, früherer; durch thama aus der prp. pra gebildet; thama aber scheint aus dem Superlativsuffixe tama (vergl. πρῶτος, primus) entstanden zu sein. pra ist untrennb. Präf. (S. 154 pûrba) = πρό, lat. pro, sl. pro, pra, lith. pra.

'dhyâyah für adhyâyas, Lektüre, Lection, Abschnitt, Kapitel, von adhi + i, 41, das mit diesem Präfix *lesen* bedeutet; sonst ist adhi, prp. c. l. u. ab. und bedeutet *über;* Verbalpräf. u. vorderes Glied in Nominal-Zstzn. wie in adhipa, adhípati (pâ- herrschen), König, Oberherr, 141; adhirâjâ, Oberkönig; adhidaivata, sn. höchste Gottheit; adhivâsa, Wohnung.

33. tachśrutvâ vacho = tat (tad) śrutvâ vacho; letzteres für vachas, sn. Rede, Stimme, Befehl; i. vachasâ mit der St. 137; von vach, 1.

prabhṛiti, ind. von — an; als adv. gewöhnlich hinter tatah, und bedeutet mit diesem (= tatah paraṅ), seit der Zeit; von bhṛi -tragen = forttragend (in die Zeit) + ti.

34. dîna, â, adj. *unglücklich,* elend; eig. pp. von

dî-, *vergehen,* zu Grunde gehen, dahin siechen. Kl. 4. âtm. dîye; p. didîye; f. I. dâtâhe; f. II. dâsye; auch in adînâtma (a dîna + âtma), fröhlichen Sinnes, 58.

vivarṇavadanâ, einen farblosen (bleichen) Mund habend; Bhvr. aus

vivarṇa, â, adj. farblos, aus vi, varṇa, 28; und

vadana, Mund, *Gesicht* (das Sprechende), von vad, 12.

kṛiśa, â, adj. *mager,* dünn, schmächtig; Comp. (mit subst. Thema kraś) kraśîyas, Superl. kraśishṭha; eig. pp. von

kṛiś-, *abmagern;* m. machen. Kl. 4. kṛiśâmi; p. chakarśa; pp. auch karśita etc.

nihśvâsaparama, â, ganz dem Seufzen ergebene (das S. als Höchstes habende), Bhvr. aus nihśvâsa + paramâ.

nihśvâsa, sm. Athemholen, *Seufzer,* v. nihśvasimi, aus-, aufathmen, *seufzen,* stöhnen; durch

nih, euph. für nis, diefs für nir, untrennb. Präfix; vorderes Glied in Zstzn. *nieder* (= nitra : ni + tra, das es vertritt), *heraus, ent :* niśchaya, sm. Entschlufs, 142; *ab :* nirapâye, nicht ab-(irre-)führend, 107; *ohne :* nirviśeshakṛitîn, die ohne Unterschied gestalteten (ac.), 130; von śvas- *athmen*, schnaufen, zischen. Kl. 2. śvasimi, p. śaśvâsa.

parama, â, adj. höchste, ausgezeichnetste, erhabenste; vergl. 142;
allerschönste, 78. 147; aus para, 5 + superl. Suffix ma. —
Beide para und parama bilden als n. zu fassende Bhvr.

35. ûrdhvadrishṭir für -is, das Auge hoch (nach oben) gerichtet; aus

ûrdhva (ûrddha, ûrddhva), â, adj. *nach oben*, empor *gerichtet;*
ûrdhvam, prp. c. Abl. über, nach; von vṛidh-, 17. — dṛishṭi(r), 13,

dhyânapara, â, adj. *nachdenklich*, das Nachdenken als Höchstes
(habende), von

dhyâna, sn. *Nachdenken*, Sinnnen; von dhyai, sinnen, ergrübeln;
anbeten. Kl. 4. dhyâyâmi; p. dadhyau; f. II. dhyâsyâmi; impf.
adhyâsam; pp. dhyâta; vergl. att. ϑεάομαι, staune, schaue. —
Von ved. dhî- sinnen, grübeln, anbeten.

babhûvonmattadarśanâ = babhûva (15), unmatta (25), darśanâ (13), sie war, den Anblick einer Wahnsinnigen habend;
unmatta, neben unmada, â, assim. aus ut-matta (für manna aus
madna).

pâṇḍuvarṇa, â, bleiche Gesichtsfarbe habende; Bhvr. aus

pâṇḍu, adj. *bleich*, blafs, blafsgelb; sm. Blässe, Gelbsucht. E. N.
eines *Königs* von Hastinapura, Vater der fünf Pandavas; vielleicht als Repräsentant des arischen Stammes den schwarzen
Eingeborenen gegenüber; s. varṇa, 28. Das Historische in
Duncker (Gesch. des Alterth.) II. 35 ff. Vergl. (d oft u. leicht
= l : lacrima, yma, uma = δάκρυμα), πελ-ό-ς; lat. pall-eo,
pallidus; palla, weifses Obergewand der römischen Frauen =
pâṇḍukambala, weifses Wollengewand; pâṇḍuśarmilâ (Weifs-
kleid), E. N. der Draupadi.

kshaṇenâtha, von dem Augenblicke an; aus kshaṇena, i. S.
(adv. sofort) von

kshaṇa, sm. Augenblick, Zeit; von kshaṇ-, zermalmen, verletzen (daher kshaṇa, Bruch, Stückchen, Scherbe; *Moment*).
Kl. 8. kshaṇomi, kshaṇve; p. chakshâṇa; impf. akshaṇisham;
pp. kshata. — Vergl. κτόνο-ς, Mord; κταίν-ω, tödte.

hṛichśayâvishṭachetanâ, v. Liebe-erfüllte Gedanken (habend)
= hṛichśaya (17), âvishṭa (v. viś-, 167), chetanâ, 14.

36. śayyâsanabhogeshu, im Liegen, Sitzen und Essen;
Dwandwa-Verbindung aus

śayyâ sf. (śayana, sn.) *Lager*, Bett, Sopha; von śî-, *liegen*, sich
legen, schlafen. Kl. 2. âtm. śaye; 3. P. S. śete (sie) schläft, 36;

o. śaŷya; p. śiśye; f. II. śayishye; impf. aśayishi; pp. śayita.
Vergl. κεῖ-μαι, liege, κοί-τη, Lager, κῶ-μος, Gelage, κώ-μη,
Dorf; lat. qui-e-s, qui-e-sc-o, civi-s; go. hai-ms, Dorf, heiva, Haus,
Familie; ksl. russ. po-koĭ, Ruhe, po-chi-tĭ, ruhen.

âsana, sn. *Sitzen*, Sitzung, Sitz; von âs- 11.

bhogeshu, in den *Speisen*, am Genufs; l. S. von bhoga, sm.
(bhojya, sn.) von

bhuj-, ved. für bhruj-, *genie/sen*, essen; Kl. 7. bhunajmi, bhuṅje;
p. bubhoja, bubhuje; f. I. bhoktâsmi; f. II. bhokshyâmi, bhokshye;
impf. abhauksham, abhukshi; pp. bhukta, Genossenes, für
bhrukta, wozu vergl. fructus, Frucht; *brauch*-en; altn. bruka,
z. B. Medicin.

vindati, sie *findet;* von vindâmi, ich finde, mit eingeschobenem
n aus vid-, Kl. 6. pp. vidita, vitta, vinna (v also identisch mit *f*);
vergl. vid-, 1.

naktam (ṅ), adv. *bei Nacht* (noctu, νυκτός), nur vorhanden in der
Ac.-form vom ungebräuchlichen

nakta, *Nacht*, wofür niś, niśâ sf. gebraucht wird. Vergl. νύξ
(st. νυκτ); lat. nox (st. nokti); go. naht-s; altn. natt (st. nokt);
lith. nakti-s; ksl. noshti; russ. nochĭ etc.

divâ, adv. *bei Tage;* nur vorhanden im i. (= *die* in hodie) von
dyu, sn. Tag; Himmel, Aether; Paradies (lat. diu; ju in Jupiter;
vergl. dyut-, 12); vor Konsonanten

div, sf. Luft, Himmel, Paradies (N. S. dyaus; loc. divi, im Himmel,
pl. divas) neben diva, sn. Luft, Lichthimmel, Paradies; *Tag;*
und divan, divasa, sm. Tag; vergl. div-, 2. und εὐ-δί-α, hei-
terer Himmel; ἔν-δι-ος, mittäglich; lat. die-s; russ. denĭ u. a. —
Davon

divya, â, adj. himmlisch, schön, angenehm, 96; vergl. russ. div-
nyĭ, dass.

hâ, Interj. der Freude, des Kummers, Vorwurfes etc., *ha!* ach! —
heti = hâ, iti; hâ hâ, ha ha! 138.

rudatî, die (also) *stöhnende*, selten rudantî; p. pr. a. von rud-,
schluchzen, weinen. Kl. 2. par. rodimi; p. ruroda; a. arudam;
ppr. rudat; pp. rudita; ger. ruditvâ, roditvâ; vergl. russ. ryd-âtĭ.

37. tadâkârâṅ, ein solches Aussehen habende; Bhvr. aus tad,
âkârâṅ, ac. S. von

âkâra, sm. *Miene*, Aussehen, Gesicht; Zeichen, Anzeichen; von
kṛi, 6; davon

àkàravat, (schönes) Aussehen habend, *schön* gestaltet : àkàra-
vantaḥ, schön geformte, 124.

jajnur für -nus, sie erkannten; p. von jnâ- 1.

iṅgitaiḥ für - ais, *an den Geberden;* i. Pl. von iṅgita, sn. Geberde;
eig. pp. von

iṅg- (iṅkh-, ikh-, ig-) sich *bewegen*, schwanken; gestikuliren.
Kl. 1. iṅgâmi; p. iṅgâñchakâra; pp. iṅgita. Vergl. russ. ѣхать;
poln. jechać, fahren.

pataye, dem Herren; d. S. von pati, 2.

sakhîjanaḥ, die Freundinnen allesammt. Karmdh. N. s., steht
pluralisch, denn janaḥ steht nicht für gaṇaḥ (23), sondern ist
als hinteres Glied von Karmdh-Zstzn. ohne Bedeutung, oder
pluralisirend; sonst heifst

jana, sm. Geschöpf, Menschengeschlecht; Mann, *Person.* S. jan- 5.

38. nareśvare, *bei dem Könige;* l. S. v. nareśvara, sm. Ttp. aus
nara (4) +

îśvara, sm. (f. -râ, rî) Herr, *Gebieter.* Siwa und dessen Frau.
Gott; durch -vara, das nur wenige Adj. u. Nom. agentis bildet,
von

îś-, *herrschen;* Kl. 2. âtm. îśe, îśishe, îshṭe; p. îśâñchakâra; wovon
noch

îśa, sm. Herr, *Herrscher :* îśân (der Götter), ac. S., 97.

39. kimarthaṅ, adv. *warum;* Av. von kim, artha, 6.

kim, vor Vok. 112 (kiṅ vor ch, k, 65. 81. 89) *was;* pr. inter. n. von
kas, kâ, kim, wer, welche, was? Wir haben davon m. kas,
wer, 65. 83; euph. ko, 80; N. pl. ke, 65; f. kâ, welche (Frau),
97; n. ab. S. kasmât, warum, wodurch, 72. — Mit folgendem
chid bedeutet kas, *wer auch immer :* kaśchid, wer irgend, 87.
114; mit folg. chana bed. kim, was auch immer : kiṅchana,
irgend etwas, welche irgend, 81. 90. Zur Verstärkung der
Frage = lat. an, russ. li, 112.

duhitâ me, *meine Tochter;* N. s. von duhitṛi, Tochter; wohl „die
Melkende" = mulier, mulgeo, oder die „Milchgebende" als Weib,
gegen den „Samengebenden" (rishabha) Mann; dann von

duh-, *melken*, herausziehen; Milch spenden; spenden überhaupt.
Kl. 2. dohmi, duhe; p. dudoha, duduhe; f. II. dhokshyâmi, dhok-
shye; a. adhuksham, adhukshi; pp. dugdha. Vergl. russ. do-itï.

me 'dya für me adya; me, Nebenform von mama, meiner, g. S.
von aham (29), hier als pr. poss. verwandt; — adya, adv. *heute,*
jetzt; vielleicht = a + dya, mit dyu, div, S. 170 verwandt.

nâtisvastheva = na (13) atisvasthâ (4), iva (2); ihrer selbst nicht mächtig.

lakshyate, *sie wird gesehen;* pr. ps. von laksh-, *sehen,* erkennen; bezeichnen. Kl. 10. lakshayâmi, lakshaye, ich sehe, 134; ps. lakshye, etc.; pp. lakshita, gesehen, erblickt, 84. 115, alakshitah, ungesehener, 87. Vergl. loch-, 10.

40. mahîpâlah, der *Erd*schützer, König; Ttp. aus mahî (3) und pâla, sm. Beschützer, von

pâ-, *schützen,* hüten. Kl. 2. par. pâmi; p. papau; a. apâsam; ps. paye; pp. pâta. Vergl. gr. πα-ο-μαι, erwerbe; πέ-πᾱ-μαι, besitze; poln. böhm. pá-n und sskr. pati, 2. Im Caus. palay tritt zuerst das l an; aus diesem scheint

pal, pâl-, *beschützen,* bevormunden; Kl. 10. pâlayâmi, hervorgegangen; oder aber aus prî- (3) abgeleitet zu sein.

prâptayauvanân, die das (richtige) *Alter erreicht hatte;* von yauvana, sn. Jugend, Alter, heirathsfähiges A., von yuvan (f. yûnî, yuvatî), adj. jung, Jüngling, Jungfrau. Vergl. lat. juven-is; gr. ἥβη, Jugend, -lust, davon ἡβάω u. a., s. Cu. 519; russ. junyĭ, jung; altn. ung(r), yngi; go. jugg(s); ags. geong; engl. young u. a.

âtmanâ, *durch ihn selber;* i. S. von âtman, sm. Athem, Hauch, Geist, Leben; *Sinn* in: adînâtmâ, frohen Sinnes, 59; *eigene Person.* In letzter Bedeutg. oft als pron. der 3. P. gebraucht, jedoch nur in den obliquen Casus des Sing.; so noch in âtmabhavan (15), eigne, Selbstexistenz, 156; âtmaprabhans, eigenen Glanz (habend), 156.

41. sannimantrayâmâsa, er lud zusammen, ein; periphrastisches p. von sannimantr-, einladen, von

mantr-, *rathen,* rathschlagen. Kl. 10. âtm. mantrayâmi, v. man-, 2. Davon: mantra, sm. geheime Berathung, Rath, Spruch, Hymne; mantrin, sm. Rathgeber, königl. Rath, Minister (Mandarin).

anvîyatâm, *es werde gefeiert,* begangen! 3. P. imp. ps. von anu-î, begehen, folgen, wovon pp. anvita, begleitet, begabt; *erfaßt,* 144; -âh, Pl. ergriffen, bewegt, 79. 159, von

i- (î), *gehen.* Kl. 2. emi; imp. ayâni, ihi; impf. âyam; p. iyâya; f. II. eshyâmi; ppr. yat; pf. îyivas; pp. ita in itan (mich) den (auf. etw.) ausgegangenen, 70; vielleicht hängen die Adv. itas (ito) von hier (weg-gegangen), 45. und iha, hier (s. imp. ihi, komm her) damit zusammen. Im âtm. ist diese W. (die einzige

der Kl. 2 auf i) nur mit adhi-, als *lesen* gebräuchlich. — Vergl.
zu sskr. i-tis, das Gehen, e-mas, e-man, Gang, Bahn: gr. *eî-μι*,
gehen, *oî-μος*, Gang, Weg; *oî-τος* Geschick, Loos; lat. e-o, itus,
iter; go. i-ddja, ich ging; lith. ei-mi, einu, gehe; ksl. i-dą; russ,
i-d-u; inf. i-d-tí; poln. i-śś.
ayań svayańvara, diese Gattenwahl! ayam, pr. dem. *dieser,
der*, m. N. als 'yan, 80; ac. imam (ń), enam, *ihn*, in chainam
(= cha, enam), 79; athainań (= atha, enam), 82; g. asya,
dessen, desselben, 158. 159; für die übrigen Casus s. idam, 28.
Das fem. ist iyam, ac. imâm, diese, 97; g. asyâ für -âs, der,
derselben, 115. — Ueber diefs enam, das Böhtlingk für ein
Substantiv-Pronomen der 3. P. erklärt, s. Anmerk. zu seiner
Chrest. 278.
iti (32) prabho! also (sprach er), o Herr! — prabho, v. S. von
prabhu, sm. Herr, Gebieter; adj. mächtig, gewaltig, erhaben;
als Verb prabhavâmi, hervorragen, gebieten; aus pra, 32, bhû,
15; wovon noch prabhâva, sm. Macht, Stärke, Allmacht;
-ena, durch (ihre) Macht, 87.
42. pârthivâh, *die Könige*, N. Pl. von pârthiva, der Erde
Herr, 162; adj. irdisch; — v. pârthiva, o König, 67; g. Pl.
-ânâm, der Könige, 44; ferner in pârthivasutân, ac. S. die
Königstochter, 114; pârthivendreshu, l. Pl. von den königl.
Herren, 160; von
prithivî, sf. *Erde* (als *die Breite*); ac. S. -vîn, 97; l. -vyân, 53;
in Zstzn. prithivîkshitah, Erdfürsten, 123; -pâlâs (âh),
Erdschützer, 49. 121; -pate, o Erdenherr, 102. — Ueber
diese uralte Auffassung des Königthumes, s. Du. II. 27. — Von
prithu (f. auch prithvî), adj. breit. Comp. (mit substit. Thema
prath) : prathîyas, Superl, pratishtha; vergl. *breit*, engl. broad;
von
prath-, sich *ausbreiten*. Kl. 1. âtm. prathe; p. paprathe; pp.
prathita, auch : rühmlichst bekannt.
bhîmaśâsanât, auf Bhima's Befehl; śâsanât, ab. S. von śâsana,
sn. Befehl, 84; ugraśâsanah, grausam (= strengen B. habend),
84; von
śâs-, herrschen, regieren; *befehlen*, strafen. Kl. 2. śâsmi; o.
śisyâm; impf. aśâm; p. śaśâsa; pp. śishta.
43. hasti (in Verbindungen), sonst hastin, f. -inî, *Elephant;* durch
Suffix in von
hasta, sm. *Hand*, Rüssel; n. Blasebalg. Unbek. Ursprungs.

r a t h a , sm. *Wagen*, Kriegs-; fig. Glied, Körper; rathâ, sf. Rad.
Vergl. lat. rota, roto, rotundus und den interess. Artikel 492 in
Curtius.

g h o s h e n a , *mit Lärm*, Getöse; i. S. von ghosha, sm. von g h u s h -,
tönen, erschallen; Kl. 1. ghoshâmi und 10 : ghoshayâmi; p.
jughosha; impf. aghusham, etc. — Vergl. russ. gudětĭ, (er)tönen,
gulŭ, Klang.

v a s u n d h a r â n , *die Erde;* ac. S. von -dharâ, sf. = Reichthum
Tragende (v. dhrî, halten), auch vasudhâ, sf. in vasudhâdhipa,
König, 167; aus

v a s u , sn. Sache, Ding; Reichthum, 90; vergl. russ. veshchĭ. — Von
v a s -, wesen (wo sein), wohnen, hausen; weilen, übernachten;
Kl. 1. vasâmi, vase; p. uvâsa; f. II. vatsyâmi; a. avâtsam; 3. P. pl.
a v a s a n s , sie wohnten (daselbst), 44; inf. vastum; ger ushitvâ
und u s h y a , gewohnt habend, 161; pp. ushita.

v i c h i t r a m â l y â b h a r a n a i r , mit bunter Kränze Zierden. Dv.
aus vichitra, 14.

m â l y â , vielleicht wegen der folg. Aspirata für m â l y a , sn. Guir-
lande, *Kranz;* von mâlâ, sf. Reihe, Linie, *Schnur; Kranz;* davon
mâlika, sm. Kränzewinder, Maler. Vergl. *malen.*

44. m a h â b â h u h für -us, N. S. der *grofsarmige*, mächtige, 118;
von mahâ, 3. und

b â h u , sm. f. *der Arm;* plur. bâhavah, 124; von bâh- (vâh-), sich
anstrengen; Kl. 1. âtm. vâhe; p. vavâhe etc. Vergl. den russ.
Fürstennamen Dolgorukiï = Langarm. Verschieden von

b a h u , f. -hu, -hvî, *viel;* i. Pl. bahubhir für -is, 164. und adv.
b a h u d h â , *sehr*, vielfach, 134.

m a h â t m a n â n , den *grofsgeistigen*, -sinnigen; g. Pl. (reg. v. kri-)
v. mahâtman, adj., Bhvr. aus m a h â (3), â t m a n (40), grofsen
Geist habend; ac. S. -an, 99; g. -ah, 80; N. Du. -au, 45.

y a t h â r h a m , adv. *wie es würdig ist;* Av. aus yathâ (2) und
a r h a m , adv. Endung des als n. gefafsten ac. S. von a r h a , â, adj.
ehrwürdig, würdig, werth; von a r h -, *werth sein*, passend sein,
verdienen, ehren; mit inf. *wollen :* mân na preshayitum a r h a t h a ,
2. P. pr. par. ihr wollet mich nicht senden, 70; Kl. 1. arhâmi,
arhe; p. ânarha; pp. arhita.

p û j â n , *Verehrung*, Ehrerbietung; ac. S. von pûjâ, sf. von p û j -,
ehren, im Gegensatz zu yaj- anbeten. Kl. 10. pûjayâmi; impf.
in a b h y a p û j a y a n , sie verehrten ihn, 44; pp. pûjita, verehrt;
-âh, N. pl. 44. und in su-, hochverehrt, 46.

'vasaṅs für avasaṅs (Wohll. III.) s. vas-, 43.

45. etasminneva kâle tu, aber zu derselben Zeit; etasmin
(über nn, Wohll. III.), l. S. m. von eshas (105), eshâ, etat, *dieser*,
e, es, 88. 102. 152; ferner in etadartham, deswegen, deshalb,
88. und etâvad, solches als Mafs habend, 119. Zum Thema :
etat vergl. russ. etot, eta, eto; lat. istud.

kâle, zur Zeit; l. S. von kâla, sm. Zeit, Dauer; von kal-, gehen,
durchlaufen; zählen. Kl. 10. kalayâmi; als adj. ist kâla, â
(auch î) = schwarz.

surâṇâmṛishisattamau, die beiden besten Weisen der Götter;
surâṇâm, g. Pl. von sura, sm. Sonne, *Gott*, Weiser; N. pl.
surâḥ, 117; von W. sur-, leuchten, enth. in svar, ind. Himmel,
Aether, Paradies; sûra, sûrjas (= svarjas) Sonne; zd. hvare,
Sonne. Vergl. śûra, 3. sattama, Superl. v. sat, 3.

aṭamânau, die beiden herumwandernden (die Menschen besuchen-
den Götter); ppr. a. âtm. von
aṭ-, *umherziehen*, gehen. Kl. 1. aṭâmi, aṭe; a. aṭisham; pp. aṭita.

indralokam, in die Welt Indra's : *in den Himmel* zu Indra
(kamen sie nach einẽr Reise über die Erde).

ito für itas, adv. von hier (der Erde) aus, S. 172.

gatau, gegangen; N. Du. von gata (gam), 6.

46. nâradaḥ, der N., E. N. eines devarshi, des göttlichen Er-
zählers (-dâ).

parvatas, der P., E. N. (= Berg), ob direkt von parv- anfüllen
(als der Gefüllte); Kl. 1. parvâmi, oder ob von parvan, parvat,
sn. Knolle, Knoten, Glied (als der aus Knollen, Erhebungen
bestehende)?

mahâprâjnau, die *beiden Hochweisen;* prâjnau, N. Du. von
-prâjna, î (â), adj. verständig, weise, kundig; diefs = prâjnâ, sf.
Erkenntnifs, von prajna, â, adj. kundig, weise, von jnâ, 1.

mahâvratau, die beiden *hohe Bufse habenden :* Hochfrommen;
vratau, N. Du. von vrata, sm. n. *Bufse,* Gelübde, verdienstliche
freiwillig unternommene Handlung der Frömmigkeit; in Zstzn. :
ergeben : devavrata, dem Gottesdienst ergeben; von vṛi-, 4.

47. tâv' archayitvâ, diese *begrüfst habend;* ger. von arch-,
verehren; Kl. 1. archâmi, arche, archhati, er begrüfst, 95; u.
10 : archayâmi; p. ânarcha; impf. ârchisham; pp. archita.

maghavâ, -ân, N. S. von maghavan, -vat, E. N. des Indra, 48
voc.; ved. der Opferer, der dem geopfert wird; f. maghonî,

Aurora, I.'s Gemahlin; von **magha**, sm. n. Opfer, Glück; von mah-, ehren, grofsmachen, 3.

kuśalam avyayaṅ (um) das unvergängliche Wohlergehen; ac. S. von **kuśala**, sn. Gesundheit, Heil, Glück; adj. gesund; gut, recht; erfahren, geschickt; wohl von

kuś-, glänzen; Kl. 10. kuṅśayâmi und 1 : kuṅśâmi. Ob **kuś-**, *küssen;* Kl. 4. kuśyâmi, damit verwandt ist? — avyaya, adj. = a + vyaya, ohne Untergang; adj. unsterblich, aus a + vi + i- gehen, in der Kausalform vyay-, oder vi + ay- gehen.

pâprachchhânâmayaṅ = paprachchha + anᶜ-, fragte, 49; befragte sie, 64; er fragte (sie) um, nach; p. von prachh-, *frâgen*, be-, Kl. 6. mit Specialthema pṛichchh : pṛichchhâmi; impf. apṛichchham, 3. P. Pl. apṛichchhan, sie fragten ab, 111; f. I. prashṭâsmi; f. II. prakshyâmi; a. aprakshaṁ; pp. pṛishṭa. Der Stamm prachchh- geht nach Kl. 10. prâchchhayâmi.

anâmayaṅ, das Befinden; ac. S. von -aya, adj. wohl, gesund; durch an von âmaya, sm. Krankheit; von ama, krank, unreif, von am- krank sein, Kl. 10.

sarvagataṅ, das *vollständige* (Befinden), wörtl. überall hin verbreitete.

vibhuḥ, *der Herr*, N. S. v. vibhu, f. -bhu u. -bhvî, v. vibho, o Herr, 48; adj. durchdringend, allgegenwärtig, ewig; mächtig; aus vi, bhû. Vergl. prabhu, 41.

48. loke kṛitsne, auf der ganzen Welt; l. S. von kṛitsna, â, adj. *ganz*, all; sm. Ganzes, Allgemeines; von kṛitsa, adj. ganz; wohl von kṛiti, kṛita, kṛi, 6.

kuśalino für -âs, *gesund;* N. Pl. von -in, von kuśala, s. Oben.

49. balavṛitrahâ, der Tödter des Bala und des Vritra (Feinde des Indra); Ttp. aus

bala, E. N. eines Dämons, eig. der Starke, Gewaltige (Finsternifs? vergl. Balsdienst). Vergl. noch 55. und 1.

vṛitra, sm. *Wolke;* E. N. eines Dämons (Personif. des Nebels), welchen Indra (der Sonnengott) erschlug; p. ext. *Feind;* aus vṛi, 4.

hâ, der *Tödter*, N. S. von han, sm. von W. han-, tödten, 4.

dharmajnâḥ, die *opferkundigen*, N. Pl. von dharma (7) + jna, â (î), adj. kundig, von jnâ- 1.

tyaktajîvitayodhinaḥ, die das Leben für nichts achtenden (Kämpfer, wo sind sie?), N.pl. v. tyaktajîvitayodin, adj. aufgegebenen-Lebens-kämpfend; Kmdh. aus

tyakta, pp. von tyaj- *wegwerfen*, hingeben, verlieren, verlassen. Kl. 1. tyajâmi, tyaje, p. tatyâja; f.I. tyaktâsmi; f.II. tyakshyâmi etc.; aus ati + aj- gehen. Kl. 1. par.

jîvita, sn. *Leben*; eig. pp. von jîv- *leben*. Kl. 1. jîvâmi, jîve; p. jijîva; f. II. jivishyâmi, inf. ved. jîvâtum für jîvitûm. Vergl. adj. jîva, lebendig; jîvâtu, Lebensmittel; lat. vita für vi-vita, vivo, vivus; gr. βίο-ς; go. qviu-s, lebendig; ahd. quek noch in *Queck*-silber, engl. quicksilver; quicken, er-; altn. kvik, lebendig, rasch; kvik-indi, Thier, lebendes Wesen = engl. the quick (and the dead); ksl. živą; russ. živu, lebe; živŭ, adj. in *vielen*ˉAbl.

-yodhin, î, adj. *kämpfend*, -er; nur in Zstzn.; von yodha, sm. Kämpfer; von

yudh, sm. *Krieger*; adj. kämpfend (nur als letztes Glied eines Comp.) von yudh-, kämpfen; Kl. 4. âtm. yudhye; p. yuyudhe; f.I. yoddhâhe; f.II. yotsye.

50. ye gachchhanti nidhanaṅ, welche in den Tod gehen; ye von yas, yâ, yat, 2.

nidhanaṅ, in den Tod; ac. S. von nidhana, sm. n. von dhan = han, s. S. 176 unten.

śastreṇa, mit ihrer Waffe; i. S. von -ra, sn. Waffe, sm. Schwert; sf. -rî, Messer; von śas- schlagen, tödten; Kl. 1.ᵖpar. śasâmi.

aparâgmukhâḥ, nicht abgewandte Gesichter (habende), unverwandten Blickes; N.Pl. von a-parâgmukha, Bhvr. aus parâch, parâṅch, f. -chî, adj. seitwärts gewandt, abgewandt; von para, ab, weg, 5. und aṅch- gehen. Kl. 1. aṅchâmi, aṅche; p. ânaṅcha; pp. aṅchita; vergl. it. andare, d. wandern.

mukha, â, adj. *vorderste*, erste; sn. *Mund*, Gesicht; sm. Schnabel; N.Pl. -âni, die Münder, 125; adj. mukhya, â, vorzüglichste; ac.Pl.n. -âni, 96.

'kshayas für akshayas, N.S. v. -ya, â, unvergänglich; Bhvr. aus a + kshaya, sm. Vernichtung, Untergang; Haus; von ksh'i- vernichten (Kl. 1. 5. 9); ps. kshay- zu Grunde gehn, hinschwinden.

teshâm, 5; hier: *gehört* ihnen, wie mama = mir gehörig, 39.

kâmadhug, sf. Elysium (die symb. Kuh des Ueberflusses, die Jedem, der sie melkt, alles giebt, was er will); aus kâma, 5. und duh-, 39.

51. **nu**, ind. *nun;* bei Fragen verstärkend = russ. že, lat. *ne;* nu—nu, entweder—oder; sonst = russ. poln. nu, d. num.

kshatriyâh, N. Pl. von -ya (f. -yâ, -yânî), Mann aus der Kriegerkaste, Krieger; von kshatra, -ttra, sm. dass.; sn. Kriegerkaste (*Vernichter* der Feinde) nach Bu. von kshan-, tödten. Kl. 8. kshanomi, kshanve; pp. kshata; oder von kshi, s. Unten.

âgachchhato für -tas, neben âgata, -aṅ, ac. S. 85, 159; -âṅ, ac. pl. 66. 68. hergekommen; pp. von âgam- 6, wovon noch âgama, samâgama, sm. Ankunft.

dayitân, die *geliebten;* ac. pl. von dayita, â; pp. von day-, lieben; Kl. 1. âtm. daye etc.

atithîn, *Gäste;* ac. pl. von atithi, sm. ob aus ati + sthâ?

52. **śakrena**, von, durch śakra, sm. *Indra*, der Mächtige, Beherrscher der östl. Weltgegend; von śak-, 18. — śakrânî, seine Frau.

pratyabhâshata, *entgegnete* = prati (17) abhâshata, impf. âtm. von bhâsh-, sprechen; Kl. 1. bhâshe; impf. abhâshata, er redete an, 52; p. babhâshe etc., wovon bhâshâ, sf. Sprache; davon noch abhibhâshinî, die anredende, 82; abhyabhâshata, redete an, 74. 82; entgegnete, 66.

me, mich; eig. *von mir*, weil me Nebenform von mahyam, d. von aham, hier in ab. Bedtg.; ebenso in 133. 136.

mahîkshitah, die Erdbeherrscher; N. Pl. von mahî(3)kshit, sm. Herrscher (in Zstzn.); adj. herrschend; von kshi-, herrschen; Kl. 1. kshayâmi; p. chikshâya etc.

53. **viśruta**, â, *berühmt;* aus vi, śruta, 14.

samatikrânta, â, adj. *übertreffend* = sam, ati, krânta, 5.

yoshitah, die *Frauen;* ac. Pl. von yoshit (yoshitâ, yoshâ, yoshanâ), sf. Frau, ob von jush- (j für y), lieben, verehren; also = Geliebte? Kl. 6. âtm. jushe, bisw. 1. joshâmi; p. jujushe. Vergl. übrigens bhaga, 10. und das entsprechende altn. ljoski; pubes, locus pubis, vagina uteri.

54. **nachirâd** (t), in nicht langer Zeit, binnen Kurzem; chirât, ab. S. von chira, â, adj. lang. Vergl. russ. adv. des Comp. shire, sf. shirinâ, poln. szerzyna; adj. shirok, pol. szorok, lang.

râjaputrâs, die Königssöhne; putra, Sohn, -râ, Tochter; von W. pu- zeugen (unbelegt). Vergl. zu Cu. 259. zu gr. πῶλ–ος, Fohlen, pullus; zu πά–ï(δ)ς, puer, noch it. putta, Tochter, Mädchen; span. put-ana aber im Sinne des fr. put-ain, Freudenmädchen.

55. kâñkshanti sma, sie *wünschten*. Ueber sma, 12. — **kâñksh-**
anti, sie wünschen, 3. P. Pl. pr. von **kânksh**- wünschen.
Kl. 1. **kâñkshâmi**; p. **chakâñksha** etc.

viseshena, *hauptsächlich*, ganz besonders; adv. gebrauchter i. von
visesha, sm. Unterscheidung, Unterschied, Besonderheit; von **sish-**,
ausscheiden, übrig lassen, -bleiben. Kl. 7. **sinashmi**; pp. **sishṭa**.
vish-, vergiefsen, er-, *durchdringen*. Kl. 1. **veshâmi**; p. **vivesha**
etc., wovon ·
visha, sm. n. *Gift*, 92. — Vom ersteren kommt noch **vísesha-**
tas, *insbesondere*, zumal, und zwar, 104.
nishûdana, sm. *Tödter*, Verwunder, von **sûd-**, schlagen, tödten.
Kl. 10. u. 1. âtm. **sûde**; p. **sushûde** etc. S. balavṛitrahâ, 49.

56. sâgnikâh, die mit Agni waren; seine Freunde, Begleiter;
aus sa, **agnikâh**, N. Pl. die mit A. seienden; durch das kollektive
Suffix -**ka** von
agni, sm. *Feuer*, (und da es verehrt wurde) heiliges F., *Gott* des
Feuers, (und durch das Verzehren des Opfers) Ernährer der
Götter, Vermittler zwischen Himmel und Erde. Vergl. lat. igni-s; ·
lit. ugni-s; russ. ógnĭ, ogónĭ; poln. ogień; gr. αἴγλη, Glanz. —
Ueber seinen Dienst : Du. II, 21. 22.
amarottamâh, die besten Unsterblichen = amara, uttamâh, 22.
amara, â, adj. *unsterblich* = a, mara aus mṛi. Davon : **ama-**
ropamah (amara, upamah), einem Unsterblichen gleich, 165;
amaravad, wie unsterblich, 83; **amarân**, uns, die Unsterblichen, 66. Von
mṛi-, sterben. Kl. 1. **marâmi** ved. und Kl. 6. âtm. **mṛiye**, p. ma-
mâra; f. I. **martâsmi**; f. II. **marishyâmi**; a. amṛishi, 3. P. amṛita;
o. mṛishîya; pp. mṛita, mortuus. Davon mṛitya, marta,
martya, mortalis, Sterblicher, Mann, Frau; f. -yâ, 95; amṛita,
unsterblich; amṛitam, Trank der Unsterblichkeit, Nektar; mṛiti,
mṛityu, sm. mors, Tod; -um, 95. — Vergl. lat. mor-i-or, mor-
(ti)-s, mor-bu-s; mar-c-e-o u. a; gr. W. μερ (μορ, μαρ) in ἄ—
μβρο-τος, unsterblich; βρο-τό-ς (μορ-τός), sterblich; μαρα-σ-μός,
Verwelken, Verdorren. go. maur-th-r, Mord; altn. morð; fr.
meurtre; engl. murder; altn. myrða, morðen; mara, f, Alp,
Nacht*mär;* poln. mara; ksl. mr-ĕ-ti; russ. mĕrĕtĭ in umĕrĕtĭ,
hinsterben; morŭ, Pest; sf. mrĭtĭ; russ. smĕrtĭ, mors; russ. mĕr-
tvyĭ, mortuus u. a:
upama, â, adj. *ähnlich gleich;* aus upa, mâ, 15; **parighopamâh**,
keulenförmige, 124.

57. mahat, î, adj. grofs, bedeutungsvoll; sn. das Grofse, die Gröfse, Reich, Herrschaft; ppr. von mah-, S. 135.

śrutvaiva cha, und nachdem sie solches gehört hatten (śru, eva) **abruvan, 26.**

apyuta, doch also auch = api, **uta**, und auch; expletiv; aus u für va, Pronth. + ta (für tâ, alter i. vom Pronth. ta).

58. saganâḥ, mit ihren. Schaaren vereint-seiende, aus sa, für saha, 7, als vorderes Glied in Zstzn. : *mit.*

sahavâhanâḥ, mit ihren Wagen vereint seiende; aus saha + **vâhana**, sn. Vehikel, Wagen, Pferde etc., vom Caus. des Verbum **vah-**, *fahren*, tragen, bringen; Kl. 1. vahâmi, vahe; p. uvâha, ûhe; f. I. vodhâsmi; f. II. vakshyâmi, vakshye; a. avâksham; inf. voḍhum; pp. ûḍha, voḍha. Vergl. **vâha**, sm. Pferd; vâhinî, Armee; vâhasa, Wasserleitung; vahatî, Flufs; gr. ὄχο-ς, Wagen; ὀχέ-ομαι, fahre, reite; lat. veh-o, vehi-culum, vehes, Fuhre; via, velum u. a.; go. ga-vag-ja, be-*weg*-en, vegos (pl.) Wogen; vig-s, Weg; ahd. wag-an, Wagen; wâga, Waage; — ksl. vez-ą; russ. vezu = veho, in sehr vielen Ableitungen.

yataḥ, conj. *weil*, da; adv. *wo;* von ya (Pronth. yad) + Suffix tas.

59. samâgaman, *Zusammenkunft;* ac. S. von sam-âgama, S. 178.

anuvrataḥ, gewandt gegen etw.; sinnend, denkend an; aus anu prp. mit ac.; Verbalpräfix in vielen Bedeutungen; vrata, 46.

60. pathi, auf dem Wege, *unterwegs;* l. S. von **pathin**, sm. Pfad (neben pathila, sm. Weg), in Zstzn. patha, durch -in von patha, Pfad. Vergl. πάτο-ς, Pfad, Tritt; πατέ-ω, trete; lat. pon(t)-s, pontifex; ksl. pątĭ; russ. putĭ; engl. path; altn. bann, Bahn. — In der Dekl. bildet pathin mehrere Casus aus pantha(s); von

path-, gehen, *abreisen;* Kl. 1. pathâmi.

bhûtale *auf dem Erdboden;* l. S. von bhûtala (= mahîtala) aus bhû, 15. und

tala, sn. Fläche, Oberfläche; Grund, Boden, Tiefe. Vergl. Tellus, terra (für tella, telra); altn. dal, Thal; russ. dol-îna u. a.; von tṛî-, S. 182.

manmathan, ac. S. von -tha, sm. *Gott der Liebe;* nach Bu. 492. aus man(as), Sinn, math-, bewegen, quälen = Sinnquäler; nach Be. eine redupl. Form von manth-, quälen = der (grofse) Quäler; ebenso nach Böhtlingk, Anm. zur Chrest. 277.

rûpasanpadâ, *an Schönheitsgestalt;* i. S. von °sampad, sf. Vollkommenheit (sam, pad); Zustand, Stand, Wohlstand.

61. bhrâjamânań, den hellstrahlenden; ac. S. vom ppr. a. âtm. -mâna, von bhrâj-, glänzen, leuchten. Kl. 1. âtm. bhrâje; p. babhrâje. Vergl. bharga, Glanz; gr. φλέγ-ω, leuchte, brenne; φλόξ, flamma (für flag-ma), flag-rare, fulg-eo, fulgur, fulmen; go. bairh-t-s; engl. bright, Albrecht; lith. blizg-u, schimmern; russ. blis-nutĭ, leuchten, bleskŭ, Glanz; Blick u. a.

raviń (sie sahen ihn wie eine) Sonne; ac. S. von ravi, sm. nach Bu. 535 von

ru, einen Ton veranlassen, geben. Kl. 2. raumi und ravîmi; p. rurâva; pp. ruta etc.

vigatasańkalpâ, N. Pl. Bhvr. weggegangenen Verstand habend = rathlos, betroffen. vigata, â, pp. von vigam, weggehen, 6; sańkalpa, sm. Wille, Wunsch, Entschlufs, Sinn; von sańklip, sich etwas denken; von klip-, fähig sein zu. Kl. 1. âtm. kalpe.

vismitâ, N. pl. überrascht, staunend; pp. von vismi- (er)staunen; aus vi, smita von ·smi-, lachen, lächeln. Kl. 1. âtm. smaye; p. sishmiye; f. II. smeshye; a. asmeshi, pp. smita. Vergl. μεῖ-δ-ος, Lächeln; μειδάω, μειδιάω, lächle; lat. mi-rus, ni-mirum, mirari; ahd. smielen; engl. smile; schw. smila, wozu altn. sma, verachten; ksl. smĕyatĭ sę; russ. smĕyatĭ sya, lächeln; smĕchŭ, Lachen; smĕshnoi, lächerlich.

62. vishţabhya, an-, eingehalten habend; ger. von vishţambh = vi und

stambh-, stützen, befestigen, vor Staunen starr machen; mit Specialth. stabhnu, no, Kl. 5 und stabhnâmi nach Kl. 9. pp. stabdh'a, starr, fest, steif, 143; davon noch stambha, sm. Pfosten, Säule, 122. — Vergl. θαμβ-έω, stupeo, stampfe, stopfe; engl. stop.

vimânâni, die Wagen; ac. Pl. von -âna, sn. m. Wagen, insbesondere der Götter; jedes Vehikel, Pferd etc. von mâ-, messen (+ Suffix ana).

divaukasah, N. Pl. die Himmelsbewohner; von -kas = Bhvr. diva +'okas, sm. auch Biene, Antilope, Elephant.

okas, N. S. von oka, sm. Haus, Wohnung, Zufluchtsstätte. Vergl. οἶκος und veśman, 31. von uch-, sich versammeln, vereinigen. Kl. 4. uchyâmi; p. uvocha; f. II. uchishyâmi; a. uchisham; ger. ochitvâ; pp. uchita.

avatîrya, herabgestiegen seiend; ger. von avatrî- herabsteigen, ab-; von tṛt-, *überschreiten*, -winden; erreichen. Kl. 1. par. tarâmi; p. tatâra; f. I. tarishyâmi; a. atârisham; inf. taritum, tartum; pp. tîrṇa.

nabhastalât, a. S. von -tala, sm. untere Region der Atmosphäre, Firmament; aus

nabha, sm. nabhas, sm. n. *Luftraum*, Wolke, *Nebel*, Regen. Vergl. *νέφ–ος*, *νεφ–έλη*; lat. nub-es, nubilus, nebula; altn. nifl-heim, Unterwelt; ahd. nibul; ksl. russ. něbo; poln. niebo, Himmel (s. „Himmel u. Erde" in meinen „Beitr. z. Völkerkunde").

63. bho, bho! Rufpartikel = he, heda! wohlan! verkürzt aus bhos, v. S. von bhavat, 15.

satyavrata, â, adj. Wahrheit redend; d. W. zugethan, aufrich-tig; aus satya, 3. u. vrata, 46.

sâhâyyaṅ, ac. S. von sâhâyya, sn. Genossenschaft, Freundsch., *Hülfe;* von sahâya, sm. Genosse, Bundesgen., *Gefährte*, Kmdh. aus saha, 7. + aya von i-, gehen, 41.

dûto für -ta, f. tî, *Bote;* eig. pp. geschickt, gesandt von du-, gehen, sich entfernen. Kl. 1. par. davâmi; p. dudâva; f. II. doshyâmi; a. adausham. Verwandt mit dhâv-, *lauf*-en, 26.

narottama, bester Mann, nara, 4 + uttama, 22.

dvitîya, â, adj. *zweiter*, e, es; doppelter, 144; aus dvi + tîya, welche Endung nur noch

tritîya, â, adj. *dritter* bildet. — Zu dvi, zwei, mit Flexionsth. dva, m. n. dvâ, f. vergl. gr. *δύο*, *δύω*, *δοιοί*, zwei; *δίς* für dvis, zweimal; *δεύ–τερος*, zweite; *δοίη*, *Zwei*-fel; *δί–α*, *zwi*-schen; engl. be-tween; zer- für zwer; lat. duo, bis (für dvis), ve; dis-, du-bius; go. tvai; ahd. zar, zer-; go. vi-thra, wi-der; sl. in allen Dial. dva etc.

64. athaitâṅ paripaprachchha = atha, 11. etân, 45. pari-pap°-, 47.

kṛitâṅjalir für -lis, adj. Bhvr. gefaltene Hände (habend); N. S. von kṛita, 6. und

aṅjali (anjala), sm. (erhobene) *Haltung der Hände* zum Gebet; auch in prâṅjalir, 70. 186. Diese Haltung besteht darin, daſs die beiden Hände so geschlossen werden, daſs sie eine Höhlung bilden, worauf sie also in Stirnhöhe emporgehalten werden. Ueber „*Emporhehen* und *Falten der Hände* und das Schauen nach Osten mit *aufgehobenen Armen*", s. Grimm, D. Myth. 29. 30.

upasthitaḥ, dabeistehend, vor ihnen; s. 2. 24.

65. kaśchâsau, und wer ist derjenige = kas, 39; cha, asau, m. f. adas, n. Pron. dem. derjenige (welcher). Thema adas.

tadvo màyâ kâryaṅ, das Euch von mir zu Verrichtende; vo für
vas, Nebenform von yushmabhyam, d. Pl. von yûyam, Ihr (Thema
yushmat), 20.

kathayadhvaṅ, *saget an*, erzählet, sprecht; imp. 2. P. Pl. von
kath-, 21.

yathâtathaṅ, adv. der Wahrheit gemäſs; Av. aus yathâ, 2. und
tathaṅ, letzteres nach Analogie eines sf. aus tathâ, *so*, im Sinne
von *Wahrheit*, in neutrale Form gesetzt.

66. amaranvai nibodhâsman, so lerne uns als Unsterbliche
kennen; nibodha für nibodhahi, imp. von nibudh-, kennen
lernen, erfahren, lernen; von budh-, *erkennen*, *wahrnehmen*.
Kl. 1. bodhâmi, bodhe; p. bubodha, bubudhe; f. II. bodhishyâmi,
bodhishye (bhotsye); a. abodhisham; impf. abudham; pp. buddha.
Vergl. russ. bud-íti; poln. budzić, antreiben zu; ras-bud-íti,
erwecken; davon noch

buddhi, sf. Erkenntniſs, Ueberlegung, 142; Rath, Beschluſs, 88;
i. S. buddhyâ, im Geiste, bei sich, 131; ferner

vibudha, sm. Gott; v. Pl. -dhâ, 119; N. -dhâs, 138; ac. -dhân,
143 und

vibudheśvarth, o Götterherren, 115; vergl. 38.

67. 'yam für ayam, 41; tathaivâyam == tathâ, eva, ayam.

apâṅpatiḥ, der Herr der Wasser. Ttp. aus apâṅ, g. Pl. von
ap, sf. *Wasser.* Nur im Pl. gebräuchlich; wie in apâṅbhâvaṅ,
die Wasser-Existenz, 157. Vergl. noch sskr. apnas, lat. aqua
(amnis wohl kaum == apnis); go. ahv-a; ahd. aha, aiva, Aa und
die interess. S. 412 in Curtius sowie das wallachische apa,
Wasser. Der Wassergott war

varuṇa, 69. 86. 100. 157. hier: „Gottheit der Gewässer" und
Regent des Westens; ein geheimniſsvoller Gott an den Grenzen
des Weltalls, jenseit der Sonne und der Sterne (== *Uranos*, der
Alles umgebende Himmel). Weiteres Du. II. 25. — Ueber den
Dienst des Wassergeistes bei den Germanen, s. Grimm, D. Myth.
46. 48.

śarîrântakaro, der Körper-Ende-Machende; Vernichter, *Todes-
gott* == śarîra, 16, anta + kara, letztes, am Ende von Zstzn.,
bezeichnet den, der das bewirkt, was der vordere Worttheil besagt.

anta, sn. *Ende*, Grenze, Spitze.

śarîra, sm. n. *Körper*, Leib; aus śrî + îra. srî-, verletzen, zerbrechen, ab-. Kl. 9. par. stark, śriṇâ-; schwach, sriṇî-; p. śaśâra;
o. śîryâsam; f. I. śarîshyâmi; a. aśârisham; pp. śîrṇa.

Die Suffixe îra (îla), ira (ila), la bilden einige Adj. des Be-
sitzes, aus Subst., im Sinne von habend, -ig, -lich; also śartra,
Verletzung tragend = vergänglich.

yamo für yamas, E. N. des Todesgottes, der *Bändiger*, von yam-,
zwingen, *bändigen*, regieren, lenken. Kl. 1. par. mit Specth.
yachchh-âmi, yachchhe; p. yayâma; ger. yatvâ; pp. yata.
Vergl. yat, 4. — yama bedeutet auch *Zwilling*, lat. gem-inus,
fr. jumeau. — Ueber *Yama* und dessen Verehrung, Du. II. 25.

68. nivedaya asmân samâgatân, melde uns als angekommen; nivedaya, imp. von niveday-, wissen lassen; Caus. von
nivid-, melden, benachrichtigen, von vid-, 32.

mahendrâdyâḥ, die den grofsen Indra als Ersten habenden
Welthüter, d. h. ihn an der Spitze; Bhvr. aus mahâ, indra +

âdyâḥ, N. Pl. von âdya, â, adj. *erste*, ursprüngliche. Bildet
viele Comp., vergl. srajaśchottamagandhâdyâḥ, den vortrefflich-
sten Geruch als Erstes habende Blumenkränze, 158. = Bl. von
ganz vortr. Geruch *und* noch anderen guten Eigenschaften.

samâyanti, sie kommen herbei; 3. P. pr. Pl. von yâ-, wohin
kommen, gehen; ankommen. Kl. 2. yâmi; impf. ayâm; p. yayau;
f. II. yâsyâmi; a. ayâsam; o. yâyâm; imp. 3. P. Pl. âyântu,
sie mögen herbeikommen, 108. 117; ppr. a. yât und yân, s.
âyântaṅ, den Kommenden, 111; verwandt mit gam.

69. patitve, zur Ehe, 1. S. von patitva, sn. s. pati, 3.

ha, verstärkende Partikel = γέ, russ. da, votŭ, že, dem es entspricht; etwa: *also, so*. S. hâ, 36.

70. samupetaṅ mâṅ, mich, der ich (für denselben Zweck) ausgegangen bin; aus sam, upa, ita, von samupa-*i*, auf etw. ausgehen.

preshayitum, entsenden, *ausschicken*. Inf. von pra-ish, auf
etw. aussenden, von

ish- *gehen*. Kl. 4. ishyâmi; p. iyesha; f. II. eshishyâmi; a. eshi-
sham; pp. eshita in preshitaḥ, entsendeter, 88.

71. katham, adv. vom Pronth. kim; wie, auf welche Weise, 73.
84. u. oft; kathaṅchana, irgend wie, 107.

jâtasaṅkalpaḥ pumân, ein Mann von gesundem Verstande;
jâta, 19; saṅkalpa, 61.

pumân, unr. N. S. von pumaṅs, puṅs, sm. Mann, Mensch;
ac. S. pumâṅsan, einen M., 150. — Cu. 259 vergleicht es, so
wie lat. pum-ilu-s, pumil-io, Männchen, Zwerg, unter W. pu-,
erzeugen. S. putra.

striyam oder strîn, ac. S. von strî, sf. Frau, wohl für sutrî, Gebärerin, von su-, 1. reg. v. vaktum, anreden.

utsahate, er vermag, von utsah-, vermögen, können (s. śak- 18), wovon noch

utsahe, ich kann, 73; bringe vor, an, 103. 104; von
sah-, *können*; vermögen, geduldig hinnehmen; ertragen, dulden. Kl. 1. sahâmi, sahe; p. sasâha; f. I. sodhâhe; f. II. sahishye; inf. sahitum, sodhum; pp. sodha. Vergl. in der ersten Bedtg. : ἔχ-ω, habe, halte; ἔχ-ομαι, halte mich; σχῆ-μα, Haltung; ἴσχ-ω, halte an; in der zweiten Bedtg. : altn. sâtt, Friede; saeta, dulden; *sachte*.

tat (tad), adv. u. conj. *deshalb*, daher, darum; eig. ac. von tad, 5.

kshamantu, sie mögen entschuldigen (die gegenw. Götterherren, maheśvarâh, 6. 38.), imp. 3. P. Pl. von
ksham-, *nachsehen*, verzeihen; Kl. 1. 4. 10; p. chakshame, a; pp. kshânta.

72. sanśrutya, versprochen habend; ger. v. sanśru-, *versprechen*. S. śru-, 14.

vraja, *gehe hin*; imp. v. vraj-, laufen (mit ac. des Zieles). Kl. 1. vrajâmi, vraje.

mâchiram, adv. *unverzüglich*; Kmdh. aus mâ = μή, neg. Partikel, und chira, 54.

75. vaidarbhîn, die Vaidarbherin, Tochter des Vidarbha, 5.

samâvritân, sie, die *ganz umgeben* war; pp. v. samâvri-, bedecken, umgeben, S. 137.

dedîpyamânân, die sehr *strahlende*; ac. S. von -mâna, ppr. âtm. des Intensivum (Redupl. mit guna : de + W. dîp + ya Charakterzeichen + mâna) von
dîp-, *glänzen*, leuchtend strahlen; Kl. 4. âtm. dîpye; p. didîpe; f. II. dîpishye; pp. dîpta. — dîpa, sm. Lampe.

vapushâ, an Schönheitsgestalt; i. S. von vapus, sn. von vap-, besamen.

76. âkshipantîm, die verdunkelnde; ac. S. von -tî, p. pr. par. (m. at, f. atî, antî), von â-kship-, verwerfen, gering achten; von kship (kshap, Kl. 10), *werfen*, entwerfen, aussenden; Kl. 6 und 4 : kshipâmi (kshipyâmi) kshipe; ger. sankshipya, zusammengesetzt (erschaffen) habend, 97. S. die *vollständige Konjugation* von kship s. Tab. F—K. — Vergl. altn. hipp, Sprung; *hüpfen, hopsen*; hvipp, wippen; engl. whip, Peitsche; ferner go. altn. skip, Schiff = das Schnelle, sskr. kshipra, schnell, wiewohl diefs, wie

σκύφος, σκαφή, σκαφίς, Schaff, zur W. σκαπ-; graben, aushöhlen, zu gehören scheint.

prabhân, den Glanz, ac. S. von -bhâ; i. S. prabhayâ, durch ihren Gl., 127; sf. von bhâ-, scheinen, glänzen, Kl. 2; bhâmi; p. babhau; f. I. bhâtâsmi; f. II. bhâsyâmi etc. Vergl. φαίν-ω, scheine, zeige; φᾱν-ς-ρός, φᾱν-ός, hell; φᾰν-ή, Fackel; φά-σις, Erscheinung; φῶς (φω-ς), Licht; lat. fa-c-s, fâ-c-ies, fav-illa; altn. fâ, Glanz; fága, fegen, hell machen, wovon fag(r), blond, schön; engl. fair, schön.

śaśinah, des Mondes; g. S. von śaśin, sm. Mond; durch -in von śaśa, sm. Hase. Die Inder verglichen die Mondflecken damit. Vergl. Hase, russ. śáyaz; poln. zając. — śaśiprabhâ, sf. Mond-schein.

77. drishtvaiva tân châruhâsinîn, die anmuthig-lächelnde, a. S. von -sin, î, adj. Ttp. aus châru, m. f. (letzteres auch chârvî), zart, schön; pl. chârûni, anmuthige, 125. Vergl. altn. skir, skaer (sk vor i, ae = sch), klar; go. skeir, rein; russ. charŭ, Zauber, -ei; poln. czary, und hâsin, î, adj. lächelnd, von has-, lachen. Kl. 1. hasâmi; p. jahâsa; ger. prahasya, gelächelt habend, 89.

kâmas tasya vavridhe, so wuchs auch seine Liebe, 17.

78. sanbhrântâh, die aufgeregten; N. Pl. von -ta, â, bewegt, erregt; pp. von sanbhrâm-, aufser sich gerathen, von bhrâm-, Kl. 10. herumirren, von bhram-, Kl. 1 u. 4. irren, irre gehen.

dharshitâh, geblendete, betroffene; pp. von dharsh-, Kl. 1. 10. besiegen, überraschen. Vergl. ϑρασ-ύς, dreist; ϑράσ-ος, ϑάρσ-ος, Dreistigkeit, Muth; engl. dare, wagen; russ. dĕrs-ostĭ, Keckheit u. v. a.; von dhrish-, wagen. Kl. 5. dhrishnomi, wozu dreist, plattd. drischte, erdreisten u. a.

79. vismayânvitâh, die von Staunen ergriffenen; vismaya, sm. erhabenes Lächeln, Erstaunen, Ver-, Bewunderung; Stolz, Zweifel; durch vi von smaya, sn. dass. von smi-, 61; davon smayamâna, â, ppr. âtm. verwundert lächelnd, 82.

manobhis, im Innern; i. Pl. für manadbhis von manas, sn. Geist, Herz, Gemüth; davon noch i. S. manasâ, im Herzen, 135. 153; manânsi, ac. Pl. die Sinne, 127; Zstzg.: manoviśuddhim, ac. S. Geistesreinheit, 142; ferner: manasah, solchen Geist habend, 154; von man-, mahnen, meinen, 2.

tvabhyapûjayan = tu, aber, abhi + apûjayan, 44.

80. aho! ach, o! interj. des Staunens. S. hâ, bho!

kántir, (welcher) Glanz; N. S. von kánti, sf. Glanz, Schönheit; von kan-, leuchten, lieben; kam, lieben, wünschen, 5. Das lange á wegen Uebergang des m in n.

ko 'yań? wer ist er (wohl)? = kas ayam.

vá, conj. wohl, wohl gar; oder aber = lat. ve nachgesetzt.

81. lajjávatyo, N. Pl. von lajjávat, í, adj. verschämt, *züchtig*; von lajjá, sf. Schaam, Verschämtheit, Bescheidenheit; von lajj- (laj-, rañj-), erröthen, schaamroth werden. Kl. 6. átm. lajje; pp. lajjita.

82. 'bhibháshiní für abhi-bháshiní, 6. 52.

83. vardhana, sm. Erfüller; sn. Zunahme, Vermehrung; von vardhay-, Kaus. von vṛidh-, 17.

'syamaravad = asi, du bist; s. as-, 1. und amaravad, 56. — jnátum, zu *kennen*, inf. von jná-, 1; pp. jnáta in samanu-jnáto, entlassen, 161.

'nagha für anagha, á, adj. *sündenlos*, 112; subst. gebraucht. Bhvr. aus an, 5 + agha, sn. Sünde; adj. (f. á) sündig, 112; von agh-, sündigen, Kl. 10. aghayámi. — Vergl. ἄγος, Fluch, und — mit veränderter Aspiration — ἄγυς, Sühnopfer, Weihe; altn. ekki, Sorge; vielleicht noch lat. ang-or.

84. cheha = cha, iha; chási = cha, asi; chaivo = cha, eva.

'gráśasanaḥ ein gestrenger = grausamen Befehl habend; Bhvr. aus ugra, á, adj. *hart*, rauh, roh; streng, grausam, zornig, ungestüm; furchtbar, gewaltig, und śásana, 42.

85. viddhi mán nalań, so lerne mich denn als den N. kennnen; imp. v. vid-, 2.

kalyáni, o *Holde*, Vortreffliche; v. S. von -aṇa, á (í), glücklich, gut, günstig (v. Sachen); gut, gerecht, vortrefflich (v. Pers.); von kalya, á, adj. bereitet, fertig, gesund, angenehm; nach Be. 72 = karya; nach Bu. 150 von kal-, messen. Vergl. καλ-ός, schön; καλλονή, Schönheit; go. hail-s, heil, gesund; engl. whole, gesund, ganz; ksl. cělŭ, gesund; russ. cěl-ŭ, ganz, gesund; poln. caly.

86. śobhane, o *Schöne*, Holde; v. S. von -ana, á, adj. schön, strahlend, glänzend, allerschönste, 147; von śubha, á, adj. hold, ausgezeichnet, gut, glücklich, *günstig*, 120. Diefs und jíva, 49. sind die einzigen Adj. auf a ohne Präfix (Bopp 290); von śubh-, glänzen, strahlen, leuchten. Kl. 1. átm., 6. par. śubhámi, śobhe; 3. P. Pl. śobhante, sie strahlten, 125.

87. na — nâpyavârayat, weder —, noch verhinderte er (mich)
= na, api, avârayat, impf. von vri, 4. in der Bedtg. *abwehren,*
-halten, zurückhalten.

88. bhadre, o *Glückselige;* v. S. von bhadra, â, adj. fromm, lieb,
vortrefflich, tugendhaft, glücklich; sn. Glück; durch Suffix r a
von bhand-, glückl. sein; beglücken. Kl. 10 par.

surasattamaih, von den besten Göttern; i. Pl. von sura, 45 +
sattama, 45.

yathechchhasi = yathâ, ichchh°-.

89. namaskritya, Verehrung dargebracht (sich verbeugt) habend; ger. von namaskri-, anbeten; namas, indecl. *Beugung,*
Verehrung (c. d. der Pers.), präfixartig vor kri-; von nam-,
neigen, sich n., krümmen, beugen. Kl. 1. namâmi, name etc.;
ger. natvâ, in Zstzn. aber namya, natya. Vergl. prânjali, krit-
ânjali; das gr. „προσκυνῶ σε", beim Fufskufs der gr. Bischöfe;
das goth. inveitan, Grimm, d. Myth. 26; *Knien* etwas Aehnliches;
Zeichen der Verehrung eines *höher* Stehenden. namaskâra,
Anbetung, Verehrung, 135.

pranayasva, *führe Du* (mich) *heim;* imp. âtm. von pranî-, her-
vorführen (zum Altar), heirathen, wovon noch pranaya, sm.
Liebe, Hochzeit, 90. von nî-, *führen zu.* Kl. 1. nayâmi, naye;
p. ninâya, ninye; f. II. neshyâmi, neshye; a. anaisham, aneshi;
pp. nîta; davon netri, sm. n. Führer; netra, sn. Auge (das
Führende); i. Du. netrâbhyân, mit ihren beiden Augen, 101.
— Vergl. nîtha, Führer, Geleitsmann; altn. naut(r), Gefährte.

yathâsraddhan, adv. wie (Dein) Glaube (Vertrauen) ist; aus
yathâ und

sraddhâ, sf. Glauben, Verehrung; durch das indecl. srat, Vertrauen, Treue, von dhâ, 6. Vergl. credo = sraddadhâmi, ich
gebe Glauben.

90. yachchânyadmamâsti = yad, cha, anyad, mama, asti,
(es) *ist,* s. as-, 1.

tat sarvan tava, das ist Alles Dein; tava, g. S. von tvam, 20.
Vergl. hierzu mama, 29.

visrabdhan pranayam, die *erwünschte* Hochzeit; ac. S. von vi-
srabdha, â, erhofft; pp. von visrambh-, zuversichtlich sein; von
srambh- (nur mit Präf. vi- gebräuchlich), sich auf Jemand verlassen, nachlässig sein. Kl. 1. âtm. srambhe; p. sasrambhe;
ger. srambhitvâ, srabdhvâ.

91. **vachanaň** haňsânâň, die Rede der Gänse, N. S. v. vachana, sn. das Sprechen; d. **vachane** te, Deiner Rede, 151. — S. vachas, 33; vâch, 20; vach, 1.

dahati, sie brennt; von dah-, brennen, ver-; quälen. : **Kl.** 1 par. dahâmi; p. dadâha; f. I. dagdhâsmi; f. II. dakshyâmi; a. adhâksham; inf. dagdhum; pp. dagdha. Vergl. ∂α-ί-ω, zünde an; ∂α-ί-ς, Brand, Fackel; ∂ᾱ-λό-ς, Feuerbrand; altn. dag, Tag zu dyu, diva u. a.; altn. tigul-l, Ziegel; lat. tegula, als Gebranntes.

saňnipâtitâḥ, zusammengekommene; N. Pl. des pp. -ta, von sam, ni, pâti-, zus. kommen machen; Kaus. v. pat, die Richtung wohin nehmen, 22.

92. **pratyâkhyâsyasi** = prati, â, khyâsyasi, 32.

mânada, o Ehrengeber; Ttp. aus mâna, sn. Messen, Er-, Mafs; sm. *Ehre*, Stolz, Zorn; von mâ-, 15; und ḍa, â, adj. gebend, von dâ, 8.

jalam, a. S. von jala, sn. *Wasser* (das Kalte) von jal-, *kalt* sein. Kl. 1. jalâmi. Vergl. lat. gelu, Frost, gelare, gefrieren (u. gefr. machen; fr. geler); glacies, Eis, glacio, zu E. machen; altn. el, jel, Regenschauer; elf, elfa, Flufs, Flut; kald, dän. kold, engl. cold, *kalt*; kélda, Morast; kil(l), Bach, *Quell* u. a.; russ. gololédiza, Glatteis, und den interess. Art. Nr. 123 bei Cu.

âsthâsye, ich werde ergreifen, dazu schreiten, meine Zuflucht nehmen zu; f. II. âtm. von âstha = â-sthâ, 2.

tava kâraṇât, Deiner Ursache wegen; ab. v. kârana, sn. Ursache; Grund, Mittel; af. -anâ, Qual; vom Kaus. kâri-, bewirken, machen lassen, von kṛi-, 6.

93. **tishṭhatsu lokapâleshu**, in Gegenwart der Welthüter; absol. l. Pl. vom p. pr. a. par. tishṭhat von tishṭh-; Specialth. von sthâ, 2.

94. **lôkakṛitâm**, der *Weltenschöpfer*, g. Pl. von -kṛit; letzteres am Ende von Zstzn. bedeutet der, der macht, schafft : Schöpfer.

pâdarajasâ, i. S. von -rajas, sn. *Fufsstaub*; aus pâd, pâda, sm. Fufs (auch im Versmafs) von pad-, pada, sm. Fufs. Vergl. pad-, fallen, hingehen, 22. und πού-ς (für πόδ); lat. pe(d)s, Fufs; go. fot-us; alt. fót-r; ahd. fuoz u. a.

rajas, sn. *Staub* (ved. Welt); eig. Anhängendes, daher auch Blumenstaub, *Leidenschaft* und das Monatliche, weil von raňj-, färben; anhängen; ergeben sein. Kl. 1. 4. raňjâmi, raňje u. rajyâmi, rajye; p. raraňja, e; pp. rakta, roth und ergeben. —

Vergl. laj-, lajj-, 81. und rañjaka, $ῥαγ-εύ-ς$, $ῥηγεύς$, Färber; $ῥέζ-ω$, färbe; $ῥέγ-ος$; rub-or, ruber. virajânsi, ohne St. seiende, 96; rajohînânsthitân, die staublos dastehenden, 144; rajahsvedasamanvitah, von Staub und Schweifs umhüllt, 144.

tulyo für -yas, N. S. von -ya, â, adj. *ähnlich, gleich;* durch Suff. ya von tulâ, sf. *Waage* (auch *Sternbild* d. W.), fig. Gleichheit, Aehnlichkeit (auch an Gewicht), grofse Summe; durch â von tul-, emporheben, auf-, wägen, gleichschätzen. Kl. 1. u. 10. tolâmi, tolayâmi. Vergl. $τάλ-αντον$, Wage, Gewicht; lat. tuli, tollo, tolerare; $τλῆ-ναι$, dulden; altn. þola; dän. taale, dulden; $δοῦλος$, Sklav; ahd. dolen, *dulden.*

vartatâm, er sei, befinde sich, verweile; imp. 3. S. âtm. von vṛit- (vart-), wo sein; s. betragen, s. befinden; drehen, wenden. Kl. 1. âtm. varte; p. vavṛite; pp. vṛitta, geschehen, 119; auch in vṛittânta (anta), sm. Gegenstand, Sache, Angelegenheit, 111; und yathâvṛittam, adv. wie es geschehen ist, 119.

95. martyo hi, denn ein Sterblicher vipriyaṅ âcharaṅ devânâm, der den Göttern Unliebsames bereitet, mṛityum archhati, findet den Tod.

vipriyaṅ, sn. von priya, 3. — âcharan, N. s. von âcharat, der Bereitende, Begehrende; Sachwalter; p. pr. a. par. von âchar-, bereiten, begehen; von char-, 19.

archhati, findet, begrüfst; von arch-, 47.

trâhi, errette mich; imp. von trai (trâ, tar, tṛî), (er)retten, befreien, erlösen. Kl. 1. âtm. trâye; p. tatre; f. II. trâsye; pp. trâta, trâṇa.

surottamân, die besten Götter, 22. 45. und 88.

96. virajâṅsi (94) vâsânsi, staublose (überirdische) Gewänder etc. geniefse Du; vâsâṅsi, ac. Pl. von vâsas, sn. Kleid, Gewand; durch -as von vas-, sich bekleiden mit, anziehen. Kl. 2. âtm. vase; p. vavase; f. II. vasishye; a. avasishi; ger. vasitvâ; pp. vasita; davon noch vastra, sn. Kleid = lat. ves-ti-s; gr. $ἐσ-ϑ-ή(τ)ς$, Kleidung; wovon vastrânta, sn. Saum des Gewandes, 146. — Vergl. noch lat. vestio; goth. vas-ti, Kleid; ga-vas-yan, kleiden; Weste. Nicht zu verwechseln mit

vas-, wohnen, 43. und vaś- lieben, *wünschen,* wollen. Kl. 2. vaśmi, wovon vaśa, sm. n. Wunsch.

bhuñkshva, *geniefse* Du; imp. 2. p. S. âtm. von bhuj-, 36.

97. g r a s a t e, er verschlingt; von g r a s - (glas-), essen, fressen, verschlingen. Kl. 10. par. und 1. âtm. grasayâmi (auch grasâmi), grase; p. jagrâsa; pp. grasta, grasita.

h u t â s a m, den Hutâsa, ac. S. von huta, âsa, hutâsana, Opfer-Esser (Agni); *Feuer*, 156.

h u t a, das Geopferte; pp. von h u -, opfern. Kl. 3. juhomi; imp. 2. P. S. juhudhi; p. juhâva; f. II. hoshyâmi; a. ahausham; pp. huta. Vergl. *ϑύ-ω*, opfere; hierzu das bisher unerklärte fr. tuer, prov. tuar, tödten.

â s a, sm. Essen, von a s-, essen. Kl. 9. asnâmi; p. âsa, ich als; pp. asita. Vergl. lat. esca; gr. *ἔσ-ϑ-ω, ἐσϑίω*, ich esse; go. ita, ahd. izu, ksl. inf. jastĭ, russ. jästĭ, poln. jeść.

98. d a n d a b h a y â t, *in Sceptersfurcht*; ab. S. von -ya, sn. Ttp. aus d a n d a, sm. n. *Stab*, Stock; m. Strafe durch Geld oder Tod (Bastonnade?); davon d a n d i n, î, adj. einen Stab tragend; sm. *Pförtner*; in dandibhih, i. Pl. von den Hütern, 113. und

b h a y a, adj. entsetzlich; sn. *Furcht*; Nebenform von bhî, 5.

b h û t a g r â m â h, alle *Wesenschaaren*; N. Pl. v. bhûta (15) grâma, sm. Häusergruppe inmitten des Feldes: *Dorf*, Weiler; Skala (Musik). In Zstzn. Vereinigung, *Menge* : indriyagrâma, die fünf Sinne. Vergl. russ. grom-áda, Haufen; o-gromŭ, ungeheure Gröfse u. a.

s a m â g a t â h, versammelt; aus sam-âgata, 51.

a n u r u d h y a n t i, sie verehren; 3. P. Pl. pr. von anurudh-, verehren, lieben, sich an Jem. anklammern; von

r u d h -, einschliefsen, schliefsen; einhalten, binden, zurückhalten, abwehren; erlangen. Kl. 7. runadhmi, rundhe; p. rurodha, rurudhe; impf. arudham; pp. ruddha.

99. d a i t y a d â n a v a m a r d a n a n, den Zermalmer der Daitjer und der Dânaver.

d a i t y a (daiteya), Sprosse der D i t i, Frau des K a s y a p a, die eine Klasse von Götterfeinden bildeten. Zu ditya, Kind der Diti, vergl. russ. ditya, Kind überhaupt.

d â n a v a, Sprosse der D a n u, Tochter der Daksha und des Kasyapa.

m a r d a n a, sn. Zermalmung, Zerreibung, sm. Zermalmer, von m r i d (m a r d -), (zer)malmen. Kl. 9. mridnâmi; p. mamarda. Vergl. lat. mord-ê-re u. Cu. 292.

100. a v i s a ñ k e n a, ohne Bedenken; ab. S. des Kmdh. a + v i s a ñ k a, sf. Zweifel, Zaudern, Verdacht; von v i s a ñ k-, in Verdacht haben; diefs von s a ñ k -, *schwanken*, fürchten, Bedenken tragen. Kl. 1. âtm. sañke; p. sasañke etc.

yadi manyase, wenn du so meinst; s. man-, 2. Merke: als indekl. Einschiebsel für *ich meine, meine ich* (= engl. I say) steht manye.

suhṛidvākyam, die *Freundesrede;* ac. S. n. Ttp. aus su (6), hṛid (17), *Freund,* eig. Bhvr. su-hṛidaya, gutes Herz habend; und vâkya, sn. *Rede,* von vach-, 1.

101. samâplutâbhyâṅ, mit den beiden überschwemmten Augen (netrâbhyâṅ, 89); i. Du. n. von samâpluta, pp. von samâplu-überschwemmen, -füllen, von plu-, schwimmen, baden, segeln. Kl. 1. âtm. plave; p. pupluve; f. I. plotâhe; f. II. ploshye; a. -aploshi. Davon plava, Schiff, -fahrt. Vergl. gr. πλέ-ω, schiffe, schwimme; πλό-ο-ς, Schifffahrt; πλωτό-ς, schiffbar; πλώ-τη-ς, Schiffer, Schwimmer; lat. plu-i-t, pluv-ia; plu-ma; flu-o, φλύ-ω; ksl. plou-tĭ; russ. ply-tĭ, schiffen, schwimmen; plu-gŭ, *Pflug;* Flut, fliefsen, fliegen.

śokajenâtha vâriṇâ, mit in Kummer erzeugtem Wasser; śokajena, i. S. von śokaja, adj. in Kummer geboren; Kmdh. aus śoka, sm. Kummer, Gram; aśoka, sm. der Asokabaum, Jonesia aśoka = der kummerlose; und ja, â, adj. *geboren;* sm. f. Sohn, Tochter; am Ende v. Zstzn. = entstanden aus; durch a von jah-, 5, das sein an verliert, wie ghna von han, tödten, 4.

vâriṇâ, *mit Wasser,* i. S. von vâri, sn. Wasser. — Vergl. zend vâra, Regen; gr. οὖρο-ν, *Harn,* ûrî-na; οὐρ-έ-ω, harne, urinari.

102. bhartâram, zum Gatten, ac. S. von bhartṛi, 12.

satyam etad bravîmi te = diefs gelobe ich Dir.

103. vepsmânâṅ, die zitternde; ac. S. von -mâna, â, 136; p. pr. âtm. von yep-, zittern. Kl. 1. âtm. vepe; p. vivepe etc.

dautyenâgatya, im Botenamte hierhergekommen = dautyena, âgatya, 6.

dautyena, i. S. v. dautya, sn. Botenamt, durch ya von dûta, 63.

ihotsahe = iha (41) utsahe (71) wie bringe ich das hier an.

104. pratiśrutya, versprochen habend (= saṅśrutya, 72) mit g. der Person.

ârabhya, begonnen habend; ger. v. ârabh-, *anfangen,* unternehmen; von rabh-, *begehren,* unbesonnen handeln; eig. stark, heftig, wüthend sein, packen (vergl. an-*fangen*). Kl. 1. âtm. rabhe; p. rebhe etc. — Vergl. αλφ-άν-ω, erwerbe, ἄλφη-μα, Arbeitslohn; lat. lab-or; go. arb-aiths; ahd. arab-eit, *Arbeit;* russ. rabót-a; poln. robot-a, Arbeit; rabŭ-, Sklav; — robur, rabies u. a.

105. **vidhîyatân!** (also) werde es angesehen; 3. P. S. imp. âtm.
ps. von **vi + dhâ**, in die gehörige Ordnung bringen; behandeln
u. s. w., von **dhâ**, 5.

    dhâ gleich mehreren anderen W. auf **â** wird im ps. **dhî**;
dazu **ya**, als Zeichen des Passivum + **tâm**, Personalendung.

106. **vâshpâkulân vâchan**, diese von Thränen bewegte Rede;
vâshpa, sm. *Thräne*, Zähre, heifser Dunst; **âkulân**, ac. S.
von **âkula**, **â** (**âkulita**, pp.), bewegt, verwirrt, aufgeregt; von
kul- (**kal**-), aufhäufen, ununterbrochen vorwärts gehen. Kl. 1.
par. **kolâmi**; p. **chukola** etc.

śuchismita, **â**, adj. die helllächelnde; aus **śuchi**, adj. weifs,
klar, hell, heiter, rein; fromm; sm. Feuer, heifse Jahreszeit (Mai
bis Juli); von **śuch**-, *rein sein*, leuchten; feucht sein, faulen.
Kl. 4. par. âtm. **śuchyâmi**, **śuchye**; impf. **aśucham**, pp. **śukta**;
verwandt mit **śudh**-, sich reinigen. Kl. 4. par. **śudhyâmi**, und
śundh-, dass. Kl. 1. **śundhâmi**, **śundhe**.

pratyâharantî, berichtend, *von sich gebend;* ppr. a. par. von
pratyâhri (**prati**, **â**, **hri**), berichten; von **hri**, 20.

śanakais, **śanais**, adv. langsam, zögernd; i. Pl. v. ungebr. **śana**,
śanaka; nach Be. 303 für org. **śamnais**, i. eines alten pp. **śamna**,
von **śam**-, sich beruhigen. Kl. 4. par. **śamyâmi**; p. **śaśâma**;
pp. **śânta** etc. Vergl. übrigens **śank**-, 100.

107. **mayâ drishto ayan upâyo nirapâyo.** — **upâyo** für -**yas**, N. S.
m. *Mittel* = **upa**, **â** + **ya** von **i**- gehen = das Dahinführende; —
nirapâyo, unfehlbar, sicher = nicht-ab-lenkend = **nir**, 34; —
apa, Verbalpräfix; vorderes Glied in Nom. Zstz. = *ab*, weg,
von; vergl. ἀπό, ἄψ; lat. ab (**â**, af-, au-), abs; go. af; ahd. aba;
altn. af; engl. off. — **aya**, gehend; ger. von *i*-; sm. Erfolg,
Glück.

dosho für -**as**, sm. N. S. *eine Sünde*, Schuld, Fehler; von **dush**-,
sündigen, unrein werden; schlecht werden, verderben. Kl. 4.
dushyâmi, **dushye**; p. **dudosha**; f. II. **dokshyâmi**; a. **aduksham**;
impf. **adusham**; pp. **dushta**; verwandt mit

dus-, **dur** (euph. noch **duś**, **dush**, **dus**-) untrennb. Präfix: *schlecht*,
schwer, bös, *mifs*. Vergl. δύς-, mifs-, δυς-μενής, übelgesinnt,
sskr. **durmanâs**; goth. tus, tuz; altn. tor; ahd. zur, *zer*-; lith.
dur.; russ. dur in dur-nyï, schlecht, bös; **dúra**, Thörin; **durák**,
Narr; **dúrno**, das Böse, der Schaden. Damit verwandt

dushkha (**duhkha**), sn. Schmerz, Leid, Kummer, wovon das
Denom. **dushkh**-, Schmerz erregen. Kl. 4. 10. **dushkhyâmi**,

dushkhayâmi; pp. dushkhita, â, *bekümmert,* leidend, unglück
lich, 132; dazu dush-, verderben; dvish-, hassen; zend dushiti
Elend.

108. devâschendrapurogamâḥ, Bhvr. die Götter und der
Indra vorangegangen (habend);

purogamâḥ, N. Pl. von -gama (puroga, purogâmin), adj. voran
gehend; sm. Chef, Führer; aus puras, prp. und Präfix *vor,* öst
lich (c. g.) vorn, voran, früher; verwandt mit pra (32), para (5)
und pur-, *vorangehen.* Kl. 6. purâmi etc.

sahitâḥ, *vereint,* N. Pl. v. sanhita, begleitet von, vereint; für sam
hita, pp. von dhâ-, 6.

yatra, adv. *woselbst,* 117; wo nur immer, 156, 157; tatra —
dahin wo, 110; yatra tatra, wohin es immer sei; vom Pronth
yad. Als Conj. *weil, dafs,* im Sinne von quod, doch selten.

109. sannidhau, *in Gegenwart,* im Beisein; L. S. von -dhi, sm.
Nähe; aus sam, ni, dhâ.

naravyâghra, o Männertiger (vergl. narasârdûlo, 15); vyâ
ghra, f. -rî, Tiger (in Kmdh. = vorzüglichster), = Aufspürer
von ghrâ-, riechen, wittern, aufspüren. Kl. 1. par. Specialth.
jighra : jighrâmi etc. — Bu. 234 vergleicht flagrare = praghrâmi
Vergl. jedoch bhrâj, 60.

naivan, also nicht; aus na, ivam, s. d.

110. âjagâma, er ging hin; p. von âgam-, 6.

113. âdishto, *abgesandt,* pp. von â.diś-, wohin schicken, absen
den, beordern; von diś-, *zeigen,* anweisen, sehen lassen; *lehren,*
befehlen. Kl. 6. diśâmi, diśe; p. dideśa, didiśe; imp. diśantu in
pradiśantu, sie mögen, wollen (mir ihn) zeigen, (mich ihn)
sehen lassen, 137. — Vergl. diś, diśa, Richtung, Himmelsrichtung;
gr. W. δικ (δεικ) in δείκ-νυ-μι, zeige; δεῖξι-ς, Anzeige; δίκη-η,
Recht; lat. W. dic in dico, in-dico, ju-de(k)s; go. teih-a, Bote;
ahd. zeih-u, ich *zeihe,* zeigom, *zeige;* altn. teik(n); dän. tegn (spr.
tein); engl. token, Zeichen (auch Wunder).

sumahâkakshan, in die *sehr grofse Thür;* kaksha, m. f. *Thor,*
Pforte, Portal, Mauer, Flügel (eines Gebäudes); m. auch : Büffel,
Schlingpflanze, Kraut, Niederung, Wald; Frauengürtel und da
rein aufgenommener Kleidersaum etc. etc.

sthavirair für -ais, von den *alten;* i. Pl. von -ra, â, adj. alt;
sm. *Vorfahr* in stavirebhyaḥ, ab. Pl. 133; vom Kaus. von sthâ,
2. Vergl. russ. staryĭ; poln. stary, alt.

vritan, *umgeben;* pp. von vri-, 4. in diesem Sinne.

114. ṛite, prp. *mit Ausnahme*, aufser, ohne; von ṛi, gehen, 4. +
ta im loc.

116. varṇyamâneshu bhavatsu, nachdem ich Euch beschrieben hatte; absol. l. Pl. v. varṇyamâna, ppr. a. âtm. (für varṇayamâna) von varṇayâmi, färben, malen, schildern.

ruchirânanâ, die *schönmündige;* Bhvr. aus ruchira (10), ânana, sn. Mund, Gesicht, auch in śubhânanâ, schön-antlitzige, 127. von an- *athmen,* leben, gehen. Kl. 2. antmi und 4. anye; impf. ânam; p. âna; a. ânisham. — Vergl. anila, sm. gr. ἄν-ε-μος, Wind; lat. an-i-mus, an-i-ma; go. an-st-s, Gunst; altn. anda, önd; dän. aande, Geist.

119. udâhṛitaṅ (so ist es) berichtet, verkündet; aus ud-â-hṛi-, nennen, berichten, 81; — mayâ, von mir. — *Sinn :* So weit, o Götter, ist Alles wahrheitsgemäfs *von mir* berichtet worden. śeshe, l. S. von śesha, adj. übrig; sn. Ueberrest; von śish-, lassen, übrig lassen. Kl. 7. śinashmi; p. śiśesha; pp. śishṭa. — *Sinn :* was das Uebrige anbetrifft, so möget *Ihr* entscheiden. pramâṇaṅ, Autorität, sn. N. S. von pra + mâ, 15; daher auch Mafs, Gröfse.

tridaśeśvarâh, o Götterherren; aus tridaśa, adj. dreizehnte; sm. einer der Götter (aufser Brahmâ, Viśnu, S'iva), aus tri, drei und daśan, zehn. Vergl. δέχ-α; lat. dec-em; ksl. des-ętĭ; russ. des-jatĭ; go. taih-un; altn. tíu, tihi; dän. ti; engl. ten.

chaturthah, *vierte* (f. thî); von chatur; m. chatvâras, f. chatasras, n. chatvâri, *vier.* Vergl. ksl. četyr-ije; russ. četyr-e, Ordn. chetvёrtyĭ; lat. quatuor u. quattuor; gr. τέσσαρ-ες; go. fidvôr (in Zatzn. fidur); ahd. fior; altn. fjórir.

120. tithau puṇye kshaṇe, zur Zeit des reinen Mondes; tithau, l. S. von tithi, sm. f. Mondentag (¹/₃₀ des Mondwechsels); puṇye, l. S. von puṇya, â, adj. rein, tugendhaft, gerecht; sm. Tugend; davon puṇyaśloka, E. N. Beiname des Nal, 141. 145. 162. Die *Mondfeiertage* wurden besonders zu feierlichen Gelegenheiten benutzt. Vergl. Wilson, Theater der Hindu's, I, VII.

âjuhâva, *er berief,* rief herbei; p. von hve-, berufen, Kl. 1. hvayâmi, hvaye; pp. hûta. — Vergl. *heifs-*en; altn. heita; dän. hede; go. haitan; ags. hâtan, und khyâ-, 32.

121. pîḍitâh, *gedrängt,* getrieben; pp. v. pîḍ-, *drücken,* quälen etc. Kl. 10. pîḍayâmi. — sam-upa-âjagmur, p. von âgam-, herbeikommen, 6.

abhîpsavah, begehrende, s. abhi, îps-, 4.

122. toraṇeṅa, durch ein *Thor;* i. S. von toraṇa, m. n. die ge
schmückte Wölbung eines Thores; von tur-, tvar, 140.

te nṛipâ viviśus, betraten diese Könige; viviśus, p. von viś-, 31.
kanakastambharuchiraṅ virâjitaṅ raṅgaṅ, den von Goldsäulen
leuchtenden, hellschimmernden Platz (Rang).

kanaka, sn. *Gold* = das Glänzende, durch Suffix aka von kan-
glänzen. Kl. 1. kanâmi; p. chakâna; pp. kanta. — Interessan
poln. kanak, Halsschmuck.

virâjitaṅ, den *hellschimmernden,* a. S. von -jita, pp. von virâjâmi
glänzen, Denom. von virâj, sm. *Glanz,* Schönheit; Mann königl
Kaste.

raṅgaṅ, ac. S. von raṅga, sm. Schauplatz, Scene, Platz wo ge
tanzt, gesungen, Drama gespielt wird. (Näheres in Wilson
Theater der Hindu's, I. 68 ff.) Auch *Farbe,* von raṅj-, 94.

mahâsiṅhâ iva, wie die grofsen (mächtigen) Löwen; N. Pl. vor
siṅha, sm. *Löwe* (auch Sternbild); in Zstzn. der beste. Merke
siṅhadvâra, Löwenthor (Hauptth.); siṅhala, sn. f. Ceilan; siṅhâ
sana (âsana), Löwensitz (Thron). — *Singapur,* Löwenstadt.

achalam, einen *Berg;* ac. S. von achala = der Nichtgehend
= a, chala von chal- (char-, 19), *sich bewegen.* Kl. 1. chalâmi
p. chachâla, er bewegte sich, 128. etc.

123. âsaneshu vividheshu, auf mannichfaltigen Sitzen (sal
man), s. 11. 29.

sarve surabhisragdharâḥ, alle, wohlriechende Kränze tra
gend; s. 22. 7.

surabhi, adj. schön duftend; durch su von rabh-, 104.

pramṛishṭamaṇikuṇḍalâḥ, sehr helle Edelstein-Ohrgehäng
(habende).

pra + mṛishṭa, sehr hell; pp. von mṛij-, putzen, poliren
Kl. 1. mârjâmi u. 2. mârjmi.

maṇi, m. f. und maṇî, f. *Edelstein,* Juwel, Perle. Vergl. ksl. russ
monîsto; lat. monile; gr. μάννος, μανιάκης; altn. men (g. menjar)
goldener Halsschmuck.

kuṇḍala, m. n. Ohrring, Armband, Halsschmuck.

124. pînâ bâhavaḥ, dicke Arme. — pîna neben pyâna, fett
stark; pp. von pyay-, fett werden. Kl. 1. âtm. pyâye; p. papye

parighopamâḥ, *keulenähnliche;* aus parigha, sm. Keule; da
Schlagen; aus pari + gha von han-, 4. und upama, 56.

suślakshṇa, â, höchst zart; v. ślakshṇa, â = *schlank;* angenehm
aufrichtig; viell. v. ślaṅk- (śraṅk-), gehen, sich strecken.

panchaśîrshâ, *fünf Köpfe* (habende); von panchan, fünf; in Zstzn. pancha : purushânpancha, fünf Männer, 129; panchama, fünfte, 167; von panch-, ausbreiten (= apa, anj-), das Ausbreiten der Hand als Bezeichnung der Zahl durch die Finger. Kl. 10. panchayâmi. Vergl. πέντε; lat. quinque, quin(c)tus, Quinctilius; go. fimf; altn. fimm; dän. fem; fing(r), Fing-er; lith. penki; ksl. pę-tĭ; russ. piátĭ; poln. pięć. — Pfingsten.

śîrsha, sn. *Kopf;* von śiras (śira), sn. Kopf; Baumspitze; Avantgarde; fig. Haupt(mann), Chef; für kara(s), zend śara, śaranh. Vergl. κάρα, κάρ, κάρη-νο-ν, Haupt, κρανίο-ν, Schädel, cranium; sp. cara, Angesicht; lat. cere-bru-m; ahd. hirni, Ge-hirn u. a.

ivoragâḥ = iva uragâḥ, wie die Schlangen, 29.

125. sukeśântâni, *schöne Haare* habende; su + keśânta, das ganze Haar, la chevelure, nach Böhtlingk, Anm. zur Chrest. 281. *Locke;* aus keśa (+ anta, 67), sm. *Haar,* wovon keśara, sm. Mähne = caesaries, Haupthaar.

sunâsâkshibhruvâṇi, *schöne Nasen, Augen und Brauen* habende. nâsâ und nas (N. S. nâs), sf. *Nase,* wohl „die Näsende", von snâ- lavare. Vergl. lat. nasus; altn. nasir (f. pl.), Nase, nasa, riechen; russ. nósŭ; poln. nos; engl. nose; ags. näs; dän. näs, Vorgebirge u. a. — für akshi, s. aksha, 3.

bhruvâṇi, *Augenbrauen,* ac. Pl. von bhruva, n. und m. am Ende von Zstzn. für bhrû, sf. Braue, von abhi- ruh-, herumwachsen, 1. — Vergl. gr. ὀφρύς, neugr. φρύδι; altn. brún; dän. bryn, Pl. öienbryner u. a.; ahd. brawa; engl. brow, frown (fr. froncer); russ. bróvĭ; poln. brew.

nakshatrâṇi yathâ, wie die *Sterne;* N. Pl. von -tra, sn. Sternbild; vergl. naktam, 36.

126. Der ganze Sloka kann als Apposition zu rañgan, 127. gefafst werden.

nâgair, wie *von den Schlangen* die Bhogavatî betreten wird; i. Pl. von nâga, m. -î, f. Schl., insbesondere Brillenschlange; von na-ga, nicht gehende.

bhogavatîm, ac. S. von -tî, sf. Namen der Hauptstadt der Schlangen am unteren Laufe des Ganges; von bhogavat, sm. Schlange, von bhuj-, fressen, geniefsen, 96.

sampûrṇân, die ganz erfüllte (Versamml.), sehr zahlreich besuchte; aus sam-pûrṇa, 18.

giriguhân, die *Berghöhle;* ac. S. von -hâ, sf. Versteck; verborgener Schatz; *Grotte;* von guh-, verbergen. Kl. 1. guhâmi, guhe; p. juguha; pp. gûḍha. Vergl. altn. gjóta, Höhle, Grotte; kût(r), Höhle, *Kute.*

giri, sm. *Berg;* adj. verehrungswürdig (man denke an die riesige Himâlayakette, die gröfste der Erde!).

127. śubhânanâ, die *schön-antlitzige,* s. 86. 116.

mushṇantî, *raubende;* p. pr. a. par. von mush-, stehlen, plündern, wovon mûsha, mûshika, sm. Maus; vergl. μῦς, mus; altn. mús; ksl. russ. myshî u. a.

chakshûnshi, *Augen;* ac. Pl. von chakshus, sn. Auge; durch Suffix us von chaksh-, *sagen.* Vergl. zend śaś; pers. sækhun, Wort; ossetisch sagyn; lith. sakyti; ags. secgan; engl. say; altn. segja; dän. sige u. a.

128. sakta, â, *gefesselt;* pp. von sanj-, *anhangen;* eigen sein. Kl. 1. sajâmi; p. sasanja; f. I. sanktâsmi; f. II. sakshyâmi; a. asankksham. Vergl. go. hahan; altn. hánga (hengja), hangen, hängen; engl. hang u. a.

129. sankîrtyamâneshu nâmasu râjnân, bei der feierlichen Namenaufrufung der Könige. Absol. l. Pl. von sankîrtyamâna, p. pr. ps. von sankîrtayâmi, *feiern,* rühmen; von kṛit-, *anzeigen,* erzählen. Kl. 10. kîrtayâmi etc.

tulyâkṛitîn, gleichgestaltete; s. 94; — kṛitîn, ac. Pl. von kṛitin, f. -nî, adj. tugendhaft, weise, geschickt; *hinter* einem Worte *gestaltet,* wie noch in nirviśeshâkṛitîn, ohne Unterschied gestaltete, 130.

130. sandehâd (t), *vor Zweifel;* ab. S. von sandeha, sm. von dih-, *reiben,* schmieren (?); Kl. 2. dehmi, dehe; p. dideha, didihe; pp. digdha.

nâbhyajânâd = na, abhi, ajânât, impf. von jnâ-, 1.

131. mene, sie hielt für; p. von man-, 2. — buddhyâtha == buddhyâ, 66, atha.

tarkayâmâsa, sie *überlegte;* periphr. p. von tark-, be*denken,* untersuchen. Kl. 10. tarkayâmi; eine zweite W. tark- Kl. 10. glänzen, *sprechen* ist zu vergl. mit russ. tolkŭ, Erklärung, Verständniss; tolk-ov-atî, auslegen; engl. talk, sprechen; altn. þánki, Gedanke; þenkja, denken; go. þankjan; angs. þinkan; engl. think.

bhâvinî, die *hervorragende* Frau; von bhâvin, adj. was ist, glänzend; von bhâva, sm. Existenz, Substanz; bisweilen *überirdische Macht,* wie in apân bhâvaṇ, die Gewalt über die Gewässer, 157.

132. jânîyân (auch in abhijânîyân), auf dafs ich erkennen möge, für jânîyâmi, pr. von jnâ, 1. — vidyân für vidyâmi, ich erkunde.

sanchintayantî, hin und her überlegend; aus sam, chintayantî, 14.

bhriśadushkhitâ, sehr bekümmert (107); bhriśa, adv. viel, übermäfsig.

133. liñgâni, die *Abzeichen;* ac. Pl. von liñga, sn. Kennzeichen, *Glied,* penis; Geschlecht; Natur. Das liñgam (Phallus) als Symbol des S'iva. Vergl. Ge*lenk,* engl. link, Band u. s. a. — devaliñgâni, Götterabzeichen (sie werfen keinen Schatten u. s. w.); liñgadhâraṇe, in der Führung äufserer Kennzeichen, 143. 7.

134. tâni (liñgâni) iha tishṭhatân bhûmau, diese sehe ich bei den hier auf dem Boden Stehenden auch nicht an einem Einzigen.

viniśchitya, hin und her *erwogen habend :* vi, nir, chit, 14.

135. śaraṇaṅ, *Zuflucht;* ac. S. von -aṇa, sn. Schütz, Hülfe; von śri-, gehen; âśri-, Zuflucht nehmen zu, Be. 315.

amanyata, sie *erachtete* prâptakâlam, den Augenblick für gekommen; s. man, 2.

prayujya, entsandt, *dargebracht habend,* ger. von pra + yuj, 5.

136. vepamânedam : vepamânâ, 103; idam, 38.

137. nâbhicharâmyahaṅ : na abhicharâmi, ich gehe nicht ab, irre, sündige nicht, 122.

139. yathedaṅ : yathâ, idam.

ârabdhaṅ vratam mayâ, das Gelübde ist von mir bereits angetreten worden, 104.

ârâdhane, zur, *in der Verehrung;* 1. S. von ârâdhana, sn. Cultus etc. von ârâdhayâmi, verehren, dienen; Jem. günstig stimmen; von râdh-, vollenden, recht machen, geneigt machen. Kl. 5. und 4. râdhnomi, râdhyâmi; pp. râddha. Vergl. altn. rata, glücklich durchkommen, retta, *retten;* rétt(r), *recht.*

141. narâdhipaṅ, den Männerherren, König., s. 4. 63.

niśamya, vernommen habend; ger. von niśam-, bemerken, sehen, wahrnehmen, *hören,* von śam-, beruhigen; erblicken. Kl. 4. mit Specth. śâmya-; p. śaśâma; pp. śânta.

karuṇa, adj. jammervoll, *kläglich;* von kri-, schlagen, tödten. Kl. 9. u. 5 : kriṇâmi, kriṇomi; als sm. (u. f. auf â) Mitleid, Erbarmen.

paridevita, *Klage;* eig. pp. von parideve, paridevayâmi, klagen, von dev-, *klagen,* jammern. Kl. 1. âtm. deve; p. dideve etc.

142. tathya, â, adj. wahr; sn. *Wahrheit;* von tathâ, also, 5.

anurâga, sm. *Zuneigung,* und râga, sm. *Neigung,* Liebe, Leidenschaft; von raṅj-, 122.

viśuddhi, sf. Reinheit; durch vi von śudh, 106 + Suffix ti.

143. yathoktaṅ = yathâ uktaṅ, wie gesagt.

sâmarthya, sn. Genugthuung; Angemessenheit; Fähigkeit; durch ya von samartha (sam, artha, 6), adj. fähig.

asvedân, nicht schwitzende; ac. Pl. von a-sveda, n. schwitzend; sveda, sm. Schweiſs; von svid-, schwitzen; Kl. 4. svidyâmi; p. sishveda; f. II. svetsyâmi; impf. asvidam; pp. svinna. Vergl. ἰδ-ί-ω, schwitze; ἰδ-ρώ(τ)ς, Schweiſs; l. sud-are, -or, -arium; fr. suer; altn. sveita, schwitze; dän. svede; altn. sveiti, sviti; engl. sweat, Schweiſs; alth. sveiz.

144. hṛishitasragrajohînân, aufrechtstehende Kränze (tragend) und staublos; s. 24. 22. 94. — hîna, ohne; eig. pp. von hâ-, berauben. Kl. 3. jahâmi; p. jahau; pp. hîna also: beraubt.

aspṛiśataḥ, nicht berührende; ppr. a. par. von spṛiś-, berühren, besprengen. Kl. 6. spṛiśâmi, spṛiśe; p. pasparśa; pp. spṛishṭa. Vergl. spargere, sprengen, sprenkeln, gesprenkelt; engl. sprinkle, -led.

kshitim, die Erde; ac. S. von -ti, sf. Land; Haus; Vernichtung; von kshi-, (be)wohnen. Kl. 6. kshiyâmi; p. śikshâya etc.; also = die Bewohnte.

chhâyâ, sf. und chhâya, sn. Schatten; nach Bu. 255. von chho-Kl. 4. spalten; nach Anderen von chhad-, bedecken, schützen. Kl. 1. chhadâmi, chhade (auch 10: chhadayâmi); pp. chhanna und chhadita, be-schattet; oder sku-, schützen, bedecken. Kl. 5. skunomi, skunve; p. śûskava, śuskuve etc. — Vergl. σκι-ά, Schatten; σκιά-ω, gebe Sch.; altn. sky, Wolke; engl. sky, Wolkenhimmel; go. skad-us; engl. shade, shadow; ferner altn. skog(r), Wald; mhd. schî-me, sche-me, Schemen, Schattenbild.

mlânasrag-, welken Kranz (habend). mlâna, pp. von mlai-; welken. Kl. 1. mlayâmi; p. mamlau, etc.

145. bhûmishṭho, vergl. bhûmi, 15, sthâ, 2.

nimeshena, vom Zwinkern (befallen); i. S. von -sha, sm. Zwinkern mit den Augen; Augenblick (als Zeitmaſs), von mîsh-; zwinkern; rivalisiren. Kl. 6. mishâmi; p. mimesha etc.

sûchita, â, angegriffen, befallen; pp. von sûch- (aus su, vach), zeigen, an-, erklären.

146. pâṇḍava, o Pandava; s. pâṇḍu, 35.

vilajjamânâ, die sich sehr schämende; s. laj-, 80.

147. skandhadeśe, auf die Schulter; l. S. von -deśa, sm. Schultergegend; Ttp. aus skandha, sm. Schulter, Achsel; von

skand-, be-, absteigen. Kl. 1. skandâmi; p. chaskanda; pp.
skanna. Vergl. *Schienbein*; lat. scand-o, descendo; gr. σκάνδ–
αλον, Stellholz; lith. skendu, versinke.

'srijat für asrijat, impf. von srij-, niederlegen, 22.

deśa, sm. Region, *Gegend*, Land; Körpertheil; von diś-, 113.

148. sahasâ, indecl. *plötzlich;* eig. i. S. von sahas, sn. Kraft,
Stärke, von sah-, 71.

mukta, â, ausgestofsen, losgelassen; pp. von much-, lösen, loslassen; Kl. 6. muṅchâmi, muṅche.

śabda für -das, Ton, Laut; Wort; nach Be. 304. mittelst da (von
dâ) von W. śap-, schwören. Kl. 1. u. 4. śapâmi, śapyami.

sâdhu, adj. gut, recht, schön; im ac. n. *bravo!* im f. auch sâdhvî;
von sâdh- (sidh-), *vollenden.* Kl. 5. sâdhnomi; p. sasâdha.

149. îritah, er wurde ausgestofsen, erscholl; pp. von îri-, gehen
machen, in Bewegung setzen; ausstofsen, äufsern; Kaus. von îr-,
gehen, vorrücken. Kl. 2. âtm. îre.

kauravya, o Kauravja; patr. Nachkomme des Kuru, E. N. eines
mythischen Königs, Stammvaters der beiden Partheien, deren
Kampf im Mahâbhârata beschrieben wird. Das Historische in
Duncker (Gesch. d. Alterth.) II. 34 ff.

150. âśvâsayad (t), er tröstete, stärkte; impf. von âśvas-, trö-
sten; von śvas-, athmen, seufzen, schnaufen etc. Kl. 2. śvasimi; p. śaśvâsa.

varârohâṅ, die schön-hüftige; ac. S. des Bhvr. vara, 4. âroha,
sm. Hüfte; von ruh, 1.

prahrishtenântarâtmanâ, mit sehr erfreutem Sinne, s. 24.
18. 40.

yat, da, weil, 2; — im Nachsatze tasmât (d), also, deswegen, 5.

151. yâvat, adv. so lange als —; Correlativ von tâvat (tad +
vat), so lange . . . Als adj. f. -tî, so grofs, so lang.

prâṇa, sm. Hauch, Athem, Lebensgeist; pl. prâṇâ, Leben; durch
pra von an-, 116.

152. abhinandya, begrüfst, erfreut habend; ger. v. abhinandâmi,
von nand-, sich freuen. Kl. 1. nandâmi; p. nananda.

154. mahaujasah, die *grofsen Glanz* habenden; ojas, sn. Glanz,
Kraft, *Macht.* Das Verbum ist oj-, glänzen, leben; stark,
mächtig sein. Kl. 10. ojayâmi. Eigentlich ein Denominativ
von oja, einer Nebenform des vorstehenden ojas.

ashtau neben ashta, ac. von ashtan, acht; vergl. ὀκτώ, octo; go.
ahtau, altn. átta, dän. otte. Die Dualform ashtau weist auf 2×4
(Finger der ausgestreckten Hand).

155. pratyakshadarśanaṅ, das Schauen im Wahrnehmen =
der sichtbaren Dinge Schauen (im Opfer) : Priesterkraft; s. 17.
3. 13.

yajne, *im Opfer;* l. S. von yajna, sm. von **yaj-,** 13

anuttama, â, adj. nichts Bestes über sich habend: *allerbeste;* s. 22.

prîyamânah, der frohsinnige, 3, 79.

156. prâdâd, er verlieh; Aor. II. von pradâ-, 8; wovon noch
pradâya, verleihend, 158.

vânchhati, er wünscht, mag wünschen; von **vânchh-,** wünschen. Kl. 1: vânchhâmi, vânchhe. Vergl. altn. óska (yskja,
oeskja); dän. önske; engl. wish; russ. isk-a-tï, suchen u. a.

157. annarasaṅ, *guten Appetit;* ac. S. vom Kmdh. **anna**, sn.
Speise, Nahrung (besonders Cerealien), und **rasa**, sm. Geschmack.

158. gandha, sm. *Geruch*, Duft; ob von gandh-, gehen, dahin-
ziehen? Kl. 10. âtm. gandhaye. Vergl. âdya, 68.

mithunaṅ, ein Paar (Kinder), ac. S. von -na, sn.

tridivaṅ, in den Dreihimmel (Paradies).

159. anubhûya, gesehen habend; ger. von anubhavâmi, beiwoh-
nen, zugegen sein; s. bhû, 15.

vivâhaṅ, die *Hochzeit;* ac. S. von -ha, sm. Heirath, Verbindung;
von vivah-, herausführen (aus dem elterl. Hause), s. vah-, 58.
Vergl. parinaya, Hochzeitsceremonie, d. i. Herum-führung um
das heilige Feuer; ferner das schwed. bryllop = Braut-lauf, d. i.
feierlicher Zug.

muditâh, *erfreut(e);* pp. von **mud-,** sich freuen. Kl. 1. âtm.
mode; p. mumude; vergl. mad-, 25. und mud, sf. Freude, Trunkenheit, Wahnsinn; engl. mood, Muth.

yathâgataṅ, wie herbeigekommen; s. yathâ.

160. mahâmanâs, der grofsgeistige, -sinnige, -herzige; Bhvr.
aus mahâ, 3 + manas, 79. Dasselbe wie mahâtman, 44.

161. yathâkâmaṅ, adv. *nach Lust*, nach Belieben; aus yathâ,
2; kâma, 5.

dvipadâṅ varah, *der beste der Männer;* dvipâd, f. -î, adj. zwei-
beinig; sm. Mensch (Gegensatz zu den Vierfüfslern; ohne den
verächtlichen Beigeschmack des lat. bipes.)

samanujnâto, *entlassen;* aus sam, anu, jnâto, pp. von jnâ-, 1.

162. avâpya, *erlangt habend;* ger. von ava + âp-, 4.

163. 'nśumân iva, *wie die Sonne.* N. S. von anśumat, î, adj.
strahlenbegabt; sm. Sonne; = anśu, sm. Strahl, Glanz + mat.
aranjayat, er *regierte;* impf. von ranjayâmi, sich ergeben machen.
Caus. von ranj-, ergeben sein, 94.
paripâlayan, *erhaltend;* p. pr. a. par. N. S. von paripâlayâmi,
bevormunden, 40.

164. aśvamedhena, durch ein Roſsopfer; Kmdh. aus aśva, 1.
und medha, sm. (in Zstzn.) Opfer; von medh-, schlagen,
tödten. Kl. 1. medhâmi. — Ueber die Bedeutung, Gröſse und
Schwierigkeit dieses ältesten, ersten und feierlichsten Opfers der
Inder hat Duncker (Gesch. d. Alt. II. 223—228) Alles schön
zusammengestellt. Ueber das Roſsopfer bei den Germanen, s.
Grimm, D. M. 43.
yayâtiriva, nâhushah, *wie der Yayâti* (ein berühmter Opferer),
E. N. des fünften Königs der Monddynastie; Sohn des Nâhushi,
E. N. eines Königs der Monddynastie; von nahush, sm. ved.
Mensch.
dhîmân, der Weise; N. S. von dhîmat, adj. weise, klug; durch
mat von dhî, sf. Verstand, Klugheit; von dhî-, einen Gedanken
fassen. Kl. 4. âtm. dhîye, p. didhye, pp. dhîna.
kratubhis, mit Opfern; i. Pl. von kratu, sm. ved. Opfer;
Thatkraft, Gewalt; nach Be. 88. von kram-, übersteigen, über-
winden, 5; nach Bu. 190. von kar (kri) + tu = was gethan
wird; auch stellt er κράτος (κάρτος), Stärke hierher, dem dieſs
ved. kratu (als adj. *der stärkste*) genau entspricht. Näheres bei
Cu. 142.
aptadakshinaih, mit passenden Opferspenden (versehenen,
näml. kratubhis); Bhvr. aus aptas, sn. Opferspende, und daks-
hina, adj. recht, rechts; geeignet, geschickt; *südlich* (die Arier
wandten sich nach Sonnenaufgang); dakshinâ, sf. Opferspende
für die Priester. Süden : der *Dekkan;* von daksha, adj. *recht,*
rechts; geschickt, sm. braver Mann, von daksh-, eilen, wachsen,
stark und thätig sein. Vergl. δεξιό-ς, δεξιτερό-ς, rechts; lat.
dexter (für dextero) u. a. Auch im Slaw. ist die rechte Hand
die *rechte* (geschickte) prava.

165. upavaneshu, in den Lusthainen; l. Pl. von upa, vana, 18.
vijahâra, er *ging spazieren,* erlustigte sich; p. von vihri, sich
ergehen; davon noch vijaharaṅś, p. pr. a. par. sich ergehend,
167. Vergl. hri-, 20.
amaropamah, wie ein Unsterblicher (amara, 36. upama, 56).

166.. janayâmâsa, er erkannte die D. (*zeugte mit ihr;* mit zwei
Acc.); periphr. p. von jan-, 5.

167. yajamânas, *opfernd;* ppr. a. âtm. von yaj-, 13.

raraksha, er *beschützte,* regierte, erhielt; p. von raksh-, 4.

vasusanpûrnân vasudhân, die mit Reichthümern erfüllte
Erde.

205

Wortregister.

(Die Zahlen bezeichnen die Seite.)

a.

a privativum, 63. 142.
abhavat, 156.
abhâshata, 178.
abhi, 61. 64. 144.
abhibhâshiṇî, 144. 178. 187.
abhicharâmi, 199.
abhijagmus, 144.
abhijânîyân (für -yâmi),
144. 198.
abhinandya, 144. 201.
abhîpsavaḥ, 195.
abhyabhâshata, 144. 178.
abhyabhâshanta, 178.
abhyagachchhad (t), 144.
abhyajânât, 144.
abhyapûjayan, 144. 174.
abhûch (t), 156.
abravît, abravîch, 165.
abruvan, 34. 165.
âbubbodishâmahi, 10.
achala, -m, 143. 196.
ad-, 32. 35. 39. 51. 56.
adas, 182.
adbhuta, 124. 163.

adhâvad, 165.
adhi, 61. 64. 163. 168.
adhiga-, 45.
adhipa, 168.
adhipati, 168.
adhirâjâ, 168.
adhyâya(ḥ), 168.
aditi, 131.
adîna, 125. 143.
adînâtmâ, 168. 172.
adravan, 164.
adṛishṭa, 124. 143. 153.
adṛishṭakâmo, 4.
adya, 171.
aḍ-, 47.
agamans, 6. 145. 168.
agni, 7. 133. 179.
agra, 23.
agrima, 23.
agh-, 10. 187.
agha, 187.
aham(n), 24. Tab. B., 166.
ahan, 17.
aho, 64. 186.
aj-, 177.

ajânât, 198.
akarot, 143.
akkâ, 15.
aksh-, 42. 186.
aksha, 136.
akshapriyaḥ, 185.
akshauhiṇîpatiḥ, 136.
akshayas, 177.
akshi, 15. 133. 139.
alakshitaḥ, 143. 172.
alam, 62. 63. 151.
allâ, 15.
alpa(kaṇa, kaṇîyas, kaṇi-
shṭha), 19. Tab. B.
am-, 176.
ama, 176.
amanyata, 199.
amara, 143. 179.
——ân, 143.
——avad, 143. 179.
——opamaḥ, 143. 179. 208.
——ottamâḥ, 179.
ambâ, 15.
an-, 35. 142. 176. 195.
anagha, 143. 187.

208

bhavetheti, 4.
bhavishyati, 41. 156.
bhavishyâmi, 41. 156.
bhavitâ, 156.
bhavite = bhavitâ iti.
bhaya, 128. 141. 191.
bhayât, 141.
bhâ-, 186.
bhânu, Dekl. Tab. A.
bhârata, 145.
bhâryâ, 147.
bhâsh-, 178.
bhâshâ, 178.
bhâva, 198.
bhâvinî, 198.
'bhibâshiṇî, 187,
bhid-, 40.
bhî, 9. 10. Tab. A., 44. 45. 50. 55. 128. 141.
bhîmas, -o, -ena, -aṅ, 133. 140.
bhîmân, 140.
bhîmaparâkramaḥ, 140.
bhîmaśâsanât, 140. 173.
bho, 64. 182.
bhoga, -eshu, 170.
bhogavat, 197.
bhogavatî, 197.
bhogin, 17.
bhrajj-, 37. 39. 45. 48. 51.
bhram-, 186.
bhrañch-, 149.
bhrâj-, 181.
bhrâjamânaṅ, 181.
bhrâm-, bhrânta, 186.
bhṛi- 27. 30. 32. 44. 147.
bhṛiśa, 199.
bhṛiśadushkhitâ, 199.
bhruva, -âṇi, 197.
bhrû, 197.

bhuj-, 39. 170. 190. 197.
bhujjanma, 6.
bhuñkshva, 190.
bhuvi, 5. 156.
bhû-, 39. 41. 43. 49. 52. 61. 156.
bhû, Tab. A., 53. 156.
bhûmav, 156.
bhûmi, î, 156.
bhûmipate, 129. 156.
bhûmishṭho, 156. 200.
bhûsh-, 152.
bhûshaṇa, -âṇi, 152.
bhûshita, 124. 152.
bhûta, -ân, 124. 156. 163. 191.
bhûtagrâmâḥ, 191.
bhûtala, e, 156. 180.
bhûtvâ, 156.

ch.

cha, 63. 142.
cha—cha, 63. 142.
chachâla, 196.
chainaṅ, m, 142. 173.
chaiva, 4. 142. 187.
chaivainaṅ, 142.
chakrâme, 141.
chakrire, 42. 143.
chaksh-, 166. 198.
chakshus, 198.
chakshûṅshi, 14. 198.
chal-, 160. 196.
cham-, 37.
chana, 25.
chandra, e, *Mond,* 7.
chaskand- (skand), 10.
chatur (chatvâr), 20. 23. 195.

chaturthaḥ, 20. 195.
châbhavan = cha abh-°
châbruvan = cha abr-°
chânuttamâṅ = cha an°
chânûbhûyâsya = cha anu°
chânyad = cha an°
chânyeshu, 154.
châpi, 154.
châpi-cha, 154.
châprajaḥ, 142.
châptadakshiṇaiḥ = cha apt°
châpy = cha api
châru, 186.
châruhâsin, î, 186.
chârûṇi, 186.
châsau = cha as-°
châsi, *und du bist,* 4. 187.
châsmabhir, 167.
châsyâ = cha as°
che, 142.
chechi-, 10.
chechîya-, 10.
chedaṅ, 142. 166.
cheha, 4. 187.
chendra = cha indra.
chetana, 155.
chetanâ 155.
chi-, 10. 27. 30. 33. 36. 42. 48. 50. 52. 155.
chid, 25.
chikit- (kit), 9; chikits-, 10.
chikîrshamânas, 51. 144.
chikîrshâ, 51. 128.
chint-, 155.
chintayantî, 155.
chintayâmâsa, 155.
chintâparâ, 62. 141. 155.
chira, 53. 178.
chirât, 178.

chit-, 51. 128. 155.

-chit (d), 25. 154.

chitra, -âḥ, 59. 155.

chitta, 155.

chittapramâthinî, 155.

chitya, 155.

chottama, 4. 142.

chur-, 27. 83. 39. 47. 51.

chyu-, 47.

chh.

chhad-, 200.

chhâyâ, a, 200.

chhe-, 50.

chhid-, 39.

chho-, 200.

d, dental.

dadarśa, 42. 153.

dadau, 43. 148.

dadṛiśe, 153.

dadṛiśur, 153.

daduḥ, 43. 148.

dadha- (dhâ), 9. 10.

dadhi, 15.

dah-, *brennen*, 8. 41. 189.

dahati, 189.

daitya, 191.

daksh-, 203.

daksha, 203.

dakshiṇa, -aiḥ, Tab. B., 203.

dakshiṇâ, 203.

dam-, 145.

daman, 145. 149.

damanaḥ, -o, -aṅ, 145. 149.

damayantî, -îm, -îṅ, 145.

damayantyâ, -yâs, -yâḥ,
   -yâ, -yai, -yâṅ, 149.

'dan, s. idam.

daṇḍa, 191.

daṇḍabhaya, -ât, 141. 191.

daṇḍibhiḥ, 191.

daṇḍin, 123. 191.

daṅś-, 40.

darbha, 140.

daridrâ-, 44. 50.

darp-, s. dṛip-.

darpa, 157.

darś- (dṛiś-), 36. 153.

darśa, 154.

darśana, 154.

daśan, 20. 23. 195.

dautya, -yena, 192.

day-, 44. 178.

dayita, -ân, 124. 178.

-dâ, 159.

dâ-, 35. 41. 42. 48. 50. 52.
   56. 58. 148.

dâman, 153.

dânava, 191.

dânta, 145. 149.

dâtṛi, m. n. Tab. A.; dâ-
   târas, 11. 38. 59.

dâsa, 150.

dâsî, -nâm, 150.

dedîpyamânâṅ, 185.

deha, dehe, 157.

deśa, 201.

dev-, 199.

deva, -an, -ân, -âs, -ânâm,
   -ebhyaḥ, -ais, -eshu, 56.
   129.

devadûtam, 129.

devagandharba°, s. gandar-
   bha.

devaliṅgâni, 129. 199.

devapatir, 129.

devarâjasya, 121. 129.

devasaṅnidhau, 129.

devatâ, 129.

devatânâṅ, 129.

devo 'thavâ, 7.

didṛikshavaḥ, 8. 51. 59.
   128. 154.

didyotish-, 10.

didyutish-, 10.

dih-, 41. 51. 198.

diś-, 6. 40. 194.

div-, *spielen*, 37. 51. 56;
   *glänzen, leuchten, Him-
   mel*: div, divâ, divi, 17.
   60. 63. 129. 170.

diva, 170.

divan, 16. 129. 170.

divasa, 170.

divaukasaḥ, 17. 181.

divya, -âs, 60. 129. 132. 170.

dî-, 45. 50. 52. 168.

dîdhî-, 44. 50.

dîna, â, 125. 168.

dip-, 185.

dîpa, 185.

dîpra, 133.

do-, 37.

dosha, o, 193.

drâh-, 41.

dṛip-, 40. 157.

dṛiś- (darś-), 36. 40. 42. 51.
   153.

dṛishṭa, o, â; 8. 124. 153.

dṛishṭi, -ir, 154.

dṛishṭapûrbâ, 154.

dṛishṭavanto, 154.

dṛishṭavân, 154.

dṛishṭvaiva == dṛishṭvâ iva.

dṛishṭvâ, 154.

dṛiś, -śa, -ksha, 25. 153.

dṛiśya, 154.

dṛiśyante, 154.

dram-, 164.

drâ-, 164.

224

Sachregister.

(Die Zahlen bezeichnen die Seite; für einzelne Wörter und Wurzeln siehe da vorhergehende Wortregister.)

Druck von Wilhelm Keller in Giefsen.

Deklination	Endung	N. bhyas at. Abl.	âm Genit.	su Loc.	au N. A. V.	bhyâm I. D. Abl.	os G. L.
		Pluralis			**Dualis**		
I.	a oder a	1)hyas	´ânâm	´eshu	´au	´âbhyâm	´ayos
		2)hyas	´ânâm	´eshu	´e	´âbhyâm	´ayos
		3)hyas	´ânâm	´âsu	´e	´âbhyâm	´ayos
II.	i oder î	4)hyas	-ínâm	-íshu	-í	-íbhyâm	-yós
		5)hyas	´ínâm	´ishu	´î	´ibhyâm	´yos
		6)hyas	´ínâm	´ishu	´inî	´ibhyâm	´inos
		7)hyás	-yâm od. -înâm	-îshú	-íyau	-îbhyâm	-iyós
		8)hyas	-ínâm	-íshu	-yau	-íbhyâm	-yós
III.	u oder û	9)hyas	-ûnâm	-úshu	-û	-úbhyâm	-vós
		10)hyas	-ûnâm	-úshu	-û	-úbhyâm	-vós
		11)hyas	´ûnâm	´ushu	´unî	´ubhyâm	´unos
		12)hyás	-uvâm od. ûnâm	-ûshú	úvau	-ûbhyâm	-uvós
		13)hyas	-ûnâm	-úshu	-vau	-ûbhyâm	-vós
IV.	Verw. auf ṛi / N. ag.	14)hyas	-ṛínâm	ṛíshu	-árau	-ṛíbhyâm	-rós
		15)hyas	-ṛínâm	ṛíshu	-árau	-ṛíbhyâm	-rós
		16)hyas	-ṛínâm	ṛíshu	-ărau	-ṛíbhyâm	-rós
		17)hyas	-ṛínâm	ṛíshu	-rínî	-ṛíbhyâm	-ṛínos
V.	auf Diphthongen ai, ô, au	18)yás	râyâm	râsú	râyau	râbhyâm	râyós
		19)hyas	gávâm	góshu	gávau	góbhyâm	gávos
		20)hyás	nâvâm	naushú	nâvau	naubhyâm	nâvós
VI.	auf Consonanten.	21)hyas	´âm	´su	´au	´dbhyâm	´os
		22)hyas	d-âm	-tsu	-dî	-dbhyâm	-dos
		23)hyás	ch-âm	-kshú	´chau	-gbhyâm	-chós
		24)hyas	´ṅâm	´asu	´ânau	´abhyâm	´ṅos

Anmerk